Tome 1

UsagiChan77

Le commencement

Shelby

Je me réveille péniblement ce matin, nous avons encore fait une excursion nocturne cette nuit avec Emi ; ma meilleure amie, tout ça pour aller sur la grande roue de la baie de Miami.

J'avoue que depuis le départ de nos amis de l'orphelinat l'an dernier ; nous nous sentons un peu seule ici. Surtout pour Emi qui a hâte de rejoindre son grand-frère Mori.

Moi, en ce qui me concerne, je suis orpheline depuis l'âge de mes sept ans ; et bien que je sois toujours bien entourée depuis mon arrivée ici ; j'ai l'impression de me sentir vide. Surtout depuis le départ de Donovan et des autres.

Donovan est plus qu'un grand-frère de substitution pour moi, et je me sens tellement fusionnelle avec lui, que je suis heureuse de retourner au lycée aujourd'hui pour le revoir, et emménager enfin avec eux dans notre nouveau chez nous.

Je m'étire en me levant de mon lit et je regarde par la fenêtre le temps qu'il fait. La rentrée commence bien, nous avons droit à un grand soleil.

- Tu es réveillée ! S'exclame Emi en rentrant dans la chambre, ses cheveux mi-longs noirs et raides encore tout mouillé.

- Oui, comme tu vois. Lui répondé-je en allant vers mes vêtements que j'ai laissés hors de ma valise. Rien de bien folichon pour la rentrée, juste un mini short en jeans bleu marine et un top croc mauve, qui est ma couleur préférée. Une couleur qui se marie parfaitement avec mon teint métissé.

Emi quant à elle, doit se contenter d'un jeans bleu un peu large et un T-Shirt. Son frère est plus que strict sur sa tenue, ce qui est dommage parce qu'avec sa petite taille et son corps plus que fin ; elle pourrait mettre ce qu'elle veut.

Une fois habillées, et mes cheveux attachés en chignon sauvage, nous quittons cette chambre, où nous avons dormis pour la dernière fois.

Shawn

Une fois de plus, j'ai oublié de me réveiller et je suis en retard pour le premier jour au Lycée. Bordel de réveil ! Limite, je me demande encore pourquoi j'y vais alors que mon avenir est déjà tout tracé !

Du haut de mes seize ans, je suis déjà le chef du gang des Scorpions de Miami. Mon père n'est autre que le chef de la mafia de Miami, dont je suis le seul héritier. Autant dire que les études, je n'en ai rien à faire, mais bon, il faut bien que je passe par là comme dit Christian.

J'enfile un de mes jeans troué bleu avec mon T-Shirt noir et mes Boots noires, avant de passer ma main dans les cheveux pour les mettre en place. J'attrape ma veste en cuir noire et mes clés pour sortir de la villa.

Comme à son habitude, ma mère est partie avec la Mercedes donc je prends la Yamaha garée sous le porche en n'omettant pas de mettre mon casque ; autant éviter d'attirer l'attention.

J'arrive au Lycée avec trois heures de retard et n'ayant pas été discret à mon arrivée à moto ; le pion m'attrape directement à mon entrée dans le couloir.

- Monsieur Black, vous commencez bien ! S'exclame-t-il froidement avec un rictus sur ses grosses lèvres qui m'énervent déjà.

Ce mec me tape déjà sur les nerfs avec ses grosses lunettes et son ventre qui dépasse limite de sa chemise.

- Je suis là non ! Lâché-je avec mon sourire narquois, fidèle à moi-même.

- Vous êtes dans la classe un A. Dépêchez-vous et que ça ne se reproduise plus !

- Bien Chef ! Fais-je en lui faisant un signe comme à l'armée et je pars vers ma classe.

J'entre dans celle-ci sans toquer. De toute façon je suis déjà en retard autant marquer mon arrivée.

- Monsieur Black, vous daignez enfin arriver. Me fait le professeur sans se retourner de son tableau.

Je fais un tour d'horizon sans me soucier de lui et une fille blonde au fond me fait signe. Je la reconnais à sa tenue provocatrice, c'est Kristie ; la fille du meilleur ami de mon père. Je baisse un peu mes lunettes de soleil et je vois enfin un pote à moi ; Jordan, et je m'en vais le rejoindre directement en niant complètement Kristie.

- Monsieur Black, nous sommes en classe et il n'y a pas de soleil. Me lance le professeur en passant les feuilles aux élèves devant.

- Casse-couilles ! Marmonné-je en les enlevant.

Le cours est comme je pensais saoulant, alors quand l'heure du dîner sonne je suis le premier à disparaître de la classe.

Je me pose sur le muret près de la cafétéria en allumant ma cigarette quand Noa, Byron et Jordan me rejoignent.

- Eh Mec, t'es parti comme une fusée du cours. T'as raté les nouvelles ! Me fait Jordan en me tapant l'épaule.

- Je dois avouer qu'il y a du beau petit lot cette année. Confirme Noa.

Byron quant à lui ne dit rien. Il traîne avec nous par habitude et ne s'occupe pas du tout de nos histoires. Il traîne plutôt au club de gym puisque c'est un mec sans histoire. C'est vrai qu'il a toujours voulu devenir garde du corps depuis son enfance et travaille beaucoup pour. Malgré son mètre nonante et sa carrure, il est très calme et tendre. Rien à voir avec nous trois. Mais je le vois bien dans le futur, être mon garde du corps personnel.

- Regarde la fille là ! Me fait Jordan en regardant vers celles qui rentrent dans la cafétéria.

Je regarde dans la direction et vois une petite chinoise accompagnée d'une grande métisse aux cheveux crollés. Mes yeux se portent sur ce qu'elle me montre ; de grandes jambes bien musclées et un magnifique arrière-train moulé dans son short en jeans.

- Bordel ! Tu verrais sa poitrine ! S'exclame Jordan tout émoustillé.

Byron qui ne parle jamais ouvre la bouche.

- Je ne vous conseille pas de l'ennuyer, elle traîne avec Donovan et sa bande...

Donovan le gars le plus populaire du Lycée, un grand blond très calme qui est tout à fait le genre de mec que je déteste.

- Justement, ça pourrait être une cible de choix. Fais-je amusé en écrasant ma cigarette.

Byron n'a pas l'air d'accord mais il sait que quand j'ai une idée, rien ne m'arrête.

Nous prenons notre plateau et nous nous asseyons à table. Carolina nous a prévenu qu'elle ne viendrait pas manger avec nous, donc nous sommes seules.

- T'as vu avec qui on est en classe ?! On est maudite ou quoi ?! S'exclame Emi.

Emi est hors d'elle mais je peux la comprendre. J'ai en effet entendu parler de ce mec et sa bande mais je ne les avais jamais croisés contrairement à elle. Il faut dire qu'à l'orphelinat à part mes activités sportives, je ne sors pas beaucoup.

- Sérieusement, tomber sur les pires Bad boys de Miami. Grogne-t-elle en enfournant ses crevettes dans sa bouche sans mâcher.

- Calme-toi tu vas t'étouffer. Lui fais-je remarquer en lui tendant un verre d'eau alors qu'elle commence à tousser.

- Coucou les filles ! Je relève la tête et j'aperçois le Jordan de notre classe avec ce fameux Bad boys dont parlait Emi qui arrivent près de notre table. Jordan qui a redoublé est plus vieux que nous, il a une allure de bagarreur avec ses chaînes accrochées sur son jeans. Il porte un blouson noir et une casquette tellement basse qu'on ne distingue pas ses yeux. Je détourne les yeux vers le fameux Bad boys de l'école. Il doit mesurer un mètre quatre-vingts, il a des cheveux noirs qui pendent un peu et porte ses lunettes de soleil sur les yeux tandis que son expression sur le visage est froide.

Je retourne vers mon plateau et continue à manger en les niant. Il vaut mieux les éviter.

- Ben dit donc, vous n'êtes pas très sympa les filles. Fait Jordan en s'asseyant sur la table.

- On vient vous dire bonjour et vous nous niez ! Continue-t-il.

Il se penche vers Emi et prend une crevette dans son assiette.

- T'es dégouttant ! S'exclame Emi en reculant son plateau et se levant folle de rage.

Jordan la regarde d'un air narquois.

- Qu'est-ce qu'elle a la mangeuse de riz ?! Elle n'est pas contente ! Lui lance-t-il en riant.

Son copain sourit derrière. Si c'est ça leurs délires de Bad Boys ; Ben moi je les prends plutôt pour des gamins.

- Déjà je ne suis pas une mangeuse de riz, mais une chinoise du con ! Crie Emi qui ne supporte pas qu'on confonde.

Je vois le regard de Jordan devenir noir et avant que sa main attrape Emi, je me lève et attrape son bras.

- Elle veut quoi la métisse ?! Claque-t-il en me faisant lâcher prise et en sautant de la table pour se mettre face à moi.

Je le toise et je peux voir ses yeux verts sous sa casquette devenir limites meurtriers. Je tressaille sachant que je ne fais pas le poids contre lui malgré mes deux ans de boxe Thaï, mais je ne peux pas le laisser nous terroriser dès le premier jour.

Son pote derrière lui ne bronche pas, il nous regarde avec son sourire narquois sur ses lèvres.

Donovan

- C'est quoi le souci ici ?! M'exclamé-je en voyant l'animation dans le fond de la cafétaria. Shelby fait face aux pires crapules du lycée quand nous arrivons avec Trevor et Mori.

- Tiens voilà l'autre bouffeur de riz ! Claque Jordan en se retournant vers nous.

- Tu veux qu'on règle ça maintenant pauvre con ?! S'écrie Mori.

Je mets mon bras devant celui-ci, sachant qu'il vaut mieux éviter de se battre avec eux. Je regarde Shawn qui reste là en retrait, un sourire narquois aux lèvres en train de regarder la scène. Jordan sourit à son tour et avance vers Mori prêt à se battre.

- C'est bon Jordan laisse tomber. Fait Shawn sans lever le ton et celui-ci se tourne vers lui faisant disparaitre son sourire narquois.

- Ouais, vaut mieux ne pas se salir en tapant sur la merde ! S'exclame Jordan.

Mori fait un pas en avant furieux et je vois Shawn lever sa main pour enlever ses lunettes, j'ai juste le temps de me mettre devant Mori avant qu'il n'atteigne Jordan.

- Laisse tomber... Murmuré-je.

Je sais que si Shawn s'en mêle, ça finira très mal.

- On se voit en cours mes belles ! Lance Jordan à Shelby et Emi avant de partir.

- Ouf ! Heureusement que vous êtes arrivés ! Fait Emi soulagée.

Je regarde Shelby dont ses yeux sont noirs de rage.

- Tu pensais faire quoi sérieusement. ? Lui demandé-je en m'asseyant auprès d'elle.

Elle sourit et ses magnifiques yeux bleus reprennent leur éclat.

- Je savais que tu allais arriver comme toujours. Me répond-elle en me souriant.

- Sérieux, abstiens-toi la prochaine fois. Fais-je.

Emi et Mori parlent en chinois, je dirais plutôt que Mori crie sur sa sœur connaissant son caractère alors que Shelby et moi partageons son plateau en évitant de rigoler.

Nous avons été à l'orphelinat ensemble avec Carolina depuis notre plus jeune âge, Shelby quant à elle nous a rejoint en Cm deux au collège.

Depuis un an, Mori, Trevor, Carolina et moi vivons dans un Loft puisqu'à nos seize ans, nous sommes émancipés de l'orphelinat.

- Alors, les papiers sont prêts ? Demande Trevor en regardant Shelby.

- Oui, nous n'avons plus qu'à emménager.

Aujourd'hui, elles vont enfin avoir leurs papiers les papiers d'émancipation et vont pouvoir nous rejoigne au Loft. Enfin une bonne chose, surtout maintenant que je sais qu'elle est dans leur classe. Rien que d'y penser, j'ai la rage qui monte.

Nous sortons de la cafétéria en nous donnant rendez-vous à la sortie dans le parking.

Je regarde Shelby partir en espérant que tout se passe bien.

-Tracasse Donovan, elle saura le gérer. Me rassure Trevor.

Effectivement Shelby a un sacré caractère, mais je m'inquiète de ce que pourrait faire Jordan, s'il la prise en grippe. Je sais aussi que si Shawn s'en mêle, ça ne sera bon pour personne.

- Allons en cours, on va être en retard. Me fait Trevor alors que Mori a déjà rejoint sa classe.

Shawn

Je suis affalé sur mon banc, regardant cette Shelby qui m'intrigue. Ses yeux si bleus quand elle s'est dressée devant Jordan ont donné l'impression de devenir noir pendant un instant. Ce qui est certain, c'est qu'elle n'a pas froid aux yeux. Personne de sensé ne s'est jamais dressée devant nous sans en payer le prix.

À la fin des cours, nous rejoignons nos motos sur le parking mais Noa n'étant toujours pas là, je me grille une cigarette pendant que Jordan drague les minettes qui attendent le bus.

Mon regard se porte vers une Audi garée en face de nous où la fameuse Shelby et sa copine attendent à côté de la voiture en fumant une cigarette.

Effectivement, Jordan a raison, je n'avais pas pris le temps de regarder à la cafétaria mais elle est bien foutue point de vue poitrine...

- Tu regardes quoi ? Me demande Noa qui arrive enfin.

- Ma future proie... Fais-je en souriant machiavéliquement tout en passant ma langue sur mes lèvres.

J'écrase ma cigarette et enlève mes lunettes pour mettre mon casque avant de démarrer ma Yamaha. Au moment où on arrive à leur hauteur, je ralentis mais me relance quand je vois Donovan et les autres arriver.

- J'ai tout mon temps... Ricané-je dans mon casque.

On file jusqu'au hangar où le reste du gang passe la journée. C'est nous qui sommes les plus jeunes, mais aussi ceux qui font le plus peur. Je n'ai pas besoin de raconter à tout le monde que je suis le fils du chef de la mafia de Miami ; j'ai fait mes preuves plus d'une fois contre les autres gangs de la ville.

Jordan est aussi fou que moi si pas plus, il n'a aucune limite et je suis le seul qui sait le tenir. Noa quant à lui est le cerveau des opérations, il est assez calme et préfère éviter tout ce qui est bagarre.

Mon portable sonne à peine que j'ai enlevé mon casque.

- Ouais... Répondé-je nonchalamment.

- " Mon chéri, ton père revient ce soir. J'espère que tu seras là pour le souper ? »

- On verra j'ai des trucs de prévu... Répondé-je nonchalamment.

- « Fais un effort pour une fois qu'il est là. »

- Ouais sur verra.

Ma mère est éperdument amoureuse de mon père qui s'envoie en l'air avec tout ce qui bouge. Elle est suivie pour dépression depuis des années et je ne me souviens pas l'avoir vue depuis que je suis petit sans se bourrer de cachets. Je range mon portable et rejoins les autres en me prenant une bière au passage.

- Alors Jordan tu vas faire quoi avec cette Shelby ?

Je lève les yeux au nom de Shelby. De quoi ils parlent encore ?

- Je vais lui pourrir la vie à cette salope ! Elle va regretter de m'avoir ridiculisé. Fait-il menaçant.

- Et si on s'amusait plutôt...

Jordan se retourne vers moi, il scrute mes yeux et comprend tout de suite.

- Sérieux ! Tu vas remettre ça ? Me demande-t-il excité.

- Elle a un corps qui donne envie non ? Ricané-je.

Les gars se mettent à rire rien qu'à cette idée.

- Tu penses franchement que tu te la feras ? Me demande Noa.

Mon regard s'assombrit, il doute de moi là ? Sérieux ?!

- Ce que je veux dire, c'est qu'avec ses amis et ce Donovan, ça ne va pas être évident.

- Le jeu n'en sera que plus intéressant. Ricané-je en portant ma bière à ma bouche.

Donovan

Je monte dans mon Audi avec Shelby et Emi, après être allé chercher leurs valises à l'orphelinat et nous nous dirigeons vers le Loft.

Shelby et Emi sont excitées comme des puces de commencer leur nouvelle vie, car c'est vrai que Emi a eu du mal de se séparer de son frère il y a un an, heureusement que Shelby était là pour la soutenir.

Mori et Emi ont été recueillis très jeunes à leur arrivée en Amérique, les autorités les ont trouvés avec des immigrés dans un conteneur à Miami pour être vendu.

La bonne nouvelle de leur histoire c'est de nous avoir rejoint dans cet orphelinat où on a tous créé des liens très forts.

Shelby quant à elle nous a rejoint après la mort de ses parents assassinés par un gang quand elle avait sept ans, et quand elle est arrivée à l'orphelinat, c'était une vraie boule de nerfs renfermée sur elle-même. Elle ne parlait à personne et si on l'ennuyait, elle se mettait dans une colère noire et cassait tout sur son passage. Je suis le premier à avoir pu l'approcher quand nous avons trouvé ce chiot abandonné sur le chemin de l'école. C'est là que j'ai rencontré la douce Shelby, mignonne et sensible comme je l'aime.

- On arrive bientôt. Demande Emi qui me sort de mes rêveries.

- On est arrivé. Fais-je.

Je m'arrête devant le bâtiment à dix étages où se trouve le loft.

- Waouh ! Crient les filles en sortant de la voiture.

- Attends, je vais t'aider...

- Non merci ça va aller, aide plutôt Emi avec ses valises. Me fait Shelby en prenant ses trois sacs et avançant vers la porte d'entrée, alors que j'aide Emi à prendre ses six sacs. Mais cette fille a une fameuse garde-robe !

Nous prenons donc l'ascenseur et je suis heureux qu'il soit là avec tous les sacs de Emi.

- Bienvenue ! Crie Carolina en ouvrant la porte ce qui fait sursauter Shelby qui se trouve la plus proche.

- T'es folle ?! S'exclame Shelby en portant sa main à sa poitrine.

Carolina attrape un sac des mains de Shelby et l'enlace avant de nous laisser entrer dans le loft.

Shelby

- Waouh il est super grand ! M'écrié-je ahurie.

Il y a un petit corridor qui donne sur une cuisine et une grande pièce de vie où de grandes fenêtres éclairent toute celle-ci.

- Alors les filles comment trouvez-vous votre nouveau chez vous ? Demande Carolina.

- Superbe ! J'adore ! Hurle Emi, excitée d'être enfin avec eux tout comme moi je l'avoue.

Avec sa petite taille, elle ressemble une enfant émerveillée par son cadeau de Noël.

- Et toi Shelby ? Me demande Donovan.

Ses yeux bleus attendent que je confirme que je suis aussi émerveillée que Emi.

- Superbe, rien à dire ! Vous avez géré !

- C'est Donovan qui l'a trouvé en plus on a huit chambres donc y a de la place. Fait Carolina.

- Emi, viens, je vais te montrer ta chambre.

Donovan passe la main dans ses magnifiques cheveux blonds, signe qu'il est gêné en ce moment et je souris en le voyant ainsi.

- Je n'ai pas de mérite. Ce Loft appartenait à ma mère. C'est une partie de son héritage...

La mère de Donovan est morte quand il avait un an, il n'a aucun souvenir d'elle ni de photos. On l'a déposé à l'orphelinat sans aucune information.

On l'avait laissé dans son siège auto devant la porte avec des documents et un livret de compte qu'il pouvait utiliser à ses seize ans.

Le visage de Donovan s'est éteint pendant un instant et je m'approche de lui pour le prendre dans mes bras. Il m'enlace à son tour et nous restons un moment comme ça.

C'est notre façon de réconforter l'autre, mais c'est surtout lui qui me réconforte comme ça depuis que je suis petite. Et même si je n'aimais pas ça avant, maintenant je ne sais plus me passer de me blottir dans ses bras où je me sens apaisée.

- Tu vas te décider à me montrer ma chambre. Fais-je.

- Bien Mademoiselle ! Me fait-il en en reculant.

- Je t'ai déjà Chef pas mademoiselle ! Rigolé-je en prenant mon sac et le suivant vers la porte où sont parties Emi et Carolina.

Les chambres sont magnifiques comme on aurait pu imaginer, ils ne les ont pas décorées et nous expliquent qu'ils ont dû arrêter Carolina et ses envies de les décorer. Carolina fait des études de décorations et travaille à mi-temps dans un club comme serveuse.

Trevor et Mori nous rejoignent pour le souper et on prend la décision de faire une crémaillère pendant le week-end, maintenant que nous sommes enfin tous les six, ensemble.

Shawn

Cela fait deux jours que je ne suis pas allé au Lycée et comme je me doutais, mon père n'est pas rentré comme prévu. Ma mère a eu une crise ce qui m'a valu de rester avec elle pour la calmer.

Je gare la Yamaha sur le parking du Lycée et je rejoins la classe en trainant les pieds.

- Monsieur Blake, vous daignez enfin faire acte de présence. Me lance le professeur que j'ignore encore totalement.

Je scrute la classe sans répondre et enlève mes lunettes. Elle ne me regarde pas et semble dans la lune près de la fenêtre. Il y a un siège de libre derrière elle et je m'y installe sous le regard haineux de sa copine chinoise assise à côté d'elle.

Mon portable vibre à peine installée, c'est Jordan assit à l'opposé dans le fond de la classe.

« Prêt à attaquer ? »

Je range mon portable, me retourne et à voir mon sourire narquois ; il se met à rire avec Noa.

Je passe la première heure la tête appuyée sur mon banc fixant le dos de ma nouvelle proie. Ses cheveux bruns ondulés brillent à la lueur du soleil qui passe par la fenêtre où elle est appuyée sur son coude gauche, écoutant le professeur sans remarquer ma présence.

Je prends mon stylo et je commence délicatement à attraper une de ses longues boucles qui pend dans son dos. Elle tressaille sur le coup et se retourne ; ses grands yeux bleus me toisent et elle se remet à nouveau face à son banc sans un mot.

- Psssst... Chuchoté-je.

Elle ne réagit pas alors que sa copine se retourne avec son regard haineux.

- Quoi ?! Claqué-je et elle se détourne devant elle illico-presto.

Je reprends mon stylo et prends à nouveau une boucle de ces cheveux pour la voir à nouveau tressaillir, mais elle ne se retourne pas. Elle attrape son élastique attaché à son poignet et se fait un chignon sauvage en moins de temps qu'il faut pour le dire me laissant comme un idiot derrière avec mon stylo.

J'entends Jackson rire et je remets ma tête sur le bureau.

- Pssst... Pssst... Pourquoi tu me nies ?

Sa copine fait mine de se retourner, mais elle pose sa main sur son bras en la regardant tout en lui faisant non de la tête. Je me redresse et laisse tomber, va falloir que j'attaque de front.

La cloche sonne et j'attends qu'elles bougent et quand sa copine se lève, je m'incruste entre elles-deux lui faisant face.

Je suis sur le coup pris de surprise pas ses magnifiques yeux bleus qui me toisent à nouveau sans peur.

Cette fille n'a pas froid aux yeux !

Shelby

Je ne m'attendais pas à ce qu'il se trouve si près de moi d'un coup et je lève mes yeux pour le toiser.

Merde ces quoi ces yeux verts intenses ?! Un frisson qui m'était alors inconnu traverse mon corps, mais je sais que je dois me reprendre.

- Tu me fais quoi là ?! Bouge ! Lancé-je de façon agacée.

- Pourquoi tu me nies ? Me demande-t-il simplement.

Ses yeux verts deviennent vraiment plus intenses les rendant vraiment magnifiques. Il faut que je détourne mon regard et vite, en sentant à nouveau ses frissons me dévorer intérieurement.

Je tourne la tête en regardant Emi et j'essaye de passer pour la rejoindre, mais il met son bras pour m'y empêcher.

- Je voulais juste excuser l'attitude de Jordan. Finit-il par dire en se penchant plus près de moi.

On est trop proche là...

- Ce n'est pas à moi qu'il doit s'excuser. Répondé-je sans lever mes yeux.

- Et je m'en fous de tes excuses !

Je pousse son bras pour rejoindre Emi et nous sortons en vitesse de la classe.

- Il voulait quoi ? Me demande-t-elle inquiète.

- Faire des excuses. L'informé-je en essayant de mettre de la distance entre lui et moi alors qu'on entend un bruit de chaise qui vole dans la classe.

Arrivées dehors, nous rejoignons le hall pour fumer une cigarette où se trouve Donovan et Trevor. Je ne regarde pas Donovan dans les yeux ; il lit en moi comme dans un livre ouvert et je ne veux pas l'inquiéter.

- Shelby, tu veux manger quoi pour souper ? Me demande Trevor.

Je ne réponds pas essayant de me calmer. Ce mec va vraiment me pourrir la vie. Pourtant pendant un instant, j'ai failli me faire avoir par ses yeux verts tellement intenses.

- Shelby...

La voix de Donovan me fait sortir de mes pensées.

- Oui ?

Erreur, j'ai relevé la tête et derrière Donovan je vois Shawn me fixer. Malgré ses lunettes noires, je vois à sa posture que c'est bien moi qu'il regarde.

Je tressaille à nouveau de la tête aux pieds. Donovan qui s'approche de moi s'arrête et se retourne en direction de Shawn et des autres. Ses yeux bleus inquiets reviennent sur moi et je sais que je dois me reprendre là.

- Il s'est passé quoi ? Me demande-t-il en posant sa main sur mon bras.

- Rien de grave, tracasse.

J'essaye de répondre en souriant, mais même moi je ne me crois pas. Alors c'est clair que Donovan ne me croit pas non plus.

- Il s'est excusé. Intervient Emi voyant certainement que je suis mal prise.

Donovan et Trevor se regardent un bref instant, et ses yeux bleus reviennent vers moi qui ne vois que le regard de Shawn qui me transperce.

- Reste loin de lui. Grince Donovan d'une voix inquiète.

Je le regarde étonnée, il a vraiment l'air inquiet mais pourquoi ? Il passe sa main doucement sur ma joue et son toucher chaud m'apaise en un instant.

- Il est temps de retourner en cours, on se voit à la cafétéria.

- Allez go pour le cours de gym ! S'exclame Emi enjouée.

À quoi il joue ?

Shawn

- C'est quoi sa relation avec ce Donovan ?

Byron baisse la tête comme s'il n'était pas intéressé par la question et avance vers le cours de gym sans nous.

- C'est sa meuf je parie ! S'exclame Noa en sautant du muret.

C'est possible, ils sont très proche tous les deux et il la touche sans aucun souci. Jordan écrase sa cigarette et saute du mur à son tour.

- Tu veux que je me renseigne ? Cela serait bien que tu lui piques sa copine à celui-là ! Ricane-t-il.

Effectivement, sa gueule de beau gosse prétentieux m'insupporte depuis le premier jour.

De plus, nous avons cours de gymnastique avec les filles et aujourd'hui c'est volley. Je n'ai aucune envie de jouer à ces jeux débiles ! Donc une fois changé, je me pose dans le fond de la salle, mon portable dans la main.

- Monsieur Black, on vous attend ! Crie le professeur me forçant à relever la tête. Je m'apprête à l'envoyer à la merde, quand je vois Shelby dans l'équipe qui m'attend.

- Intéressant ! Murmuré-je en passant ma langue sur ma lèvre, tout en me levant.

Jordan et Noa sont dans l'autre équipe, ce qui va être intéressant et je me mets dans le fond pour commencer le service. D'ici en plus, j'ai une vue sur Shelby qui est devant au filet entre Kristie et Hilary, et surtout sur ce petit Short noir qui met vraiment ses formes en valeur. Je passe à nouveau ma langue entre mes lèvres, disant à mon appétit de se calmer.

Je fais mon service sans problème, mais au retour de la balle, Kristie et Hilary prennent Shelby en sandwich pour qu'elle ne réceptionne pas la balle et la font tomber.

- Désolée. Font-elles en cœur avec un sourire machiavélique sur les lèvres.

Je rigole sur le coup en la regardant se lever et serrer son poing contre sa hanche. Je me demande comment ça va finir ?

Nous jouons pendant quinze minutes sans soucis jusqu'à ce que Jordan envoie un smatch directement sur l'épaule de Shelby. Celui-ci a un mauvais regard sur le visage, ce qui n'est pas bon signe. Il n'a pas digéré ce qui s'est passé à la cafétéria et le connaissant, ce n'est pas le seul boulet de canon qu'elle va se prendre.

Je regarde Shelby encaisser quatre smatchs de Jordan et lui renvoyer, ce qui l'énerve encore plus. Kristie et Hilary sont mortes de rire devant et reculent dès que je fais le service, pour être certaine de ne pas se prendre les coups de canons de Jordan.

Au changement de côté, je jette un coup d'œil à Shelby qui se tient les poignets et les mains ; ils sont effectivement bien rouges.

Je regarde en direction de Jordan, son regard est toujours enragé et le connaissant, il ne va pas se calmer.

Nous rejouons pendant dix minutes où Shelby reçoit les boulets de canons de Jordan, mais je remarque qu'elle n'arrive plus à les contenir. Je commence tout doucement à en avoir marre de son attitude.

- M'sieur ! Je peux changer de place avec Shelby ? Crié-je.

Tout le monde me regarde surpris, sauf Shelby qui n'a même pas daigné se retourner.

- Allez va derrière ! Lui fais-je en arrivant à côté d'elle.

- De quoi tu te mêles ?! Me lâche-t-elle froidement.

Ses yeux bleus sont remplis de larmes et de rage, mais je remarque surtout qu'elle saigne de la lèvre.

- Déconne pas, il va vraiment te faire mal ! Calqué-je ne comprenant pas son entêtement.

- Ben qu'il le fasse, je ne m'écraserai pas. Fulmine-t-elle en serrant les dents de rage.

Je reste surpris un instant devant elle. Elle est vraiment têtue ou alors elle tient à mourir sous ses coups ?

- Kristie bouge ! Claqué-je en regardant vers Jordan.

- Mais si elle...

Je me retourne et la toise froidement, lui faisant comprendre tout de suite qu'elle n'aura pas le dernier mot.

Nous reprenons la partie où je m'interpose à tous les smatchs de Jordan, ce qui est entrain de l'irriter.

- Putain Shawn, tu fais chier ! Hurle-t-il furieux.

Puis en plein jeu, il change de place et avant que je n'aie eu le temps de comprendre ; et Shelby ramasse la balle en plein visage s'écroulant sous le choc.

Shelby

- Idiote, tu aurais pu tenir plus longtemps ?! Entendé-je ricaner Jordan alors que le professeur crie dans tous les sens.

- Shelby, tu dois aller à l'infirmerie, tu saignes du nez. Me fait Emi alors que j'essaye de me lever.

Je vois les yeux de Emi s'écarquiller de surprise, alors que je décolle du sol en un mouvement.

- Allez go à l'infirmerie !

Son visage apparaît près du mien, beaucoup trop près.

- Lâche-moi tout de suite ! Crié-je en essayant de me débattre.

- Ce n'est pas ta copine qui va te porter à l'infirmerie, alors reste tranquille. M'ordonne-t-il alors que ses yeux verts et son visage ont pris un air si sérieux tandis qu'il continue d'avancer.

J'entends Emi râler auprès du professeur pour m'accompagner, mais celui refuse. Je baisse la tête pour ne pas regarder cet abruti, tout en gardant mes mains sur ma poitrine évitant de le toucher plus qu'il ne faut. Si le frisson que je ressentais quand nous nous sommes trouvés face à face me semblait déjà surréaliste, je ne sais pas comment je vais réussir à gérer la chaleur qui s'immisce en moi en sentant son corps chaud si près de moi. Je me mords la lèvre me demandant ce que tout cela signifie.

- Tu t'es bien défendue. Jordan était sérieux il voulait vraiment te faire mal. Dit-il fermement.

- Je sais. Admets-je.

J'avais remarqué qu'il était plus que focaliser sur chacun de ses retours sur moi, mais je suis comme ça ; je ne veux pas m'écraser devant les gamineries. Cela ne peut que les motiver à continuer, quand ils voient que nous cédons.

- Tu devrais éviter de l'énerver plus à l'avenir. Enfin c'est juste un conseil, ton mec ne fait pas le poids contre lui.

Mon mec ? Quel mec ?!

Je relève un peu la tête, il a un air tellement sérieux et avance d'un pas décidé vers l'infirmerie en traversant la cour. Je reste un moment à regarder ce visage que je ne voulais pourtant pas voir, et surtout de si près.

- Bonjour que se passe-t-il ? Demande l'infirmière quand nous entrons dans l'infirmerie.

- Je saigne du nez. Fais-je alors que Shawn me pose enfin par terre.

- Regardez à ces poignets et à sa lèvre aussi. Lâche-t-il nonchalamment en sortant de l'infirmerie.

Je le regarde partir, hébétée. Il n'est peut-être pas une ordure après tout.

Donovan

J'attends les filles devant la cafétéria avec Trevor, où Mori et Carolina sont déjà à l'intérieur, quand Emi arrive toute essoufflée.

- Sh... Shelby est à l'infirmerie. Fait-elle à bout de souffle.

- Quoi ?! Il s'est passé quoi ?! Demandé-je inquiet en portant ma main sur son épaule, tandis qu'elle essaye de retrouver son souffle.

- Jordan l'a prise pour cible au volley et Shawn l'a emmenée. M'explique-t-elle.

Au nom de Shawn, je balance mon sac et accours à l'infirmerie. Ce mec n'a aucune manière, il peut lui faire n'importe quoi !

J'arrive en courant devant le bâtiment de l'infirmerie, où je tombe nez à nez avec lui fumant sa cigarette, appuyé contre le mur.

- Je m'en doutais. Lance-t-il en me voyant.

- Elle est où ?

Shawn se redresse et me fait face, ses yeux verts me fusillent du regard. Je me rends compte qu'ils sont plus qu'effrayants à cet instant, tout comme son visage crispé.

- Tu comptes peut-être la garder rien que pour toi ?! Me lance-t-il avec un rictus narquois sur les lèvres.

Je sais tout de suite de quoi il parle, mais Shelby et moi n'avons pas ce genre de relation. Pourtant, je réfléchis un instant avant de répondre.

- Ne me dis pas qu'avec tout ton harem, tu n'as pas assez ? Lui demandé-je voulant m'en assurer.

Un sourire narquois se pose à nouveau sur ses lèvres, et il passe la main dans ses cheveux.

- Arrête tout de suite ce que tu prévois. Le stoppé-je.

- Shelby ne rentrera jamais dans ton piège ! On sait tous que tu ne fais que jouer avec les filles !

J'ai compris ses intentions et le fait à l'instant qu'il m'attrape par le col, est la preuve que j'ai raison ; Shelby est sa nouvelle cible de jeu.

Nous nous toisons un instant. J'attends, crispé qu'il finisse par me mettre son poing dans la figure quand la porte claque derrière nous.

- Dans tes rêves Shawn !

Shelby se tient à un mètre de nous et a certainement entendu notre conversation, voyant le regard de dégout qu'elle porte envers Shawn. Je vois un éclair bizarre passer dans les yeux de Shawn que je n'ai pas le temps de saisir, et il me lâche aussi sec. Shelby s'avance vers nous et m'attrape la main sans un regard pour Shawn, nous faisant avancer.

- Je dois aller rechercher mes affaires. Tu peux aller dire aux autres que je vais bien. Me dit-elle à hauteur du chemin qui remonte au gymnase.

- Je vais t'attendre. Lui fais-je en regardant les contusions sur son visage et ses mains.

Elle a la lèvre inférieure fendue, une belle bosse sur le front et ses deux poignets sont bandés. Mais qu'est-ce qui s'est exactement passé pendant ce cours de gymnastique ?

- Non, ça ira t'inquiète. Me lance-t-elle en défaisant son chignon laissant tomber ses longs cheveux ondulés sur ses épaules.

- Dis à Emi de me rejoindre. Insiste-t-elle.

Elle me sourit, m'embrasse sur la joue et part vers le gymnase avant que je n'aie l'occasion de rétorquer quelque chose.

Shelby

Je prends ma douche au gymnase où il restait encore quelques filles quand je suis revenue, ce qui m'a permis de ne pas craquer. Une fois rentrée dans la douche, ma lèvre pique quand elle entre en contact de l'eau tiède et mes poignets sont en feu tellement j'ai souffert sous ses balles. Il ne faut pas plus pour que les larmes me montent aux yeux, et que je me mette à pleurer de ce qui s'est passé. Pourquoi est-ce qu'il s'en prend à moi ? Pourquoi Shawn et lui s'en prennent à moi ?!

Je m'accroupis dans la douche et je me mets à pleurer en silence. J'ai tellement mal que je ne sais pas, si j'arriverai encore à sourire à Donovan pour ne pas l'inquiéter.

Après m'être calmée au bout de longues minutes, j'arrête la douche et je mets mon essui autour de moi, avant de me tordre les cheveux pour sortir de la douche. Là mon sang se glace littéralement, et je panique totalement en sentant mon pouls se mettre à s'accélérer.

Shawn est assis en face de moi sur le banc, en train de me fixer derrière ses lunettes noires.

Je tremble me rendant compte de la situation, et je recule contre la paroi de la douche comme si elle pouvait me protéger.

- Qu'est-ce que tu fais là ? Balbutié-je terrifiée.

Shawn ne dit pas un mot et il se lève pour avancer vers moi, d'un pas franc et je déglutis nerveusement.

- Putain tu joues à quoi là ?! Paniqué-je me sentant vraiment mal prise.

Il s'arrête à dix centimètres de moi et enlève ses lunettes dévoilant ses yeux verts qui me scrutent d'un air narquois.

Je tressaille à nouveau, mais je serre les poings prête à en découdre ; il ne m'aura pas comme ça.

- Je te fais si peur ? Me demande-t-il en penchant un peu la tête.

Je ne réponds pas tétanisée. Sérieusement, il croit que toutes les filles seraient heureuses de trouver un mec dans les vestiaires des filles en sortant de la douche.

- Regarde, et dis-moi si tu as peur de moi ?! Insiste-t-il en haussant maintenant la voix.

Son regard vert est devenu intense, alors qu'il semble avoir perdu son sang-froid. Mais j'entrouvre mes lèvres, surprise en scrutant plus profondément ses yeux ; son regard n'est pas effrayant à cet instant contre toute attente. Il y a une étincelle dans sa couleur verte, qui me fait penser à une émeraude. Je me rends compte que malgré le fait que je tremblais de peur, mon corps à l'instant semble se réchauffer plus je le regarde.

- Je n'ai pas peur de toi en ce moment. Avoué-je en murmurant.

Je suis tellement embêtée et surprise à la fois de ce que je viens de dire, alors qu'il sourit et remet ses lunettes. Me privant ainsi de ses magnifiques yeux émeraudes.

- C'est déjà un bon début ! Fait-il simplement avant de repartir vers la porte et de disparaitre.

Je reste là hébétée comme une idiote me demandant ce qui vient de se passer ; et surtout à quoi il joue ?!

Tout ça pour une glace ?!

Donovan

Emi a persuadé son frère de venir travailler au club où on est tous engagés comme étudiants, ce qui en quelque sorte l'arrange ; il pourra la surveiller.

Shelby n'a pas encore décidé si elle voulait venir y travailler ou pas. Entre ses cours, le cours de Boxe Thai et son travail au supermarché du quartier, elle est déjà bien prise.

Carolina monte aider Emi à choisir ses vêtements à l'étage. Après tout, la pro de la mode c'est elle comme elle dit ; pourtant elle fait des études de décorations.

Je n'ai pas vu Shelby de la journée, ce qui signifie qu'elle doit certainement travailler.

- Shelby rentre à quelle heure ? Demandé-je à Mori en traversant la pièce du séjour.

- Elle ne bosse pas aujourd'hui, et elle n'est pas encore sortie de sa chambre. M'informe-t-il.

Je m'étonne sur le coup et je pars voir ce qu'il en est au juste.

- Shelby ? Hélé-je à la porte.

- Oui. Entendé-je sa voix comme venue d'outre-tombe.

J'entre et je trouve Shelby allongée sur son lit, la couette jusqu'au-dessus des oreilles.

- Ça ne va pas ? Lui demandé-je en venant auprès de son lit.

Elle se redresse à moitié et je remarque que ses yeux bleus brillent intensément.

- Je pense que j'ai chopé un virus... Murmure-t-elle.

Je pose ma main sur son front me rendant compte qu'effectivement elle est brûlante.

- Je t'amène des médocs ! M'exclamé-je ahuri qu'elle n'y a pas été d'elle-même.

Je sors de la chambre et me rends dans la salle de bain chercher des médicaments pour la fièvre, un essui et je descends dans la cuisine chercher un sachet de glace.

Je reviens dans la chambre où elle s'est recouverte à nouveau de la couette.

- Tiens prends un médicament. Lui fais-je en m'asseyant à côté d'elle.

Je l'aide à se redresser et lui donne ses médicaments qu'elle avale difficilement. Elle tremble tellement elle a froid, je la recouche donc, en lui remettant la couette avant de lui poser l'essui avec la glace à l'intérieur.

- Repose-toi. Tu es certaine que ça ira ce soir ? Lui demandé-je.

- On travaille tous. Lui rappelé-je.

Elle murmure un oui et se rendort quasiment aussi vite. J'esquisse un sourire et je sors de la chambre en fermant doucement la porte.

Shawn

Je traîne en moto avec la bande dans les rues de Miami, où nous faisons la tournée des bars ce soir. Enfin, on va surtout rechercher les sous que certains doivent à mon père. On s'arrête dans un bar avant le prochain où Jordan est déjà en mode drague à peine arrivé.

Je m'assois au bar en compagnie de Noa alors que le reste de la bande se disperse.

- On boit quoi ? Me demande-t-il.

- Commande-moi un Whisky je vais pisser. Lui lancé-je.

Je me dirige vers les toilettes quand je croise deux filles du lycée dont une se colle directement à moi vêtue d'une petite robe noire en cuir.

- Tu es venu t'amuser ? Me demande-t-elle langoureusement.

- Ça dépend. Tu as quoi à proposer ? Lâché-je en souriant avant de passer ma langue sur mes lèvres.

Elle descend sa main sous ma ceinture et commence à me caresser sans aucune gêne devant son amie.

- J'allais justement aux toilettes. Me souffle-t-elle la voix pleine d'envie dans l'oreille et elle rentre dans les toilettes pour femmes.

Sa copine me regarde et comprenant, elle repart vers le bar et j'entre à mon tour dans les toilettes pour femmes pour la rejoindre.

Je me pose sur le cabinet du WC en l'embrassant, ses mains s'attellent à me libérer de mon jeans et mon boxer, avant de venir me chevaucher directement sans se poser de question. Je presse sa poitrine fermement, alors que ma main posée sur sa fesse l'oblige à rester en suspend, les mains posées sur la porte de la toilette. Je me mets à labourer sans délicatesse, et ses cris résonnent dans les toilettes. Je me lève et la laissant penchée en avant, je porte ma main à sa bouche que je couvre, avant de la prendre encore plus durement. Son corps tremble, et je sens sa chaleur noyée mon pénis qui lui n'est pas rassasié. Je me penche un peu en avant vers son oreille et je mords son lobe d'oreille pour lui faire comprendre que ce n'est qu'un début.

Je la ramène face à moi, et je mordille ses lèvres, en rentrant à nouveau en elle aussi durement qu'avant. Elle pousse à nouveau un cri de gémissement intense et je plaque à nouveau ma main sur sa bouche, sentant enfin que je vais jouir. Je me vide entièrement en elle dans un grognement digne du plaisir qu'elle vient de me donner.

Une fois l'affaire conclue je me rhabille, m'allume une cigarette et ouvre la porte alors qu'elle remet sa robe en place.

- Tu veux mon numéro ? Me demande-t-elle.

- Pourquoi faire ?! Lâché-je avec mon sourire narquois et je sors des toilettes.

Je rejoins Noa et je remarque que Jordan a disparu.

- Je vais faire un tour je reviens dans une heure. Fais-je en buvant mon verre d'une traite.

Shelby

Je me réveille vers une heure du matin avec une folle envie de glace. Après avoir vérifié qu'il n'y en a pas dans le congélateur, je décide d'enfiler un gros pull à capuche pour me rendre au Night and Day qui est à deux rues plus loin.

Je ressors de celui-ci quand une moto rouge passe à tout allure devant moi et le bruit résonne dans ma tête pendant un long moment.

Je décide donc de couper par le parc, histoire de ne pas entendre les bruits de voiture qui me redonnent mal à la tête. J'avance tranquillement en regardant le ciel quand j'aperçois une forme au loin près d'un banc. En avançant un peu plus, je me rends compte que c'est une moto ; la fameuse moto rouge de tout à l'heure.

Un homme est couché sur le banc sûrement entrain de dormir et je me décale vers la gauche pour ne pas passer trop près. Donovan serait furieux si je venais à me faire agresser pour de la glace.

- Man, non je vais rentrer... Je te dis que je vais rentrer arrête de pleurer !

Cette voix... Je jette un coup d'œil vers le banc, je n'ai pas rêvé c'est Shawn.

Je resserre ma capuche et presse le pas en espérant qu'il ne m'a pas reconnue. J'entends la moto démarrer et passer à côté de moi sans ralentir me laissant souffler de soulagement ; il ne m'a effectivement pas reconnue.

Mais j'ai parlé trop vite. La moto fait demi-tour au bout du chemin et reviens sur ses pas avant de s'arrêter à ma hauteur.

Je me fige et garde la tête baissée en serrant mon sac avec ma glace contre moi, tandis que je l'entends lever sa visière.

- Mais c'est mon petit cœur ! Lance-t-il sur une voix enjouée.

Mon cœur palpite à tout rompre, et je ne relève pas la tête pour passer à côté de lui en accélérant le pas. Dans mon état, je n'ai pas besoin de supporter ce mec.

- Attends ! S'écrie-t-il et j'accélère le pas.

J'entends le pied de la moto se mettre, ce qui me pousse limite à courir. Mais dans mon état, c'est peine perdue.

Laisse-moi tranquille ! Répété-je dans ma tête mais trop tard il est déjà devant moi.

- Tu ne dis pas bonjour... Me fait-il la voix mielleuse, essayant de voir mon regard.

- Je suis pressée, ma glace va fondre. Répondé-je en essayant à nouveau d'avancer.

Il se met juste devant moi à moins de trente centimètres, où je peux sentir son parfum ; ou plutôt un parfum de fille. C'est Joy de Dior, Carolina met le même.

- Tu as de drôles d'envie à deux heures du matin ?! Me fait-il remarquer.

Je ne réponds pas et continue à regarder par terre. Ma tête commence à tourner de plus en plus et mes jambes tremblent.

- Je vais y aller. Fais-je d'une voix faible que j'aurais préféré éviter.

Je fais un pas sur le côté pour l'éviter, mais mes jambes me lâchent et son bras me rattrape.

- Ça va ? Me demande-t-il d'une voix inquiète.

Alors qu'il me tient toujours, sa main libre me touche le front où je sens comme une décharge électrique à son contact et je lève mes yeux vitreux vers lui.

- Tu as de la fièvre ! S'exclame-t-il.

- Tu es folle de traîner comme ça à cette heure ! Claque-t-il durement.

Il a l'air furieux à cet instant et ses yeux verts me regardent d'un air sévère.

- Tu es sérieux toi ?! Crié-je à mon tour ayant un regain d'énergie de le voir me toiser.

- Tu ne me parles pas pendant des mois et là, tu es furieux que je sois dehors avec de la fièvre ! Continué-je hors-de-moi, oubliant mon mal.

Je me dégage de son bras et je pars sans attendre qu'il relance les hostilités, ce qu'il ne fait pas.

Je presse le pas, craignant qu'il me rattrape avec sa moto. Mais quand j'arrive à la sortie du parc, j'entends la moto démarrer et s'en aller au loin.

Shawn

Je m'apprête à la rattraper quand mon portable vibre dans ma poche.

- Je t'ai dit que je rentrais ! Claqué-je de rage maintenant.

- « Tu es comme ton père, tu ne t'occupes pas de moi !»

- Maman, s'il te plaît ne commence pas. J'arrive tout de suite.

Je raccroche et je jette un coup d'œil au bout du chemin ; Shelby a déjà disparue. Je retourne vers ma moto, mets mon casque et démarre pour rentrer à la villa.

Arrivé devant celle-ci, je remarque que toutes les lampes sont allumées.

- Man ! Je suis rentré ! Crié-je en posant les clés sur la commode à l'entrée.

Je fais le tour de la villa et ne la trouvant pas je monte à l'étage où je la trouve couchée sur mon lit, endormie avec l'album photo de ma naissance.

- Tu pourrais aller faire ça dans ta chambre ?! Ragé-je en lui mettant la couverture et fermant la lampe.

Je redescends à la cuisine et me prends une bière en regardant la pièce.

Elle a encore bien bu, il y a des bouteilles de vin rouge vides partout dans la cuisine. Je les ramasse et les mets dans la poubelle à bulles dans le garage.

À chaque fois qu'elle boit, elle finit avec mon album de naissance en se remémorant la seule année où mon père s'est vraiment occupé d'elle. Mon père a épousé ma mère pour conclure une affaire avec un mafieux italien. Il a vécu avec nous pendant dix ans avant de partir gérer des affaires à Los Angeles du jour au lendemain. Ma mère ne s'est jamais remise de cette séparation, mais n'a pas le courage de le rejoindre à cause de moi ; car moi je ne veux pas quitter Miami.

Je me pose sur le canapé du salon et zappe les postes de la télévision jusqu'à ce que je tombe sur une fille qui lui ressemble.

- Quelle conne ! M'exclamé-je sentant la rage remonter.

Je repense encore à cette idiote qui se baladait avec de la fièvre dans un parc alors qu'elle aurait pu tomber sur n'importe qui, et finir par être blessée.

Donovan

Il est cinq heures quand nous rentrons au loft, et je me rends directement dans la chambre de Shelby pourvoir comment elle se porte. Je la trouve assise sur son lit lisant un livre de décoration.

- Vous êtes rentré ? Me demande-t-elle, ou confirme-t-elle pensant peut-être que je suis rentré avant les autres. Après tout, j'en suis capable.

- Oui, tu vas mieux ? Lui demandé-je.

Je pose ma main sur son front, la fièvre est tombée.

- La glace m'a fait du bien. Me dit-elle en souriant.

Je regarde l'essui sur la table de nuit et je vois un pot de glace pistache à côté.

- Attends ne me dis pas que tu es sortie ?! M'écrié-je hébété.

Shelby lève les yeux au ciel en posant son livre et elle se lève pour mettre le pot dans la poubelle.

- Tu ne vas pas t'y mettre aussi ?! Claque-t-elle.

- Aussi ! De quoi tu parles ? Lui demandé-je perdu alors qu'elle se dirige vers la salle de bain.

- On m'a déjà fait la morale pour être sortie malade. Me rétorque-t-elle avec un fond de colère de la gorge.

- De qui tu parles ? Demandé-je en la scrutant.

- Shawn, il...

- Shawn ! M'exclamé-je totalement ahuri.

Je me lève furieux et attrape Shelby par le bras sans ménagement, avant qu'elle ne rentre dans la salle de bain. Son regard bleu se pose dans le mien et elle me regarde surprise de mon geste.

- Il ne t'a rien fait ? Lui demandé-je en essayant de contenir ma colère.

- Tu crois qu'il me toucherait c'est à peine s'il me parle au Lycée. Me répond-elle.

Je passe ma main dans mes cheveux, signe que je suis ennuyé. Elle ne se rend pas compte de ce qu'il fait, de qui il est.

- Et non, il ne m'a rien fait à part me sermonner comme tu viens de le faire ! Rétorque-t-elle.

Je suis en effet soulagé d'entendre ça. Elle regarde ma main qui tient son bras et je la lâche aussi vite, me rendant compte de ce que je viens de faire.

- Je vais me laver les dents et je vais au lit, donc je te dis à demain. Me fait-elle contenant le fait qu'elle est outrée de mon attitude.

Elle m'embrasse sur la joue et rentre dans la salle de bain.

Je reste un instant dans la chambre me demandant à quoi joue Shawn eu juste ?

Un toucher innocent

Shelby

Nous sommes lundi et nous avons cours extérieur avec la professeure de dessin, ce qui me fait un bien fou après avoir été malade tout le week-end.

Mais je ne vous dis pas ma tête quand celle-ci propose le parc Mac Arthur, car moi qui voulais oublier l'incident de ce week-end, ce n'est pas gagné pour le coup.

Heureusement Shawn n'est pas là, ce qui en soi est une excellente chose en ce qui me concerne.

D'ailleurs j'ai remarqué que le lundi matin, c'était souvent le cas. Certainement que ses week-ends sont trop occupés avec des filles qu'il en oublie de se lever.

Nous montons dans le bus avec Emi, et nous nous installons devant Kristie et Hilary.

- Tu vas dessiner quoi ? Me demande Emi.

- Perso, je n'ai aucune idée. Me fait-elle en s'appuyant contre son siège.

- Oh ben le lac comme tout le monde non. Répondé-je totalement préoccupée par une odeur.

Je hume plusieurs fois à fond pour savoir ce que c'est exactement. Et je comprends que c'est le parfum Joy de Dior.

- Tu as mis du parfum de Carolina ? Demandé-je à Emi.

- Non du tout, tu veux qu'elle m'étrangle ?! S'exclame-t-elle ahurie.

- Pourquoi ?

- Non, rien. Répondé-je en mettant mon sac à mes pieds.

Pourquoi est-ce que je pense à ce parfum moi ?

Je m'installe contre mon siège prête à mettre mes écouteurs puisqu'on en a pour une bonne demi-heure avant d'arriver avec les bouchons. Sérieusement, cela aurait été limite plus vite à pied.

- Il est parti comme ça ! S'écrie Kelly assise deux banquettes derrière nous.

- Les ragots sont vraiment vrais, c'est un salop !

Je mets ma tête plus près de la séparation pour écouter leur conversation. Emi qui a ses écouteurs est appuyée sur la fenêtre ne faisant pas attention à elles.

- Mais en classe, il me fait toujours des regards alors je pensais que je l'intéressais vraiment. Fait Kristie complètement déboussolée au son de sa voix.

- Tu n'as quand même pas cru ce salop ?! Il couche avec tout ce qui bouge sauf Hilary. D'ailleurs, ce n'est pas qu'elle n'en meurt pas d'envie. Rigole Kelly.

Je comprends à ce moment qu'un mec de la classe se l'est faite pendant le week-end, la conversation ne m'intéressant plus je me mets à l'aise sur mon siège et mets mes écouteurs.

Arrivé au Parc Mac Arthur, la professeure nous donne les instructions et nous nous éparpillons dans le parc.

Shin Oh décide de dessiner les allées du parc et les gens s'il y en a. Elle aime vraiment dessiner les gens en ce qui me concerne, ce sont plutôt les choses et la nature. Je ne suis pas douée pour les personnes. La dernière fois que j'ai dû dessiner un enfant, la professeure m'a demandé pourquoi je dessinais Gollum des Hobbits. Sympa !

Je décide de partir dans mon coin, à l'opposé de tout le monde sous un arbre sur une bute et je sors mon matériel de dessin et me mets à dessiner.

Cela fait une heure qu'on est là quand on entend un bruit sourd dans le parc, j'enlève mes écouteurs où j'écoute Stan d'Eminem, et j'entends maintenant parfaitement le bruit d'une moto.

Mon cœur s'emballe et je regarde dans toutes les directions telle une hystérique en panique, mais ce fut assez vite le silence. J'écoute encore un moment pour confirmer et mon cœur se calme, mais plus rien. Je suis déçue tout d'un coup de mon étonnement que ce ne soit pas lui ; il faut sérieusement que je me focalise sur mon dessin pour ne plus penser à ça.

Je taille mon crayon, refixe mes écouteurs et me remets à dessiner.

Shawn

J'ai encore passé la nuit entre ma mère, les affaires de la bande et je suis bien entendu complètement épuisé. Je ne prends même pas la peine de me défroquer et je me tape sur le lit mes bottines encore aux pieds.

"Bip"

- Putain fais chier ! M'exclamé-je en prenant mon portable tout en passant la main dans les cheveux.

« Noa : Nous sommes au Parc Mac Arthur pour le cours de dessin. Tu vas pouvoir dormir, on reste la matinée »

Je regarde l'heure ; neuf heures et quart. Je souffle et me relève vers la salle de bain prendre une douche rapide histoire de ne pas m'endormir en route.

Tant pis pour mes cheveux, je n'ai pas le temps de les coiffer. J'attrape un jeans et un T-shirt, je les enfile et descends en courant au rez-de-chaussée.

Ma mère dort à point fermé, mais avec tout ce qu'elle a pris comme cachets et alcool du week-end je ne suis pas étonné. Je prends les clés de la moto, mon casque et je sors de la villa.

- Bonjour Shawn ! Tu vas en cours ?

- Salut Christian ! Ouais je suis à la bourre ! Le salué-je sans m'arrêter.

J'enfile mon casque et je démarre à toute allure.

Au moins, ma mère ne sera pas seule si elle se réveille, Christian a toujours pris soin de moi et ma mère depuis des années ; il est plus un père que lui ne le sera jamais.

J'arrive au parc où j'hésite à y entrer avec la moto, mais un agent un peu plus loin me fait comprendre du regard que je n'ai pas intérêt d'y songer.

- Ce n'est pas le moment de se faire arrêter ! Fais-je en faisant demi-tour et la garant sur le parking le plus proche.

Je rentre dans le parc et au bout de vingt mètres, j'aperçois la professeure.

- Monsieur Black, quel plaisir de vous voir parmi nous ? Me lance-t-elle narquoisement.

Je retire mes lunettes histoire de la charmer, après tout elle n'a que cinq ans de plus que nous et je m'en suis fait des plus vieilles...

- Ma moto ne voulait pas démarrer. Lui fais-je en souriant plein de charme.

Elle rougit. J'ai gagné ; les femmes sont prévisibles.

Elle me laisse aller choisir un endroit après m'avoir expliqué le concept d'aujourd'hui, je la regarde l'air très intéressé, mais là je n'ai qu'une envie c'est de dormir.

Au bout de quinze minutes interminables, elle me laisse enfin y aller. Je décide d'aller me mettre à l'ombre des arbres, Noa est à l'opposé et est bien occupé à papoter avec les filles.

Je suis trop crevé pour les supporter et je continue mon chemin, quand caché sous un arbre au-dessus de la bute, je l'aperçois.

Ses cheveux ondulés attachés en un chignon sauvage qui fait tomber ses boucles partout autour de son visage, la rende vraiment sexy.

Je reste un moment à une dizaine de mètres d'elle pour la regarder.

- Cette nana est bonne ! M'exclamé-je en lançant ma cigarette.

Même sa façon de mordiller son crayon commence à me faire de l'effet, et je me décide enfin à aller la rejoindre.

- Salut ! Fais-je en arrivant auprès d'elle.

Aucune réaction de sa part, elle continue de mordiller son crayon en regardant son carnet de croquis.

Elle me nie maintenant ?! Elle pouvait bien faire un foin comme quoi je la niais depuis des mois, si c'est pour faire la même chose après.

Je shoote un peu dans son sac pour la faire réagir mais en vain.

- Tu te fous de moi là ?! Commencé-je à m'énerver.

Et je shoote plus fort pour que le sac tape contre sa jambe.

Elle sursaute et relève sur moi son regard bleu furieux, mais ses yeux se calment aussitôt me montrant une pointe de surprise en elle.

- Tu me nies maintenant ?! Lui lâché-je nonchalamment en m'asseyant à côté d'elle.

- Désolée tu disais... Et elle enlève ses écouteurs.

Donc elle ne m'a pas nié intentionnellement, elle écoutait juste de la musique. Je me sens soulagé tout d'un coup, sentant que je récupère mon calme.

Quoi ?! Moi soulagé ! Bon j'avoue que mon ego a été froissé plus d'une fois par cette fille.

- Tu écoutes quoi ? Lui demandé-je pas du tout intéressé puisque je me couche dans l'herbe et enlève mes lunettes de soleil prêt à m'endormir en fermant les yeux.

Je l'entends gigoter. Elle va certainement bouger de place lorsque je sens sa main toucher mon oreille et j'ouvre les yeux, ahuri.

Ses yeux bleus sont à quelques centimètres des miens alors qu'elle me place l'autre écouteur. Je n'ose plus faire un mouvement sur le coup surpris de ce qu'elle fait et je me contente de la regarder faire.

Mais elle se rend compte qu'elle est trop près de moi là ?!

Une de ses boucles touchent ma joue et je sens une décharge électrique me parcourir.

Je suis à deux doigts de bouger ma main pour la plaquer contre moi, quand elle se redresse et pose son portable entre nous en poussant sur l'écran.

La musique se met en route ; c'est Eminem avec Sing For The Moment, je détourne mon regard vers elle, mais elle n'a toujours aucun un regard vers moi. Elle se réinstalle et se remet à dessiner comme si de rien était.

Shelby

J'ai eu peur quand il a shooté dans mon sac, mais quand j'ai vu ses yeux verts, je me suis sentie soulagée que ce soit lui. Je ne l'avais pas entendu avec mes écouteurs et il a l'air d'ailleurs de m'en vouloir à entendre le son de sa voix.

Sans m'en rendre compte alors qu'il se couche dans l'herbe, je glisse un écouteur dans son oreille. Je l'ai surpris je sais et je fais attention en mettant l'autre de ne pas croiser son regard et surtout de ne pas le toucher.

Je me rends bien compte que nous sommes beaucoup trop près, puisque je peux sentir son souffle dans mon oreille.

Allez Shelby, tu peux le faire ! S'il bouge, tu frappes dans ses parties et tu te barres en courant sans te retourner.

Il n'a pas bougé d'un millimètre, je sens juste son regard qui me transperce. Je me déplace pour me remettre à ma place tout en mettant mon portable en route.

Il va aussi bien me balancer les écouteurs dans la figure quand il entendra ce que j'écoute, mais il n'en fait rien.

Je reprends donc mon cahier en inspirant profondément et je fais semblant de me remettre à dessiner.

J'ai les mains moites et mon cœur bat la chamade tellement fort, que je suis certaine qu'il l'entend. Pourtant au bout de quelques minutes, je tente un coup d'œil vers lui et je remarque qu'il s'est endormi.

Je respire enfin plus normalement et je pose mon carnet en sortant mes cigarettes de mon sac.

Beaucoup trop d'émotions là, j'ai même du mal à allumer ma cigarette tellement je tremble.

Qu'est-ce qui m'a pris de faire cela aussi après notre altercation au parc ce week-end ? Je dois être encore malade, ce n'est pas possible autrement. Pourtant alors que j'expire la fumée de ma cigarette, mon regard se pose sur lui à nouveau.

Tout mon esprit me dit de rester loin de lui et je suis là en train de le regarder dormir, limite attendrie par ce visage si calme et oh mon dieu trop charmant !

Il n'a pas séché ses cheveux aujourd'hui à les voir ébouriffés, et ceux-ci noirs un peu ondulés reviennent sur son visage. Ça lui fait un charme fou, beaucoup trop charmant. Je me mets à le scruter un peu plus et je remarque qu'il a la mâchoire un peu carrée et avec ses cheveux ainsi, ça l'adoucit.

J'écrase ma cigarette et me focalise sur mon dessin, il faut que j'arrête de le regarder. Mais rien n'y fait et je reviens toujours sur son visage endormi.

Je pose mon cahier et mon crayon avant de m'allonger et de prendre mon sac pour poser ma tête dessus histoire de ne pas être en face de son visage.

Je suis là depuis trente minutes à le fixer quand sans m'en rendre compte, j'attrape une de ses mèches de cheveux qui pend près de son visage et commence à jouer avec.

Il ouvre les yeux et je me pétrifie sur place voulant enlever ma main de suite. À croire qu'il a compris mon intention car dès que je veux bouger ma main, il me l'attrape fermement sans un mot.

Je sens comme une décharge d'électricité à son contact et ses yeux émeraudes sont si intenses que je n'ose pas bouger. Toute ma main semble prendre feu à son contact, mais c'est son regard qui m'interpelle ; il est étrange. Il est intense comme toujours, cependant il y a comme une pointe de tendresse qui en émane. Il ramène ma main sur ses cheveux me faisant comprendre que je peux continuer de jouer avec sa mèche.

Ma main tremble mais s'exécute comme s'il n'avait pas eu besoin de me le dire. La texture de ses cheveux est si soyeuse que je suis presque soulagée qu'il me laisse faire.

Il me sourit quand il voit que je continue, pas un sourire sadique ou narquois comme il fait toujours mais un vrai sourire ; un peu comme un enfant et il referme ses yeux aussi vite pour se rendormir.

Nous restons ainsi pendant le reste du cours jusqu'à ce que je reçoive un message de Emi.

« Le cours est fini, je t'attends au car »

Ouf, il ne s'est pas réveillé vu qu'il a les écouteurs dans les oreilles et que la sonnerie est allumée.

Comment vais-je faire pour les récupérer d'ailleurs ? Je décide de les lui laisser et débranche mon portable, avant de prendre mes affaires et je pars rejoindre le bus.

- Tu as dessiné quoi ? Me demande Emi quand le bus démarre et que je referme la tirette de mon sac après m'être enfuie du parc limite comme une voleuse.

- Pas grand-chose, je me suis endormie... Murmuré-je alors que nous démarrons du parking.

- Ce n'est pas la moto de Shawn ?! S'exclame Kelly.

Je tourne mon regard vers la fenêtre, puisque nous avons échangé de place avec Emi pour le retour et j'aperçois la Yamaha rouge garée. Cela me fait sourire en pensant à nouveau à son visage endormi.

Je regarde ma main qui est toujours en feu après le contact de la sienne, mes doigts me semblent si soyeux d'avoir joué pendant plus d'une heure dans ses cheveux ondulés que je regretterais presque de ne pas être restée avec lui...

Une erreur qui peut coûter chère

Donovan

Mori, Carolina, Trevor et moi sommes déjà à la cafétéria quand les filles nous rejoignent. Shelby comme à son habitude s'installe à côté de moi, tandis que Emi nous explique le cours qu'ils ont eu en extérieur ce matin.

- Vous nous montrerez vos dessins ? Demande Carolina qui adore ce sujet.

- Oui, j'ai presque fini par rapport à Shelby. Lance Emi très fière d'elle.

Je me tourne vers Shelby qui se mord les lèvres en regardant son assiette à laquelle elle n'a toujours pas touchée.

- Shelby, tu as dessiné quoi ? Demande Carolina très intéressée.

- Pas grand-chose tu sais... Répond Shelby.

- Sérieux Shelby, tu adores dessiner pourtant ! S'exclame Carolina amusée.

Effectivement, on sait tous que Shelby adore dessiner mais qu'elle n'aime pas faire les gens. En effet, nous avons assez rigolé de son Gollum l'année dernière.

La porte claque d'un coup faisant sursauter tout le monde. Jordan entre dans la cafétéria, suivi de Noa, Byron et Shawn.

Je m'étonne d'ailleurs de voir celui-ci au Lycée un lundi.

Jordan est encore déchaîné et s'attaque à une table de première près de la fenêtre alors que tout le monde se retourne sur son assiette faisant semblant de ne rien voir.

- Ils font chier ! Faudrait leur botter le cul une bonne fois qu'ils se calment ! S'exclame Mori.

C'est clair qu'il pourrait leur botter le cul sans soucis avec ses cours de boxe Thai qu'il prend depuis ses huit ans. D'ailleurs, il a tellement de trophées de ces concours que son étagère va bientôt céder.

Ils se mettent à la table derrière nous et je sens le regard de Mori se durcir. Je lui mets un coup dans la jambe pour qu'il se calme. Ce n'est pas le moment de les énerver, ils ne nous ont pas ennuyé depuis un moment, alors autant ne pas attiser leur colère.

Shelby d'un coup se lève sans prévenir, prenant son assiette qu'elle n'a pas touchée, la range et sors de la cafétéria en un souffle.

- Elle est encore malade ? Me demande Trevor.

- Elle n'a rien mangé. Continue-t-il et je sais que tout le monde la remarquer.

- Non, elle n'a eu que de la fièvre samedi. Répondé-je en me levant à mon tour.

Je sors de la cafétéria, et je la rejoins sous le préau alors qu'elle s'allume une cigarette. Je m'en allume une aussi tout en m'installant sur le banc à côté d'elle sans un mot. Si elle veut me parler de ce qui la dérange, elle le fera.

Elle pose sa magnifique tête sur mes jambes et s'installe confortablement, faisant pendre ses cheveux autour de mes jambes. Son regard vers le ciel, elle semble absorbée par ses pensées.

- J'ai cours de boxe thaïe tout à l'heure. Finit-elle par dire.

- Je reviendrai avec Mori.

- Pas de soucis. Fais-je sur le même ton simple qu'elle en tirant sur ma cigarette.

Les autres nous rejoignent sous le préau et nous discutons de tout et de rien tandis que Shelby reste la tête sur mes jambes sans rien dire.

La sonnerie sonne et tous les autres se mettent en route sauf elle qui reste là, le regard fixant toujours le ciel.

- Shelby ? Il a sonné. Fais-je en mettant mon visage au-dessus d'elle.

Elle me sourit doucement et elle finit par se redresser enfin.

- Tu aurais des écouteurs ? J'ai oublié les miens au parc et nous avons littérature... Me dit-elle limite en me suppliant.

Je vais dans ma poche et lui tend mes écouteurs. Elle sourit et m'embrasse sur la joue avant de rejoindre Emi qui l'attend déjà un peu plus loin.

Je la regarde rejoindre son groupe quand je croise le regard de Shawn qui est posé sur moi.

C'est quoi son problème à lui encore ?! Me dis-je en rejoignant ma classe.

Shawn

Je ne supporte pas ce mec avec sa gueule d'ange et la façon dont il la touche sans soucis.

Shawn, c'est quoi ton problème ?! Depuis quand tu te tracasses de cette fille ?! Je passe la main dans mes cheveux, tout en suivant les autres vers le cours.

Quand nous étions au parc, elle m'a montré une facette d'elle que je n'imaginais pas surtout après notre interaction au parc deux jours avant. Je pensais qu'elle me détestait mais après ce matin, je pense qu'elle m'aime bien tout compte fait.

Je rentre en classe dans les derniers comme toujours et rejoins Jordan et Noa dans le fond. Non sans jeter un coup d'œil à Shelby qui ne me jette même pas un regard.

- On fait quoi ce soir ? Me demande Jordan.

- Ce soir champs libre les gars, j'ai besoin de repos... Fais-je en m'affalant sur ma chaise.

- Cool, j'ai un rendez-vous ça m'arrange. Rétorque Jordan.

Je n'écoute pas ce qu'il raconte encore moins le professeur ; je viens de mettre ma main dans la poche où se trouve les écouteurs que Shelby m'a laissé au parc.

Je repense à son regard, ses doigts glissant dans mes cheveux et je sens un désir intense en moi comme à ce moment-là. Je n'ai pas pensé une seconde à lui sauter dessus, j'avais juste envie de profiter de sa tendresse pendant un instant qui m'a paru bien trop court.

Je la regarde et du coup je pense à ce Donovan. Je repense à la façon dont elle était installée sans honte, la tête sur ses jambes pendant qu'il lui caressait les cheveux.

Je fulmine. Je sens un sentiment de colère monter dans ma poitrine, et mes doigts se referment plus forts autour de ses écouteurs.

Est-ce qu'elle aussi a le cœur qui bat la chamade quand il lui touche les cheveux ?

Est-ce qu'elle a le feu en elle à chaque fois qu'il la touche ?

Je suis vraiment entrain de m'énerver et plus je la regarde, plus je vois les mains de Donovan dans ses cheveux.

Je me lève au bout de trente minutes de cours où j'essaye de me contenir. Je m'arrête à côté de son banc alors que le professeur écrit au tableau et je lui lance ses écouteurs avant de sortir de la classe pour me barrer du Lycée.

Shelby

C'était quoi ça ?!

Il m'a lancé mes écouteurs en plein milieu du cours sans un mot et s'est barré.

Emi me regarde interrogative alors que je regarde par la fenêtre et le vois traverser la cour d'un pas décidé vers le parking où est garé sa moto. L'instant d'après, le bruit de sa moto se fait entendre et plus rien.

Je tiens les écouteurs dans ma main me demandant ce qu'il lui a pris ? Je pensais qu'on avait enterré la hache de guerre dans le parc ce matin ? Me suis-je trompée ? Je ne comprends vraiment pas son attitude là.

Je jette un coup d'œil derrière où se trouve Jordan et Noa, mais aucun des deux ne fait attention à moi. Je soupire en remettant mes écouteurs dans ma poche et je me concentre sur le cours.

À l'intercours, je sors pour aller aux toilettes quand Kristie sort au même moment des toilettes. Je ne la calcule pas, elle fait partie des pin-up de l'école qui traînent avec Hilary et que je ne supporte pas. Ses filles ressemblent toutes à des pestes avec une tonne de maquillage, essayant de cacher la laideur de leur coeur. Une réflexion sortie de la bouche de Mori...

Je me lave les mains et en passant à côté d'elle, je sens l'odeur du parfum Joy de Dior sur elle et repense à leur conversation ce matin dans le bus.

Je me fige un instant en comprenant pourquoi cette odeur m'interpellait.

Comment ai-je pu penser un instant que ce mec avait un cœur ? Vu ce qu'il a fait avec elle ce week-end et la planter directement à ce que j'ai compris.

Je fulmine de m'être faite avoir ce matin par ses yeux émeraudes tendres en mode tout charmant. Je reviens vers la classe furieuse de m'être faite berner quand je bouscule quelqu'un.

- Pardon. M'excusé-je sans vraiment le penser, perdue dans mes pensées.

- Putain ! Tu pourrais faire gaffe connasse ?!

Je tressaille en relevant mon regard sur Jordan. Et merde, il fallait que ce soit lui en plus !

- Tu te prends pour le centre du monde ?! Fulmine-t-il en me poussant de son bras.

- Jordan, fous-lui la paix ! S'écrie Emi en se levant et venant vers nous.

- La bouffeuse de riz, on ne t'a rien demandé ! Claque Jordan en continuant de me dévisager de ses yeux verts plein de haine.

Mon coeur fait un raté, non pas qu'il me fasse vraiment peur, mais je n'avais jamais remarqué qu'ils avaient tous les deux les yeux verts.

Il me pousse d'un coup violemment contre le mur, voyant certainement qu'il ne m'atteint pas.

- Tu crois que quelqu'un va t'aider maintenant ?! Ton cher Donovan n'est pas là ! Me crache-t-il à la figure.

Mais je suis toujours obnubilée par le fait qu'ils ont les mêmes yeux, bien que Shawn ne m'ait jamais regardé avec des yeux si haineux. Tellement prise dans mes pensées que je ne l'ai pas vu venir. La main musclée de Jordan qui vient de s'écraser sur ma joue et je réagis seulement quand ma joue se met à brûler sous l'impact.

- Je vais t'apprendre ! Hurle-t-il fou de rage à cet instant.

Il relève sa main mais cette fois-ci en forme de poing pour me frapper à nouveau. Je n'ai pas le temps de me poser de question et je bloque son bras avec mon coude et lui envoie un coup de poing avec mon autre main.

Ses yeux sont maintenant plus que haineux. Les veines de son visage ressortent alors que je l'entends grogner et là, il me plaque contre le mur la tête la première.

Je me tiens la tête sous l'impact tandis qu'il lève à nouveau son poing vers moi.

- T'as fini ?!

Cette voix froide l'arrête d'un coup. Je n'ai pas besoin de regarder ; la seule personne qui peut arrêter Jordan ; c'est Shawn.

Jordan tape son pied dans le bureau à côté de moi et il sort de la classe en gueulant.

Emi se précipite pour venir près de moi et son regard se pose sur ma joue, inquiète.

- Ne te tracasse pas, j'ai connu pire. Tenté-je de la rassurer en faisant un sourire forcé.

- Tu veux vraiment mourir toi ?! Claque Shawn d'un regard furieux.

Je ne lui réponds pas, évitant de le regarder directement, je me contente de retourner vers mon banc avec Emi.

Je suis furieuse contre moi de ne pas avoir su mieux me défendre contre Jordan et je n'ai pas besoin de son aide et encore moins de sa pitié.

Shawn

Ce n'est pas possible ! Elle me nie encore alors que je viens de lui sauver la mise-là. Hors-de-moi et sans délicatesse, je la rattrape par le bras et lui fais me faire face.

- Tu pourrais me remercier ?! Claqué-je.

Elle me toise alors que ses yeux bleus se remplissent de larmes. Elle me fait quoi là ?! Elle ne va quand même pas se mettre à pleurer ?!

- Fou-moi la paix ! Hurle-t-elle.

- Je ne t'ai rien demandé ! Crie-t-elle en essayant de se dégager.

Elle est vraiment furieuse là, mais des larmes coulent sur ses joues ce qui me rend confus. Elle s'essuie ses yeux brillants et me regarde d'un air dégoûté.

- Arrête de te mêler de mes affaires ! Jamais je ne serai ta d'un soir ! Hurle-t-elle avant de réussir à me pousser et de sortir de la classe en courant.

Je reste stoïque un instant avant de me rendre compte que toute la classe me regarde. Je souris narquoisement avant de sortir de la classe.

Putain ! C'est quoi cette fille qui me fait tourner en bourrique ?!

J'avais décidé de sécher les cours mais je suis revenu pour voir sa réaction après coup, là je lui sauve la mise et elle m'insulte devant toute la classe.

Je pars vers les toilettes des filles, elle n'y est pas. Je claque la porte des toilettes en sortant et pars vers la cour commençant à faire les allées du lycée en la cherchant.

- Putain elle est où ?! M'énervé-je.

Je m'allume une cigarette en réfléchissant où elle pourrait être ; bien sûr je n'en ai aucune idée.

Je repars donc vers le parking. J'ai besoin d'un verre pour me calmer, sentant que je suis en train de devenir dingue et je l'aperçois assise à côté de l'Audi de Donovan, la tête entre les mains.

Je la regarde un moment, essayant de me calmer avant de me décider d'aller la trouver. J'avance au bout d'une minute dans sa direction cherchant comment je vais gérer ce qui se passe.

- Tu peux m'expliquer ? Lui demandé-je en m'appuyant nonchalamment sur la voiture de Donovan.

Elle ne me répond pas et garde la tête entre ses mains. Je soupire pour me calmer comme je peux et je décide donc de m'accroupir devant elle pour la forcer à me regarder et surtout me répondre.

- Tu comptes m'expliquer pourquoi tu t'en es prise à moi alors que ce matin on était proche ? Insisté-je.

Elle relève enfin son visage vers moi et ses magnifiques yeux bleus sont brillants plein de larmes au point que j'en ai une douleur dans la poitrine en voyant cela.

- Dégage. Murmure-t-elle froidement.

- Non, explique-toi. Insisté-je froidement.

Je n'ai aucune envie de la laisser se morfondre et encore moins qu'elle me prenne à nouveau en grippe. J'ai besoin de comprendre ce que j'ai fait pour qu'elle m'en veuille.

- J'ai dit dégage ! S'exclame-t-elle un peu plus fort.

Son regard se durcit et sa mâchoire se met à trembler.

Je ne comprends pas du tout ce qui se passe là, elle est prête à craquer totalement mais elle s'acharne à me tenir tête sans raison.

Elle s'appuie sur l'Audi et se lève en me tournant le dos. Je perds alors le peu de contrôle qui me reste devant cette fille qui me fait faire des choses absurdes en sa présence et je l'attrape et la plaque contre l'Audi.

Ses yeux bleus plein de larmes me lancent des regards paniqués pendant qu'elle se mord la lèvre, mais je m'en fous à ce moment-là. Je veux savoir pourquoi elle m'en veut.

- Tu vas où là ?! Je t'ai dit de t'expliquer bordel ! Claqué-je hors de moi.

- Putain lâche-la ! Rétorque-t-elle en essayant de me repousser.

Je me retrouve sur le côté et ma mâchoire me lance sous l'effet du choc que je viens de recevoir. Je relève la tête et j'aperçois cet enfoiré de Donovan qui vient de me mettre un coup de poing et se tient à présent entre moi et Shelby.

- Tu sais ce que tu viens de faire là ?! Claqué-je en lui rendant son coup de poing sans aucune sommation.

Je bondis dessus et je l'attrape par son pull pour commencer à lui asséner des coups de poing dans la figure jusqu'à ce qu'il tombe au sol.

- Arrête ! T'es malade ! Hurle Shelby.

Je ne réagis pas, je ne supporte pas qu'on me touche et encore moins ce mec ; je suis totalement hors de moi. Shelby m'attrape le bras pour me faire arrêter et je suis tellement pris dans ma fureur que je lui envoie mon coude dans la figure et elle cogne la tête la première contre l'Audi.

- Shelby... Murmure Donovan la bouche en sang sous mes coups.

Je m'arrête net et je relève la tête, hébété sous le choc comprenant ce que je viens de faire.

Shelby se tient contre le flanc de l'Audi recroquevillée et tremblante. La main contre sa bouche où je vois le sang couler. Ses yeux sont totalement paniqués à l'instant où elle croise les miens.

Mon sang se glace dans mes veines comme jamais auparavant et je titube vers elle en tendant la main, mais elle se recroqueville encore plus en me voyant approcher.

Je m'arrête en voyant cela en me tirant les cheveux en rageant ; qu'est-ce que j'ai fait ?!

Nos liens fraternels

Donovan

Purée, ça fait mal quand même. Ce mec a des coups de poing terribles encore pire que je le pensais.

Je me relève pour rejoindre Shelby qui s'est recroquevillée contre l'Audi, elle tremble telle une feuille et .je pose ma main sur son épaule doucement. Elle sursaute puis me regarde avant de s'effondrer en pleurs me laissant la prendre dans mes bras pour la rassurer un moment. Je lui caresse les cheveux tout en retenant le plus possible ses tremblements contre mon corps.

Shawn étant déjà parti quand j'ai totalement repris mes esprits, je ne sais pas vraiment ce qui s'est passé. Mais quand elle relève son visage enfin vers le mien, mon regard se pose sur sa lèvre ensanglantée et je serre les dents en me rendant compte de ce qu'il lui a fait.

Je prends mon portable pour envoyer un texto à Trevor et Emi pour qu'ils ne nous attendent pas, puisque dans l'état dans lesquels nous nous trouvons, nous retournons directement au Loft.

Sur le trajet, je passe ma main plus d'une fois auprès de mon arcade qui me fait mal, et j'essaie de me concentrer sur la route et non, à Shelby crispée à côté de moi le regard fixé sur la route. Je déglutis nerveusement, me demandant ce qui s'est passé pour qu'ils se disputent ainsi. Shawn était plus qu'hors de lui.

Une fois arrivés au Loft, Shelby qui n'a pas dit un mot durant le trajet part vers l'armoire de la pharmacie et prend la boîte avant de venir me faire m'asseoir sur le canapé pour me soigner.

- Tu devrais d'abord te soigner... Murmuré-je en touchant du bout de la paume des doigts sa lèvre enflée couverte de sang.

- Ça ne saigne plus beaucoup. Tu es dans un pire état que moi. Me dit-elle.

- Je pense que tu vas devoir mettre des Stips à l'arcade. Me fait-elle concentrée en essuyant le sang de mon visage délicatement avec une compresse.

Sa main tremble encore me faisant remarquer qu'elle a beaucoup de mal à se concentrer pour ne pas me faire mal. Je lui attrape la main qui me soigne alors que ses magnifiques yeux bleus n'osent pas me regarder.

- Je suis désolée. Marmonne-t-elle d'une voix basse.

-Tu m'avais bien dit de rester loin de lui.

Les larmes recommencent à couler le long de son visage et je passe mon doigt pour les essuyer doucement. Je prends une bonne inspiration, ravalant en effet mon envie de me fâcher sur ce sujet, mais elle souffre déjà assez.

- Tu n'as pas à t'excuser. Ce n'est pas toi qui as donné le premier coup. La rassuré-je.

C'est vrai que sur ce coup-là je n'ai pas été très malin. J'aurais dû éviter de lui en mettre un direct dans la figure, mais c'était plus fort que moi quand je l'ai vu plaquer Shelby contre l'Audi ; mon sang n'a fait qu'un tour. Oubliant du coup, que je n'ai pas la force qu'il a et que malgré ma rage à ce moment-là, ce n'est rien comparé à la sienne.

- Non mais j'aurais pu éviter tout ça. Continue-t-elle en rebaissant son regard vers ses mains tremblantes, qu'elle essaie de calmer en les serrant en poing.

- Il s'est passé quelque chose entre vous ? Finis-je par demander.

Elle ne répond pas tout de suite, ce qui me fait mal au cœur directement. Elle semble si loin de moi tout d'un coup que je m'imagine déjà le pire, mais quand elle relève enfin son visage vers moi, elle me sourit. Un sourire triste qui me glace d'un coup.

- Non rien de grave. Je l'ai peut-être pris pour un chiot pendant un court moment. Mais comme tous les chiens mal dressés, ils finissent par mordre la main qui se tend vers eux. Finit-elle par me répondre en se remettant à nettoyer ma plaie.

Je vois dans son regard qu'elle est redevenue calme et sereine en un instant. Ça c'est bien Shelby, elle refoule tout très vite.

- Aie ! Crié-je au contact de la gaze alcoolisée sur mon arcade et elle se met à rire mais finit par se tenir la lèvre en grimaçant sous la douleur et on se met à rire tous les deux.

Shawn

J'ai redémarré sentant que je ne pouvais plus rien faire ; ma présence ou le moindre geste que je veuille faire vers elle n'arrangera rien à la situation. Je sais que j'ai été trop loin cette fois-ci et savoir que je lui ai fait du mal me tord la poitrine au point que je n'arrive presque plus à respirer. Jamais de ma vie, je n'ai ressenti ce genre de sentiment qui est totalement en train de me dévorer intérieurement, comme si j'avais bu du Whisky de mauvaise qualité et je sais de quoi je parle.

En parlant de Whisky, je m'arrête au premier bar sur ma route et je fonce au comptoir pour commander une bouteille de Whisky. J'en ai plus que besoin là !

Le barman me toise et je serre les dents en baissant mon T-Shirt pour lui montrer mon tatouage de Lotus que j'ai dans le cou. Son regard devient trouble alors qu'il pâlit, avant de se retourner et de prendre la bouteille de Whisky qui se trouve au-dessus de l'étagère derrière lui avant de me la poser enfin devant moi. Je n'attends pas le verre qu'il part chercher et je porte déjà la bouteille à ma bouche pour essayer de noyer la sensation atroce qui me ronge.

Je ne peux pas avoir ce genre de sensation moi Shawn Black ! C'est impossible !

Bien que je sois troublé depuis un moment maintenant par cette fille, elle ne mérite pas que je me mette dans des états pareils pour elle et pour quiconque d'ailleurs. Je dois me reprendre, je ne peux pas me rabaisser ainsi devant elle et ce Donovan.

Je reprends la bouteille dans ma main tremblante d'un coup sec et affonne le reste de la bouteille sous le regard ahuri des clients huppés de ce bar.

Shelby

Je ne suis pas allée au lycée le reste de la semaine et je suis restée au loft en ayant comme seule sortie, mes cours de Boxe Thaï en compagnie de Mori qui a bien décidé de me faire monter en niveau. Il n'est pas flexible du tout et j'ai dû me familiariser à son rythme d'entraînement coriace et d'après lui j'ai déjà bien évolué cette semaine.

Bien évoluée ou pas, je sais que contre Jordan je n'aurais aucune chance et encore moins contre Shawn s'il en venait aux mains contre moi. Je vois sans cesse leurs yeux verts qui me semblent si glacial, presque meurtrier et qui hantent mes nuits de cauchemar. Je tressaille, rien qu'à leur souvenir.

Je savais qu'ils faisaient partie d'un gang mais je ne pensais pas voir ses yeux terrifiants posés sur moi et plus j'y pense, plus j'ai mal au cœur.

Pas pour Jordan bien sûr, ce mec n'a pas une once de bonté ni de compassion en lui mais Shawn...

J'ai pourtant eu l'occasion de voir des regards durs, glaciaux, inquiets, tristes et charmants dans ses yeux verts mais je ne pensais pas voir ce regard meurtrier.

Emi m'a raconté que ni Jordan, ni Shawn n'étaient revenus en cours depuis ce jour, et que Shawn avait deux semaines de renvoi pour ce qui s'est passé et que la prochaine fois, il serait renvoyé de lycée.

Elle n'en revenait pas qu'il ne soit pas renvoyé après ce qu'il a fait, mais il paraît d'après les ragots de lycée que sa mère s'en serait mêler pour éviter le renvoi.

- Tellement simple pour lui ! Lance Carolina.

- Son père est dans la mafia, il a des sources ce mec à ne quoi savoir qu'en faire. Continue-t-elle en levant les bras au ciel.

J'acquiesce effectivement, il fait partie de la mafia et non d'un petit gang de Miami.

Je mets le plat dans le four et reste un instant dans la lune en me demandant si sa famille est comme celles qu'on voit dans les films à la télévision qu'on se coltinait à l'orphelinat.

- Shelby, tu travailles au magasin demain ? Me demande Mori.

- Pardon ?! M'exclamé-je totalement à mille lieux d'ici.

Mori me regarde perplexe et j'esquisse un sourire ennuyé. Lui aussi peut avoir des yeux terrifiants en fait.

- Faut que tu arrêtes de rêver toi. Sourit-il enfin.

- Byron passera te prendre à la sortie. On s'est dit que tu pouvais nous rejoindre au club demain. Les filles ont un service assez court, vous pourrez vous défouler un peu. M'explique-t-il.

- Attends ! S'écrie Emi enjouée.

-Tu viens de dire qu'on avait le droit de faire ce qu'on veut ? Lui demande-t-elle avec un sourire plus que palpable, et je baisse la tête en rigolant comme Caro.

Le regard de Mori se durcit et il lui tape sur la tête.

- Ne rêve pas non plus ! Claque-t-il et je peux lire le désarroi maintenant dans les yeux de Emi.

On se mit à rire. Ces deux-là sont terribles, mais Emi a de la chance d'avoir un grand frère pareil. Il a beau être froid par moment, il s'inquiète toujours pour elle.

- Alors tu lui as dit pour Byron ? Demande Donovan en revenant de sa chambre.

- Oui, c'est bien le grand noir de la salle de gym où on va ? Demandé-je pour confirmer que j'ai bien compris.

En fait je ne le connais pas plus que ça mais il a l'air sympa de ce que j'ai pu voir.

Donovan et Mori acquiescent, et ils nous expliquent qu'il est aussi devenu sorteur au club où ils travaillent et qu'il rêve de devenir garde du corps plus tard. C'est un mec sympa en qui on peut avoir confiance d'après eux.

- Bien on fait comme ça ! M'exclamé-je convaincue en prenant les couverts dans le tiroir pour les mettre sur la table.

Donovan reste un moment au coin de la cuisine et je l'observe discrètement, ses plaies ont déjà bien cicatrisées.

Je souris en pensant que je vais enfin pouvoir aller le voir travailler. Donovan a travaillé dur pour devenir DJ et on lui offre enfin son propre créneau de trois heures, il doit être stressé.

Je m'approche de lui pour lui murmurer à l'oreille que tout va bien se passer. Après tout, il est tellement doué avec ses doigts qu'il va enchanter toute la piste.

Shawn

Cela fait presque une semaine que cela est arrivé et je me sens toujours aussi confus à propos de Shelby. Je n'ai pas vu Jordan, ni les autres de la bande depuis, mise à part Noa qui est passé m'expliquer que Shelby n'était pas revenue en cours ; mais d'après son amie chinoise qu'il a entendu parler, elle se porte bien.

Pour ma part, je rentre très rarement à la maison sauf pour me changer, dormir une heure et repartir pour passer ma journée dans les bars à boire. Tout ceci parce que je n'arrive pas à m'enlever son regard terrifié de mon esprit. Un regard qui me glace le sang comme jamais il ne l'a été de sa vie...

C'est plus fort que moi ; elle s'est immiscée dans ma tête depuis ce lundi matin au parc où elle était allongée à mes côtés pendant que ses fins doigts jouaient dans mes cheveux. Aujourd'hui, j'enrage de cette situation dans laquelle nous sommes arrivés.

Me voilà au bar du Nevada qui est le casino de mon vieux, mais aussi son quartier général quand il est à Miami ; quand un homme en costume s'assoit à côté de moi.

- Deux Whisky ! Fait-il au serveur.

- En fait, non, mettez la bouteille. Rectifie-t-il.

La voix me surprend en me demandant ce que Christian peut bien faire ici, lui qui est si occupé.

- Alors gamin, tu veux en parler ? Me demande-t-il en poussant un verre de Whisky devant moi.

Je ne réponds pas, Christian n'insiste pas comme à son habitude en buvant son verre et s'en ressert un nouveau dans la foulée.

- J'ai eu des nouvelles de ton père, il devrait bientôt rentrer à Miami. M'informe-t-il.

Je relève enfin le regard vers lui, mais il ne me regarde pas et se tient droit comme un i sur son tabouret, tandis que moi je suis affalé sur le comptoir totalement bourré sous l'effet de l'alcool.

- Maman est au courant ? Lui demandé-je nonchalamment.

- Non, je vais aller lui annoncer après. Je voulais d'abord avoir une conversation avec toi sur ce qui s'est passé au Lycée.

Je replonge ma tête dans mon verre. Pitié pas de sermons !

- Ce n'est pas la première fois que tu exploses quelqu'un. Confirme-t-il bien entendu.

- Mais c'est la première fois que tu le fais au Lycée. Je pourrais en connaitre la raison ? Me demande-t-il et je fais craquer mon cou en me redressant.

- Il avait une gueule qui ne me revenait pas. Répondé-je.

- Tu me connais quand même non ?! Lui lancé-je ne voyant pas quoi lui dire d'autre.

Christian boit une gorgée de son verre en relevant ses lunettes sur son nez de sa main libre. Certes, il sait très bien que j'ai le sang chaud, mais je ne me suis jamais battu au lycée, surtout que c'est un endroit où personne n'ose se mettre sur mon chemin. Enfin…

- Et la fille ?

Je le regarde ahuri. Comment il sait pour Shelby ?

- Quoi la fille ? Répété-je en essayant de rester neutre, mais ma poitrine vient de me faire mal en pensant à nouveau à elle.

- Tu devrais réfléchir à ce que tu ressens pour cette fille. Me fait-il en me tapant sur l'épaule avant de descendre du tabouret et de quitter le bar.

Du Christian tout craché ! Il est déjà à la sortie du bar quand je me retourne suivi de deux malabars attirés à sa protection. Comme si quelqu'un allait l'ennuyer ici !

- Réfléchir à quoi ?! Putain Christian, sois plus clair bordel ! Ragé-je en me retournant vers mon verre.

Je bois mon verre d'une traite et sors du bar en titubant jusqu'à ma moto sur le parking ; et je remarque deux filles qui tournent autour.

- Tu veux t'amuser mon beau ?! Me lance une vieille à côté d'une fille plus jeune.

Je souris narquoisement. Le gars du parking n'a pas effectué son travail, puisque ce sont des putes à la recherche de clients fortunés. Après tout, la jeune n'est pas mal du tout et j'ai un peu faim. Elle comprend à mon regard et s'approche de moi en frottant son bassin contre mon sexe.

- Tu viens. Me fait-elle langoureusement.

J'esquisse un sourire narquois en passant ma langue entre mes lèvres, et je lui fais signe de monter sur ma moto. Pas question de s'envoyer en l'air dans l'hôtel du Nevada ; il est capable de me tomber dessus à la sortie de la chambre.

Je fais signe à la jeune de monter sur ma Yamaha, et je roule jusqu'aux motels où les putes se rendent avec leurs clients.

Un regard en montant les escaliers sur plusieurs gars accompagnés qui rentrent dans des chambres, me montre que ce sont des gars de mon gang.

Nous entrons dans la chambre où je dépose le montant sur le meuble et me pose sur le lit nonchalamment.

Elle se déchausse et viens directement me défroquer, avant de saisir mon sexe avec sa main, ensuite sa bouche, ne me faisant penser à rien pendant une seconde.

Je la tire par les cheveux pour la ramener vers moi, et la retourne sans délicatesse pour enlever son string. J'entre en elle sans délicatesse pour commencer mes vas et viens que je veux durs.

C'est une pute, elle est habituée à toute sorte de sexe. Je serre plus fort mes mains autour de ses cheveux et elle se met à crier tellement elle a mal sous mes coups de reins.

Je m'en fous je ne suis pas un tendre ! Je ne suis pas né pour faire plaisir aux femmes. Ce sont elles qui sont là pour assouvir mes désirs et là je lui fais bien comprendre.

La chose finie, je la lâche et elle s'affale sur le lit inerte, limite en train de pleurer. C'est alors que je m'apprête à partir quand je vois son regard et je me fige.

Elle a les yeux bleus et pendant une seconde je vois Shelby à sa place. Ma poitrine se serre et je passe la main dans mes cheveux totalement perdu à cet instant.

- Putain c'est quoi ça ?! Claqué-je en sautant du lit, pour sortir de la chambre.

Je titube dans le couloir, où je ne vois que le visage de Shelby en pleurs contre la voiture. Elle ne veut pas partir, et je me tiens la tête d'une main, me tenant au mur de l'autre tout en longeant le couloir comme je peux.

Je percute un mec puis un deuxième, alors qu'un autre se tape maintenant devant, moi d'un air menaçant.

- Tu vas où connard ?! Tu pourrais t'excuser ! Me balance-t-il froidement.

Je relève mes yeux vers lui et il recule d'un pas en me reconnaissant ; mais c'est trop tard. Je suis déjà sur lui de mes poings s'écrasant sur son visage. Deux autres arrivent derrière moi et commencent à me shooter dedans, essayant de me faire arrêter mais dans ces moments-là, je suis pire qu'un animal et je ne lâche pas ce connard.

- Putain tu vas le lâcher ?! Hurle un mec arrivant avec une barre de fer.

Je suis tellement pris dans ma rage que je ne percute pas assez vite et la barre s'écrase dans mon dos violemment.

Je m'écroule un instant sur le mec plein de sang que je viens de tabasser et je sens un truc dur sous son pull ; un flingue !

Je l'attrape et sans me poser de questions me retourne et tire sur le mec avec la barre qui veut réitérer son geste, avant de me relever.

Le coup de feu fait sortir des personnes des chambres tandis que je reste là debout m'appuyant sur le mur ; ça va mal finir ! Jordan apparaît d'un coup sortant d'une chambre ainsi que plusieurs de mon gang et s'occupent des mecs qui se lancent maintenant vers moi.

- Casse-toi ! M'ordonne Jordan.

Je me détourne du bordel que je viens de faire et je pars du motel en titubant sous le choc de la barre. En passant ma main sur ma tempe, je me rends compte que je saigne. Je sors du motel sans me poser plus de questions et je monte tant bien que mal sur ma moto pour quitter les lieux.

Il est vingt-trois heures et nous sommes arrivés au club depuis un moment déjà. Shelby finit vers minuit à la supérette à peu près où je vais commencer à prendre place aux platines. Je vais enfin pouvoir montrer ce que je vaux derrière celles-ci malgré le stress qui commence à monter en moi de plus en plus.

- Ça va ? Tu n'es pas trop stressé ? Me demande Trevor en m'aidant à amener mon matériel sur la scène.

- Pour l'instant, ça va. Répondé-je en esquissant un sourire.

Et c'est vrai que je ne devrais pas trop stresser, puisque je l'ai déjà fait et vu comme on a travaillé sur les morceaux avec Trevor ; je sais que ça va aller.

Emi et Carolina se préparent derrière le comptoir. Je ris tout seul en repensant que Mori a failli ne pas la laisser venir aujourd'hui, quand il a vu la tenue qu'elle portait ; mais comme une brave petite sœur ; elle a cédé et est allée se changer.

D'ailleurs je me demande sur le coup comment était habillée Shelby pour aller travailler ? Merde, je ne sais plus du tout !

Une fois tout installé, je vais dans la réserve me chercher une bouteille d'eau quand j'entends le patron parler au téléphone.

- Vous rigolez ?! Hurle-t-il.

- Vous êtes inconscients !

Il tape dans un tonneau, il a l'air furieux.

- Préparez-vous à avoir des représailles ! S'écrie-t-il entre la panique et la colère avant de raccrocher.

Il se retourne et je reste là sans bouger comme si j'avais commis un crime.

- Donovan, mon grand. Tu es prêt à monter sur scène ? Me Demande-t-il tout calmement, comme si de rien n'était.

- Oui patron. Pas de soucis tout est prêt. Répondé-je essayant de me montrer neutre.

- C'est bien, c'est bien.

Il me fait une tape sur l'épaule et il sort de la réserve en ruminant des mots incompréhensibles.

Shelby

J'ai enfin fini de travailler pour aujourd'hui. J'ai eu l'impression que les heures ne passaient pas. Mais c'est peut-être parce que je suis pressée d'aller voir Donovan. Je passe un instant dans les toilettes de la supérette pour me maquiller avant de mettre ma veste et je sors par l'arrière.

- À demain ! Me crie ma collègue en partant de son côté.

- À demain en forme ! Répondé-je en lui faisant signe.

Je bifurque au coin et tombe sur Byron qui court pour me rejoindre.

- Désolé je suis en retard. Me fait-il tout essouffler.

- Pas de soucis, je viens juste de sortir. Lui répondé-je en souriant.

- On y va. Me fait-il après avoir repris un peu son souffle.

Je ris en voyant un grand sportif comme lui qui est tout essoufflé, il est pourtant un des plus sportifs que je connaisse avec Mori.

Nous marchons pendant vingt minutes avant d'arriver au club et Mori nous accueille directement à l'entrée pour nous faire entrer.

Bon, ce n'est pas une faveur, Byron travaille avec lui comme videur au club donc on aurait pu rentrer de toute façon devant tout le monde.

- Donne-moi ta veste. Me fait Tarvis dès que nous sommes entrés et il s'en va vers un vestiaire les donner à une fille.

Je regarde la piste pendant un instant. Le club est bombé et la musique est superbe. Je suis déjà en train de me dandiner sur le son enivré.

- On va rejoindre les filles ! Me crie Tarvis tellement qu'on ne s'entend pas avec le son.

Je le suis vers une table dans le fond où il y a écrit VIP sur le mur au-dessus. Carolina et Emi sont déjà là en train de boire des cocktails bien colorés. Elles me sautent dessus quand elles me voient enfin arriver, comme si on ne s'était pas vues depuis des jours. Je pense qu'elles ont déjà trop bu.

- Tu bois quoi ? Me demande Byron.

- Un mojito s'il te plaît. Lui répondé-je en m'asseyant.

Il acquiesce et disparaît dans la foule.

- Alors tu penses quoi de Byron ? Il est cool non ?! Me demande Carolina.

- Oui, je le connaissais un peu de la salle de gym. Répondé-je en faisant le tour du club du regard.

- Il traîne aussi avec Shawn et sa clique. Me fait remarquer Emi.

- Mais il est vraiment cool. Me fait-elle comme si elle avait vu un soupçon de peur en moi.

Il faut dire que rien que d'entendre le nom de Shawn, je me crispe. Carolina le remarque et me fait un clin d'œil. Je lui souris pour la rassurer ; après tout, il faudra bien le revoir un jour au lycée.

Je regarde vers la scène où Donovan et Trevor sont déjà derrière les platines, et je souris. Ils assurent grave rendant la musique géniale.

Après avoir bu plusieurs verres, nous nous décidons de rejoindre la piste de danse, tandis que Byron est rappelé à l'entrée puisqu'il manque un videur.

Donovan

Je relève la tête et les aperçois sur la piste. Shelby porte un petit top mauve en cuir et un pantalon du même tissu noir. Elle resplendit comme toujours avec ses cheveux bouclés lâchés qui volent dans tous les sens. Trevor me fait un coup de coude pour me prévenir que c'est ma pause et je descends de la scène pour passer au bar prendre un cocktail avant de rejoindre les filles sur la piste.

- La vedette ! S'exclame Carolina en m'enlaçant.

- N'en fais pas de trop. Fais-je gêné en passant ma main dans mes cheveux.

- Tu es super. Me fait Shelby souriante.

- Tu as trouvé ta vocation !

- Elle a raison. Acquiesce Emi.

Carolina et Emi se remettent à sauter et danser partout ; elles sont déchaînées. Shelby quant à elle vient près de moi se montrant d'un coup bien calme.

- Tu viens fumer une cigarette avec moi ? Me demande-t-elle.

- OK. Fais-je lui montrant le chemin à suivre.

Elle se faufile au milieu des gens mais il y a du monde, donc on n'avance quasiment pas. Les mecs ne la laissent pas vraiment passer mais essayent plutôt de la draguer. Elle les nie tous sans exception ; elle a l'habitude de ce genre de situation on dirait.

Ce qui m'inquiète un peu.

Nous sommes coincés depuis un moment quand elle me regarde dépitée, je lui attrape la main et nous fraie un chemin jusqu'à la sortie.

- Ouf, j'ai cru qu'on ne sortirait jamais. Soupire-t-elle en remettant ses cheveux en place.

- Viens on va par là. Lui fais-je.

Je me dirige vers le parking pour ne pas devoir crier tellement la musique donne, même dehors.

- Je ne resterai pas tard. Me dit-elle après avoir allumé sa cigarette. - Je bosse à midi demain. M'informe-t-elle.

- Pas de soucis, l'important c'est que tu sois venue. Acquiescé-je.

- Je n'aurais jamais manquer ça. Mon grand frère qui se lance dans le monde des DJ. Me lance-t-elle avec un sourire magnifique.

Mais je tique de plus en plus quand elle m'appelle grand-frère et je la regarde, un peu dépité, tandis qu'elle a le regard tourné vers l'entrée du club. Elle ne sait rien de mes sentiments et ne pense pas à moi comme un homme. J'ai une douleur dans ma poitrine qui s'installe de plus en plus quand elle fait ça.

Depuis quand j'éprouve autant de sentiments pour elle ?

Shelby

C'est le jour de son retour au lycée tout comme celui de Jordan, je soupire sachant que les vacances en cours sont déjà finies. Cela m'arrangeait bien de ne pas les voir tous les deux. Du coup, ma motivation pour aller en cours aujourd'hui est un peu fébrile.

Que vont-ils encore inventé pour m'énerver aujourd'hui ?

Je rentre en classe, évitant tout contact visuel avec le fond de celle-ci et je m'assois en classe seule puisque Emi n'est pas présente ; elle a été malade toute la nuit. Le professeur étant absent la première heure, je mets mes écouteurs à mes oreilles en commençant à gribouiller sur une feuille sans m'occuper de ce que les autres racontent, et surtout de qui se trouve en classe.

Je n'entends pas la chaise à côté de moi bouger totalement absorbée par la musique que j'écoute. Le professeur du cours suivant arrive enfin et je relève la tête quand je me rends compte qu'il y a quelqu'un à côté de moi qui dort sur le banc. Rien que de voir ses cheveux soyeux noirs et ses tatouages sur le bras je sais tout de suite que c'est lui et je me relève d'un coup, prise de panique pour me coller contre la fenêtre.

Il est sérieux lui ?! Non, mais qu'est-ce qu'il fout là ?!

- Mademoiselle Stones, le cours va commencer. Asseyez-vous. Me fait le professeur tandis que je suis totalement tétanisée contre la fenêtre.

Il est hors de question que je passe l'heure du cours à côté de lui !

Shawn se retourne vers moi toujours affalé sur le banc ; ses yeux verts sont vitreux et sans âme. J'hésite quelques secondes et je finis par me rassoir en poussant ma chaise le plus près possible de la fenêtre tout en évitant de le regarder.

Alors que je m'apprête à ranger mon portable et mes écouteurs pour suivre le cours, non sans respirer profondément histoire de me calmer, la main de Shawn se pose sur la mienne. Je l'enlève directement comme si une décharge électrique venait de me traverser. Il ne s'en soucie absolument pas et il prend un écouteur pour le mettre à son oreille avant de refermer ses yeux simplement.

Attends, il fait quoi là ?! Je le regarde ahurie en me demandant s'il compte vraiment rester là à écouter ma musique pendant le cours. En y réfléchissant bien, il me laisse tranquille en faisant cela. Je décide donc d'abandonner l'idée de récupérer mes écouteurs et je me décide à suivre cours, en gardant un œil sur lui.

Pendant toute l'heure du cours, il dort mon écouteur dans ses oreilles et la main sur mon portable comme pour m'empêcher de le prendre. Je jette sans cesse des coups d'œil furtifs vers lui.

Que lui est-il arrivé pour qu'il ait ses yeux si vitreux ?

Certainement des soirées bien arrosées en compagnie de Jordan et toute sa bande à ennuyer les pauvres personnes comme moi qui ont eu le malheur de les rencontrer.

Sérieusement, il ne mérite même pas que je m'inquiète pour lui. Pourtant inconsciemment, mon esprit passe l'heure de cours à me demander ce qui l'a rendu ainsi.

À la fin du cours, tout le monde bavarde en sortant de la classe et je vois Noa me jeter un coup d'œil ennuyé avant de s'en aller aussi.

Nous restons les deux seuls dans la classe tandis que je me demande comment je vais récupérer mon portable.

Il est hors de question que je parte en lui laissant !

Shawn est complètement endormi, pourtant il a aussi un air triste sur le visage qui me fait pencher la tête sur le côté pour le regarder.

Mon dieu Shelby, tu n'es quand même pas en train de t'attendrir pour cet abruti ?!

Je respire un bon coup en passant mes doigts dans mes boucles, il faut que je prenne mon courage à deux mains pour récupérer mes affaires. Mais le souvenir du parc me revient en mémoire ; le toucher de ses magnifiques cheveux soyeux entre mes doigts qui y glissent doucement.

Je tends ma main doucement vers lui pour attraper à nouveau sa mèche qui cache une partie de son visage mais je me ravise ; il est hors de question que je cède à ce crétin !

Je me mords la lèvre en essayant de prendre furtivement mon portable en espérant qu'il ne se réveille pas quand je reçois un texto sur celui-ci.

- Merde. Grincé-je dans mes dents.

Mes yeux s'écarquillent priant qu'il ne se réveille pas, mais c'est déjà peine perdue.

Shawn se réveille encore endormi son regard posé sur l'écran de mon portable, je le regarde, terrifiée à l'idée de ce qu'il va dire, ou pire le balancer dans la classe. Il se redresse sur la chaise d'une façon nonchalante en prenant mon portable, et je déglutis.

- Ton code ? Murmure-t-il d'une voix endormie.

Je ne lui réponds pas. Qu'est-ce qu'il va faire avec mon portable ?

Il se retourne vers moi à moitié endormi, ses yeux verts sont toujours aussi vitreux.

- Ton code. Insiste-t-il un peu plus fort.

Je réfléchis une seconde. Je le regarde à nouveau ; il n'a pas l'air hostile, ne le cherchons pas.

- Zéro huit zéro huit zéro un. Murmuré-je en regardant ses doigts débloquer mon portable.

Je me retourne vers mon banc un instant le temps de me demander ce qu'il va faire et j'entends sa chaise reculer dans un grincement atroce.

Je me tourne à nouveau dans sa direction et il me tend mon portable, toujours le regard vitreux sans aucune expression.

- Tiens.

Je le prends du bout des doigts pour éviter le moindre contact entre nous.

- Ton mec t'a envoyé un message. Murmure-t-il avant de sortir à son tour de la classe.

Je regarde la porte confirmant qu'il est bien parti avant de regarder mon portable tout en me demandant ce qu'il a bien pu faire avec quand je vois dans mes contacts : Shawn.

Il a ajouté son numéro ! Comme si j'allais lui sonner ?! Il est fou lui !

Je ferme les contacts et regarde la messagerie : Donovan.

« On t'attend, tu ne descends pas ? »

J'hésite. Il vaut mieux que je reste en classe, Donovan va voir tout de suite que quelque chose ne va pas et puis Shawn est sorti donc il n'y a pas de raison de s'inquiéter.

« J'achève de corriger un truc, on se voit à midi » Finis-je par lui répondre et je referme mon portable pour regarder par la fenêtre.

Shawn

Quand nous remontons en classe, je repars m'asseoir dans le fond avec Noa sans jeter un coup d'œil vers elle. Après cette semaine, j'ai besoin d'un peu de calme et je savais qu'auprès d'elle, je saurais me ressourcer un instant. Depuis l'histoire de la pute et du mec sur qui j'ai tiré, je n'ai pas eu un moment de répits.

Mon père est revenu à la villa le lendemain et m'a dit de prendre mes responsabilités pour cette histoire, étant donné que cet homme sur qui j'ai tiré fait partie d'un gang rival et qu'il est temps que j'arrête de faire les petits boulots pépères.

Nous avons donc officialisé notre gang, déjà en lui trouvant un nom ; le gang des Scorpions en hommage à ma mère qui adore ces animaux. Bien qu'elle n'aime pas les toucher.

Nous avons été jusqu'à Miami pour faire le plein d'armes étant donné que mise à part quelques-uns, nous n'étions pas armés. Je suis officiellement entré dans la cour des grands comme dirait mon père.

Ma mère quant à elle est devenue folle en apprenant que je suivais vraiment les traces de mon père et on a dû la faire hospitaliser pendant deux jours avant qu'elle ne se calme.

Christian y est sûrement pour quelque chose, malgré que je ne l'aie pas vu dans les parages depuis notre conversation au bar.

Jordan a décidé d'arrêter le lycée et de se consacrer au gang à cent pourcents. Quant à Noa, lui préfère rester en retrait vis-à-vis de ça. Son père étant mort il y a six ans par un gang rival et sa mère n'ayant que lui a eu le dernier mot.

La journée passe assez rapidement et je monte sur ma moto en fin de cours tout en fumant ma cigarette ; le regard tourné vers Shelby qui attend Donovan et les autres près de la voiture de celui-ci.

Il n'y a pas à dire, cette nana m'attire plus que de raison mais pas comme toutes ces gonzesses que je me suis fait. Je n'ai aucune véritable envie, ni désir en la regardant mais il y a quelque chose qui m'attire et je n'arrive pas à mettre le doigt dessus mise à part qu'elle soit canon.

Ses yeux bleus se lèvent vers moi un instant et je tiens son regard tout en ne montrant aucune réaction sur mon visage. Cependant, je me crispe en voyant Donovan arriver, accompagné des deux bouffons qui trainent avec lui.

Je jette ma cigarette et démarre la moto pour partir.

Donovan

Ce soir, Shelby et Mori ont entraînement de Boxe Thai au gymnase non loin du loft.

Pendant ce temps-là, je prévois de passer au club avec Trevor pour aller rechercher mon matériel que j'ai laissé lors de notre dernière soirée.

- Tu as vu la caisse ? Me lance Trevor en regardant vers l'entrée.

Devant le club, il y a une Mercedes noire teintée où un homme en costume noir se tient à côté. J'ai un frisson glacial qui me parcourt en voyant cet homme dont les yeux sont cachés derrière des lunettes noires, mais aussi il porte des tatouages dans le cou.

- Ça doit être un mec haut placé dans les gangs. Regarde les tatouages sur son cou. Murmure Trevor en se penchant vers moi tandis que nous entrons dans le club.

Effectivement, le mec porte une fleur dans le cou mais je ne fais pas attention plus loin, un peu terrifié par ce genre de gars, alors que Trevor regarde toujours les détails.

En entrant dans le club, le patron et deux de ses hommes sont à genoux devant quatre autres hommes qui portent tous des costumes noirs. Mais il y a cet homme qui se tient au centre portant un grand blazer noir et il a les cheveux noirs mi-longs plaqués. Il dégage un tel charisme que je m'arrête sous l'effet de l'aura qui l'entoure.

- J'espère que tu as compris ?! S'exclame l'homme au blazer en se retournant vers la sortie donc vers nous.

Trevor et moi nous reculons contre le mur pour les laisser passer, et l'homme en blazer s'arrête à notre hauteur. Il porte des lunettes de soleil et un costume noir qui semble très cher en dessous de son blazer. Il semble vraiment venu d'un autre monde que je ne voudrais pas fréquenter.

- Désolé les jeunes. Semble-t-il s'excuser.

- Je pense que votre patron a d'autres projets ce soir. Je serais vous, je reviendrais un autre jour.

Trevor et moi acquiesçons sans parler et l'homme remet ses lunettes comme il faut. C'est à cet instant que je peux entrevoir une fleur de Lotus sur le dos de sa main droite.

L'homme sort suivi des trois autres hommes en costume noir, et j'expire profondément ayant l'impression d'avoir échappé à la mort. Ces histoires de gang et de mafia ne sont pas vraiment ce que j'aime dans cette ville.

- On fait quoi Donovan ? Me demande Trevor.

- On reviendra un autre jour. Fais-je en voyant le patron commencer à crier sur ses hommes.

Nous retournons vers l'Audi garée sur le parking et repartons au loft sans un mot accusant tous les deux ce que nous venons de voir. Après tout, cela aurait pu être pire. Mais je ne savais pas que le patron trainait dans ce genre d'affaires. Cela me fait réfléchir sur le futur que nous aurons dans ce club.

Arrivés au Loft, Trevor explique aux filles ce qui vient de se passer, et elles se demandent tout comme nous si c'était bien un patron de la mafia au club.

- Tu penses que le patron trempe là-dedans aussi ? Demande Carolina.

- Aucune idée. Répondé-je en déglutissant.

- On devrait peut-être arrêter d'y travailler ? Fait Trevor.

- Nous en avons les moyens et Mori retrouvera un travail de videur avec ses qualifications. Continue-t-il et je passe la main dans mes cheveux tout en réfléchissant.

Je sais très bien que Trevor a raison. Nous avons tous les deux de l'argent laissé par nos parents ainsi que Shelby mais Emi, Mori et Carolina n'ont pas cette chance.

Et vu que Carolina ne dit rien, je sais qu'elle pense la même chose. Je me frotte la nuque en regardant vers la fenêtre ; on va devoir y réfléchir sérieusement.

Shelby

J'ai décidé de ne plus m'occuper de Shawn et je dois avouer que depuis que Jordan n'est plus là, les cours ainsi que le lycée paraissent plus calmes.

Shawn quant à lui dort toujours pendant tous les cours, ou ça lui arrive de venir se mettre derrière moi et de jouer avec mes cheveux pendant le cours. Cependant, il ne me parle pas ni n'essaye d'attirer mon attention sur lui, ce qui me convient parfaitement.

Aujourd'hui, nous avons un marathon à faire pour le lycée et Emi râle déjà avant de commencer. Elle n'aime vraiment pas courir mais Mori a été clair avec elle ; elle doit participer et comme toujours il a eu le dernier mot sur sa maladie imaginaire de ce matin.

Toutes les classes sont là et les professeurs nous ont fait des emplacements par classe avec des barrières ; on dirait des enclos à bétail.

Je détourne mon regard vers les autres enclos et je remarque Donovan dans le sien. Il a l'air plus qu'en forme et il rigole avec les filles de sa classe de bon cœur. Ses yeux bleus sont magnifiques et je dois avouer que c'est vraiment le plus beau garçon que nous ayons dans le lycée.

Il a d'ailleurs toujours été le plus beau à mes yeux depuis le collège. J'aime vraiment le regarder quand il est ainsi et il me faut un moment pour sortir de ma contemplation et de remarquer qu'il me fait un grand signe voyant que je l'observe.

- Ouh Shelby. Ton mec a du succès ! Me lance Kristie avec un sourire narquois.

Je me retourne m'apprêtant à lui répondre qu'elle aille se faire foutre, quand je croise le regard de Shawn. Ses yeux verts intenses me dévisagent et je sens un frisson me parcourir dans tout le corps me poussant à me détourner immédiatement de lui. Je porte limite ma main à ma poitrine, sentant mon pouls s'accélérer.

- Regardez ! Elle n'ose pas répondre la petite chérie à Donovan. Continue Kristie en rigolant.

Je reviens vers elle, prête cette fois-ci à la faire taire quand Shawn tape son poing d'un coup sec contre une barrière de notre enclos.

- Tu ne vas pas la fermer non ?! Claque-t-il et je reste la bouche ouvert, hébétée de son attitude.

Son regard vert est haineux à cet instant et toute la classe se tait le regardant tout aussi surpris que moi. Kristie qui est devenue toute pâle se recule le plus loin possible de lui, tandis que je ne comprends pas une telle réaction de sa part.

- Bon ! S'exclame le professeur tapant dans ses mains, en arrivant enfin.

- C'est parti ! Vous pouvez rejoindre la ligne de départ !

Tout le monde s'empresse de partir de l'enclos, tandis que je reste là à regarder Shawn qui fixe son poing. Il semble vraiment énerver, mais je ne comprends toujours pas pourquoi il s'en est pris à Kristie qui pourtant fait partie de son groupe.

- Shelby, on y va. Me fait Emi étonnée que je ne bouge pas en me poussant.

- Oui, oui. Acquiescé-je en avançant pour sortir de l'enclos à notre tour, où nous rejoignons la ligne de départ.

Donovan vient près de moi et me fait une tape sur l'épaule pour me souhaiter bon courage. J'acquiesce d'un sourire tandis que Emi recommence à se plaindre.

J'aurais dû prendre mon portable et mes écouteurs pour éviter de l'entendre geindre pendant qu'on court.

Je regarde derrière moi pour voir où Donovan va se mettre, quand je remarque que Shawn se tient derrière moi et qu'il me regarde à nouveau de son regard vert intense.

Des frissons m'envahissent à nouveau et je n'arrive pas à lâcher son regard. Mes lèvres s'entrouvrent limite, totalement perdue dans ses yeux émeraudes. D'un coup, il me sourit et il me dit de regarder devant moi.

Je frissonne à nouveau et je m'exécute tandis que le départ du marathon est lancé.

J'ai perdu Emi depuis un moment déjà ; elle n'a vraiment pas de conditions physiques. Ce qui est quand même drôle quand on voit que Mori est aussi sportif. Je continue d'avancer remarquant qu'il n'y a personne devant moi depuis un moment. Je jette un coup d'œil derrière moi et je vois Shawn à deux mètres derrière moi.

Surprise, je ne fais pas attention et me tords le pied finissant par m'étaler de tout mon long sur le chemin de terre. Je me redresse et je m'assois en regardant mes pieds. Sérieusement, ce n'était pas le moment de faire une telle chose et surtout pas devant lui ! Je finis par m'assoir, enlevant la terre de mes genoux et j'essaie de m'appuyer sur mon pied pour me lever. Mais une douleur me lance et je touche ma cheville doucement où je remarque que j'ai vraiment mal.

- Je peux ?

Je relève la tête, hébétée en voyant Shawn qui attend mon approbation pour toucher à mon pied.

Je ne réponds pas et j'essaye doucement de me relever mais ça fait vraiment trop mal.

- Ne fais pas ta têtue. Laisse-moi t'aider. Insiste-t-il en soupirant presque déjà énervé de mon attitude. J'acquiesce de la tête sans le regarder et il s'accroupit devant moi pour poser sa main sur ma cheville gonflée.

Je tressaille totalement à son toucher certainement à cause de la douleur.

- Désolé. S'excuse-t-il d'une voix plutôt tendre et je relève mon regard vers son visage, surprise.

Comment il fait pour avoir tant de facettes dans sa personnalité ?

- Je crois que tu t'es bien foulée. Fait-il le regard toujours posé sur ma cheville. Du bout des doigts, je peux sentir son toucher qui n'est pas brusque du tout.

- Je vais t'aider à te lever. Finit-il par dire en se relevant, passant la main qui se trouvait sur ma cheville dans ses cheveux qu'il remet en arrière.

Il me tend cette même main, attendant un instant que je la prenne mais j'hésite pour la prendre.

- Je comprends. Je vais attendre avec toi que quelqu'un arrive. Fait-il simplement et il recule en regardant autour de nous.

Je réfléchis un moment en revenant sur ma cheville qui semble gonfler à vue d'œil. Pourquoi est-ce que j'hésite à accepter son aide ? Il ne me fera rien, il veut juste m'aider. Je me mords la lèvre, avant de relever mon regard sur lui. Celui-ci sifflote, en regardant le chemin.

- Shawn allons-y. Dis-je timidement en le regardant droit dans les yeux maintenant.

Il me regarde intensivement sûrement pour voir si j'ai peur, et je n'ai d'autre choix que de lui sourire pour qu'il comprenne que c'est bon.

Il me prend le bras doucement et au toucher de sa main, je sens comme une décharge me traverser dans le moindre recoin de mon corps. Non pas comme une douleur, mais plutôt comme une cBlack ur qui se diffuse en moi.

- On irait plus vite si je te portais non ? Me fait-il voyant que j'ai du mal à avancer.

Je n'ai pas le temps de répondre qu'il me prend dans ses bras d'un coup. Mon cœur est en train de s'emballer, il est à nouveau beaucoup trop près, vraiment proche.

Son visage est trop près et je ne sais pas où regarder mise à part devant moi. Je dois me concentrer pour ne pas le contempler et mon regard reste sur ses bras musclés qui me portent.

Au bout de vingt minutes, nous arrivons au point de relais où les professeurs me prennent en charge et Shawn reprend le marathon après s'être assuré que j'allais bien.

Je le regarde partir avec un drôle de sentiment en moi.

L'aurais-je vraiment mal jugé ?

Le premier, mais pas le dernier

Donovan

Je suis toujours à la ligne d'arrivée avec Byron et Mori en attendant l'arrivée de Carolina, Emi, Trevor et Shelby quand Shawn arrive vers nous plus essoufflé que je ne l'aurais pensé venant de lui. Mais c'est surtout le fait qu'il passe à côté des autres une fois la ligne d'arrivée passée et qu'il vienne vers nous qui m'étonne et me crispe.

Mori fulmine déjà et avance vers lui à son tour ; m'imaginant le pire, j'attrape Mori au bras pour l'arrêter tandis que Shawn se stoppe à quelques pas de nous.

- Calme mec ! Lance-t-il à Mori, sachant qu'il ne le supporte pas.

- Shelby est partie avec les profs, elle s'est foulé la cheville. Nous fait-il.

- Qu'est-ce que tu lui as fait ? S'exclame Mori en continuant d'avancer vers Shawn, se dégageant de moi en un souffle.

Shawn sourit narquoisement à Mori. Bordel, ce n'est pas bon si ces deux-là en viennent aux mains. Mori a beau être un professionnel en Boxe Thaï, Shawn lui est réputé pour ses coups de poings d'acier. Alors que je les regarde se toiser, ne sachant pas quoi faire, une masse noire passe devant moi pour se mettre entre Mori et Shawn.

- Laisse tomber Mori. Je suis certain qu'il n'a rien fait. Fait Byron calmement en jetant un œil à Shawn qui efface son visage narquois en un instant, avant de s'en aller en passant sa main dans les cheveux.

- Comment peux-tu le croire ?! S'exclame Mori.

- Shawn est peut-être un connard, mais je le connais il était franc à cet instant. Nous fait-il calmement en jetant un coup d'œil vers Shawn.

Je regarde Byron me souvenant qu'il traîne avec Shawn depuis un moment, et même s'il ne fait pas parti de son gang ; il doit lui faire confiance.

- Allons voir les professeurs pour voir où elle a été emmenée ! Nous faits Trevor.

- On reste attendre les autres. Me dit Byron alors que Mori fait les cent pas pour se calmer.

- OK ! On vous sonne dès qu'on a du nouveau. Lui répondé-je en commençant à courir vers l'infirmerie du lycée.

- Shelby est partie avec un professeur à l'hôpital Cedars Sinai. Nous informe un élève qui attendait aussi l'infirmier. Nous repartons alors aux vestiaires pour nous changer et prendre ma voiture pour nous y rendre.

Une demi-heure après, nous arrivons à l'hôpital pour rechercher Shelby et voir comment elle va. Elle nous explique être tombée toute seule et que Shawn n'a fait que l'aider.

L'entendre dire que sans lui, elle serait toujours en train d'attendre sur le chemin que quelqu'un passe me rend malade.

Mais en plus savoir qu'il l'a portée une fois de plus dans ses bras…

Mais ce qui me fait le plus mal, c'est qu'elle parle de lui sans dégoût dans la voix après ce qu'il lui a fait la dernière fois. Je serre les dents en les écoutant parler, et j'ai comme l'impression qu'on me lacère tout doucement le cœur. Le trajet jusqu'au loft se fait juste avec leur conversation que je ne suis pas du tout, me demandant si ses yeux bleus qui illumine l'habitacle de la voiture sont toujours aussi insensibles à Shawn…

- Donovan, ça ne va pas ? Me demande-t-elle alors que je l'aide à aller jusqu'à l'ascenseur du Loft.

- Si, si un peu fatigué. Éludé-je en la faisant entrer dans l'ascenseur.

Je la vois me fixer un instant pendant le trajet de l'ascenseur, mais elle n'insiste pas et parle avec Trevor qui vient de prévenir les autres avec son portable que nous sommes bien rentrés.

Shawn

- Te voilà enfin mon cher fils ! S'exclame sa voix d'enfoiré qui me donne envie de fulminer avant même de le voir.

- Nous avons du boulot ce soir.

Merde ! J'étais sûr qu'il n'était pas à la villa quand je suis rentré, je pensais avoir juste eu le temps de me changer en pensant pouvoir repartir sans le voir. Bien entendu, j'aurais dû me douter que cela ne se passerait pas comme ça, cet enfoiré est plus vicelard que mon ombre.

Je vais dans la cuisine sans un regard dans sa direction et je me prends une canette de bière.

- Shawn. Fait ma mère en entrant dans la cuisine.

- Tu devrais peut-être éviter de boire si tôt ?! Me fait-elle en relevant un sourcil quand je commence à affonner celle-ci.

- Ouais je devrais. Répondé-je en faisant un renvoi de tous les diables.

Mon père rentre dans la cuisine, toujours dans son beau costume italien noir qui coûte une blinde. Ses cheveux longs plaqués avec tellement de gel qu'on a l'impression qu'il y a trempé sa tête.

- Tu comptes finir comme ta mère ? Me demande-t-il bien franc de ses yeux bruns glacials.

- On se demande à cause de qui elle boit. Lui rétorqué-je sur le même ton, pas du tout déstabiliser par lui me reprenant une canette dans le frigo en lui offrant mon plus beau sourire.

On se toise un moment dans la cuisine, et je bois ma canette d'une traite avant de la lancer dans le panier de la buanderie, sans regarder ma mère dont le visage est penché sur l'îlot de la cuisine.

Je passe près d'elle, pose ma main sur la sienne doucement. Celle-ci me regarde enfin et me sourit.

- Allons-y ! Fait mon père impatient.

- Nous avons du travail.

Je le suis dans la Mercedes teintée noire après avoir fait un baiser à ma mère et nous démarrons.

- Il faudrait que tu penses à t'habiller un peu mieux la prochaine fois ?! Tu es quand même mon fils et chef de gang qui plus est.

Je ne réponds pas ; comme si j'allais m'habiller en costard, il est fou lui ! Je ne suis pas un pingouin. Rien ne vaut un bon jeans, un T-Shirt et ma veste en cuir noir.

Nous arrivons devant un de ces clubs huppé de Miami ; le genre où je ne mettrai jamais les pieds. Plein de minettes en chaleur, à peine sortie du ventre de leur mère qui se croit importante, parce que papa a payé le videur pour entrer. Nous descendons de la voiture et je remarque que ma bande attend.

Jordan me regarde avec un grand sourire sur les lèvres, cela veut dire qu'on va se battre. Je reconnais ce visage illuminé et cette étincelle dans ses yeux qui ne me fait aucun doute.

- Tu es sérieux ?! Lancé-je à mon père surpris qu'il nous laisse venir avec lui faire de sa merde dont je n'ai pas envie de participer ; e tout cas pas avec lui derrière moi.

- Tu comprendras une fois à l'intérieur, je vais vous laisser faire.

Putain, fais chier ! Je voulais passer une soirée peinarde et me voilà avec mon gang entrant dans un club pour tout casser avec mon père comme chaperon !

Jordan vient se poser à ma droite, étant donné qu'il est mon bras droit, et nous rentrons dans le club qui est vide vu l'heure.

Lorsque mon regard se porte sur les gars qui s'agitent dans la salle, je reconnais un des mecs du motel que j'ai tabassé et je comprends tout de suite ce qui se passe ; c'est leur club.

Certains mecs de mon gang sont armés de barre en fer comme celle que j'ai reçue dans le dos, et d'autres de leurs flingues. Mais ils savent que je ne veux pas qu'on utilise les flingues si on peut s'amuser à mains nues.

- Putain ! Qu'est-ce que vous faites là vous ? S'exclame un mec en sortant d'une pièce derrière nous.

Je tourne ma tête vers lui, la penche et mon visage devient narquois tandis que je serre la mâchoire. Mon regard s'illumine dangereusement, car devant moi se tient le mec qui m'a asséné la barre de fer dans le motel.

Je me frotte les mains jubilant de la situation qui tout compte fait devient pour moi, une soirée super intéressante.

- Merde ! S'exclame Jordan.

- Tu ne l'avais que blesser ?! Continue-t-il affichant un sourire narquois comme le mien.

Effectivement son bras est en écharpe, ce qui veut dire que je vais devoir achever le boulot à mains nues.

- Je vais arranger ce mal entendu. Souris-je en avançant vers lui et donnant ainsi le feu vert au reste de la bande.

J'avance vers le mec tout en enlevant mes lunettes de soleil, lui montrant mon regard le plus glacial tout en continuant de sourire.

Deux malabars se mettent sur mon chemin, mais je les envoie au tapis sans soucis avec mes poings. Là, j'ai la rage car j'ai toujours un peu mal où il m'a tapé et je n'aime pas trop cette sensation.

- Pitié ! Me crie-t-il acculé maintenant contre un mur, comprenant que je vais l'exploser.

Je me mets à rire. Une vrai lopette ce mec ! Je penche mon regard contre le sien qui pue la trouille tout en continuant de sourire.

- Tu fais moins le malin sans ta barre de fer. Lui soufflé-je avant de commencer à l'asséner de coups.

Je prends vraiment mon temps et mon pied en le défonçant sans ménagement. À croire que je sors toute la rage enfuie en moi et ça fait un bien fou, mais tout en m'assurant qu'il reste un minimum conscient.

Mais à partir d'un moment, le mec ne réagit plus à mes coups et ce n'est plus drôle pour moi. Je le tire par les cheveux pour l'amener près du bar et je prends une bouteille de Whisky pour en boire une gorgée.

- Putain de la piquette ! Craché-je, avant de lui renverser la bouteille sur sa tête pour le réveiller.

Je m'accroupis près de son visage en jubilant de ses pleurs et de ses apitoiements quand mon père arrive derrière moi.

- Je pense que tu peux l'achever si tu as fini de t'amuser. Me lance-t-il simplement.

J'esquisse un sourire, totalement pris dans mon plaisir et je sors mon flingue de mon dos avant de me redresser et de lui tirer une balle dans la tête.Ce fut mon premier meurtre...

Shelby

Shawn n'est pas venu en cours depuis une quinzaine de jours et je n'ai donc pas eu l'occasion de le remercier pour son aide au marathon.

Aujourd'hui, je vais d'ailleurs à l'hôpital pour enlever mon plâtre avec Carolina qui m'accompagne puisqu'elle n'a pas cours ce matin.

Nous patientons dans la salle d'attente, quand une femme entre accompagnée d'un homme habillé d'un costume gris très chic.

- Elle a la classe. Me chuchote Carolina.

Je la regarde un peu plus, effectivement elle a beaucoup de classe et de charme. Elle doit avoir une quarantaine d'années, et elle a de magnifiques cheveux blonds jusqu'aux épaules. Elle porte une très belle robe noire en mousseline très sobre, ce qui la rend vraiment élégante. Mais ce qui m'attire le plus, c'est son collier de scorpion en or ; il est magnifique.

La femme voyant que je la regarde me sourit. Mon dieu ! Ses yeux bleus sont si tristes malgré son sourire que ça me fait ressentir de la peine rien qu'en la regardant. Je souris à mon tour et détourne le visage à l'appel de mon nom.

Après le rendez-vous, l'homme en costume gris nous attend à la sortie et il vient nous trouver pour nous inviter à le suivre.

Nous sommes surprises avec Carolina, et après un échange de regard, nous accompagnons l'homme sans discuter jusqu'à la cafétéria où nous apercevons la dame de tout à l'heure nous attendre à une table.

- Merci Paul, tu peux disposer. Fait-elle à l'homme en se levant de façon tellement élégante, que je dois déglutir pour accuser sa beauté.

- Asseyez-vous je vous en prie. Nous invite-t-elle sans vraiment me regarder.

- Vous devez vous demander ce que je vous veux ?

Ses yeux bleus se posent sur moi et je sens comme un éclair étrange passer dans ses yeux pendant un instant. Je baisse donc mon regard ayant une sensation étrange.

- Effectivement Madame. Répond Carolina.

- Je ne pense pas qu'on vous connaisse.

Elle repose sa tasse de café avec toute l'élégance qu'on pourrait imaginer d'une femme de sa classe, tandis que moi à cet instant, je ressens de plus en plus un sentiment de malaise s'emparer de moi.

- Non, vous ne me connaissez pas mais je pense connaître votre mère Mademoiselle Jones.

Je sursaute à mon nom, cette femme connaissait ma mère ! Mon regard se porte à nouveau sur elle et je confirme que l'impression étrange de malaise que j'ai ressenti, c'était parce qu'elle faisait des comparaisons entre ma mère et moi, avant de confirmer que je suis bien sa fille. Il faut dire que je ressemble énormément à ma mère, mise à part la couleur de mes cheveux.

- Vous lui ressemblez très portrait. Confirme-t-elle.

- J'ai cru la voir dans la salle d'attente tout à l'heure. Mais nous savons toutes les deux que ce n'est malheureusement pas possible.

J'acquiesce en me mordant la lèvre, mais je suis complètement à l'écoute de cette femme que je ne connais pas et qui me parle de ma mère décédée quand j'avais à peine sept ans. J'ai le cœur serré, mais heureuse de savoir que je lui ressemble toujours autant.

- Mais je perds mes manières. Sourit-elle avec une pointe de honte.

- Je m'appelle Madeleine Morgan. J'étais une amie d'université de votre mère. Se présente-t-elle.

- Enchantée. Fais-je encore sous la surprise.

- Je m'appelle Shelby Stones et voici mon amie Carolina. Nous présenté-je à mon tour.

Après avoir commandé une boisson pour nous au serveur, elle nous raconte qu'elle et ma mère logeaient dans le même appartement pendant leurs années d'université, mais qu'elle l'avait perdue de vue la dernière année ayant déménagée à Miami. Elle n'avait plus eu de nouvelles d'elles depuis, jusqu'à ce qu'elle apprenne qu'elle était décédée.

- Ma pauvre enfant. Me fait-elle en ma prenant la main tendrement.

- Cela a dû être tellement dur pour vous.

- Je ne me souviens de rien de ce soir-là, d'après les médecins c'est à cause du choc… Murmuré-je en regardant sa main tremblante posée sur la mienne.

Je sens ma peine de la perte de mes parents remontée en moi, et je ravale les larmes qui veulent déborder de mes yeux.

- Bien entendu vous étiez si jeune. Acquiesce-t-elle compatissante.

- Après un traumatisme comme celui-ci, vous avez dû en baver ma pauvre enfant.

J'acquiesce en faisant un timide sourire, remplit de tristesse. Parler de la mort de mes parents m'est toujours douloureux. D'ailleurs, Carolina le sait vu qu'elle pose sa main sur ma cuisse comme pour me donner du courage.

- Je te donne ma carte et mon adresse. Si tu as des questions à propos de ta mère, je serais heureuse d'en discuter plus longuement avec toi. Me dit-elle en quittant ma main pour prendre une carte dans son sac Vuitton.

- Je vais devoir vous laisser, j'ai un rendez-vous qui va finir par m'attendre. Nous explique-t-elle alors que l'homme en gris revient près de nous.

Nous nous levons toutes les trois et elle hésite un instant, avant de s'avancer vers moi et de me prendre dans ses bras. Je reste stoïque complètement surprise de son étreinte douce et bienveillante à mon égard. Elle quitte mes bras en souriant et s'en va, accompagnée de l'homme en costume gris qui nous fait un signe de tête.

Je regarde cette magnifique femme, me demandant si je la reverrai vraiment un jour pour pouvoir parler de maman…

Donovan

Nous sommes de retour au Loft après les cours où Shelby n'est pas revenue cet après-midi, déboussolée par sa rencontre avec cette femme qui était une amie de sa mère. J'ai été surpris par son message qui m'expliquait leur rencontre, mais je sais qu'elle doit digérer cette rencontre. Parler de sa mère a dû la ramener à ce jour funeste…

Je la rejoins dans sa chambre où elle est installée sur son lit avec la photo de ses parents en mains. Elle relève la tête en me voyant dans l'entrée de sa chambre, et je lui offre un sourire compatissant. Ses magnifiques yeux bleus remplis de larmes me font frissonner comme toujours.

Je m'approche et je m'assois sur le lit où elle se blottit dans mes bras en pleurant toutes les larmes de son corps. Je reste là sans un mot, caressant ses longs cheveux ondulés bruns en attendant qu'elle se calme. Cela ne sert à rien de la faire parler, ou de parler dans ces moments-là.

Shelby ne m'a parlé qu'une fois de ce fameux soir où ses parents ont été assassinés. Ce soir-là, elle avait pris sa première cuite. C'était il y a deux ans et elle s'était mise à pleurer seule dans un coin.

Elle m'avait alors raconté ce fameux soir, une voiture les avait rattrapés, plusieurs hommes étaient sortis de leur voiture les gros phares allumés. Elle n'a rien distingué de ce qui se passait, elle a juste entendu les coups de feu tirés sur ses parents alors qu'elle était cachée sous le siège arrière.

Elle n'avait que sept ans quand c'est arrivé et la police n'a jamais su qui, mais surtout pourquoi ses parents avaient été assassinés.

Shelby s'endort dans mes bras à force de pleurer et je l'installe convenablement dans le lit en essayant d'enlever sa main de mon T-Shirt qu'elle tient fermement.

- Ne pars pas... Murmure-t-elle.

J'esquisse un sourire et je m'allonge sur le lit, où Shelby vient se blottir contre moi, la tête posée sur mon torse et tout en continuant à caresser ses cheveux, elle se rendort.

Shelby

J'entrouvre les yeux me rendant compte qu'il fait déjà noir, mais je peux distinguer sa silhouette allongée à côté de moi. J'ai la sensation d'avoir les yeux gonflés à force d'avoir pleuré.

Cela faisait longtemps que ça ne m'était pas arrivé. Et comme depuis que nous sommes petits, il est présent en silence pour moi.

Je bouge doucement ma main crispée qui tient son T-Shirt et je passe ma main dans ses cheveux blonds. Ils sont soyeux aussi et pendant un instant j'imagine les cheveux de Shawn.

J'enlève du coup ma main. Qu'est-ce qui me prend de penser à ce mec ?!

- Tu es réveillée. Murmure Donovan d'une voix endormie.

- Oui, désolée... Fais-je gênée et honteuse d'avoir comparé Donovan et Shawn.

Donovan pose sa main sur mes cheveux, et sa chaleur me fait instinctivement du bien.

- Tu n'as pas à t'excuser. Tu sais que je suis là pour toi, même si je ne peux que te regarder pleurer. Me dit-il doucement.

Je remets ma main sur son torse, rassurée de ne pas l'avoir dérangé par mon attitude.

- C'est déjà beaucoup pour moi. Il n'y a qu'avec toi que je sais me laisser aller comme ça et que je me sens apaiser. Murmuré-je reconnaissante.

Il pose ses lèvres sur mes cheveux et se redresse.

- Je vais retourner dans ma chambre si tu vas mieux.

Effectivement je vais mieux, mais je ne veux pas qu'il me laisse seule maintenant.

- Shelby…

- Oui, je sais tu ferais mieux d'aller dans ta chambre. On a passé l'âge de dormir dans le même lit comme frère et sœur. Répondé-je à contrecœur, mais sachant qu'il a raison.

Je rêve où il vient de se crisper ?! Je relève la tête pour essayer de distinguer son visage, mais il fait trop noir dans la chambre pour que je distingue clairement.

- J'y vais. Essaye de te rendormir. Me fait-il simplement.

Je comprends qu'il va vraiment me laisser seule, et je soupire limite alors qu'il se lève sans un mot. Je regarde sa silhouette quitter la chambre me demandant si j'ai rêvé ce sentiment de malaise entre nous.

Je me recouche sur le lit enfonçant ma tête dans l'oreiller. Mais des images me torturent l'esprit et n'arrivant pas à me rendormir, je décide donc d'avancer dans mes devoirs.

Une rencontre imprévue

Donovan

J'ai eu du mal à me réveiller ce matin, mais il faut dire que j'ai eu du mal à me rendormir après être rentré dans ma chambre.

Étrangement, j'ai eu beaucoup de mal à encaisser le terme « grand-frère ». Même moi, j'ai été surpris de ma réaction parce que depuis le temps qu'on se connaît, il n'y a jamais eu d'ambiguïté entre nous depuis plus de dix ans. Alors pourquoi maintenant ?

Je me lève en essayant de chasser ces questions d'ambiguïté de mon esprit, et je pars prendre une douche avant de rejoindre les autres dans la cuisine.

Je prends mon déjeuner avec les gars, puisque les filles sont toujours à la bourre le matin, donc à part une tasse de café en vitesse, elles ne déjeunent pas.

Ce qui m'arrange d'ailleurs aujourd'hui, je l'avoue.

- Salut. Fait Carolina en venant nous faire la bise avant de se servir un café.

- Ah tu as perdu Mori ! Ta sœur n'est pas la première aujourd'hui. S'exclame Trevor.

Tous les matins, on parie sur celle qui apparaîtra la première. C'est devenu un vrai rituel pendant le déjeuner.

- On parle déjà de moi si tôt le matin ! S'écrie Emi en arrivant à son tour et piquant la tartine grillée de son frère.

- Putain ! T'exagères Emi ! S'écrie Mori en essayant de reprendre sa tartine, mais sa sœur s'enfuit dans le séjour avec sa tartine durement gagnée. Mori rouspète en chinois, et nous nous mettons tous à rire ; enfin moi je souris.

Je me demande si Shelby et moi, aurons toujours la même complicité en tant que frère et sœur ? C'est alors que je remarque que Shelby est dans la cuisine, les regardant sans sourire. Elle semble à mille lieux d'ici…

Je me crispe à nouveau, j'ai fait une connerie hier c'est certain ! J'aurais dû faire attention à mes réactions.

- Shelby, ta tasse est prête ! Crie Carolina qui la sort de ses rêveries.

Elle avance vers nous et elle prend sa tasse, avant de faire le tour de la table pour nous dire bonjour. Elle me fait la bise sans vraiment me regarder et s'installe à côté de moi comme à son habitude.

Mais j'ai l'impression qu'il y a effectivement un malaise entre nous, car c'est à peine si sa joue a touché la mienne.

Trevor qui me regarde à l'air aussi de trouver que quelque chose cloche alors qu'il fait des vas et viens entre Shelby et moi du regard.

- On y va, on va être en retard ! Lancé-je d'un coup en faisant les gros yeux à Trevor.

- Je dois aller chercher des affaires pour le cours de dessins. Je vais y aller à pied. Fait Shelby en prenant son sac.

- Tu es certaine ? Lui demande Emi.

- On peut y aller après les cours.

- Non, tracasse. Je sonnerai pour prévenir que je serai en retard. Vu que j'ai planté le dernier projet au parc, j'ai intérêt à m'y mettre pour celui-ci. Lui rétorque Shelby en esquissant un sourire.

- Comme tu veux. Je préviendrai le prof de sciences ! Tu as de la chance d'être bonne en classe et de ne pas avoir besoin de rattraper tes points. Râle Emi.

- Quand on est bête comme toi, il vaut mieux étudier ! Lance Mori en tapant sur la tête de celle-ci.

Elle se met à lui parler en chinois et d'après le regard, ainsi que le ton de la réponse de Mori ; ce n'est pas une conversation très sympa.

Je souris en les regardant et je vois que Shelby sourit aussi un court instant avant de sortir du Loft en nous saluant de la main sans un regard vers moi. Je déglutis accusant le malaise que j'ai certainement causé...

Shelby

Ce coup-ci, je n'ai pas rêvé ; il y a bien un souci entre moi et Donovan.

Je ne saurais même pas dire quand cela a commencé mais je n'aime pas qu'il y ait une telle distance entre nous.

Est-ce qu'il me voit vraiment autrement que sa petite sœur ?

Depuis mon arrivée à l'orphelinat, il a toujours été présent pour moi et c'est le seul qui arrivait à m'apaiser. C'est aussi grâce à lui que je me suis faite autant d'amis et obtenue cette nouvelle famille. Mais que va-t-il se passer si notre relation devient ambiguë ?

Je ne veux pas le perdre. Je l'aime comme un frère. Je n'ai jamais pensé un instant que notre relation évoluerait pour lui.

- Aie...

Je viens de percuter un mec qui pue l'alcool à plein nez. Je me retourne sous le choc en me tenant l'épaule, pour remarquer que celui-ci s'est arrêté aussi et se retourne sur moi. Il porte un survêtement noir à capuche où je ne sais pas distinguer son visage.

- Tu pourrais faire gaffe connasse ! Me lance-t-il d'un ton sec et je tressaille au son de la voix rauque, mais je suis certaine…

Je regarde ce mec avec ses lunettes de soleil me fixer, ses cheveux noirs ondulés tombant sur une partie de son visage et je suis plus que certaine que je ne me trompe pas.

- Shawn ? Demandé-je surprise en plissant mes yeux cherchant limite à voir à travers ses lunettes de soleil.

Je le scrute de haut en bas sous la surprise de le voir ici et si tôt le matin. Il se tient devant moi portant un jeans noir troué, un Sweat et un survêtement à capuche du même ton que le jeans. On dirait qu'il est complètement bourré et désorienté.

- Ah c'est toi. Marmonne-t-il.

- Désolé. S'excuse-t-il en passant sa langue sur ses lèvres.

Il a l'air gêné sur le coup, mais moi je suis plutôt surprise qu'il s'excuse ; il doit vraiment être ivre ! Il passe sa main dans ses cheveux enlevant sa capuche d'un geste de sa main et mon cœur vient de s'arrêter un instant.

Trop beau, même avec ses lunettes. Il dégage vraiment un sentiment de dureté, mais de sensibilité à cet instant. Je me mords la lèvre ; il faut que je me reprenne !

Je reste là sans bouger me demandant ce qu'il fait dans ce quartier et surtout je me demande d'où il sort pour être dans cet état.

- Tu vas en cours ? Me demande-t-il en s'allumant une cigarette.

- Je vais acheter du matériel pour le cours de dessin. Répondé-je en le regardant expirer la fumée de la cigarette.

- Dessin... Je vois...

Pourquoi tu me demandes ?! De toute façon, tu t'en fous de ce que je peux bien faire !

Je remets mon sac sur mes épaules prête à détaller, avant de lui balancer mes pensées qui vont le mettre de mauvaise humeur. Autant s'abstenir dans l'état qu'il se trouve !

- Bon j'y vais. A la prochaine ! Lancé-je en me retournant pressée de mettre de la distance entre nous.

- Attends...

Je m'arrête et me retourne vers lui dubitative. Il repasse la main dans ses cheveux en passant sa langue sur ses lèvres.

Mon dieu, mon cœur vient de faire un raté encore une fois.

- Je peux t'accompagner ? Me demande-t-il d'un air gêné.

- Quoi ?! M'exclamé-je d'un coup surprise.

C'est quoi ça ?! Il fait quoi là ?! Pourquoi il veut m'accompagner ? Il n'irait pas plutôt dormir non !

- Je n'ai pas grand-chose à faire. Continue-t-il. Je me disais que ça me passerait le temps.

Il est sérieux lui ?! Passer du temps avec moi ?!

Il est plus bourré que je ne le pensais. Il sait que je le déteste au moins ?!

Il reste là, la main dans les cheveux attendant ma réponse. On dirait un mannequin d'un coup. Je me rends compte que j'ai la bouche ouverte en le regardant. Je dois me reprendre là !

- Si tu veux ! Lancé-je et je repars sans l'attendre.

Il est culotté quand même ?! On ne se parle jamais et les seules fois où ça arrive, ça finit toujours mal entre nous.

Oui, il m'a aidé au marathon mais ça n'excuse pas tout le reste.

Je me perds dans mes pensées à son sujet quand il m'attrape d'un coup fermement par la taille pour m'arrêter et j'entends klaxonner derrière moi.

- Tu veux vraiment mourir ?! Claque -t-il.

Son corps est beaucoup trop près du mien. Je peux sentir l'odeur d'alcool et de cigarette qui émanent de lui. Mais surtout, je peux voir comme il est crispé et hors-de-lui à cet instant.

- Merci. Marmonné-je dans mes dents alors qu'il recule d'un pas.

- Je vois que tu n'es pas très réveillée non plus. Si on allait boire un café avant ? Me demande-t-il plus calmement et je cligne des yeux, hébétée par son changement d'attitude en une seconde.

Je n'ai pas le temps de réagir qu'il part vers la terrasse d'un café à cinq mètres de nous.

- Eh attends ! Crié-je en le suivant.

- Je n'ai pas toute la journée moi. J'ai cours ! Lui fais-je remarquer.

Mais il ne m'écoute pas et s'assoit déjà sur une chaise de la terrasse. Je reste debout à le fixer. Il ne m'a pas écoutée du tout. Il fallait s'en douter venant de lui, il fait toujours ce qu'il veut. Mais moi, qu'est-ce que je fais au juste ? N'étais-je pas sur le point de partir le plus loin possible de lui ?

Le serveur vient prendre la commande alors que je suis toujours debout à le regarder et réfléchir à ce que je fais au juste.

- Monsieur, que puis-je vous servir ? Lui demande le serveur.

- Un café très fort, s'il vous plaît. Lui répond Shawn.

Le serveur se retourne vers moi attendant de voir si je l'accompagne ou pas.

C'est là que Shawn enlève ses lunettes et son regard vert intense me fait perdre mes moyens. Mon cœur s'emballe et je m'assois sans vraiment m'en rendre compte sous son regard émeraude.

- Pour Mademoiselle, ça sera ? Me demande le serveur.

Je ne décroche pas mon regard de ce regard émeraude intense qui me fixe et je finis par commander un cappuccino.

Nous restons à nous fixer jusqu'à ce que le serveur revienne avec nos boissons et il détourne lui-même son regard pour payer le serveur.

Je suis folle ! Il faut que j'arrête tout de suite de le fixer !

J'en profite pour reprendre mes esprits un moment. Je fais quoi là ?

Je suis en terrasse en compagnie d'un mec que je dois éviter à tout prix et je reste là, limite à baver devant lui…

L'abysse émeraude

Shawn

J'ai proposé de l'accompagner sur un coup de tête en fait, mais je pense que ce n'est pas une mauvaise idée de me poser un peu au calme du gang. J'ai l'impression de vivre dans un brouillard dernièrement, entre les petits cons à remettre à leur place qui nous prennent de haut ou les raquettes que papa nous envoie faire.

Je jette un regard vers elle en buvant une gorgée de mon café ; elle se mord la lèvre sans cesse c'est marrant... Et mignon...

Depuis que le serveur nous a amené nos boissons, elle ne me regarde plus du tout. Mais je m'en fous. Je peux profiter de sa compagnie et la regarder comme bon me semble. Je profite donc d'étudier un peu plus cette nana qui m'intrigue.

J'esquisse un sourire en voyant qu'elle n'arrête pas de jouer avec sa mèche de cheveux ondulés, celle-ci pend le long de son visage, et n'arrête pas de venir dans sa tasse quand elle boit. Je regarde le long de son poignet, elle n'a pas son élastique ce qui explique qu'elle ne les attache pas.

Je passe ma langue sur mes lèvres et je tends ma main pour attraper sa mèche alors que celle-ci va à nouveau venir dans sa tasse.

Ses beaux yeux bleus se relèvent et me regardent ahuris, mais elle me regarde enfin.

- Merci mais ça ira. Murmure-t-elle en se redressant de sorte que ma main ne puisse plus la toucher.

Elle se mord la lèvre à nouveau, et je souris en ramenant ma main sur ma tasse de café. C'est qu'elle est gênée ma parole ?! Je porte ma tasse à ma bouche, toujours sans la lâcher du regard alors qu'elle est à nouveau plongée dans la sienne.

- Tu dois acheter quoi au magasin ? Demandé-je.

Pas que je sois intéressé, mais afin de faire un peu la conversation.

- Des magazines de décos pour avoir des modèles pour le projet de dessin. Me répond-elle sans relever son regard de sa tasse.

J'acquiesce simplement. Au moins, j'aurai de la lecture en l'accompagnant.

Nous achevons de boire notre tasse dans le silence et elle prend son sac avant de se lever. Je remets mes lunettes de soleil et je la rejoins sur le trottoir en m'allumant une cigarette.

Nous nous mettons en route et je remarque qu'elle est vraiment mal à l'aise on dirait, vu la façon dont elle semble crispée. Je ralentis donc ma cadence pour être juste derrière elle.

Nous entrons dans une librairie où elle part vers les livres de décorations et je me dirige vers les magazines automobiles. Après tout, c'est plus mon domaine et je vais devoir en acheter une bientôt.

- J'ai fini. Dit-elle d'un ton neutre en passant derrière moi pour aller à la caisse.

Je la rattrape et prends les livres qu'elle a en main.

- Tu fais quoi là ?! S'exclame-t-elle surprise.

- Je te les offre. Dis-toi que c'est pour avoir passé du temps avec moi. Répondé-je en souriant.

- Pas besoin. Me rétorque-t-elle en voulant les reprendre.

- Je sais me payer mes affaires ! S'exclame-t-elle.

Ses doigts touchent les miens et je sens comme une décharge électrique à notre contact, avant qu'un frisson m'envahisse. Elle s'arrête sur le coup comme si elle avait ressenti la même chose, elle enlève ses doigts et se mord la lèvre à nouveau.

- Rends-moi mes livres s'il te plaît. Marmonne-t-elle sans me regarder.

Je souris et me penche à son oreille, Shelby frémit au souffle de ma respiration et je souris narquoisement.

- Tu n'auras qu'à passer un peu plus de temps avec moi pour me rembourser. Murmuré-je doucement à son oreille.

Elle me fait face et me jette un regard noir avant de sortir de la librairie en courant. Je passe la main dans mes cheveux en souriant, elle réagit vraiment au quart de tours. Je paie les livres au libraire et sors à mon tour pour la rejoindre.

Mais elle n'est pas sur le trottoir, et je regarde de l'autre côté de la rue pour l'apercevoir rentrer dans le parc. Je traverse la route sans regarder aux voitures qui klaxonnent et je la rejoins alors qu'elle s'est arrêtée et me regarde d'un regard bleu glacial.

- Tu veux mourir ?! Me crie-t-elle énervée.

Je fais un arrêt surpris. Attends, elle est vraiment entrain de m'engueuler ?!

Je me mets à rire comme jamais la voyant me toiser. Cela faisait longtemps que je n'avais pas ri de si bon cœur.

- T'es un vrai gamin ! Claque-t-elle en repartant.

Je continue à rire en la suivant. Cette fille est vraiment unique, elle me fait la gueule et la seconde d'après, elle craint pour ma vie...

Shelby

Il va me rendre folle s'il continue de faire l'idiot ainsi ; il est inconscient ou quoi ?! Je fulmine intérieurement de son attitude et lui, il en rit encore plus.

Je me tourne vers lui pour lui jeter un regard noir pour qu'il arrête, mais je suis surprise par son visage enjoué, et mon dieu tellement charmant à l'instant. Il est comme un enfant... Même avec ses lunettes de soleil sur les yeux, je peux deviner son regard en ce moment rien qu'en voyant ses lèvres sourire. Et pas un de ses sourires froids ou machiavéliques qu'il a le don de faire, mais bien un sourire franc.

Il se retourne vers moi à son tour, et baisse ses lunettes en souriant. Mon dieu, ce mec est canon quand il sourit ! Tout mon corps est totalement sous l'emprise de son regard émeraude et de son sourire. Je me mords la lèvre doucement, me retenant d'entrouvrir les lèvres devant son charisme à cet instant. Mais c'est quoi ce mec et ses facettes auxquelles je fondrais bien volonté.

Je suis complètement entrain de frémir de désir à cet instant pour lui, que je n'ai même pas remarqué qu'on s'est arrêté.

Son regard devient à cet instant tellement intense que je sens tout mon corps brûler. L'impression qu'un feu ardent est en train de me brûler de l'intérieur et qu'il serait le seul à pouvoir l'éteindre. Il faut que j'arrête de le regarder, oui ce serait la solution, mais c'est plus fort que moi.

Mon portable sonne et j'inspire profondément en remerciant celui-ci de me faire sortir de cet abysse émeraude intense.

- Allô ? Répondé-je en me détournant de lui.

- « Shelby, tu en as encore pour longtemps ? La récréation a commencé. » Me fait remarquer Emi.

- Merde, j'arrive au plus vite ! M'écrié-je ahurie qu'il soit si tard, avant de raccrocher.

- Je vais être en retard ! Paniqué-je en mettant mon portable dans ma poche, cherchant l'arrêt de bus du regard.

- J'ai ma moto garée pas loin. Fait Shawn en faisant volte-face.

- Viens ! Me lance-t-il en marchant déjà dans la direction.

Je ne me pose pas de questions, et je le suis sans hésiter. Une fois arrivés à la moto, il prend son casque qu'il me tend.

- Et toi ? Demandé-je voyant qu'il n'y a qu'un casque.

- Prie pour qu'on ne se fasse pas arrêter. Me lance-t-il en souriant me mettant son casque, voyant que j'hésite toujours.

Il monte sur la moto qu'il démarre et se tourne vers moi qui suis toujours là me demandant si c'est vraiment une bonne idée. Car en y repensant, je ne suis jamais montée à moto et puis, il était encore imbibé d'alcool il y a peu de temps.

- Tracasse, je ferai attention. Fait-il en me souriant.

Comment lui dire que c'est aussi le fait d'être collé à lui sur la moto qui me fait paniquer ? Mais je prends mon courage à deux mains et monte sur celle-ci.

- Tiens-toi bien ! Me lance-t-il en démarrant.

Je cramponne mes mains à son survêtement quand il se lance sur le boulevard. Étonnement je n'ai pas peur un seul instant et celui-ci accélère me faisant me coller contre lui. Je regarde dans le rétroviseur de la moto et je l'aperçois.

Il a cet air si sérieux quand il conduit que mon cœur se met à palpiter plus que dangereusement. Ses cheveux noirs décoiffés volent dans tous les sens avec le vent et le rende tellement canon. Je suis complètement entrain de baver une nouvelle fois. Je me mords la lèvre, totalement hypnotisée à l'instant jusqu'à ce que je le voie sourire. Celui-ci sourit encore plus dans le rétroviseur croisant mon regard.

J'ai failli faire un arrêt là. Les palpitations de mon cœur s'emballent encore plus vite, et je finis par détourner mon regard voulant surtout qu'il regarde la route.

Nous arrivons enfin au Lycée et je descends en enlNoat le casque quand j'entends sonner la fin de la récréation.

- Pile à temps ! Me fait-il en prenant le casque de mes mains.

- Oui merci ! Crié-je en mettant à courir dans l'allée du Lycée pour rejoindre la classe.

- Te voilà enfin ?! S'exclame Emi soulagée.

- Oui, il en a fallu de peu. Fais-je essoufflée en allant vers mon siège.

Alors que nous nous asseyons en classe, la porte s'ouvre d'un coup sec et je remarque Shawn entrer dans celle-ci. Tiens, je pensais qu'il rentrerait dormir...

Mais j'écarquille les yeux en voyant qu'il s'approche de mon bureau en me tendant mes magasines que j'ai pris à la librairie.

- Tu les as oubliés. Fait-il simplement avant de rejoindre le fond de la classe près de Noa.

Emi me regarde surprise et le regard certainement remplit de questions auxquelles je ne répondrai pas. Je lui fais un sourire ennuyé et range les magazines dans mon banc sans attendre, alors que le professeur commence le cours.

Je me mords la lèvre en repensant à son regard aujourd'hui, en espérant pouvoir le revoir ainsi plus souvent.

Une soirée mouvementée

Donovan

Le début de semaine a été plutôt rude pour tout le monde, et je n'ai pas encore eu l'occasion de discuter avec Shelby de ce qui s'est passé dans sa chambre.

Pourtant, tout semble être redevenu comme avant, et je l'attends comme toujours à la sortie du lycée avec Trevor.

Mori s'est enfin acheté une voiture, une Camaro de soixante-sept, dont il est plus que fier de son achat. Je dois dire qu'elle en jette vraiment, même si je préfère mon Audi.

Je regarde de l'autre côté du parking, la moto de Shawn est là. Je m'étonne d'ailleurs que celui-ci soit venu toute la semaine au lycée. Il n'avait certainement rien d'autre à faire que de venir dormir en cours.

- On est là ! Crie Emi en arrivant dans l'allée en nous faisant signe.

Mais mon visage se renfrogne parce que une fois de plus, Shawn est derrière Shelby à moins d'un mètre. Son regard est de nouveau posé sur moi souriant ironiquement.

« Ce mec m'énerve ce n'est pas possible ! »

Shelby croise mon regard et elle se détourne vers Shawn.

« Je rêve où ils viennent de se sourire ?! »

- On y va ! Lancé-je exaspéré à Trevor avant de monter dans la voiture.

- Tu pourrais nous attendre. Râle Emi en montant à son tour dans celle-ci.

Shelby nous rejoint enfin et monte côté passager, avant que je ne démarre sans dire un mot.

- Ça va ? Me demande-t-elle surprise certainement de mon attitude.

Je ne réponds pas et mon regard se pose dans le rétroviseur. Shawn est derrière nous jouant avec les gaz de sa moto, et je jurerais qu'il rit dans son casque. Je serre le volant d'agacement, les phalanges de mes mains deviennent rouges à force de me crisper.

Je démarre en trombe sur la chaussée, et il zigzague derrière nous un moment, avant de nous dépasser en tapant les gaz nous faisant un signe de la main ; tel le frimeur qu'il est.

- Crétin ! Marmonné-je.

Shelby sourit et mon cœur se tord de douleur.

- Tu viens avec moi au club ce soir ? Demande Emi à Shelby une fois rentrés au Loft, tandis que je fonce dans la cuisine prendre un jus d'orange. Être sur les nerfs me donne soif.

- Oui, je ne travaille pas demain. J'ai besoin d'une bonne sortie entre copines. Lui répond-elle.

- Super ! S'exclame Caroline en entrant dans le loft à son tour.

- Go alors ! Fait-elle aux filles en se dirigeant vers les escaliers pour une séance d'habillage dont elle a le secret.

Emi la suit directement tandis que Shelby reste là d'un air perplexe, son regard semble troubler.

- Ça ne va pas ? Lui demandé-je en posant mon verre sur le meuble.

Elle me regarde plein de détresse dans ses magnifiques yeux bleus.

- Pitié ! Empêche-la de me torturer ! Me supplie-t-elle en priant avec ses mains.

- Trop tard je t'ai entendue ! Viens ici !

Trevor et moi nous mettons à rire alors que Carolina emmène Shelby dans les escaliers en direction de l'étage, sous les supplications de Shelby qui ne veut pas la suivre.

- C'est parti pour deux heures de torture ! Rigole Trevor.

Shawn

Je suis au hangar avec le gang, où nous continuons de rechercher tous les mecs qui font partie de celui qui s'en est pris à moi au motel. On a eu une information pour un club dans le centre de Miami, et nous avons décidé d'y aller ce soir malgré qu'il soit ouvert.

Je trouve cela plus intéressant en pensant qu'ainsi la réputation de notre nouveau gang se rependra plus facilement. Un sourire de satisfaction de dessine sur mes lèvres

Jordan est complètement déchaîné dans son coin, il tire sur son joint en ne cessant pas un seul instant de me lancer des regards étranges depuis tout à l'heure.

Ayant fini les préparatifs pour notre sortie, je me prends une bière et vais le rejoindre dans le coin salon du hangar.

- C'est quoi ton problème ? Demandé-je en me posant sur le fauteuil nonchalamment.

Il esquisse un sourire en coin, tout en me toisant et je plisse mon regard attendant qu'il se lâche.

- Sympa les petites courses avec la métisse ! Me lâche-t-il sur un ton qui ne me plaît pas du tout, et je fais craquer mon cou en retirant le goulot de la bouteille de mes lèvres qui viennent de tressaillir.

- Tu me surveilles maintenant ?! Lancé-je sur un ton cassant.

- Pas besoin. C'est un mec que je connais qui t'a vu avec elle. Me rétorque-t-il.

- Il a été aussi surpris que je le suis. Continue-t-il sur un air de reproche.

Je m'allume une cigarette et souffle un bon coup en faisant craquer mon cou une nouvelle fois, évitant de le regarder.

- Et alors ? Lâché-je en regardant ma cigarette qui roule entre mes doigts.

Jordan se lève d'un bond de sa chaise et me fait face.

- Je ne te reconnais pas là ! Tu es même retourné en cours ! Me crie-t-il furieux.

Je souris et relève mes yeux sur lui en souriant, avant de me lever d'un coup à mon tour. Jordan surpris, a un pas de recul et j'esquisse un sourire encore plus grand avant de repartir vers les autres. Il tape certainement son pied dans la chaise vu le bruit qui retentit et il sort du hangar en rageant.

Sérieusement, il va falloir qu'il se détente.

Arrivées dans la chambre de Carolina, Emi est déjà en train de vider la garde-robe sur le lit alors que je grogne en m'asseyant sur sa chaise de bureau.

- Carolina, je peux prendre celle-là ? Lui demande Emi en montrant une mini robe noire super sexy avec un décolleté devant et dos nu.

- En fait, je pensais que Shelby pourrait la mettre ce soir. Et puis, ton frère ne va pas apprécier cette tenue. Lui fait-elle remarquer.

Emi me regarde dépitée alors que je regarde la robe me disant qu'il y a pire comme tenue pour sortir dans un club. Mais Mori ne serait certainement de cet avis. Voilà une des raisons qui fait que je suis bien contente de ne pas avoir un frère.

- Tiens ! Lui fait Carolina en lui tendant une robe noire très sobre avec des épaules dénudées.

Emi est folle de joie du choix de Carolina et file dans sa chambre pour s'habiller tandis que je me lève aussi de ma chaise prenant la robe que Carolina me tend.

- Shelby, évite les bottes hautes avec ta robe pour une fois. Me lance-t-elle en regardant mes jambes.

- Pourquoi ? M'exclamé-je surprise.

- J'adore mes bottes moi.

- Laisse les garçons profiter de tes belles et longues jambes. Me lance-t-elle amusée en se caressant les jambes.

Je sors de la chambre en levant mes yeux au ciel. Pitié, qu'est-ce qu'il ne faut pas entendre ?!

Carolina gare la Mustang sur le parking, et je tire sur ma robe en sortant de celle-ci, car bien que Carolina et moi faisons plus ou moins la même taille ; j'ai quand même plus de forme qu'elle.

- Par ici les filles ! Nous crie Byron.

- Comment vas-tu ? Lui demande Carolina alors qu'il nous fait passer devant la file pour entrer dans le club.

- Ça pourrait aller mieux. Lui répond-il d'un air dépité.

- Mon propriétaire vend mon appartement. Nous explique-t-il.

- Merde, tu vas aller où ? Lui demandé-je déçue pour lui.

Il hausse ses larges épaules musclées en guise de réponses.

- T'en as parlé aux garçons ? Demande Emi.

- Non pas encore eu l'occasion. Je vous laisse ici. Nous dit-il avant de repartir reprendre sa place autour de la file.

Nous entrons dans le club où il y a du monde ce soir et nous trouvons une table bar de libre à l'étage où nous installons.

On est déjà bien lancées quand je pense apercevoir Jordan dans la foule en bas, mais après la surprise et un regard plus sérieux ; je ne le vois plus. Je soupire en me demandant si je n'ai pas trop bu ; après tout je ne vois pas ce qu'il ferait dans ce genre de club.

- Shelby, tu as soif ? Me demande Carolina en me montrant mon verre vide.

Je refuse de la tête, n'ayant pas envie d'avoir la migraine demain matin pour étudier. Je me dandine sur la musique que joue le DJ tandis que Carolina et Emi partent aux toilettes, et je reste à l'étage continuant de danser en les attendant.

Donovan et Trevor sont à nouveau aux platines ce soir, et d'où je suis je peux les contempler sans soucis.

Il est vraiment magnifique quand il est sur scène et je m'appuie sur le bord du muret pour le regarder un long moment tout en dansant sur place. Il porte son éternelle casquette noire L.A. que je lui ai offerte lors de son dernier anniversaire. Ses cheveux blonds dépassent à l'arrière vu la longueur qu'ils ont depuis un moment.

D'ailleurs je me demande quand il compte les couper ? Je regarde ses mains, concentrées sur les platines, pensant qu'il est vraiment dans son élément.

Je quitte ses mains, je regarde devant la scène et je souris. Il a déjà un fameux fan club à voir les filles qui sont littéralement entrain de baver devant la scène, et je ne parle certainement de ce qui se passe dans leur bas-ventre. L'une d'elle a un décolleté tellement profond que je peux tout voir d'ici quand elle se retourne par moment. Je me mets à rire en pensant à la pauvre qui essaye d'attirer son attention, alors que celui-ci est tellement pris par sa musique qu'il ne relève même pas un regard vers elle.

Alors que je la plains, mon regard retourne sur Donovan qui me regarde et esquisse un franc sourire. Je lui rends son sourire tandis que je sens le regard de cette fille se poser sur moi.

C'est là que j'entends un bruit sourd bizarre et plusieurs personnes se retournent les yeux écarquillés s'arrêtant de danser. J'essaye de voir d'où vient le bruit et trouve la source près du bar.

Je n'avais pas rêvé tout à l'heure, c'était effectivement Jordan.

Il se tient debout sur le bar la main levée et j'entends un deuxième bruit sourd, c'est ... Un coup de feu !

Tout le monde se met à courir, je vois Donovan me regarder terroriser et me fait signe de me baisser, ce que je fais directement sans me poser de questions.

J'entends tout le monde hurler en sortant du club, mais je ne bouge pas, étant totalement terrorisée. Je porte la main sur mes oreilles pour ne plus entendre les cris mais ça ne sert à rien, tous ces cris résonnent plus fort maintenant qu'il n'y a plus de musique.

Au bout de vingt longues minutes, J'enlève mes mains de mes oreilles, encore tremblante, n'entendant plus autant de bruits. Juste le son assourdissant de plusieurs personnes qui cassent tout sur leur passage.

J'hésite un bon moment, encore tremblante et je me redresse un peu pour voir ce qui se passe au rez-de-chaussée. Je vois une vingtaine d'hommes saccager le club, étant armé de battes de base Ball.

Je jette un œil vers les platines, Donovan et Trevor sont toujours là caché celles-ci. Je croise le regard de Donovan qui me refait signe de me cacher quand la porte du Club s'ouvre à nouveau éclairant un peu la salle.

Il est là, vêtu d'un jeans et d'un T-Shirt noir, arborant sur ses yeux ses lunettes de soleil que je reconnaîtrais partout. Mais ce que je n'avais jamais vu ; c'est l'énorme tatouage qu'il a dans le cou. Un tatouage rouge, on dirait une fleur mais je ne sais pas bien la voir d'où je suis.

Je détourne mon regard vers Donovan qui me fait signe de me cacher, mais je reviens vers Shawn les yeux écarquillés par la froideur de son visage à l'instant.

- Bon, il est où cet enfoiré ?! Crie-t-il alors qu'il se dirige vers le bar où une dizaine d'hommes sont à genou devant les hommes de son gang à ce que je comprends maintenant. Jordan quant à lui, balance un flingue dans ses mains et je tressaille.

Je savais qu'ils faisaient partis d'un gang, mais le voir de mes propres yeux est terrifiants.

La plage

Shawn

Alors que je rentre dans le Club, mon regard fait le tour de la salle et je la vois à l'étage juste un instant, avant de disparaitre derrière le muret.

« Faites qu'elle ne bouge surtout pas de là. »

Il faut vite qu'on en finisse et qu'on sorte d'ici, car si Jordan la voit, il va devenir fou et je ne sais pas ce qui risque d'arriver, vu l'état dans lequel il est depuis qu'on a parlé tout à l'heure.

Je fais le tour des hommes accroupis devant le bar et je ne le vois pas ce qui me soulage définitivement. L'idée de faire cela devant elle, me rend un peu bizarre.

Si je devais le tuer devant elle, elle ne me l'aurait jamais pardonné. Une sensation qui me rendrait vraiment mal, je ne sais pour quelle raison.

- Je vous jure, il n'est pas là. Pleurniche un mec.

Je m'accroupis devant lui en souriant malgré qu'il ne relève pas sa tête.

- Tu diras à ton patron que je veux le voir et qu'il sait où me trouver. Lui dis-je en l'attrapant par les cheveux pour qu'il me regarde.

Je le lâche et me relève avant de regarder mes hommes, et je leur fais un signe de tête pour dire que c'est bon. Ceux-ci sortent sans discuter, et je tente un nouveau coup d'œil vers l'étage où elle est cachée. Je décide donc de me diriger vers la sortie en m'assurant que Jordan me suit.

- T'en as même pas buté un ?! Me lance-t-il dépité en rangeant son flingue.

- Ils ne m'ont rien fait que je sache ! Claqué-je en montant dans la Mercedes noire le laissant grogner.

Je jette un coup d'œil à Byron et Mori qui sont encerclés par mes hommes, et j'attends que Jordan démarre avant de démarrer à mon tour. Mon portable bipe alors que je m'allume une cigarette, et je le regarde convaincu que c'est ma mère qui doit encore être ivre à la maison.

Shelby : « Ne m'approche plus ! »

Je cale net sur les freins, les yeux écarquillés sur mon portable dont ma main commence à trembler.

- Putain ! Claqué-je avant d'opérer un demi-tour au milieu de la chaussée pour repartir en direction du club.

Je ne réfléchis pas un seul instant quand je m'arrête devant le club. Mon pouls bat à tout rompre alors que je rentre à nouveau dans le club tandis que mes hommes sont partis. Je regarde directement vers l'étage où elle se trouvait et je la vois descendre les escaliers. Je grince des dents en plissant mon regard dans le sien, ses yeux bleus sont terrifiés à cet instant.

J'entends Donovan de la scène m'insulter mais je ne l'écoute pas, je ne la lâche pas du regard et ce que je vois ne me plait pas, cela me fait même mal. Je monte les marches qui nous séparent d'un pas vif et j'attrape Shelby par la taille d'un geste avant de la mettre sur mon dos. Celle-ci se débat comme une lionne, me donnant des coups de pieds et des coups de poings, me mordant presque. Je ressors du Club en la jetant sans délicatesse dans la Mercedes avant que Mori et Byron ne réagissent et je démarre à toute allure.

- Tu es malade ! Arrête-toi ! Hurle-t-elle en essayant d'attraper le volant, mais je la coince dans son siège de mon bras libre. J'accélère malgré qu'elle me frappe le bras et tape des pieds dans l'habitacle de la Mercedes.

- Shawn arrête-toi ! Hurle-t-elle sentant certainement que je ne compte pas la laisser faire.

Je serre les dents plus fort ; Je ne peux pas, je ne veux pas ! Je ne veux pas qu'elle me haïsse encore.

Elle me frappe à nouveau et j'ai du mal à la contenir dans son siège jusqu'au moment où sa main casse la monture de mes lunettes de soleil qui tombent d'un coup. C'est à cet instant qu'elle se calme.

Je me tourne vers elle pour la supplier d'arrêter, ses grands yeux bleus terrifiés me toisent quelques secondes avant qu'elle ne baisse son regard. Je reviens sur la route pour la voir du coin de l'œil se recroqueviller contre sa portière en se mettant à pleurer.

Mon cœur se serre tandis que mes doigts se crispent autour du volant.

Je roule encore un moment et je m'arrête dans le sable au bord de la mer. Je sors de la voiture comme un fou, celle-ci à peine arrêtée me mettant à hurler de rage contre moi. Je ne comprends pas ce qui m'a pris, je n'avais simplement qu'à partir. Pourquoi j'ai fait demi-tour ?!

Comme si elle allait me pardonner ce qu'il vient de se passer.

Je m'écroule à genou sur le sable, portant ma main à ma poitrine qui me fait mal. Ce poids dans celle-ci est insoutenable.

J'essaye de reprendre ma respiration, mais plus j'essaie d'inBlack r de l'air, plus j'ai l'impression que je vais mourir sous la pression de ce poids.

Qu'est-ce qui me prend de réagir toujours avec autant de sentiments en sa présence ?!

Donovan

Je n'ai pas su les rejoindre avant qu'il ne démarre, tout comme la Mercedes avait déjà filée au fond de la rue avant que Trevor n'arrive avec les clés. Je suis complètement effondré sur une banquette du club me demandant ce qu'il va lui faire. Pourquoi il l'a embarquée ? Qu'est-ce qu'il a dans la tête ? Mon Dieu, comment vais-je retrouver Shelby ?! Ce mec est un monstre et n'a aucune compassion pour personne. Le fait qu'il ait débarqué ici avec ses hommes armés de battes et de fusil ne portent aucun doute sur le fait qu'il est plus dangereux.

- Donovan … Donovan …

Byron est penché au-dessus de moi, tandis que je suis pris d'une crise d'angoisse en imaginant l'horreur qu'il peut lui faire.

- Calme-toi, il ne lui fera rien. Essaye-t-il de me rassurer.

- Comment tu peux le savoir ?! Ce mec est cinglé, tu as vu ce qu'il a fait au club ! Hurlé-je hors de moi.

Byron pose sa main sur mon épaule et il tient mon regard de ses grands yeux noirs durs.

- Je sais qu'il ne lui fera rien. Insiste-t-il.

L'expression de ce visage est claire et je vois qu'il n'a aucun doute de ce qu'il me dit ; mais pourquoi ?

- Allô Shelby ?

Je me redresse, Emi est en conversation devant nous, le portable dans ses mains tremblantes, et je me rends compte que je n'ai pas pensé une seconde à lui téléphoner.

Je prends le portable des mains de Emi.

- Shelby ?! M'exclamé-je la voix remplie de panique à l'idée de ce qu'il a fait.

Shelby ne répond pas mais je l'entends pleurer.

- Shelby ... Dis-moi où tu es ? Supplié-je.

Elle renifle et j'entends à sa respiration qu'elle n'arrive pas à se calmer. Je trépigne sur place cherchant un moyen de la calmer mais rien ne me vient.

- Putain Shelby, parle ! Hurlé-je perdant mon calme.

J'entends sa respiration s'arrêter et je panique me rendant compte que je fais pire que mieux. Je suis un con pourquoi je lui ai crié dessus ?!

- Shelby ? Shelby ? M'inquiété-je.

- Excuse-moi, Shelby s'il te plaît parle-moi... Supplié-je.

- Donovan ... Marmonne-t-elle la voix étranglée par la peur.

- Shelby, dis-moi où tu es ? Je vais venir te chercher. Lui fais-je essayant de garder mon calme.

J'attends quelques secondes interminables.

- Je n'ai plus de batterie. Marmonne-t-elle.

- Je suis à la plage de...

Le portable se coupe inopinément et j'écarquille les yeux.

- Shelby ! Hurlé-je totalement paniqué.

Mori me prend le portable des mains et il refait son numéro, mais c'est directement la messagerie et je m'effondre soudainement sous le choc.

Shelby

Mon portable s'est coupé pendant notre appel et je n'ai pas eu le temps de lui dire à quelle plage je suis. Je tiens fermement le portable comme si celui-ci allait me sauver, cherchant quoi faire.

Shawn est dehors, accroupit dans le sable à plus ou moins cinq mètres de la voiture sans bouger depuis près de vingt minutes. Je réfléchis me disant que je pourrais sortir de la voiture et me mettre à courir... Non, il court plus vite que moi, il me rattraperait sans soucis. Je soupire en essayant d'être plus réaliste sur la situation.

J'essuie mes yeux de mes doigts tremblants et je regarde si les clés sont sur le contact. Malheureusement, cette voiture semble démarrer avec une carte que je ne vois nulle part.

Je regarde à nouveau autour de moi, me rendant compte que nous sommes loin de la route et dans un coin paumé où il n'y a personne.

J'ai beau retourner la situation dans tous les sens et je finis au bout de dix minutes par me résigner. Je suis foutue quoi que je décide de faire et je repense donc à la façon dont il m'a embarquée. Pourquoi est-il revenu au juste ?

Je me mords la lèvre ne comprenant vraiment pas pourquoi il a fait demi-tour. Je réfléchis le regard porté sur mon portable éteint dans mes mains et je repense au message que je lui ai envoyé : « Ne m'approche plus »

- Non ?! M'exclamé-je ahurie en portant ma main à ma bouche, me rendant compte que j'ai crié.

Ce n'est pas possible ?! Il est revenu à cause du message que je lui ai envoyé ?! Mais qu'est-ce que cela veut dire ? Il n'a quand même pas fait ça juste pour ça ?!

Je me calme pendant cinq minutes encore et je décide d'aller le trouver, je veux en avoir le cœur net.

J'inspire profondément, calmant mon cœur qui bat la chamade avant de sortir de la Mercedes. Mes jambes tremblent tellement que j'ai du mal à rester debout. Je tire sur ma jupe pour la remettre en place, essayant de me concentrer sur mes pieds qui se tordent dans le sable. Je frissonne de plus en plus, je dois avoir froid vu ma tenue et je n'ai pas ma veste. L'excuse pour me convaincre que je peux gérer la situation surtout.

J'avance doucement vers Shawn qui est toujours assis dos à moi dans le sable, la tête baissée. Ses mains frottent frénétiquement l'arrière de sa tête et je m'arrête nette à un mètre derrière lui, me demandant ce que je vais bien pouvoir lui dire au juste.

Je suis sortie de l'auto sur un coup de tête et surtout par curiosité. Mais maintenant que je suis derrière lui, l'impression d'avoir commis une erreur s'impose à moi et je m'apprête à faire demi-tour.

Mais il relève la main, montrant son paquet de cigarettes et son feu. J'hésite quelques secondes me rendant compte qu'il est trop tard pour rebrousser chemin et de plus, j'ai envie d'une cigarette ; cela me calmera peut-être. Je les prends sans le toucher et m'allume une cigarette de mes doigts tremblants. La première bouffée semble me brûler les poumons, mais cela se calme assez vite.

Nous restons ainsi pendant dix minutes sans parler regardant la mer à l'horizon. Si les circonstances étaient différentes, je pourrais trouver la vue magnifique vu la lune qui se reflète dans l'horizon de la mer.

- Désolé. Dit-il doucement le regard toujours porté vers l'horizon.

- J'ai agi sur un coup de tête. Je ne sais pas ce qui m'a pris.

Je regarde son dos pendant qu'il parle. Je n'avais pas remarqué qu'il était si musclé et qu'il avait aussi fait de nouveaux tatouages sur ses bras et sa nuque. Au début de l'année, il n'en avait que quelques-uns sur le bras, mais là il en a plein les bras et dans la nuque. Une impression qu'il est même plus noir que blanc maintenant...

Il se lève alors que je scrute les détails de ses tatouages et je recule d'un pas ne m'y attendant pas, malgré qu'il soit toujours de dos.

- Ne m'envoie plus ce genre de messages. Lâche-t-il un peu froidement et je tressaille.

- Je supporte que tu me nies au lycée mais ne me demande plus de ne plus t'approcher. Fait-il en serrant le poing contre sa cuisse.

Je sens dans sa voix toute la tristesse qu'il essaye de retenir et mon cœur se serre en un instant, ne me dites pas que...

- Je ne suis pas aussi calme que Donovan. Continue-t-il.

- Et je ne suis pas un bon garçon, donc je ne te demande pas de m'apprécier.

Il s'arrête mais je sens vraiment la tristesse émanée de lui et sans m'en rendre compte, les larmes coulent sur mes joues.

- Mais laisse-moi profiter des peu de moments de calme que ça m'apporte d'être près de toi en cours.

Je frémis. Tout mon corps réagit à ce qu'il dit. Même si je ne vois pas son visage, je sais qu'il est sincère dans ses paroles.

Il se retourne vers moi et j'ai juste le temps de voir son regard une fraction de seconde, ses yeux émeraudes sont brillants. Il baisse la tête, les cachant et passe à côté de moi sans me regarder. Mais tout mon corps a réagi à ses paroles, sa voix et ses yeux brillants.

Shawn

Je craque totalement. Pourquoi j'y suis retourné ? Pourquoi je l'ai ramenée merde ?! Et par-dessus tout, qu'est-ce qui se passe avec moi à devenir aussi stressé de l'avis qu'elle puisse avoir de moi ?!

Je me retourne et j'aperçois ses grands yeux bleus remplit de larmes. Je me rends compte que je ne fais que la terroriser, et quoi que je dise, cela n'y changera rien. Je soupire sachant que je ferais mieux de la ramener.

Je passe à côté d'elle évitant de la regarder, c'est trop dur quoi que je pense.

- Je ne te nierai plus. Me fait-elle et pris de surprise, je m'arrête net en faisant volte-face.

Son regard est posé dans le mien et je frissonne. Elle a des larmes dans les yeux encore maintenant, mais avec le reflet de la lune elle brille de mille feux devant moi.

Ses cheveux ondulés bruns brillent à la lumière de la lune, et je ne peux vraiment pas m'empêcher de la désirer à cet instant. Un désir que je n''avais pas senti venir et qui me fait mal. Malheureusement, si je fais un pas vers elle, tout ceci s'éteindra pour du bon.

Et alors que je me convaincs de rester tranquille, elle avance vers moi d'un pas hésitant, ses yeux bleus restant figés dans les miens. Je n'arrive pas à bouger, la peur de la brusquer s'est emparé de moi comme jamais auparavant. Elle s'arrête devant moi à quelques centimètres, son regard bleu devient perçant et elle tend doucement sa main tremblante vers mon visage. Du bout de la paume de ses doigts, elle effleure ma joue et caresse ma mèche qui pend sur mon visage. Je sens comme une décharge électrique à son contact, et cette chaleur intense émaner d'elle dès qu'elle me touche.

Mon cœur est prêt à exploser juste par ce geste.

- Je n'ai pas peur de toi. Murmure-elle.

Ces mots sortis de sa bouche me font perdre mes moyens et je la prends dans mes bras sans réfléchir une seule seconde aux conséquences. Je m'attends à ce qu'elle me repousse mais à mon grand étonnement, elle serre ses bras autour de mes épaules et caresse doucement mes cheveux de ses doigts encore tremblants.

Nous restons un long moment enlacé ainsi. Je ne désire rien d'autre à cet instant que de rester dans ses bras où j'ai l'impression d'être apaisé.

Je peux sentir la chaleur se diffuser en moi à chaque mouvement de ses doigts dans mes cheveux, ce courant électrique qui me traverse tandis que je sers son corps plus fort contre moi pour n'en perdre aucune chaleur.

Ma tête enfouit dans son cou, je peux entendre sa respiration qui est sur le même rythme que la mienne.

Je ne veux pas bouger, je veux que ce moment dure infiniment…

Shelby

Je ne sais pas combien de temps nous sommes restés enlacés sur la plage sans parler. Mais je regrette que ce moment n'ait pas duré plus longtemps quand je sens qu'il enlève ses mains chaudes de mon corps. Ce courant électrique qui se propageait dans mon corps à son contact, et me réchauffait semble s'éteindre tout comme notre étreinte. Jamais je n'ai ressenti un tel sentiment de bien-être, et tout cela bien que ce soit le gars le plus détestable que je connaisse. Mais est-ce que je pense vraiment qu'il est détestable ? Son attitude à cet instant avec moi semble être le vrai Shawn... Mais je ne peux pas en être convaincue, je dois juste me rappeler qu'il n'est pas un garçon si mauvais qu'il le fait paraitre.

- Je vais te ramener. Me dit-il en passant la main dans ses cheveux, évitant de me regarder franchement. Mais bon, je me suis dérobé de son visage dès que nous nous sommes séparés.

J'acquiesce en silence alors que tout mon corps veut encore sentir sa chaleur. Shawn fait demi-tour et il commence à marcher jusqu'à la voiture qui est à quelques pas de nous. Je ne peux que profiter de la vue de son dos et de sa nuque. Un frisson s'empare totalement de moi à cet instant, et je soupire en me demandant ce qui me prend au juste avec lui.

Nous montons dans la Mercedes, où je frissonne encore plus ce qui ne passe pas aperçu à son regard. Shawn se penche à l'arrière de la Mercedes et attrape quelque chose sur la banquette. Le frottement de son bras à mon épaule me fait une sensation de chaleur qui ne dure que quelques secondes.

- Tiens. Me fait-il en me donnant un gilet noir qui s'y trouvait.

- Merci. Fais-je en le prenant tout en évitant de le regarder.

Je n'en reviens pas de ce qui s'est passé ici. Cette facette de lui qui m'était inconnue m'a totalement fait craquer. Et tout en enfilant son gilet bien trop grand pour moi, je sens cette chaleur remonter à nouveau en moi. Je suis totalement sous le charme de Shawn, et je me mords la lèvre en croisant mes bras sur ma poitrine, tandis qu'il met le chauffage avant d'opérer une marche arrière.

- Je te dépose où ? Me demande-t-il en démarrant sur la chaussée.

- Je peux t'emprunter ton portable ? Lui demandé-je.

- Je n'ai pas les clés et je dois vérifier qu'ils sont bien rentrés. Expliqué-je sans préciser que je veux surtout rassurer Donovan.

Il va dans la poche de son jeans pour sortir son portable et il me tend sans poser de question. Mais un coup d'œil vers son visage me fait comprendre qu'il a pensé à Donovan ; sa mâchoire s'est crispée. Je reviens sur le portable entre mes doigts, hésitant maintenant à composer son numéro. Mais je n'ai pas vraiment le choix, si je sonne à Carolina ou Emi ; il sera furieux. Je prends une bonne inspiration, tandis que Shawn s'allume une cigarette et pose le paquet entre nos deux sièges, et je compose le numéro de Donovan.

- Allô ? Fais-je doucement en regardant par la fenêtre de la voiture.

Je ne veux pas sentir son regard crispé sur moi, et je ne veux pas qu'il voit mon visage déçu en quelque sorte de devoir le laisser.

- « Shelby ?! » S'écrie Donovan.

- « Ça va ? »

- Oui, oui je vais bien. Le rassuré-je en passant la main dans mes cheveux.

- Je suis en chemin pour le loft. Vous êtes où ? Demandé-je en jouant maintenant avec la tirette du gilet de Shawn, le regard posé dans le reflet de celui-ci dans ma vitre. Je tressaille en voyant que sa mâchoire se crispe encore plus.

- « On va redémarrer, on y sera dans trente minutes. » M'assure Donovan.

- D'accord on se voit là-bas. Et je raccroche sans rien ajouter, et surtout pour éviter que Shawn ne s'énerve plus.

Je tends le portable à Shawn qui le prend sans un regard et le remet dans sa poche. Je reviens le regard sur mes mains qui sont elles aussi crispées, comme si j'avais l'impression de faire quelque chose de mal. Je sursaute presque quand il me parle et me fait remarquer qu'il n'a pas l'adresse du loft. Je lui donne en précisant qu'il s'arrête au parc puisqu'ils risquent de m'attendre devant.

Il grimace et je jurerais qu'il a même grincé des dents, mais il sait comme moi que ce n'est pas le moment d'aller s'expliquer avec eux.

Nous arrivons près du parc et je retire son gilet alors qu'il se gare.

- Tu peux le garder. Si tu tombes malade en sortant de l'auto je m'en voudrais. Me lance-t-il sans un regard, ses doigts sont crispés autour du volant. Je déglutis me demandant à quoi il pense au juste ?

Je finis par revenir sur son visage pour le remercier mais étrangement, il ne se tourne pas un instant vers moi et je ravale mes remerciements. Après tout, s'il ne m'avait pas embarqué, on n'en serait pas là.

- Tu devrais te dépêcher avant qu'« il » sonne sur mon portable.

Si j'avais frissonné tout à l'heure, là mon sang vient de se glacer dans mes veines. Sa voix est devenue légèrement glacial sur cette parole, sans parler de cette impression étrange qu'une aura de haine est en train d'immerger de lui. Je voudrais qu'il me regarde un instant pour voir l'expression de ses yeux, mais il a l'air tellement tendu d'un coup, que je n'insiste pas et je finis par sortir de la voiture sans insister.

Je ferme à peine la porte que la Mercedes démarre en trombe et disparaît au coin de la rue.

Je reste là un moment sans comprendre ce qui lui prend encore. Je me mets en route pour le loft serrant son gilet autour de moi humant son odeur quand de loin, j'aperçois Donovan et Mori devant l'immeuble entrain de m'attendre.

Donovan

Je passe devant sa chambre espérant qu'elle sorte et qu'on puisse enfin parler de ce qui s'est passé cette nuit. Elle était tellement frigorifiée à son retour que nous l'avons laissée aller se laver et se reposer.

Je me suis excusé auprès de Byron pour ne pas l'avoir cru quand il m'a dit que Shawn ne lui ferait rien. Mais comment le savait-il pour en être tellement convaincu ? Shawn n'a nullement la réputation d'être un tendre que ce soit avec une fille ou un gars, cela ne fait aucune différence !

J'entends la porte de sa salle de bain s'ouvrir, et je sais qu'elle est enfin réveillée. J'attends encore un moment devant la porte et je toque à celle-ci en passant ma main dans mes cheveux, tout d'un coup anxieux.

- Oui ! S'écrie-t-elle et je rentre dans la chambre.

Elle se trouve assise sur son lit en pyjama quand j'ouvre la porte, et elle a le regard posé sur ses doigts.

- Tu vas bien ? Lui demandé-je en m'asseyant sur son lit à ses côtés.

- Oui, merci. Répond-elle tout simplement.

Elle a vraiment l'air d'aller bien, je m'inquiète, certainement pour rien.

- Tu voulais quelque chose ? Me demande-t-elle ramenant son regard enfin sur moi.

Je ne réponds pas, mon regard se pose sur le gilet qu'elle a mis pendre sur un cintre à sa fenêtre ; c'est celui qu'elle avait hier en rentrant. Je fronce les sourcils, sentant mon corps se crisper ; je suis certain que c'est son gilet.

- Pas vraiment je voulais savoir si tu allais bien. Finis-je par répondre en revenant sur elle, tout en serrant mon poing contre ma cuisse.

Elle évite mon regard un instant, puis se tourne à nouveau vers moi.

- Donovan, je vais bien tu n'as pas à t'inquiéter, je t'assure. Insiste-t-elle.

Elle a l'air sincère, mais je ne peux m'empêcher de me demander ce qu'il s'est passé entre eux pendant ces deux heures. Ce sont les heures les plus insupportables de ma vie. Se rend-elle compte à quel point j'ai songé à toutes les horreurs qu'il aurait pu lui faire ? Je serre les dents, imaginant comment on aurait pu la retrouver gisant dans un caniveau...

Elle se lève et repart vers la salle de bain en prenant ses vêtements. Cela signifie certainement que la discussion est finie. Je me lève du lit en jetant encore un regard sur ce gilet et je sors de la chambre sans ajouter un mot. Les poils de mon corps sont hérissés, imaginant cet enfoiré lui poser sur les épaules avec un sourire sadique sur ses lèvres. Ce mec !

- Tu as parlé à Shelby ? Me demande Emi en me voyant sortir de la chambre.

- Oui, elle a l'air d'aller bien. Rétorqué-je en passant ma main dans mes cheveux.

- Tu ne la crois pas ? Me demande-t-elle dans un murmure.

Elle est perspicace la petite.

Du coup, je repense au numéro de portable avec lequel elle m'a appelé. Ça doit être celui de cet enfoiré. Je retourne vers ma chambre et j'attrape mon portable pour composer le numéro.

- « Tu en as mis du temps. » Me fait-il froidement.

C'est bien ce que je pensais.

- « Si tu as quelque chose à dire dis-le j'ai autre chose à faire là. » Continue-t-il sur le même ton.

- Quoi ?! Tu vas attaquer quelqu'un avec ton gang ou kidnapper une fille ?! Claqué-je sentant un sentiment de colère monter dans ma poitrine comme je n'ai jamais eu auparavant. Je ne peux pas me contenir, j'ai la haine pour ce mec depuis longtemps. Je m'attends à une répartie de sa part, mais il se met littéralement à rire. Il se fout de ma gueule en plus !

- Et ça t'amuse ?! Claqué-je maintenant hors de moi.

Son rire s'arrête et j'écarquille les yeux comme si un vent glacial avait traversé le portable.

- Écoute, je fais mon boulot et je n'ai kidnappé personne. Elle est rentrée entière non ? Me fait-il sur un ton calme, mais froid.

- Que tu l'aies ramenée soit une chose ! Mais tu l'as quand même emmenée de force ! Hurlé-je perdant totalement mon calme.

Je n'ai pas le temps d'entendre sa réponse que Shelby débarque dans la chambre en furie, prends mon portable de mes mains et raccroche en me toisant.

- Bordel tu fous quoi ?! Hurle-t-elle ahurie de ce que je viens de faire.

- Tu ne dis rien ! M'écrié-je.

- Je veux savoir ce qui s'est passé ! Continué-je en sentant toute cette colère me submerger.

- Demande alors ! Tu n'avais pas besoin de l'appeler ! Rétorque-t-elle encore plus fort que moi.

Son regard est devenu froid comme elle ne me l'a jamais montré, et elle baisse celui-ci pour effacer le numéro de Shawn de mon portable. Je suis totalement abasourdi de ce qui se passe là entre nous et je ne parle pas de cette douleur qui me lance dans la poitrine.

- Je pensais qu'on se faisait confiance. Finit-elle par dire en se détournant de moi, avant de quitter ma chambre et de claquer la porte.

Merde, qu'est-ce que j'ai fait ?!

Elle ?

Shelby

Nous sommes lundi et je n'ai pas reparlé avec Donovan depuis samedi. D'ailleurs, ce matin je suis même venue en voiture avec Mori pour ne pas le voir. Je n'aime pas du tout l'attitude qu'il a eu et je compte bien lui faire comprendre, car je ne veux plus que ce genre de chose se reproduise. Il a beau ne pas aimer Shawn, il pourrait au moins me faire confiance quand je lui dis que je vais bien.

Je remonte le chemin pour aller attendre devant la classe quand j'entends la moto de Shawn arriver et mon cœur s'emballe. Je n'ai pas eu l'occasion de réfléchir à ce qui s'est passé sur la plage. Est-ce que c'était juste une accolade entre amis comme je fais avec Donovan, ou est-ce autre chose ? En ce qui me concerne, je suis vraiment chamboulée rien que de penser à son regard émeraude triste sur la plage.

Et le fait de savoir qu'il a pété un plomb à cause de mon message, me fait me poser plein de questions. Mais je n'ose pas m'imaginer un instant qu'il ait des sentiments profonds pour moi connaissant ses frasques avec les femmes.

La sonnerie retentit et me sort de mes pensées, le professeur arrive étonner de me voir devant la classe à attendre et ouvre la porte. Je vais m'asseoir sans un mot et je commence à sortir mes affaires sans regarder les autres qui rentrent dans la classe pour ne pas croiser son regard.

- Ça a été avec mon frère ? Il n'a pas roulé trop vite. Me demande Emi en s'asseyant.

- Non, du tout et j'ai connu pire. Répondé-je en esquissant un sourire.

- Il conduit comme un fou ! Quand je réussirai mon permis, je ne monterai plus jamais avec lui.

Je rigole de bon cœur. Emi ne supporte pas la vitesse contrairement à moi et Carolina, ça nous a toujours fait rire.

- Bien commençons ! S'exclame le professeur en tapant dans ses mains pour ramener un peu de calme.

Le cours commencé, je ne me concentre pas du tout sur le professeur. Je me demande si Shawn s'est mis dans le fond de la salle, s'il y dort puisqu'il ne vient jamais les lundis d'habitude.

Je ne sens pas que quelqu'un joue dans mes cheveux jusqu'à ce que je bouge la tête pour prendre ma calculette dans mon sac.

- Pardon. Entendé-je murmurer derrière moi.

Je ne me retourne pas, je n'en ai pas besoin, je reconnaîtrais sa voix entre mille. Mon cœur palpite à nouveau beaucoup trop vite.

Shawn

Je me couche sur mon banc et je passe mes doigts dans ses boucles, elle sait maintenant que je suis derrière elle et elle s'est raidit un instant en entendant ma voix, mais s'est remise de façon que je puisse continuer.

Je ne sais toujours pas quoi penser d'elle depuis la plage, je ne m'attendais pas à ce qu'elle soit si tendre avec moi.

Je n'ai jamais ressenti ça pour personne, j'ai envie d'être présent près d'elle, sans pour autant la posséder.

Je ne comprends pas du tout ce qui se passe avec cette fille. Pourquoi elle et pas une autre ? Il y a tant de filles qui voudraient de moi que je n'ai que l'embarras du choix, mais je ne vois qu'elle depuis le début de l'année.

Je pensais qu'elle serait une de mes proies, mais plus elle se braque contre moi, plus j'ai envie de la connaître et de comprendre à ce qu'elle pense ou ressent. Même si notre relation est juste amicale, je n'ai besoin de rien d'autre, juste qu'elle me laisse m'apaiser auprès d'elle.

L'odeur de son shampoing pamplemousse est vraiment apaisant, si apaisant que j'en ai sommeil.

Quand je me réveille, c'est la récréation. Ma main pend toujours derrière le dos de Shelby mais ne le touche plus. J'ouvre les yeux, espérant la voir mais elle ne se trouve en fait plus là.

Elle est sûrement sortie rejoindre Donovan et les autres dans la cour. Je me lève et m'étire pour aller fumer ma cigarette avant la prochaine heure, quand mon attention se porte vers la fenêtre à ma gauche près des arbres.

Shelby et Emi sont assises dans l'herbe en train de fumer une cigarette.

- Étrange, elles ne sont pas auprès des autres ? Me fais-je remarquer.

Je descends et vais fumer ma cigarette près du bâtiment, où j'entends leur conversation quand elles reviennent.

- Tu es sérieuse ?! Donovan exagère ! S'exclame Emi sur un ton énervé.

- Oui, je l'ai très mal pris. Mais après tout, il le déteste et y a de quoi, alors tu me vois lui expliquer que je ne crains pas Shawn.

Mon cœur se serre, elle n'a donc pas peur de moi malgré tout ce que j'ai fait et ce qu'elle a vu au club.

- Maintenant il faut le comprendre. Continue Shelby et je tends à nouveau l'oreille.

- Il ne fait que me protéger et j'aurais dû être claire avec lui en ce qui concerne Sha...

Oups grillé !

- Salut. Lancé-je en passant la main dans mes cheveux, évitant de montrer que je les espionnais.

- Euh, salut Shawn. Fait Emi.

Shelby me salue seulement de la tête et rentre sans un mot dans le bâtiment. C'était quoi ça ?! Elle a perdu sa langue ?

Shelby

Merde j'espère qu'il n'a pas entendu ce qu'on disait. Bon, je n'ai rien dit de grave, mais parler de lui et Donovan devant lui n'est pas très malin.

Mon portable bipe dans ma poche, et je le sors avant que le professeur arrive. C'est peut-être Carolina qui se demande pourquoi nous ne sommes pas venus dans la cour. Mais je suis surprise en voyant le nom affiché.

Shawn : « Il me semblait que tu ne me niais plus ? »

Mais je ne l'ai pas nié, il me fait quoi là ?! Je soupire en me demandant ce qu'il a encore imaginé.

Shelby : « Je ne t'ai pas nié. Je t'ai même laissé jouer dans mes cheveux »

Shawn : « Si tu le dis… »

- Il est sérieux ?! M'exclamé-je tout haut.

- Tu disais ? Me demande Emi.

- Non rien… Fais-je embarrassée.

Il apparaît dans la classe et me regarde de ses yeux émeraudes intenses et surtout réprobateurs. Je me mords la lèvre, mais il râle où je rêve ?! Il sourit un instant et redevint sérieux avant de s'arrêter à notre bureau.

- Emi ça te dérange, si je t'emprunte ta voisine, j'ai oublié de prendre mon livre. Lui demande-t-il avec un regard charmeur.

Attends je rêve ou il fait les beaux yeux à Emi ? Je suis abasourdie par son attitude là, et je lui tends mon livre sans un regard.

- Tiens prends le ! Fais-je d'un ton froid.

Emi rigole et se lève pour s'asseoir plus loin en me faisant un sourire moqueur. Shawn quant à lui s'assoit et s'installe sur son bras droit en me fixant. Je me mords la lèvre et me retourne vers lui.

- Tu joues à quoi ? Demandé-je en le toisant.

Il ne me répond pas et se contente de me sourire.

Le professeur arrive et je me focalise sur mon livre essayant d'éviter les yeux de Shawn qui ne regardent pas du tout le livre mais moi. J'ai l'impression que l'intensité de ses yeux sont en train de me transpercer toute mon âme. Je suis super mal à l'aise et il le sait sûrement puisqu'il sourit, un sourire narquois qui commence à m'agacer là.

- Arrête. Murmuré-je.

Erreur ! Il se couche sur le banc et me fixe de plus belle, pas moyen de regarder ailleurs puisqu'il est en partie sur le livre.

Je passe le reste du cours à regarder le professeur, le tableau, la fenêtre pour ne pas le regarder. Mais je reviens toujours vers ses yeux émeraudes qui ne cessent de me fixer.

Shawn

L'heure du dîner sonne et elle essaye de reprendre son livre coincé sous mon bras, mais je ne la laisse bien entendu pas faire.

- On va manger ? Demande Emi à Shelby.

- Je n'ai pas faim. Répond Shelby en tirant plus fort sur le livre.

- Tu es sûre ? Insiste Emi.

- Oui, tracasse. Je dois préparer mon sujet de dessin.

Emi sort de la classe sans insister et nous nous retrouvons toujours en train de nous titiller pour son livre.

- T'as fini ?! S'énerve-t-elle en tirant à nouveau sur le livre alors que j'enlève mon bras.

Vu comme elle tire dessus avec force, son coude toque contre la fenêtre.

- Putain ça fait mal ! Crie-t-elle.

- Désolé.

Je prends son bras et souffle dessus, je relève mon regard vers elle et ses magnifiques yeux bleus me fixent troublés.

- Ma mère faisait ça quand je me cognais. Fais-je la voyant sceptique de mon geste.

- Il n'y a rien de mal tracasse, j'ai eu mal sur le coup. Me dit-elle en reprenant son bras, pour le faire tourner avant de sourire.

- Tu vois ? Rien de grave. Fait-elle souriante.

Je la regarde ranger son livre de cours et prendre les livres de la librairie qu'on a acheté ensemble.

Elle commence à feuilleter les pages, moi, je ne me lasse pas une seconde de la regarder, quand son visage se tourne vers moi étonné.

- Tu ne t'es pas encore fait à l'idée que je te regarde ? Demandé-je avec un sourire narquois, avant de passer ma langue sur mes lèvres.

Elle me pose un livre devant moi, évitant la moindre réaction sur son visage.

- Je pense que c'est à toi !

Je regarde étonné ; c'est un livre de voiture. Je réfléchis. Mais oui, c'est le livre que je lisais à la librairie.

- J'ai dû le prendre sans faire exprès. Désolé. M'excusé-je.

- Pas de soucis, mais ça te dérange si je le regarde plus tard ? Me demande-t-elle.

- Non pas du tout, tu comptes t'acheter une voiture ?

- Pas dans l'immédiat, mais disons que ça me donnerait des idées. Fait-elle en commençant à le feuilleter.

Je reste à nouveau en train de la regarder quand ses yeux bleus s'illuminent. Je regarde ce qu'elle regarde. C'est une Shelby GT 500 noire, elle a de bon gout puisqu'il n'en existe que quelques-unes de sortie.

- Tu as bon goût on peut le dire. Lui fais-je impressionné.

- Elle est magnifique ! S'exclame-t-elle rayonnante.

Mon cœur vient de faire un nouvel arrêt.

Donovan

Je finis de grignoter mon assiette tout en pensant qu'elle se prive même de déjeuner à cause de moi, ça devient vraiment insupportable.

Je finis par ranger mon plateau et sors de la cafétéria sans attendre les autres, avant de me diriger vers le bâtiment où elle a cours.

Je lui envoie un message pour voir si elle peut descendre et n'ayant pas de réponse, je m'apprête à faire demi-tour quand la porte s'ouvre et Shelby apparaît.

- Désolée je n'ai plus de batterie ! Il s'est éteint après ton message. M'explique-t-elle.

- Pas de soucis. Tu n'es pas venue déjeuner ?

- Non, j'avais du boulot à faire. Fait-elle en s'allumant une cigarette et avançant vers les arbres.

Elle s'arrête près de l'un d'eux et s'y appuie, les yeux rivés vers le sol.

- Tu vas me faire la gueule longtemps ? Demandé-je directement.

- Qui fait la gueule à qui ? Me rétorque-t-elle en relevant ses magnifiques yeux bleus sur moi, et je déglutis.

- C'est toi qui t'es énervée, je te signale ! M'écrié-je énervé de la situation dans laquelle nous sommes.

- Oui, et toi tu ne me fais pas confiance ! S'écrie-t-elle à son tour.

Je reste abasourdi, Shelby semble encore furieuse et ça ne va pas être facile de régler cette histoire.

- Je te fais confiance, mais pas à lui ! Tu le connais aussi ! Admets-je.

- Non, tu ne le connais pas et moi non plus !

Non, mais je rêve ou elle essaye de le défendre encore ?!

- Shelby, tu es sérieuse ?! Tu sais sa réputation et tu as vu ce qu'il m'a fait et ce qu'il t'a fait ! Tu étais aussi là quand il a débarqué au club avec sa bande ! C'est un voyou, un gangster ! Hurlé-je perdant à nouveau mon sang-froid.

- Je sais, mais il n'est pas que ça ! Me répond-elle sur le même ton, avant de passer ses doigts dans ses cheveux, baissant son regard.

- Il est aussi quelqu'un de meurtri ! Finit-elle par me dire.

Mon cœur fait un raté. Elle ne peut pas le défendre ? Elle ne peut quand même pas penser à lui comme à un homme, alors que moi elle me voit comme son frère ?!

Shelby s'approche de moi, et mets sa main sur mon bras.

- Donovan, fais-moi confiance... Me supplie-t-elle.

- Laisse-moi apprendre à le connaître.

Ses yeux bleus sont remplis de larmes à cet instant, et je me rends compte que je suis totalement entrain de la perdre.

- Donovan, s'il te plaît... Murmure-t-elle.

Je sens sa main se crisper sur mon bras.

- Je te fais confiance. Murmuré-je en soupirant, battu par sa sincérité.

- Mais il me faudra du temps pour lui faire confiance, car tu es tout ce que j'ai. Lui fais-je en plongeant mon regard dans le sien.

Elle me sourit et passe ses bras autour de ma taille en posant sa tête sur mon torse. J'hésite mais je sais que je n'ai pas le choix si je ne veux pas la braquer ; je la serre dans mes bras à mon tour.

La porte claque derrière nous et je détourne mon regard dans la direction pour voir Shawn remonter le chemin d'un pas décidé.

Shelby se recule, regarde dans la direction de Shawn puis revient vers moi ; ses yeux sont totalement paniqués.

De l'amour ?!

Shawn

Putain elle se fou de ma gueule là ?! Ils s'enlacent tranquillement dons le lycée alors que moi, c'est à peine si elle me regarde. Je pensais qu'elle n'était pas comme les autres mais ce n'est qu'une salope de plus !

Je sors enrager du bâtiment sans les regarder. Si je me bats encore dans le lycée, je me ferai certainement virer ce coup-ci.

J'avance vers le parking, et je l'entends crier mon nom mais il est hors de question qu'elle me fasse le coup de ses yeux tristes pour m'amadouer.

- Shawn ! Attends ! Crie-t-elle en arrivant dans le parking.

Je monte sur ma moto et la démarre pour foncer sans un regard pour elle.

Je dois me vider la tête, je suis complètement hors de moi. Cette salope et ses yeux bleus ont faillis m'avoir, j'ai baissé ma garde devant elle alors qu'elle ne pense qu'à son Donovan. Elle me plante dès qu'elle reçoit un message de lui et fonce dans ses bras comme ça sans hésitation. Elle n'a aucune gêne, je suis vraiment un con d'avoir cru un instant qu'elle était unique ! C'est une belle salope manipulatrice.

Je rentre dans le bar où tout le gang se rejoint et je me mets au comptoir sans dire un mot, où le barman me met une bière. Je relève mes yeux verts vers lui, il se retourne directement pour me mettre une bouteille de Whisky, un verre et s'en va plus loin sans un mot.

Jordan arrive près de moi, me regarde et il fait demi-tour ; il comprend sans un mot qu'il vaut mieux me laisser tranquille.

Mon portable n'arrête pas de vibrer, ça doit être elle qui essaie de me joindre.

« Appel entrant Shelby »

- Lâche-moi Putain ! Hurlé-je en éclatant le portable de colère sur le comptoir.

Il n'y eu plus un bruit dans le bar pendant un instant, je tape un œil dans le miroir face à moi et je vois qu'ils sont tous aux aguets de ma colère. Je prends la bouteille de Whisky et traverse le bar vers la sortie, je remonte sur ma moto et pars.

Shelby

Je ne sais pas ce qui s'est passé ? Tout allait bien et en une fraction de secondes, il a pris la mouche et est parti sans me laisser lui parler. Je suis certain qu'il a vu la conversation que j'ai eue avec Donovan de la classe. Mais il sait très bien que Donovan et moi sommes très fusionnels et que je devais arranger les choses avec lui. Il n'avait pas à réagir ainsi, je ne lui appartiens pas non plus, nous sommes amis aussi que je sache.

Je fulmine pendant tout l'après-midi, il n'a répondu à aucun de mes appels ni messages.

-Tu n'es pas concentrée Shelby ! Me crie Mori alors que je m'entraîne sur le sac de frappe au gymnase avant l'entraînement de boxe Thaï.

- Désolée. Rétorqué-je pas du tout convaincante.

Je m'y remets plus sérieusement mais je n'ai pas la tête à ça et au bout de cinq minutes, Byron vient me rejoindre.

- Tu devrais rentrer. Me conseille-t-il.

- Oui, je suis bonne à rien là... Murmuré-je en enlevant mes gants.

- Shelby, laisse-lui le temps de se faire à l'idée, il reviendra. Me fait-il en prenant mes gants pour les ranger. Je le regarde d'abord surprise, mais ils sont amis tous les deux donc je ne devrais pas être étonnée.

Je pars prendre une douche dans le vestiaire, les paroles de Byron résonnent dans ma tête. Lui laisser le temps de se faire à l'idée de quoi ?! Il n'a pas d'amis filles pour savoir que je n'ai rien fait de mal après tout ! Pourquoi devrais-je choisir Donovan ou lui que je ne connais à peine ?!

Je fulmine à nouveau mais la tristesse s'empare de moi quand je revois ses yeux émeraudes sur la plage rempli de larmes. Et cela est pire quand je repense aux battements de son cœur et sa respiration quand je l'ai enlacé.

C'était les mêmes que Donovan quand on s'enlace donc il ne doit pas être si mauvais que ça, lui aussi à un cœur quoi qu'il laisse paraître quand il est avec les autres.

Je me mets à pleurer sous la douche, espérant trouver une solution pour que tout s'arrange.

Donovan

J'ai mon casque sur mes oreilles quand Emi entre dans la chambre et s'assoit sur le lit sans un mot.

- Donovan, tu es amoureux de Shelby ? Me demande-t-elle d'un coup.

Je la regarde surpris alors que je range mon casque. Je passe la main dans mes cheveux, elle sourit car comme tout le monde ici ; elle sait que je suis gêné quand je fais ce geste.

- Ça va poser un problème alors parce que je pense qu'elle aime Shawn. Me rétorque-t-elle.

Je reste prostré, elle a dit quoi là ?! Non, elle ne l'est pas, elle est fascinée par ce côté Bad Boys mais elle n'est pas amoureuse de lui, elle le traite comme…

J'essaye de me convaincre alors que je sais très bien que Shelby est effectivement en train de tomber amoureuse de Shawn. Là, mon cœur me fait mal.

- Je sais. Avoué-je enfin, le regard baissé sur mes mains.

- Tu sais, tu ferais mieux de lui dire la vérité même si elle risque de te rembarrer, mais au moins, tu seras fixé.

- Tu es folle Emi ! M'exclamé-je.

- Même moi je ne savais pas il y a quelques mois que mes sentiments pour elle étaient devenus plus que fraternel ! Admets-je.

Je fais les cent pas dans la chambre, sachant qu'elle va prendre ses distances avec moi dès qu'elle le saura pour ne pas me faire souffrir. Elle va arrêter de se confier à moi dès qu'elle aura un souci, elle sera seule quand elle fera ses cauchemars sur cette nuit avec ces parents. Elle se renfermera.

- Moi je te dis ce que je pense être juste, mais tu es assez grand pour savoir. Perso je n'y connais rien en amour... Mais je sais que vous allez finir par vous briser si vous continuez ainsi et ça affectera tout le monde.

Elle se lève, et pose sa main sur mon bras avant de sortir de la chambre.

Elle a raison, il va falloir que je parle avec Shelby ou que je taise mes sentiments pour du bon.

Shawn

J'ai fini par rentrer à la villa, ma mère a des rendez-vous donc elle ne sera pas dans mes pieds. Je pose la bouteille de Whisky près de la chaîne Hifi et enclenche la musique, c'est Eminem avec Sing For The Moment.

- Ben tiens ! M'exclamé-je.

C'est la fameuse chanson où je me suis endormi dans le parc en admirant ses yeux bleus pendant qu'elle jouait dans mes cheveux. Rien que de penser à ses yeux bleus, j'envoie la bouteille volée dans la pièce de rage.

- Putain dégage de ma tête salope !

- Je vois que tu as l'air de bonne humeur.

Je me retourne, Christian se trouve dans la pièce de séjour, enlevant sa veste de costume.

- Qu'est-ce que tu fais là ?! Craché-je en allant vers le bar sortir une autre bouteille de Whisky.

- Je venais voir ta mère, mais je vois qu'elle n'est pas là. Me répond-il simplement.

- Non, elle n'est pas là donc tu peux te casser et me laisser cuver tranquille ! Craché-je en me rendant sur la terrasse et buvant à grande goulée dans la bouteille.

Je me pose sur la chaise de la terrasse et m'allume une cigarette, grinçant des dents.

- Tu sais très bien que je ne suis pas ton ennemi. Fait Christian en entrant à son tour sur la terrasse un verre à la main.

Je ne réponds pas. Effectivement, c'est le seul qui a toujours été là pour moi et ma mère quand mon père s'est barré pour ses affaires à Los Angeles.

- Je crois comprendre que tu es encore dans cet état pour cette fille. Continue-t-il et je ne réponds toujours pas, me contentant de boire une gorgée de ma bouteille.

- Je pense que c'est la première fois que tu réagis ainsi pour une fille non ? Me demande-t-il.

Là, je sais que ce n'est pas une question mais une affirmation, vu l'intonation de sa voix. Je m'arrête, le goulot de la bouteille en bouche.

- Tu ne penses pas que tu es en train de tomber amoureux ?

Je m'étouffe en avalant ma gorgée de Whisky. Moi amoureux ?! Ce mot ne fait pas partie de mon vocabulaire et encore moins de moi.

- Te fous pas de moi ! Essayé-je de rigoler mais cela sonne comme un râle.

Christian ne me répond pas et sourit en buvant une gorgée de son verre.

- Tu me connais non ?! Lancé-je en me levant.

- Tu sais ce que je pense de ses salopes. Elles sont juste là pour nous donner du bon temps et puis basta ! Balancé-je.

- Comme cette pute dans ce motel. Me dit-il en me fixant de ses yeux gris.

- Exactement ! Rétorqué-je.

- Donc tu vas juste la sauter aussi brutalement et la virer c'est ça ?

Je m'arrête. Je vois à son visage qu'il jubile, il a posé la question ultime. Il se lève me tape sur l'épaule et il repart dans la villa prendre sa veste avant de disparaitre.

Voilà bien Christian, il pique où il faut et s'en va...

Shelby

Je n'ai pas envie de rentrer au loft, j'ai juste envie de me laisser aller un instant. J'ai vraiment mal ma poitrine, c'est une douleur insoutenable. Je ne lui ai plus envoyé de messages, de toute façon, il ne me répond pas. Je sais qu'il est sûrement avec son gang quelque part s'amusant à faire ses affaires sans penser une seconde à moi.

Je sais qu'il ne pense qu'à lui, qu'il n'a aucune intention envers moi. Cela a été très clair sur la plage, s'il avait voulu de moi il m'aurait au moins embrassée.

Je m'assois sur un banc dans le parc, où je regarde mon sac et sors son livre de voiture que j'ai repris avec mes livres de décoration. Je me mets à entourer la Shelby noire dans le livre, en pensant que plus tard j'achèterai la même en souvenir de ses petits moments intenses vécu avec lui.

Je me rends compte qu'il a vraiment une place importante dans mon cœur, et je me remets à pleurer.

- Mais ce n'est pas la belle métisse qui traînait avec le Shawn ?!

Trois mecs approchent de moi et ils ne me disent rien qui vaille. Je range mon livre et mon bic dans mon sac, me lève pour partir dans l'autre sens quitte à faire le grand tour pour rentrer. Mais un autre est de ce côté aussi.

- Je suppose qu'il a déjà eu ce qu'il voulait de toi, donc on peut se servir aussi.

Le mec pose sa main sur mon bras, j'attrape celui-ci en un mouvement vif et lui fais une clé de bras, avant de l'envoyer contre un de ces potes.

- Une vraie tigresse ! Me lance le mec.

- Tu n'as pas idée à quel point ! Tenté-je de bluffer.

Je bluffe bien sûr, je n'arriverai pas à bout de quatre mecs toute seule. Ils se mettent chacun d'un côté de moi, et je sais que je n'ai pas le choix ; je vais devoir me débarrasser d'un pour pouvoir partir en courant. Je les scrute et je vise le plus gringalet avant de lui enfoncer mon poing dans la figure et de me mettre à courir. Mais ils me rattrapent vite au bout du chemin.

- Connasse ! Me crache un des mecs en me collant une claque sur ma joue.

Je sers les dents et essaye de me débattre, mais les deux mecs ont une fameuse poigne quand d'un coup, Mori et Byron débarquent de je ne sais où et les envoie tous au tapis.

Je tombe à genou sous le choc de la situation, les mecs se sauvent une fois relever, sans demander leurs restes.

- Shelby ça va ? Me demande Byron en m'aidant à me relever.

- Oui, ça va mais j'ai encore besoin de beaucoup d'entraînements. Admis-je, essayant de sourire.

Byron me sourit, comprenant que j'essaie de décompresser de la situation.

Mori qui revient après les avoir coursés me toise ; aie je vais prendre cher.

- Tu es conne ou quoi ?! Me crie-t-il.

- Si on n'était pas allé au Night and Day, t'imagine ce qui te serait arrivée ! Putain Shelby ...

Mori qui ne parle que rarement, je sais à cet instant qu'il a eu peur en voyant la situation dans laquelle j'étais. Je m'avance vers lui et le prends dans mes bras.

- Arrête ça ! Me fait-il.

- Juste une minute, merci Mori.

Nous retournons sur nos pas récupérer mes affaires et reprenons le chemin du loft. Arrivés dans l'ascenseur, je leur interdis d'en parler aux autres ; Donovan va encore en faire une histoire alors que tout va bien. Les garçons ont accepté mais vraiment à contrecœur. J'aime le fait d'avoir des grands-frères qui me soutiennent...

La douleur de notre distance

Shelby

Emi et moi descendons de l'Audi de Donovan en arrivant au lycée, la moto de Shawn se trouve déjà sur le parking, et je me fixe un instant ne sachant pas comment je vais devoir réagir avec lui aujourd'hui.

Emi me prend par le bras, et elle me sourit pour me rassurer avant que nous partions vers le bâtiment des cours. En entrant dans la classe, je me fige à nouveau sur la scène qui se passe en classe.

Shawn est assis dans le fond avec ces lunettes de soleil, en compagnie de Noa, Hilary, Kelly et Kristie limite sur ses genoux. Je remarque que bien entendu, cela n'a pas l'air de le déranger le moins du monde.

Je soupire me disant que c'est mieux ainsi et je rejoins Emi à ma place. Ayant sorti mon bloc de feuilles, je commence à griffonner, leurs rires m'énervent plus qu'ils ne le devraient. Et si je pense être soulagée quand le professeur rentre enfin en classe, je me fourvoie car ils continuent de plus belle, allant jusqu'à se moquer du professeur.

- Putain, ils sont chiants. Me fait remarquer Emi.

J'acquiesce en silence et je prends mes écouteurs dans ma poche pour les mettre à mes oreilles ; je n'ai pas envie de les entendre plus.

Je pose mes cheveux de façon que le professeur ne les voit pas et je me remets à griffonner sur bloc pensant à comment je vais encore tenir trois mois dans cette classe. Surtout, si je n'arrive pas à passer à autre chose. Mais en ai-je vraiment envie ?

L'heure de la récréation arrive enfin. Nous rejoignons les autres sous le préau, et je m'installe sur le banc de façon de ne pas le voir lui et toute sa clique.

Donovan voit bien que je ne vais pas bien mais ne me demande rien ; il reste d'ailleurs assez loin de moi en ce moment…

- Shelby ? Me hèle Emi, et je relève la tête en enlevant mon écouteur.

- On a gym. Me fait-elle remarquer.

Je remets mon écouteur et nous nous rendons au gymnase en suivant de loin la clique de Shawn qui tient Kristie par les épaules. Je me retiens de me focaliser là-dessus et je me focalise sur mes pieds.

Dans les vestiaires, les filles ne parlent que de l'attention que Shawn porte à Kristie depuis ce matin. Je me dépêche de me changer et je sors du vestiaire ne voulant plus rien entendre, mais je tombe nez à nez avec Shawn.

Celui-ci a enlevé ses lunettes, donc instinctivement je regarde ses yeux. Cependant, j'aurais mieux fait de rester tranquille ; ses yeux émeraudes sont intenses comme toujours ; mais glacials. Je sens un frisson me traverser et je pars directement vers la salle de gymnastique la tête baissée.

Shawn

Nous jouons au tennis en faisant des tournantes. Si ça continue, je vais finir par jouer contre elle vu comme elle joue bien. J'achève mon match gagné et je me mets sur le terrain suivant. Je regarde Kristie se prendre une raclée ; cette fille est vraiment nulle en tout.

- Shawn, tu joues contre Shelby vu vos niveaux. S'exclame le professeur en faisant signe à Shelby de nous rejoindre sur le terrain.

J'en étais certain vu comme elle joue. Shelby s'avance vers le terrain en se mordillant la lèvre et j'esquisse un sourire amusé, tout en passant la main dans mes cheveux.

Pas besoin de faire ta gênée ! Je ne te ferai aucun cadeau.

Elle sert et je lui renvoie la balle sur elle mais comme je le pensais, elle se décale à temps et me renvoie la balle qui finit dans le filet.

Je souris ; elle va se défendre comme avec Jordan.

Je sers à mon tour violemment et la vise intentionnellement, mais elle se décale pour laisser passer la balle. C'est là que je me rends compte qu'elle ne me regarde pas en fait ; donc elle est résignée à perdre. Je soupire en pensant que cela n'est même pas amusant.

Le reste du match se passe vite et elle ne me renvoie plus aucune balle, finissant par quitter le terrain dès que j'ai servi la dernière balle.

J'ai un poids sur la poitrine. J'y suis peut-être allé fort tout compte fait ; en la regardant partir, je remarque qu'elle fait tourner son poignet alors qu'elle ne m'a renvoyé que la première balle et a évité les autres.

- Bravo Shawn ! S'exclamé Kristie en venant se frotter contre moi.

Je pose ma tête dans son cou la faisant frémir de désir, évitant de regarder Shelby plus que de raison.

- Trouvez-vous une chambre ! Crie la voix d'Emi de l'autre côté du terrain.

- Ta gueule la bouffeuse de riz ! Rétorque Hilary qui se tient non loin de nous.

Je relève ma tête du cou de Kristie et j'aperçois Shelby repartir dans les vestiaires sans un regard vers moi. Je grince un peu des dents, mais les lèvres de Kristie se portent sur mes lèvres.

Je sors des vestiaires avec Noa et je m'appuie contre le mur du gymnase pour fumer ma cigarette en attendant les filles. Shelby arrive en sortant son paquet de cigarette de sa poche, mettant ses écouteurs de sa main libre et s'installe contre le mur en face de nous.

Je ne peux pas m'empêcher un instant de la regarder. La façon dont elle met sa cigarette à sa bouche pulpeuse, ses doigts qui remettent sa mèche de cheveux en place.

Je repense à cet instant à ses doigts tremblant dans mes cheveux puis l'image de Donovan et elle en train de s'enlacer vient s'imposer sur tout le reste et la rage me reprend. Ma mâchoire se crispe et je balance ma cigarette en un geste vif à ses pieds.

Kristie et les filles sortent enfin et je jette un coup d'œil vers Shelby qui relève doucement le regard dans notre direction en repoussant mon mégot de cigarette. Je fais craquer mon cou et je vais rejoindre Kristie pour l'embrasser à pleine bouche, mais surtout plein de rage.

Quand je la relâche, Shelby et Emi sont déjà parties vers la cafétéria.

Donovan

Les filles nous rejoignent enfin à la cafétéria, et je remarque que Shelby n'a pas grand-chose dans son plateau ; une soupe et un soda. Elle a encore ses écouteurs sur ses oreilles et elle ne relève pas une seule minute sa tête de son plateau.

Je la regarde pendant que je mange, elle n'a pas touché à son plateau quand elle se lève avec Emi pour les ranger et sortir de la cafétaria.

- Shelby est étrange en ce moment non ? Me demande Trevor.

- Oui, j'ai vu aussi. Répondé-je en remuant ma fourchette dans mon assiette.

- Tu ne vas pas lui parler ? Elle a l'air vraiment déprimée. Tu es le seul à qui elle se confie vraiment dans ses cas-là. Me fait-il remarquer.

- Plus maintenant. Rétorqué-je en soupirant.

Je finis par me lever pour aller ranger mon plateau et sortir à mon tour de la cafétaria.

Shelby et moi n'avons plus vraiment parlés depuis ce qui est arrivé au lycée le jour avant, et je ne suis pas du tout à l'aise de parler de ses problèmes avec Shawn.

Car je ne suis pas aveugle, Shawn est étrange aujourd'hui tout comme elle. Il était collé à Kristie durant la récréation tout à l'heure et malgré l'avoir surpris la regarder, même derrière ses lunettes ; Shelby l'a évité. Je rage à l'intérieur de moi de l'avoir laissé se rapprocher de Shelby même à mon insu. Si c'est comme ça qu'il comptait la traiter, il aurait mieux fait de ne pas l'approcher. Mais bien sûr, il ne pense qu'à son nombril ! Ce mec est le pire de tous et maintenant, Shelby le sait non ?

En arrivant près du préau, perdu dans mes pensées ; je bouscule un autre étudiant en passant. Je m'apprête à m'excuser poliment.

- Tu ne sais pas regarder où tu vas ?! Claque une voix froide et tout mon corps tressaille.

Non pas lui, ce n'est pas le moment ! Je me retourne, Shawn se tient devant moi avec Kristie. Je souris en voyant ça, ce mec est vraiment sans cœur.

- Il se fou de toi là ?! Lance Kristie.

Je vois la mâchoire de Shawn se crisper, je me doute que derrière ses lunettes ; il doit rager et que son regard me fusille.

- Fous-lui en une ! S'exclame Kristie.

C'est là que son visage paniqué apparaît devant moi. Elle n'a pas besoin de parler, ses grands yeux bleus plein de pitié parlent pour elle.

- Elle veut quoi la métisse ?! Crache Kristie en la poussant contre moi.

Je mets mon bras instinctivement autour de Shelby et la colle contre mon torse pour la protéger. Mon regard porté sur son visage, je peux voir la mâchoire de Shawn à cet instant se crisper encore plus et les veines de son visage sortent sous le coup de la rage. Je vais devoir encaisser le coup sans que Shelby ne soit touchée.

- Laisse tomber je ne tape pas dans la merde ! Claque froidement Shawn en souriant et il se retourne avant de s'en aller sans un regard sur elle.

Je sens Shelby se raidir sur le coup, elle attrape mon T-Shirt et le serre de toutes ses forces, la tête enfuie contre ma poitrine.

Je regarde Shawn partir plein de mépris et de haine ; ce mec est vraiment un monstre.

Shawn

J'ai la rage et j'ai vraiment du mal de la contenir ; la vue de Shelby dans ses bras m'a vraiment rendue malade. Je pensais pouvoir me détendre dans les toilettes un moment avec Kristie, mais elle ne voulait pas rater le cours donc nous sommes retournés en classe.

Shelby ne m'a pas regardé quand nous sommes entrés et j'ai vu qu'elle avait toujours ses écouteurs à ses oreilles pendant tout le cours.

J'ai hâte que cette journée de merde se termine que je puisse me barrer et rejoindre le hangar pour picoler. De plus, je ne supporte plus les mains de Kristie sur moi ; ça commence vraiment à m'agacer.

La sonnerie de fin de cours sonne enfin et je me lève sortant directement sans attendre Kristie ni les autres. Je traverse les allées jusqu'au parking d'un pas rapide pour partir le plus loin possible d'elle et de ses yeux bleus.

Je fonce sur la route jusqu'au hangar où je rejoins les autres dont Jordan qui est déjà complètement mort bourré ; enfin je pense. Il faut dire qu'entre l'alcool et la drogue, il se défonce tellement que je ne m'étonnerais pas qu'il meurre d'une overdose et non d'une balle dans la tête.

Je prends une bière dans le frigo et m'installe sur un fauteuil pour me reposer un peu. Toutes ces émotions dans ma tête commencent à me fatiguer sérieusement. Surtout Christian et ses sous-entendus sur l'amour ; il est à mille lieux de savoir ce que je ressens pour elle. S'il savait que j'ai de la haine dans mes yeux maintenant rien qu'en la voyant, tous ses airs de sainte ni touche me gonflent alors que ce n'est qu'une salope comme les autres !

Je suis cool en train d'essayer de me relaxer quand Byron entre dans le hangar ; ça fait un moment qu'on ne le voyait plus dans les parages celui-là. Il salue les gars et me rejoint.

- Mec ça fait longtemps ! Lui lancé-je en lui tapant dans la main.

- Ouais, je suis pas mal occupé. Me répond-il en se grattant son crâne rasé.

Il a l'air embêté ; toute sa carrure de sportif est tendue. Je me redresse et enlève mes lunettes.

- Tu as un soucis mec ? Lui demandé-je perplexe maintenant.

Il se frotte les mains, je vois bien qu'il hésite à me parler.

- Pas moi. Me rétorque-t-il.

Je me remets convenablement sur le fauteuil en buvant une gorgée de ma bière, comprenant de qui il veut parler.

- Si c'est pour me parler de Donovan et sa bande, laisse tomber ! Je ne veux rien savoir ! Craché-je.

- Pourquoi tu agis comme ça avec eux ? Me demande-t-il sans une once de peur. Ce mec est bien un des seuls qui ne tremblent pas devant moi.

- On n'est pas du même monde. Finis-je par dire plus calmement.

- Pourtant tu avais l'air de l'apprécier Shelby.

Je serre la mâchoire.

- Ouais comme toutes les salopes... Fais-je d'un ton le plus détaché possible.

- Joue pas à ça avec moi ! Me lance Byron.

Ses yeux bruns me scrutent, et je détourne le regard pour me prendre une cigarette. Il est culotté maintenant ; lui qui ne parlait jamais avant et ne se mêlait jamais de mes affaires...

- Tu n'es pas si mauvais que t'en as l'air ! Me lance-t-il en se levant.

- Tu ne me connais pas on dirait... Fais-je nonchalamment en tirant sur ma clope.

- Alors, ça ne te posera pas de problèmes de savoir qu'un gang s'en est pris à Shelby hier soir au parc...

Je recrache ma bière et me lève d'un coup pour lui faire face. Les gars s'arrêtent de parler et nous regardent surpris.

- Tu viens de dire quoi ?! Claqué-je les yeux écarquillés de haine.

- Elle n'a rien eu. Me calme-t-il.

- On est arrivé à temps. Mais la prochaine fois, on ne sera pas toujours là. M'explique-t-il.

- Mais dis-moi si même les autres gangs s'attaquent à elle, que vas-tu faire ?! Me demande-t-il alors que je passe ma langue sur mes lèvres.

- Et n'ose pas me dire que tu t'en fou ?! Me lâche-t-il avant de sortir du hangar.

Je reste là complètement inerte, sous le choc de ce qu'il vient de m'apprendre. Mon cœur vient de se serrer. Je me tiens la poitrine et j'ai l'impression du mal à respirer...

Est-ce que je m'en fous vraiment ? Ou Christian avait-il raison ?

Je prends mon flingue dans le bureau et je pars du hangar sous les yeux surpris des gars.

Je démarre à toute allure avec la Yamaha. C'est quoi ce bordel ?!

Je rentre dans un bar où se trouve plusieurs membres de gang et je m'approche de la table de billard au fond pour prends une queue et la fracasser en deux. Au moins j'ai attiré leur attention.

- Vous me connaissez tous ! Hier une fille a été attaquée au Parc Mac Arthur et je veux savoir qui c'est ! Dis-je d'un ton calme mais menaçant.

Je les vois tous se regarder se demandant de quoi je parle. Aucun n'a l'air de savoir quelque chose. Je soupire en me rendant compte que je vais y passer la nuit. Je m'avance vers la sortie en les fixant bien à l'affût du moindre mouvement d'un d'eux, mais aucun ne bouge. Je ressors et fais le tour de tous les bars où je sais trouver les membres de gang mais rien n'en sort.

À bout de ne pas trouver une seule piste, je m'arrête dans un bar pour me vider la tête. Je ne sais pas combien de verre je bois en imaginant dans ma tête le visage terrifié de Shelby, et la scène de Shelby enlacée dans les bras de Donovan.

Complètement bourré, je reprends la moto et m'arrête au Parc Mac Arthur faisant le tour plusieurs fois pour voir si je ne vois pas ces connards dans le coin.

Mais rien. Je n'ai pas le choix, je vais devoir demander de l'aide au reste du gang.

Une surprise de taille

Shelby

Quand nous rentrons au Loft c'est le silence complet, personne n'a parlé dans l'Audi. Je vais directement dans ma chambre en rentrant ; je dois me changer pour aller travailler à la supérette.

J'enfile un jeans et un pull pris dans le dressing sans regarder et je me change quand j'entends qu'on toque à la porte de ma chambre.

- Shelby ?

- Tu peux entrer ! Crié-je de la salle de bain.

Carolina entre dans la chambre ; ça y est, elle va vouloir parler de ce qui s'est passé au lycée, bien qu'elle se doute que je ne veuille pas en parler. Je sors de la salle de bain et enfile mes Boots blanche en attendant qu'elle parle. Non que j'aie envie de discuter de ce qui se passe avec Shawn, mais ils se font tous tellement de soucis vu mon attitude que je ne pense pas avoir le choix.

- Trevor et Emi s'inquiètent pour toi. Il parait que cela n'est pas allé au lycée ? Me demande-t-elle.

Je me mets devant mon miroir et attache mes cheveux en inspirant profondément.

- Ne vous inquiétez pas, je ne vais pas me laisser faire. Fais-je.

- J'ai juste été choquée de son attitude mais j'aurais dû le savoir non ?! Lancé-je en me retournant tout en souriant, et même si Carolina n'est pas dupe de mon sourire, elle n'insiste pas.

- D'accord. Et pour Donovan ?

Je m'arrête en tournant mon élastique, ce qui ne manque pas d'être vu par Carolina qui s'approche de moi et me met ses mains sur mes épaules, compatissante.

- Il va falloir que vous parliez non ? Me murmure-t-elle avant de sortir de la chambre.

Effectivement, Donovan et moi devons parler mais de quoi ; on s'est déjà tout dit ? C'est lui qui a pris ses distances. Je soupire et j'achève d'attacher mes cheveux avant de sortir de la chambre.

Je me rends dans la cuisine où Donovan et Emi sont en train de se disputer pour savoir ce qu'ils font à souper.

- Départage-nous Shelby ! Pitié ! Me supplie Emi.

Donovan relève son regard vers moi mais retourne vite vers son écran d'ordinateur.

- Démerdez-vous ! Balancé-je en rigolant.

Je me mets en face de Donovan et je respire un grand coup avant de me lancer.

- Donovan. Fais-je, essayant de tenir ma voix stable.

Ses yeux bleus se lèvent sur moi surpris.

- Tu sais venir me rechercher à vingt-trois heures ? Fais-je en tenant son regard espérant qu'il accepte.

Il passe la main dans ses cheveux et acquiesce. Soulagée, je pars enfin travailler appréhendant quand même le moment où il viendra me rechercher.

J'ai fait une réunion avec le gang en ce qui concerne la recherche de ces mecs, mais on n'a pas beaucoup de détails sur eux et ça pose un problème. Byron n'a pas su nous aider vu que tout s'est passé si vite et qu'il ne se souvient pas d'un seul détail sur eux.

- Pourquoi tu ne demandes pas à ta métisse ?! Me lance Jordan.

Je baisse la tête et passe la main dans mes cheveux sans répondre.

- Attends tu es en train de me dire que tu fais tout ça pour elle, alors que tu t'es fait jeter ?! Lance-t-il amusé.

Je relève mon regard vers lui en grinçant des dents.

- Où t'as vu que je m'étais fait jeter ?! Claqué-je en me levant.

Jordan n'a pas l'air convaincu mais n'insiste pas et jette un regard vers Noa qui s'était joint à la réunion.

- Jordan n'a pas tort. Fais remarquer Noa.

- Si on veut trouver ces mecs, on va devoir demander à Shelby.

Ils ont raison mais comment veulent-ils que je demande à Shelby quoi que ce soit ? Elle me hait sûrement vu l'attitude que j'ai eue aujourd'hui.

Je passe ma main dans les cheveux, je n'ai vraiment aucune solution possible. Je prends mon portable et je regarde les contacts pour trouver Shelby. J'hésite un long moment et me lance enfin le cœur battant plus que d'habitude, mais comme je le pensais ; elle ne me répond pas.

- Laisse-lui un message. Me fait Noa voyant que j'insiste.

J'hésite à ce que je devrais écrire. Ce genre de situation ne m'était jamais arrivée. Noa prend mon portable de mes mains voyant mon hésitation et tape un texto avant de me le rendre. Je le regarde surpris. Il fait quoi lui ?!

- Ben quoi, c'est assez simple non ? Me lance-t-il en haussant les épaules.

Je regarde le texto qu'il a envoyé.

« J'ai besoin de te parler »

- Tu te fous de moi ! Hurlé-je.

- Pourquoi tu as rajouté « besoin », c'est super ambigu ?! m'écrié-je.

Noa se mit à rire et je ne me suis pas rendu compte sur le moment qu'il m'avait détendu.

Noa

Je connais Shawn depuis la maternelle, il a toujours été un petit dur comparé à moi. Je me souviens de notre première rencontre à la plaine où des grands me martyrisaient.

Il a foncé sans crainte sur eux, quitte à se faire démolir, heureusement Christian n'était pas loin et en un regard derrière Shawn a fait fuir ces enfoirés. Depuis ce jour, nous sommes devenus inséparables.

Shawn a toujours été correct avec moi, Jordan et les autres du gang. Quand mon père est mort, il est resté avec moi du début jusqu'à la fin. J'ai vraiment cru que j'allais mal finir après sa mort, mais Shawn a tout fait pour que je reste dans le droit chemin en me mettant de côté dès qu'on avait un coup avec le gang.

Il faut dire que ma mère a vu d'un mauvais œil notre amitié quand elle a su qui était son père, mais il lui a prouvé qu'elle pouvait lui faire confiance pour que rien ne m'arrive.

Aujourd'hui c'est à moi de retourner toutes ces faveurs qu'il m'a faites pendant ces années. Je le connais assez pour savoir ce qu'il ressent en ce moment et il est clair qu'il est amoureux même s'il ne veut pas l'avouer et encore moins l'admettre.

Il a toujours pris les filles pour des objets sexuels depuis sa jeunesse, pourtant il respecte sa mère comme une reine.

Je pense qu'il a évolué cette année et j'aimerais vraiment qu'il trouve enfin un pied à terre où se poser avec toutes les tensions qu'il subit avec son père.

Je ne serai pas toujours là pour le remettre sur la bonne voie et Jordan a tellement sombré que je ne m'attends à rien de lui. Celui-ci est tellement en admiration pour Shawn, qu'il ferait n'importe quoi pour lui ou pour ses convictions.

J'espère sincèrement que Shawn va enfin ouvrir les yeux sur ses sentiments.

Shelby

Je descends de l'Audi bien motivée ; Donovan m'a laissé la conduire aujourd'hui pour aller au Lycée vu qu'il n'a pas cours. Carolina et Emi se sont disputées pendant tout le trajet pour une blouse Fila qui aurait disparu de l'armoire de Emi. On a eu beau expliquer à Emi qu'entre elle et nous il y avait une différence de taille, elle n'en démord pas.

Nous arrivons dans la classe de cours, et je n'avais pas fait attention sur le parking mais Shawn n'est pas là. Ben pour une fois, je passerai une bonne journée. Je vais m'asseoir à ma place quand Noa vient me demander de sortir un moment. Je le regarde perplexe, mais je le suis sans discuter. Il ne m'a jamais rien fait.

- Salut, tu n'as pas eu le message de Shawn hier ? Me demande-t-il.

- Non j'ai bloqué son numéro, je pense que c'est mieux ainsi. Répondé-je franchement.

- Je sais qu'il n'a aucun tact mais ne laisse pas tomber…

- Attends ! M'exclamé-je en le coupant.

- Pas de tact c'est un euphémisme non ?! Je ne veux plus rien savoir de lui.

Le professeur arrivant dans le couloir, je rentre dans la classe et vais m'asseoir près de Emi qui me regarde en se demandant ce qui se passe.

- Rien tracasse. Murmuré-je pour la rassurer.

L'heure de cours passe, mais je n'ai rien suivi car une fois de plus ; je pense à Shawn. Pourquoi m'enverrait-il un message après la journée d'hier ? C'est clair pourtant qu'on n'a plus rien à se dire.

Shawn

J'ai passé la soirée et la nuit à attendre son texto en vain. J'ai mal la tête d'avoir trop pensé cette nuit sur ce qui se passe avec elle. Je finis par descendre en jeans à la cuisine, où ma mère est en train d'arranger des fleurs sur la terrasse.

- Tu es réveillé. Me fait-elle.

- Tu es encore rentré tard hier ?

J'allume ma cigarette et m'étire sans lui répondre.

- J'ai dîné avec Christian hier et j'ai décidé de te présenter quelqu'un. Tu vas avoir dix-sept ans et à ton âge j'étais déjà avec ton père. Continue-t-elle.

- Man, je n'ai pas la tête à ça sérieux ! La coupé-je ne voulant pas entendre ce genre de plan maintenant.

- Shawn tu vas l'adorer tu verras. Insiste-t-elle.

- Elle est vraiment très belle. Nous avons rendez-vous au Nevada ce soir à vingt heures. Je te conseille d'être à l'heure et de bien t'habiller. Je ne veux pas voir de jeans.

Je n'ai pas le courage de discuter avec elle, elle ne m'écoutera pas de toute façon. Je me couche sur le transat et ferme mes yeux essayant de ne pas penser à ses plans débiles et surtout à Shelby.

Ma mère me réveille vers dix-huit heures trente me forçant à aller prendre une douche. J'ai beau rouspéter, elle a toujours le dernier mot avec moi.

- Prends ça pour un dîner avec ta mère ! Me lance-t-elle avec un grand sourire.

Je grogne un oui et monte dans ma chambre. Elle a mis un pantalon de costume noir et une chemise grise sur le lit. Sérieux, elle veut vraiment ma mort elle en fait ?!

- Je te laisse la Mercedes, je pars déjà avec Christian. Me crie-t-elle du rez-de-chaussée.

Carolina

- Tu es certaine que ça ira ? Lui demandé-je une énième fois.

- Oui, c'est juste un dîner et je pourrai avoir des anecdotes sur ma mère, ça sera cool. Me répond Shelby en enfilant sa robe.

Nous avons eu la visite d'un Monsieur Christian un peu plus tôt qui était envoyé par Madame Morgan pour inviter Shelby à souper. On a été étonné qu'elle sache où on habitait mais on est à Miami, et quand on voit la classe qu'elle a ; elle doit avoir les moyens pour retrouver les gens.

Donovan quant à lui est très inquiet et ça se comprend ; le jour où nous l'avons rencontrée, Shelby a totalement craquée émotionnellement. Bien que nous soyons prévenants tous les uns avec les autres, je comprends tout à fait son inquiétude pour éprouver la même.

Shelby a décidé de prendre un taxi pour y aller, mais Monsieur Christian a dit qu'il envoyait un chauffeur donc pour les trajets, on ne se fait pas de soucis.

Shelby est la petite sœur de la bande, même si Emi et elle, ont le même âge. À son entrée à l'orphelinat, personne ne savait l'approcher vu son comportement de teigne.

Elle s'était renfermée totalement sur elle-même et il n'y avait pas moyen de l'approcher. Donovan a tout fait pour la dérider jusqu'à cacher un chiot dans sa chambre pour la voir sourire.

C'est à ce moment qu'elle s'est ouverte mais on sait tous qu'à n'importe quel moment, elle peut se renfermer. Les nuits où elles faisaient des cauchemars, on n'avait pas le choix d'appeler Donovan pour venir la calmer.

Moi, je n'ai pas connu mes parents comme Shelby mais elle, elle les a connus pendant sept ans et ça ne s'oublie pas du jour au lendemain, surtout qu'elle était sur le lieu du drame.

Espérons juste que cette soirée se passe bien, car depuis quelques temps tout le monde est mis sous tension à cause de ce Shawn.

Madeleine

J'ai demandé à Christian de m'accompagner pour que je ne me sente pas seule à surmonter la soirée ; entre le fait de présenter une fille à Shawn pour l'inciter à se caser enfin et le fait que cette fille soit la fille de ma meilleure amie décédée ; c'est aussi un choc mais je veux qu'ils apprennent à se connaître.

Christian m'a avoué hier pendant notre souper qu'ils étaient au lycée ensemble et que Shawn avait l'air troublé depuis. Il pense que celui-ci doit ouvrir enfin ses yeux et son cœur. Shawn est devenu détestable avec les filles dès sa jeunesse. Je ne sais pas avec combien de filles ou de putes, il a eu des relations, mais je ne peux plus tolérer cette situation.

J'en ai parlé avec son père la dernière fois qu'il est revenu, il a promis d'en parler avec lui à son prochain retour. Mais quand va-t-il daigner revenir ? Lui qui est comme son fils à jouer avec toutes les salopes qui passent devant lui.

Je ne veux pas que Shawn finisse comme lui et le fait d'avoir rencontré cette fille au lycée, qui n'est autre que la fille de ma meilleure amie est vraiment le destin.

J'espère surtout qu'il ne va pas se défiler et nous laisser en plan.

Shelby

Le chauffeur me dépose devant le Nevada et je sors de la voiture, les jambes tremblantes. Je suis hyper stressée, mais j'ai promis de venir donc je ne peux pas me défiler. Comme je suis en avance, j'en profite pour fumer une cigarette au calme avant de rentrer.

J'ai été plus que surprise quand cet homme est arrivé au loft, mais il m'a semblé sincère, tout comme madame Morgan nous a parue l'air sincère à moi et Carolina quand nous l'avons rencontrée à l'hôpital.

J'ai beaucoup parlé avec Donovan hier soir sur cette rencontre de ce soir, il aurait vraiment voulu m'accompagner pour me soutenir mais je l'ai rassuré sur le fait que si je craquais ; je lui sonnerais pour qu'il vienne me chercher.

J'écrase ma cigarette et je prends une grosse bouffée d'air en me dirigeant vers le restaurant du Nevada. Tous les membres de mon corps tremblent mais je dois aller jusqu'au bout, je l'ai promis.

- Mademoiselle, vous avez réservé ? Me demande la personne à l'accueil.

- Je viens rejoindre Madame Madeleine Morgan.

- Très bien, veuillez me suivre. Me fait la jeune dame.

Elle m'emmène dans le fond du restaurant vers une salle VIP. Je ne suis pas étonnée du tout, rien qu'en voyant la voiture avec laquelle je suis venue ; je me doute qu'ils ont des moyens.

- Veuillez entrer. M'invite la femme.

J'entre dans la pièce où madame Morgan et monsieur Christian sont là et se lèvent pour me saluer à mon arrivée. Nous échangeons quelques mots et monsieur Christian nous invite à nous installer.

Tiens, il y a quatre places à table ; je me demande qui est le quatrième invité.

- Il est en retard. Fait madame Morgan d'un air angoissé et la porte s'ouvre d'un coup.

- Je suis là désolé !

Je me fige sur ma chaise sous le choc. Je suis de dos à l'entrée mais j'ai reconnu sa voix.

C'est quoi ce cauchemar ?!

Un diner tendu

Shawn

J'arrive franc battant dans la pièce que la serveuse me montre et je me fige littéralement sur place. Pour l'avoir vue de dos pendant les cours, je sais à qui appartiennent ces épaules, ce dos et ces magnifiques cheveux brun ondulés relevés en chignon sauvage.

- Ne reste pas là. Entre. Me fait Christian qui a l'air de jubiler de la situation.

Je plisse les yeux en le regardant tout en crispant ma mâchoire. C'est quoi ce traquenard ?! D'où la connaissent-ils ? Je suis stupide, on parle de Christian là, il n'est pas considéré comme le frère de mon père pour rien.

- Mon chéri, tu es superbe dans ce costume. Ce n'est pas celui que je t'ai choisi mais il te va à ravir. Fait ma mère en se levant, souriante et tellement fière, alors que je suis à deux doigts de rebrousser chemin.

Shelby se lève et se tourne pour me saluer sans vraiment me regarder dans les yeux. Elle est magnifique, cette robe de couleur mauve fait ressortir son teint métisse et la longueur courte devant, laisse découvrir ses magnifiques jambes. Je passe ma langue sur mes lèvres, totalement en appétit de la vue qu'elle m'offre, oublient presque ma mère et Christian.

- Hum, vous comptez rester debout. Lance Christian d'un ton qui ne peut retenir son amusement de la situation.

- Non, asseyons-nous. Fait ma mère en me faisant signe de m'asseoir à coté de Shelby. Je ne rechigne pas sur la proposition, et je me dirige vers la chaise à ses côtés.

- J'ai cru comprendre que vous vous connaissez déjà. Fait ma mère d'une façon tellement innocente, que seule elle doit croire ce qu'elle vient de dire.

- Nous sommes dans la même classe. Répondé-je voyant que Shelby se mord la lèvre.

Elle est complètement sous le choc, son visage est complètement fermé à cet instant et j'ai l'impression qu'elle est prête à s'effondrer.

- Mais et toi maman, comment la connais-tu ? Demandé-je curieux pour le coup.

- Shelby n'est autre que la fille de ma meilleure amie qui est malheureusement décédée il y a quelques années. M'informe-elle en regardant Shelby qui ne réagit toujours pas.

Comment ?! Je ne savais pas que sa mère était morte. En fait, je ne sais rien d'elle me rendé-je compte en y pensant.

Le serveur arrive avec les apéros, et tandis que ma mère et Christian parlent entre eux, j'en profite pour lui écrire un texto, mais je remarque que son portable ne sonne pas. Il est en silencieux ? Ou m'aurait-elle bloqué ?

Shelby

C'est quoi cette blague de mauvais goûts ?! Je n'arrive pas à respirer normalement et j'ai l'impression que ma poitrine va finir par exploser. Je venais de prendre la décision de le rayer de ma vie et de ne plus être près de lui et me voilà à table en sa compagnie et avec sa mère.

Il va falloir que je me calme, je suis capable de supporter une telle chose. Ce n'est qu'un dîner après tout, et je ne suis pas obligée de lui parler. Il n'est pas en face de moi ce qui me soulage déjà, mais il est trop près de moi ; je peux sentir son parfum embaumé mes narines.

Il faut que je me reprenne et fasse l'indifférente, c'est un bon test après tout et si je le rate c'est que je n'ai aucune volonté.

Je prends mon verre pour en boire une bonne gorgée et je relève mon regard vers madame Morgan et Christian qui discutent ensemble.

Alors que j'essaie de me focaliser sur autre chose, comme leur conversation ; Shawn me pousse son portable près de moi. Je fais mine de ne pas le voir et je repose ma serviette dessus. Il est hors de question que je lui donne le plaisir de me voir céder.

- Shelby, tu aimes le poisson ? Me demande madame Morgan.

- Bien sûr Madame. Répondé-je poliment, essayant de ne pas montrer mon état d'anxiété.

- Il n'y a pas de Madame entre nous. Appelle-moi Madeleine. Me rétorque-t-elle en souriant.

- Nous sommes quasiment de la même famille. Finit-elle par dire et je tressaille, alors que Shawn s'étrangle quasiment en buvant dans son verre. Tout mon corps me pousse à vouloir me sauver.

- Ce que je veux dire, c'est que ta mère était comme ma sœur et que tu es comme de la famille. Rectifie-t-elle se rendant compte de la confusion.

J'esquisse un sourire entendu, effectivement c'est simple comme ça mais son sourire me porte à me demander si c'est tout ?

Les serveurs apportent les fondues de poissons ce qui va me permettre de penser à autre chose, j'en ai plus que besoin.

- Comme ça, tu as quitté l'orphelinat à ton entrée au lycée, c'est cela ? Me demande-t-elle.

Je pique ma fourchette sur un scampi que je plonge dans la fondue, et je prends une bonne inspiration.

- Oui nous sommes émancipés à l'âge de seize ans. Répondé-je en essayant de ne pas paraître mal à l'aise.

- Mon dieu, que c'est jeune ! S'exclame-t-elle.

- Mais tu as de la chance d'avoir tes amis avec toi.

Je n'ai pas besoin de regarder Shawn pour savoir qu'il vient de crisper sa mâchoire et en regardant Christian, je suis certaine d'avoir raison car celui-ci lui fait limite les gros yeux.

- Ça doit être chouette de vivre en bande. Continue Madeleine.

- Pas comme Shawn qui est fils unique et qui n'a pas vraiment des amis de qualités sauf ce Noa, lui il est charmant.

- Que veux-tu ? On ne vit pas dans le même monde ! Lance Shawn froidement.

Shawn

Cette conversation va mal finir si elle continue sur ce sujet. Je me ressers un verre de vin blanc et le bois d'une traite sous les yeux ahuri de ma mère, mais je lui souris pour la calmer. Y a déjà assez de tensions dans cette pièce pour en ajouter.

Shelby prend sa serviette pour s'essuyer la bouche et je reprends mon portable subtilement, cependant Christian ne rate rien de mon geste et il sourit.

- Ma chère, après cette entrée si nous allions fumer une cigarette au salon ? Demande-t-il à ma mère, tandis que je passe la main dans mes cheveux en réfléchissant à une façon de partir d'ici.

- Excellente idée Christian. Shawn, je te laisse t'occuper de Shelby. Et ne la fais pas fuir s'il te plaît ! Me lance ma mère en sortant de la pièce.

Je me ressers un verre de vin, ça ne va pas le faire…

- Tu pourrais au moins répondre à mes textos ?! Lâché-je froidement, étant vexé de son attitude.

Shelby se contente de boire une gorgée de son verre et ne prend même pas la peine de me répondre. Je me crispe encore plus tandis que les serveurs entrent reprendre les fondues.

Je me retourne totalement vers elle, Shelby reste droite en train de boire son verre comme si je n'étais pas présent, mais je peux voir ses mains trembler se mordant la lèvre entre chaque gorgée.

- Tu pourrais me regarder un moment ? Tenté-je essayant de garder mon calme.

Elle prend une grande inspiration, mais ne bouge pas d'un cil. Elle finit par prendre son sac et en sort son portable. Je remarque effectivement qu'elle n'a aucun message sur son portable et je la vois taper un texto à Donovan.

- Tu te fous de ma gueule ?! M'exclamé-je perdant mon calme en lui arrachant son portable des mains.

Elle sursaute et je peux sentir la panique émaner d'elle. Elle se lève d'un bond vif et se dirige vers la porte où je la rattrape et plaque ma main sur la porte pour l'empêcher de l'ouvrir. Tout son corps tremble contre mon torse. Je sens à nouveau ce poids dans ma poitrine alors que je sens une odeur de pamplemousse qui embaume mes narines. Je serre les dents, essayant de me calmer.

- N'as-tu pas promis que tu ne me nierais plus ? Chuchoté-je d'une voix tremblante dans son oreille.

- N'as-tu pas dit que tu n'avais pas peur de moi ?

Le parfum de sa peur et de son shampoing pamplemousse emplissent tout mon corps en cet instant et je me rends compte que mon cœur souffre pour elle.

Shelby

J'ai le souffle coupé, une décharge vient de me traverser quand il a chuchoté dans mon oreille de sa voix tremblante. J'ai l'impression que toutes mes volontés sont entrain de m'abandonner. Il est trop près, son corps entier est trop près de moi. Je vais craquer s'il ne bouge pas. Je t'en prie, laisse-moi partir...

Il ne semble pourtant pas vouloir reculer et je sens sa tête se poser dans le creux de mon cou, et je tressaille.

- Je t'en prie. Regarde au moins mes textos avant de lui demander de venir te cherche Me supplie-t-il d'une voix qu'il se veut tendre.

- Je te laisserai achever le souper tranquillement avec ma mère. Finit-il par dire.

Je me mords la lèvre, ne lui répondant pas et il me prend ma main y plaçant mon portable sans que nos doigts ne se touchent. Il relève sa tête en se frottant à mon oreille et recule tout en enlNoat sa main qui bloque la porte.

J'ouvre la porte sans demander mon reste et je traverse le restaurant tremblante pour rejoindre le Hall du Nevada.

Je sens le feu à l'endroit où sa tête s'est posée et je frôle l'endroit de ma main encore tremblante. Ce n'est pas possible que je réagisse ainsi à son contact après tout ce qu'il nous a fait à moi et Donovan.

- Oh Shelby, ne me dis pas que Shawn a fait des siennes ?! S'exclame la mère de celui-ci en arrivant devant moi dans le hall.

J'allais effectivement lui dire que c'était le cas, mais en voyant le regard inquiet de sa mère je n'y arrive pas et me ravise.

- Je me rends juste aux toilettes. Fais-je d'un ton que je veux le plus neutre possible.

Madame Morgan me sourit, et je sais qu'elle ne m'a pas vraiment cru mais elle n'insiste pas, me laissant me rendre aux toilettes. Je rentre directement dans une de celles-ci, et de mes doigts tremblants, je regarde les textos bloqués.

« J'ai besoin de te parler »

« Répond s'il te plaît »

« Tu as promis de ne plus me nier »

« Je t'en prie »

Il y a une vingtaine de textos dans ce style dans ma boite spasme, et mon cœur se serre encore plus ; je vais vraiment craquer.

Shawn a l'air complètement abattu quand nous rentrons dans la pièce et il nous laisse prétextant aller fumer une cigarette à son tour.

- Ils sont étranges. Affirme Madeleine.

- Je viens de croiser Shelby et elle avait l'air de vouloir s'enfuir.

Je pense aussi qu'il s'est bien passé quelque chose quand nous sommes sortis, malheureusement connaissant Shawn il n'y a sûrement pas été de main morte. Il est temps qu'il se décide avec cette fille avant qu'il ne finisse comme son père et le regrette toute sa vie.

Il y a vingt ans, son père était dans le même état pour une fille mais la laissée filer en se contentant de lui faire du mal. Je ne veux pas que Shawn suive le même chemin, qu'il finisse comme lui et brise la vie de tant de personnes comme son père l'a fait.

Shawn n'est pas un mauvais gars quand il est avec sa mère, on dirait encore cet enfant de sept ans qui ne rêvait que de lui faire plaisir. Il a ce regard doux, attentionné et la respecte comparé à son père qui ne l'a jamais fait.

Depuis que son père est parti, il a beaucoup à supporter entre la dépression de sa mère et sa propre dépression à lui. Je pense qu'il est temps qu'il trouve enfin un peu de bonheur à lui et fasse face à ses sentiments.

J'ai déconné, j'aurais dû être moins brusque, mais je ne supporte pas qu'elle soit là assise si près de moi et qu'elle fasse comme si je n'étais pas là. Elle tremblait tellement contre moi, je pouvais sentir la peur émaner de son corps. Son corps si doux au toucher quand j'ai posé ma tête contre son cou.

J'ai pu sentir cette sensation de chaleur me traverser, tout mon être a réagi à son contact. J'ai senti des frissons étranges mais tellement bons me parcourir que je ne voulais pas bouger pour profiter de ce contact qui m'apaisait tellement.

- Shawn, tu devrais aller la chercher. Me lance Christian d'un air réprobateur.

Il me connaît, il sait que j'ai encore fait le con et ça se voit sûrement sur mon visage. Je n'arrive pas à garder mon sang froid en sa présence et encore moins à cacher mon amertume.

Je bois mon verre et au moment de me lever, elle ouvre la porte et revient s'asseoir.

- Désolée, j'étais au téléphone. S'excuse-t-elle en souriant.

- Ma chérie, j'ai cru un instant que mon fils t'avait fait fuir mais, si tu es revenue c'est que je me suis trompée. Réplique ma mère.

Je la regarde, étonné qu'elle soit revenue d'elle-même. Elle affiche un sourire sans soucis et son regard est lumineux alors qu'il y a dix minutes, elle sentait la peur.

- Shawn, tu peux me servir un verre ? Me demande-t-elle en tendant son verre dans ma direction.

Je la regarde surpris, son regard bleu est intense. Cette fille va me rendre fou, elle joue à quoi là ?

Je suis toujours étonné de ce changement d'attitude tandis que le repas touche à sa fin, alors qu'elle a ri toute la soirée aux anecdotes de nos mères. J'ai vu la complicité s'installer entre ma mère et elle comme si c'était tout naturel.

Christian me regardait souvent avec un sourire. Mais je ne vois pas pourquoi il sourit cet idiot ? Je suis certain que quand on va sortir d'ici, elle ne me fera même plus un regard.

- Ma chérie, ce souper a été un plaisir. Fait ma mère en la prenant dans ses bras.

- J'espère vraiment qu'on se reverra très vite.

- Merci Madeleine. Je l'espère aussi. Répond Shelby.

Ma mère se tourne vers moi avec ses yeux bleus malicieux.

- Mon chéri, est-ce que tu pourrais ramener Shelby ? Je vais profiter du chauffeur. Christian a encore un rendez-vous. Me dit-elle d'une voix mielleuse.

Voilà donc ce que ma mère avait en tête avec Christian. J'avais oublié qu'ils avaient décidé de me caser. Mais se rend-elle compte que cette fille me déteste ?

- Merci, mais je prendrai un taxi. S'interpose Shelby.

- Je suis certaine que Shawn a beaucoup de choses à faire de plus intéressantes que de me ramener.

Elle raconte quoi là avec son regard moqueur ?! Elle est saoule ou quoi ?!

- J'insiste. Je ne serai pas à l'aise si tu rentres en taxi. Il y a tellement de voyous dans la rue. La supplie ma mère.

- Man, si elle ne veut pas, ne l'oblige pas. Fais-je pour couper court à la conversation.

Rends-toi un peu compte que c'est moi le voyou dont elle a le plus peur !

- Si ça va pour Shawn de me ramener, je n'ai plus d'objections. Approuve Shelby en me toisant, tout en affichant un sourire narquois.

Je la regarde, estomaqué. Mais j'abandonne et acquiesce de la tête. Nous sortons tous dans le hall et je vais chercher la Mercedes laissant ma mère avec Shelby.

Shelby

Oh purée, ce n'était pas une si bonne idée d'aller boire un verre de whisky cul sec au bar, avant de revenir dans la pièce. J'ai eu du mal à continuer à sourire une fois que le whisky s'est dissipé.

- Voilà Shawn est enfin arrivé avec la voiture. Me signale Christian en m'accompagnant jusqu'à la Mercedes.

Tiens cette fameuse Mercedes...

- Fais attention sur la route ! Conseille Madeleine à Shawn.

Vu l'expression sur son visage, je dirais plutôt que c'est un ordre.

Je ris ; voyant qu'il ne répond jamais à sa mère. Jamais je n'aurais cru voir ça.

- Tu as fini de sourire comme ça ?! Me lâche-t-il froidement.

Nous avons démarré depuis cinq minutes et le naturel revient vite au galop chez lui. Je prends mon portable dans mon sac ce qu'il remarque tout de suite, et j'envoie un texto à Donovan pour le prévenir que je suis en route.

Je vois à sa main au volant qu'il se crispe mais étonnement, il ne fait aucune remarque pendant le trajet jusqu'à ce qu'il me dépose devant l'immeuble où se trouve le loft.

- Tu es une bonne comédienne. Me lance-t-il en s'allumant une cigarette sans me regarder et m'ouvrant la porte du côté passager.

Je sors de la Mercedes et relève mon regard pour voir ses yeux émeraudes qui me toisent.

- Un peu comme toi non ?! Dis-je d'un ton neutre.

J'esquisse un sourire et je rentre dans le hall de l'immeuble sans attendre la moindre réponse. Au moins, j'ai survécu à ce souper...

Je rentre à la villa pour ramener la Mercedes et me changer, toujours en me demandant ce qu'elle voulait dire en sortant de la voiture alors que je vois la BMW de Christian dans l'allée. Ils se sont bien foutus de ma gueule ces deux-là !

- Tu es déjà rentré ? Demande Christian alors que j'arrive dans le salon.

- Vous vous êtes bien marrés ? Demandé-je en me servant un Whisky dans le bar.

Christian sourit et il me suit sur la terrasse.

- Alors, que vas-tu faire maintenant ? Me demande-t-il.

Je le regarde ahuri. Il a été aveugle toute la soirée ou quoi ?! Cette fille a passé son temps à faire de la comédie.

- Ta mère ne savait vraiment pas que vous vous connaissiez plus que comme des camarades de classe, alors ne lui en veux pas. M'informe-t-il.

- Je sais... J'ai compris. Répondé-je en regardant le ciel.

- Tu ne te l'avoues toujours pas n'est-ce pas ?

Je le regarde ahuri. Mais il veut en venir où lui pour finir ?

Il s'avance et commence à m'expliquer qu'il a un ami qui était amoureux d'une fille il y a une vingtaine d'années mais qu'il s'est rendu compte de ses sentiments quand il l'a perdue pour du bon et qu'il ne veut pas que ça m'arrive.

- Je ne suis pas amoureux de cette fille ! Affirmé-je convaincu.

Oui elle est spéciale, je me sens à l'aise auprès d'elle... Mais je ne peux rien espérer de plus, je sais qu'elle me déteste maintenant.

- Il est temps que tu ouvres les yeux. Me lance-t-il avant de rentrer dans la villa comme toujours en me laissant perplexe.

Je me couche sur le transat en fumant ma cigarette et regardant le ciel étoilé.

Est-ce que Christian a vraiment raison ? C'est vrai que j'ai senti cette chaleur déborder en moi quand j'étais contreelle, mais elle a un corps sublime, n'importe quel mec aurait réagi... Puis je pense à ses cheveux et à l'odeur de pamplemousse qu'ils dégagent. Ses beaux yeux bleus intenses quand elle me regarde... Ses lèvres pulpeuses qui m'attirent quand elle se mord les lèvres.

Pour moi, c'est juste un corps auquel je réagis...

Puis je pense à sa façon de toucher mes cheveux, sa façon de me tenir tête sans que je ne sache répondre, la façon dont je réagis quand elle m'évite ou quand Donovan la touche...

Je me redresse et je me rends compte que Christian aurait peut-être raison. J'éprouve sûrement quelque chose pour elle… Mais est-ce que ce sont vraiment des sentiments ?

Donovan

J'ai rendez-vous avec Trevor à la banque aujourd'hui, nous avons décidé de nous renseigner sur les démarches pour acheter une villa bien que le loft soit assez grand, mais maintenant que nous avons chacun un revenu c'est plus envisageable.

Même si nous ne sommes qu'étudiants, nous avons aussi des finances qui nous viennent de notre héritage pour nous couvrir derrière. Le banquier a été très optimiste et nous pouvons nous lancer dans notre recherche. Nous avons aussi beaucoup parlé de Byron qui vit avec nous depuis quelques jours n'ayant plus de domicile, et nous avons décidé de l'inclure dans notre petit groupe.

En ce qui concerne moi et Shelby, tout semble être redevenu comme avant. Comme si ce dîner, il y a quelques jours avait été une source de force pour elle. On s'attendait à ce qu'elle soit triste un moment après avoir passé du temps avec l'amie de sa mère, mais au contraire, elle a repris du poil de la bête.

Je gare l'Audi sur le parking de l'immeuble et nous rejoignons Carolina et Mori au Loft.

- Alors ?! S'écrie Carolina à peine sommes-nous entrés.

- C'est ok ! On peut commencer les recherches. S'exclame Trevor en tapant dans la main de Mori.

- Super ! s'écrie Carolina en fonçant chercher son ordinateur.

On la regarde tous, et on se met à rire.

- Tu en as parlé à Byron ? Demande Trevor à Mori.

- Non Quand je suis rentré de mon footing, il était déjà parti à la bibliothèque. On lui en parlera au souper. Répond celui-ci en épluchant sa banane.

- D'accord. Où sont les filles ? Demandé-je, trouvant le loft bien calme.

- Shopping pour le voyage de l'école. Grogne Mori.

On se regarde avec Trevor, et on évite de rire ou il va nous tuer, mais nous n'en pensons pas moins.

Shelby

Le jour J est enfin arrivé, nous partons en voyage scolaire à Paris avec la classe. Nous allons malheureusement prendre l'avion, ce qui ne m'enchante pas trop, mais l'excitation prime avant tout.

- Pardon ! Fait Shawn en passant devant moi et cognant mon sac.

- Pas de soucis. Répondé-je simplement.

Nous ne sommes pas reparlés depuis ce fameux dîner avec sa mère et monsieur Christian. Je le surprends souvent à regarder dans ma direction mais il n'insiste pas, ce qui est en soi pas plus mal.

- Shelby, tu as fini ta cigarette ? Me demande Emi.

- On y va ! S'exclame-t-elle voyant que je tire une dernière bouffée.

Emi est excitée comme une puce, elle va enfin passer sept jours loin de son frère et pour elle s'est enfin la libération. Mori a inspecté toute sa valise avant de partir mais elle avait prévu le coup ; une partie de ma valise contient des affaires à elle.

Nous entrons dans l'avion ; les places ayant été attribuées au hasard et je me retrouve près du hublot tandis que Emi est deux rangs devant moi. Je m'installe, pas très rassurée du tout d'être près du hublot. Et si je pensais que ce serait le pire, ce n'est rien quand Shawn vient s'assoir près de moi. Pour le coup le vol va être très long.

Je mords ma lèvre et je prends mes écouteurs pour me détendre sur la musique, malheureusement les hôtesses me font vite signe de les enlever pour le décollage.

Je commence sérieusement à stresser, mes mains sont moites et je me dandine sur mon siège alors que l'avion se lance. Shawn quant à lui dort depuis qu'il s'est assis ses lunettes de soleil sur le nez.

Cette manie de mettre des lunettes de soleil à tout va est quand même unique chez lui.

L'avion commence à se lancer et mon cœur est à la limite d'exploser quand sa main se pose sur la mienne qui cramponne l'accoudoir ; il la tamponne doucement. Je le regarde surprise mais ses yeux derrière ses lunettes ont l'air fermés et je me calme sans m'en rendre compte. L'avion a fini de décoller et les secousses se calment.

Je m'attends à ce qu'il enlève sa mais il arrête juste de la tamponner tout en la laissant sur la mienne, je soupire n'ayant pas le courage de l'enlever. Étonnement le contact de sa main m'a totalement apaisée, et je remets mes écouteurs de ma main libre. Je m'endors sur le son de Eminem dans les oreilles, oubliant presque la main de Shawn sur la mienne.

Shawn

Nous sommes enfin arrivés à l'hôtel de Paris, je n'arrête pas de toucher ma main qui la tenait dans l'avion pendant qu'elle dormait. Je ressens toujours cette chaleur intense sur mes doigts. Elle m'a juste remercié d'un sourire quand nous avons atterris, et je n'en demande pas plus.

Kristie est à nouveau collée à moi une fois dans le hall. Elle a fait toute une liste de choses qu'elle veut voir et je n'ai pas la tête à la contredire. Noa s'en amuse beaucoup d'ailleurs et il ne s'en cache pas pour le montrer.

Pendant la semaine, nous ne faisons que suivre Kristie partout comme des toutous, portant ses sacs et supportant ses caprices. Noa ne comprend pas pourquoi je reste avec elle, mais je ne vais pas lui dire que c'est la seule façon que j'ai de me tenir loin de Shelby.

Ce soir, c'est déjà la dernière soirée à Paris et nous avons décidé de sortir dans une discothèque pour fêter notre départ. Non pas qu'on n'y ait pas été discrètement avec Noa, mais nous n'allons pas le crier sur tous les toits.

Kristie porte une robe rose très courte limite vulgaire mais ce n'est pas comme si elle ne l'était pas. Shelby et Emi nous rejoignent dans le hall. Shelby est resplendissante, elle porte une robe asymétrique brune qui moule parfaitement la moindre des parties de son corps. Son corps est vraiment magnifique et que dire de son visage rayonnant en ce moment. Mon cœur se serre alors que je la regarde attentivement, cette fille a un sex-appeal incroyable, je ne comprends d'ailleurs pas qu'elle soit toujours célibataire.

Emi

J'ai surpris le regard de Shawn qui la dévorait intensément. Pourquoi est-ce qu'ils ne sont pas franc l'un envers l'autre ? Ils sont attirés l'un l'autre, et c'est voyant comme des aimants. Shelby passe son temps à le regarder dès qu'elle en a l'occasion et elle griffonne toujours un lotus sur ces bouquins. Bien sûr, nous savons tous que c'est le tatouage de Shawn.

Ce qui m'inquiète surtout, c'est que Donovan ne voit rien et je suis certaine qu'il ne lui a pas parlé de ses sentiments le connaissant.

Mais qui suis-je pour les critiquer tous les trois ? Moi aussi je suis amoureuse en secret, mais je sais que je n'ai malheureusement aucune chance. Il n'a dieu que pour une autre…

Carolina pense que je devrais quand même me lancer, mais elle peut bien parler ; on sait tous qu'elle est amoureuse de Trevor en secret.

Si au moins l'un d'entre nous se lançait et avouait ses sentiments, tout le monde se sentirait prêt à franchir le pas et ça débloquerait beaucoup de choses.

Shelby

Nous sommes en train de danser avec Emi sur la piste de danse, après avoir bu quelques verres pour me détendre. J'ai vraiment eu du mal de décoller mon regard de Shawn quand nous sommes arrivés. Il a l'air bien avec Kristie quoi qu'on en dise ou en pense, et je suis certaine maintenant qu'il n'avait aucun sentiment pour moi et que je dois tourner la page.

Des mecs viennent toujours près de nous pour nous draguer ce qui fait mourir de rire Emi qui est complètement bourrée. Je ne fais pas la maline parce que je ne suis pas loin d'être dans le même état. Si Donovan et Mori nous voyaient, on passerait un mauvais quart d'heures ; mais on s'en fou, on veut en profiter !

Emi va rejoindre la table où on est installée et je me dirige tant bien que mal aux toilettes. J'ai quand même un peu exagéré sur les cocktails, mais je les trouvais vraiment trop bons. Tellement bon, que je n'ai pas senti tout de suite que je commençais à être ivre.

En sortant des toilettes, je décide de faire le tour de la scène et en un instant, je me sens tirée brusquement vers le mur dans un coin de la discothèque.

Je reconnais immédiatement le parfum de Shawn qui se tient à quelques centimètres de moi la tête baissée, une main posée contre le mur. Je n'ose pas parler, ni bouger. Je peux sentir la forte odeur d'alcool émanée de sa respiration saccadée.

Il pose d'un coup son front sur mon épaule en essayant de ne pas trop s'appuyer. Je sens un courant électrique me parcourir le corps à son contact, avant de frémir totalement. Je reste figée cependant, mais je n'ai aucune peur de son corps si près du mien. De son autre main qu'il lève doucement, il vient me caresser la joue avec la paume tellement douce de ses doigts, qui m'envoient comme des décharges à chaque toucher. Il bouge légèrement sa tête et pose ses lèvres dans mon cou, je frémis complètement sentant ce qui ressemble du désir monter à moi.

Shawn

La soirée doit sembler bien se passer pour tout le monde, et j'avoue que Kristie est plus qu'en appétit ce soir ; mais mon esprit est totalement absorbé ailleurs. Derrière mes lunettes de soleil, je ne peux que la regarder elle et son corps qui se déhanche sur la piste.

Tout mon corps est en ébullition depuis que j'ai porté mon regard sur elle dans le hall ; un frisson de désir impure me submerge comme jamais depuis que j'ai croisé son regard avant de sortir de l'hôtel.

Cela fait plus de deux heures que je la fixe entrain de danser et que je vois tous ces mecs qui lui tournent autour comme si elle était de la viande. Mais un magnifique morceau, je leur accorde au moins cela.

La courbe de ses hanches est somptueusement dessinée par cette petite robe brune qu'elle porte, sans parler de sa poitrine légèrement découverte qui attire de plus en plus mon regard. Mais ce sont ses magnifiques yeux bleus qui m'envoutent totalement. Ils illuminent tellement son visage à cet instant que je n'arrête pas de passer ma langue avec appétit.

Bien entendu, je n'ai pas su résister quand je l'ai vue se rendre aux toilettes et je ne n'ai pu que la suivre, attiré comme un aimant.

J'avais besoin de me calmer, moi et mon désir brûlant. Et je savais que cette fois-ci, le seul moyen d'y arriver était d'être auprès d'elle.

Ma respiration est devenue saccadée depuis que je l'ai coincée contre le mur, car tout en elle me rend fou. Je suis un peu surpris qu'elle ne se sauve pas, ou qu'elle ne me toise pas. Son odeur pamplemousse est encore plus forte que la dernière fois et je m'appuie un moment sur son épaule. Mon cœur bat la chamade, elle sent si bon.

Je décide de passer à l'étape suivante en lui caressant la joue, j'ai envie de la toucher depuis si longtemps. Son corps frémit un instant à mon contact et je suis certain qu'à cet instant, elle se mord la lèvre. Je tourne un peu ma tête et pose mes lèvres dans son cou, tout son corps se met à frémir encore plus au contact de mes lèvres, et sa tête se penche un peu pour me laisser totalement conquérir son cou.

Oh putain, elle sent trop bon !

La paume de ses mains touche mon visage, je sens ce courant de désir me dévorer et je passe ma langue dans son cou jusqu'à remonter à son oreille. Elle commence à se tortiller et se recule mais je ne veux pas la lâcher maintenant. Je l'attrape fermement par la taille de ma main libre et la serre contre moi.

Tout en moi la désire.

Elle monte ses doigts plus haut et passe ceux-ci dans mes cheveux et je me rends compte que je veux voir son regard. Ses grands yeux bleus brûlent d'un désir intense et nous restons un moment à nous fixer du regard. Son regard illuminé est tellement magnifique en ce moment.

Je me rapproche de son visage en continuant de la fixer, espérant ne pas entrevoir un recul de sa part. Je décide donc de poser mes lèvres sur les siennes un instant. Ce contact est court mais tellement bon que je dois me reculer pour chercher dans son regard la moindre hésitation.

N'en voyant pas, je ferme les yeux et repose mes lèvres sur les siennes, avant de les entrouvrir pour faire pénétrer ma langue à la recherche de la sienne. Elle suit mon mouvement sans hésitation et je sens ses bras se serrer autour de mon cou tout en caressant ma nuque de ses doigts. Nos deux corps sont enlacés si étroitement que je peux sentir les battements de son cœur qui est prêt à exploser comme le mien.

J'ai l'impression qu'une chaleur incroyable émane de nos deux corps à cet instant et je quitte ses lèvres, le temps de reprendre notre respiration. Mais le désir nous submerge à nouveau tous les deux et nous échangeons un nouveau baiser plus que langoureux.

Shelby

Nous rentrons à l'hôtel avec Emi que je porte limite tellement elle est bourrée. Je vais prendre une douche une fois que je l'ai mise au lit avant d'aller dormir pour calmer le feu qui brûle en moi. J'essaye toujours de retrouver mes esprits après ce qui s'est passé avec Shawn quand je finis par aller me coucher. Nous n'avons pas parlé après ces baisers. Il m'a juste lâchée doucement et est parti de son côté.

Rien que de penser à ça je sens à nouveau, le désir et la chaleur de son corps contre le mien. La paume de mes doigts qui caressaient sa nuque semble encore tellement chaude de son contact, que je ne peux que les passer sur mes lèvres. Contrairement à lui, je n'ai jamais eu de relations même un baiser échangé avec quiconque. Alors, ce feu qui brûle en moi depuis tout à l'heure n'est peut-être pas si surprenant que cela. Malheureusement, je ne peux pas en parler avec Emi, puisqu'avec son frère dans les parages, elle n'est pas encore prête de sortir avec qui que ce soit.

J'enlève mes doigts de mes lèvres en essayant d'être réaliste. Oui, nous avons échangé un baiser que j'avoue être grandiose, mais peut-être suis-je la seule à le penser ?

Après tout, je ne comprends pas pourquoi il a fait ça et surtout pourquoi je l'ai laissé faire ? Peut-être avions-nous trop bu et on s'est laissé aller ? Mais n'a-t-il pas Kristie pour ce genre de chose ?

Je ne dors pas beaucoup de la nuit et le fait de monter dans l'avion à nouveau me donne envie de vomir. Si bien que j'ai passé une partie du reste de la nuit, assise à côté des toilettes ne sachant pas si je devais vomir ou dormir.

- Shelby, tu es prête ? Me demande Emi en rentrant dans la chambre pour prendre sa valise.

- Oui, j'arrive. Lui répondé-je en continuant de mettre mes dernières affaires dans ma valise.

- Tu ne sais pas la nouvelle ? Me chuchote-t-elle alors que Kelly et Kristie sortent de l'ascenseur devant nous.

- Shawn l'a larguée.

Je fais un arrêt et mon cœur se met à battre plus vite ; ils ont rompu ?!

- Oui, il paraît qu'il est parti aux toilettes et quand il est revenu, il lui a dit qu'il venait de se faire une fille dans les toilettes qui assurait mieux qu'elle. Il paraît qu'elle a fait un scandale dans la discothèque, les sorteurs ont dû la sortir.

Je l'écoute mais je suis toujours bloquée sur le fait qu'il ait rompu.

- N'empêche, il aurait pu le faire plus tôt. Rigole Emi.

- Elle va enfin redescendre de son piédestal.

Je souris en acquiesçant et nous montons dans le bus pour aller à l'aéroport mais je suis surprise ; je n'ai pas vu Shawn dans le hall ni dans le bus, quant à Noa, il n'est pas là non plus.

Nous finissons par monter dans l'avion et je ne les ai toujours pas vu ni l'un ni l'autre. Ce n'est pas normal, ils sont où ? C'est alors que je reçois un texto sur mon portable.

Shawn : « Bon voyage. Écoute cette chanson pour le décollage, on se voit lundi. »

En fichier se trouve Damian Marley avec la chanson Road to Zion. Je porte mes écouteurs à mes oreilles, me demandant ce qu'il a bien pu m'envoyer, ne connaissant absolument pas ce chanteur. Je suis étonnée de la mélodie de la chanson qui est plutôt calme avec un air de Bob Marley et de Eminem ; qui est d'ailleurs mon chanteur préféré. Je m'installe convenablement dans le siège de l'avion et je ferme les yeux écoutant maintenant les paroles.

Cette parole m'interpelle beaucoup « *Je passe des journées cauchemardesques certains jours »*.

Cela me rappelle le fameux jour où nous nous sommes rencontrés en ville, il semblait tellement sombre au premier regard. J'ai eu l'impression qu'il avait passé une nuit plus qu'affreuse. Est-ce là que mon cœur a totalement changé pour lui ? Non, il y a eu la plage et ce sentiment venant de lui qui me disait qu'il souffrait à l'intérieur de lui.

« Les jeunes ont besoin d'amour et de prospérité »

Est-ce que tu parles de toi Shawn ? Est-ce que je dois penser que tu cherches quelqu'un qui puisse t'aimer pour ce que tu es et non ce que tu parais être ?

Je me mords la lèvre, ayant l'impression de m'emballer un peu trop. Après tout, nous n'avons fait qu'échanger un baiser...

Jordan

Shawn a été étrange tout le week-end, il a rêvassé tout le temps de la planque jouant avec son portable.

Tellement dans son monde, que pendant l'attaque au hangar pour récupérer les armes, il a failli se faire buter si je n'avais pas été là.

Je retourne à mon appartement pour dormir, je n'ai pas les moyens comme Shawn et Noa de vivre dans une villa huppée des quartiers de Miami. Bien que le père de Shawn m'ait proposé d'en louer une pour moi ; mais je sais que Shawn ne permettrait jamais que j'accepte quelque chose de son père. Il se sentirait trahi d'un côté, et je serais du coup redevable de son paternel. Ce qui causerait des tensions entre moi et Shawn.

J'ai beau connaître Shawn depuis des années, je ne comprends toujours pas l'amertume qu'il a pour son père. Je sais qu'il est parti il y a sept ans à Los Angeles du jour au lendemain pour ses affaires, mais il a toujours subvenu à leurs besoins ; pas comme quand mon père s'est barré.

Je sais que sa mère a les moyens, elle vient d'une famille riche de Miami et elle sait vivre d'elle-même ; cependant son père est un homme qui nous semble à tous bien plus important.

J'ai beau être un de ses meilleurs amis, je ne comprends pas sa façon de penser à des moments ; tout comme récemment avec cette nana. Il a complètement changé depuis qu'il l'a rencontrée.

S'il savait que c'est moi qui ai commandité son agression au parc, il m'aurait certainement tué ; ami ou pas.

Drôle de coïncidence

Donovan

Nous avons fait plusieurs visites de villas de la semaine et nous avons attendu que les filles reviennent de voyage scolaire pour leur montrer celles qui pourraient leur plaire. Nous nous rendrons après le lycée visiter celles qu'elles préfèrent et nous déciderons ce soir de celle qu'on prend. Nous allons franchir une nouvelle étape tous ensemble dans notre vie.

Je gare l'Audi sur le parking de l'école où je remarque que la moto de Shawn n'est pas là ce qui ne m'étonne pas vraiment pour un lundi ; mais en prenant mon sac à l'arrière, un bruit sourd de moteur puissant passe derrière moi.

- Shelby c'est la Mustang Shelby de ton livre ! S'exclame Emi d'une voix plus qu'émerveillée.

Je me redresse et je vois Shawn sortir d'une Mustang Shelby GT500 convertible noire en compagnie de Noa.

Je regarde en direction de Shelby ; Emi a vu juste, c'est la fameuse Mustang Shelby qu'elle a entourée sur son livre qui traîne sur son bureau. Elle m'avait dit qu'elle l'avait acheté parce qu'elle la trouvait magnifique. Je l'ai même taquinée sur le fait qu'elle l'aimait parce que c'était son prénom sur le modèle ; ce qui m'a valu un coup de livre sur la tête. Cependant, comment se fait-il qu'étrangement ; Shawn débarque avec la même ?

- Elle est trop belle ! Continue à s'extasier Emi.

- Ouais. Confirme Shelby sans montrer plus d'excitation.

- J'avoue qu'elle en jette en vrai.

Je regarde Shelby qui allume sa cigarette et avance vers le bâtiment où elles ont cours. C'est à peine si elle a jeté un coup d'œil vers la voiture de ses rêves...

Je ne sais pas pourquoi mais je suis certain que ce n'est pas une coïncidence.

Shelby

Je n'en reviens pas qu'il l'a achetée ! Cette caisse est hors de prix et en plus, il n'y a que quelques exemplaires en Amérique. Si j'avais des doutes sur les moyens de sa famille ; je n'en ai plus un seul. Je rentre en classe sans faire attention et en arrivant à mon banc, je remarque que Shawn s'est à nouveau assis derrière moi avec Noa cette fois.

- Super ta caisse ! S'exclame un élève en passant devant Shawn.

- Merci. Mais je l'ai achetée pour la fille qui va me briser le cœur ! S'exclame celui-ci d'un ton amusé, mais réprobateur aussi.

Je manque de m'étouffer en entendant ça. Il est malade lui ?! Comment peut-il balancer ce genre de chose, alors qu'il n'y a rien du tout entre lui et moi ?!

- Hou Shawn ! Tu vas déménager à Paris ? S'écrie un autre élève.

Je me tiens la tête en cachant mon visage avec mes cheveux. Pitié arrêtez !

- Non, elle est beaucoup plus proche que ça. Lance-t-il.

Je me retourne à ses mots, pour le toiser mais cela fut une erreur, il a enlevé ses lunettes de soleil et ses yeux émeraudes et ardents sont en train de me dévorer du regard. Je me retourne aussi sec face au tableau ; mon cœur vient de faire un raté. En un regard, j'ai ressenti cette chaleur que nous avons échangé pendant notre baiser, et j'essaye de me calmer par de petites inspirations. Mon dieu, cette journée va être longue...

- Emi ? Hèle-t-il celle-ci qui se retourne vers leur banc.

- Tu veux bien changer de place avec moi ?

Mes yeux s'écarquillent et je me retourne sur Emi, la suppliant du regard. Mais celle-ci me fait un sourire narquois et se lève pour s'exécuter sans prendre en compte mon regard suppliant. Mon cœur palpite plus vite ; pitié faites que je survive à ce cours.

Shawn se pose à côté de moi et rigole avec Noa jusqu'à ce que le professeur arrive. J'ai la tête dans mon cahier, mon cœur va s'arrêter sous la pression.

Kristie n'est pas là aujourd'hui heureusement, sinon elle m'aurait certainement envoyé tout le contenu de son sac à la figure. Car celui qui n'a pas compris que c'est moi la fille de Paris, est sourd et aveugle.

Shawn se comporte comme d'habitude pendant les cours, je le regarde le moins possible jusqu'à la fin de celui-ci. Ma main cachant une partie de mon visage, j'essaie de paraitre sereine, sachant qu'il me dévisage comme toujours. L'heure du dîner arrivant ; le professeur décide de nous faire faire un devoir par équipe et non sans étonnement ; celui-ci me met avec Shawn qui jubile.

Même le professeur veut ma mort.

Shawn se lève quand il sonne et il sort de la classe avec Noa sans me regarder. D'un côté, je suis déçue mais d'un autre soulagée. Je ne sais pas comment je réagirais à son regard intense une nouvelle fois.

Emi

Après les petites informations que Shawn a données, je suis plus que certaine qu'il s'est passé quelque chose entre eux deux à Paris. Et je suis convaincue que le fait qu'il débarque avec la Mustang Shelby que Shelby rêvait veut tout dire.

Il assume enfin ses sentiments pour elle.

Malheureusement, je les ai regardés pendant les cours, ils sont quand même fort distants. Je pensais qu'il en profiterait pendant le dîner mais il s'est assis avec ses copains à l'opposé de nous. Franchement, il pourrait au moins fournir un effort ou elle...

En regardant vers Donovan, je pense que lui se pose des questions et si mes intuitions sont exactes il ne va pas aimer du tout ce qui se passe entre ses deux-là...

- Emi, on y va. Me fait Shelby en se levant.

J'enfourne ma dernière crevette et je la rejoins près du gymnase où nous avons cours.

- Hum, Shelby tu n'as rien à me dire ? Demandé-je de façon innocente.

Elle allume sa cigarette et me regarde mordant sa lèvre ; j'ai vu juste. Ce geste est pire que de voir Donovan passer la main dans ses cheveux.

- Pitié Emi, garde-le pour toi. Même moi je ne sais pas ce qui se passe. Me supplie-t-elle.

Je suis peut-être naïve, mais elle est pire que moi ce n'est pas possible. Je souris malicieusement, ce n'est pas moi qui vais cafeter, mais elle a intérêt à mettre les choses aux claires très vite.

Donovan

Je rejoins l'Audi en attendant les filles avec Trevor et Byron. Mori et Carolina sont déjà partis à la première villa que nous devons visiter quand je vois Jordan arriver à moto.

- Ce n'est pas bon... Marmonne Trevor en se détournant de moi.

Je regarde vers le chemin et je vois les filles arriver, suivies de Shawn et Noa à quelques pas d'elles.

Jordan reste devant la limite du lycée près du mur en regardant les filles qui passent devant lui, mais je vois bien qu'il attend spécialement quelqu'un.

- Tu ne crois quand même pas qu'il va aller s'en prendre à Emi et Shelby ? Demande Carolina.

- Non. Fait Byron.

- Il y a Shawn, il n'oserait pas.

Je le regarde, étonné. Depuis quand Shawn se tracasserait qu'il s'en prenne à elles ? Ne l'a-t-il pas toujours fait avant et cependant, Shawn n'a jamais bougé.

Shelby ne regarde pas du tout dans sa direction ce qui me rassure, plus que quelques mètres et elle sera dans le parking.

C'est là que Jordan se met à avancer vers l'intérieur de la cour, je vois Shelby et Emi s'arrêter alors que Jordan leur fait face maintenant.

- Merde on y va ! Fais-je à Trevor et Byron.

- Vous êtes devenues bonne les filles. Lance Jordan quand on arrive à quelques mètres de lui.

Je vois que Shelby a ralenti son pas et Emi aussi, c'est là que Shawn qui relève la tête marche plus vite et il attrape Jordan par les épaules pour partir vers le parking.

Je jurerais que Shawn m'a fait un signe de tête quand on les a croisés.

- Heureusement que Shawn était là ! S'exclame Emi.

- Il ne nous aurait pas lâcher.

- Sympa pour nous. Râle Trevor qui se sent ridicule pour le coup.

- Désolée, il a été plus rapide. Rigole Emi en lui attrapant le bras pour le rassurer.

- Bon on y va. Fait Shelby.

- J'ai déjà reçu un message de Caro. Ils sont déjà à la première villa. Nous explique-t-elle pas du tout décontenancée par ce qu'il vient de se passer.

Nous retournons vers le parking ; la Mustang Shelby et Jordan ne sont déjà plus là.

Shawn

Jordan m'a rejoint au lycée pour me signaler que des mecs voulaient me rencontrer ce soir pour parler business. Il aurait quand même pu s'abstenir de venir au lycée, surtout que j'essaye de m'amender auprès de Shelby comme je peux.

Je dépose Noa chez lui et je repasse chez moi me changer et changer de voiture pour rejoindre Jordan au hangar. Pas question d'abîmer la Mustang Shelby.

Je suis là depuis dix minutes, que deux berlines se garent devant le hangar et sept hommes en sortent. Je pose ma bière et vais les rejoindre dehors suivi de Jordan tout en me frottant les mains. Le reste du gang reste dans le hangar aux aguets d'un moindre geste suspect.

- Monsieur Shawn je suppose ? Me fait l'homme habillé de blanc.

- C'est cela, il paraît que vous avez besoin d'un coup de main ? Lancé-je en allumant ma cigarette.

- Nous désirons faire affaire avec votre père en fait…

Je serre la mâchoire et passe la main dans mes cheveux. Ce mec m'insupporte déjà.

- Désolé, si vous voulez mon père, vous devez aller à Miami. Lâché-je vexé en repartant vers le hangar.

- Le soucis c'est que ce que je veux se trouve à Miami et vous êtes un peu le chef ici en l'absence de votre père. Continue l'homme.

Je fais un arrêt, il faut que j'arrête de me prendre la tête, un boulot est un boulot.

Je fais volte-face et retire mes lunettes.

- Je vous écoute. Fais-je en esquissant un sourire entendu.

Le mec m'explique qu'il désire récupérer un casino qu'il convoite depuis longtemps, mais pour ça il faudrait qu'on fasse pression sur le propriétaire. Ce job est dans les cordes de n'importe quel gang et le prix qu'il propose est intéressant donc je ne vois pas de soucis et accepte.

Une fois les hommes partis, j'envoie quelques gars faire un tour à ce casino pour commencer le boulot.

- Et moi ? Me demande Jordan en rechargeant son flingue.

- Toi, tu restes ici ou tu fais ce que tu veux de ta soirée. Lancé-je.

- On va d'abord essayer la manière simple avant de montrer notre jeu. Lui expliqué-je

Jordan fulmine mais il sait que j'ai raison, on peut régler certaines choses sans les armes.

Christian

J'ai eu un coup de fil du père de Shawn, il prévoit de revenir quelques temps à Miami et que l'on discute un peu de l'avenir de Shawn. Il pense qu'il est temps pour lui de quitter le lycée et de prendre les rennes du Nevada.

Le Nevada fait partie de la famille de Shawn depuis toujours, c'est un hôtel Casino de grande envergure que je gère depuis que son père est parti à Miami.

J'ai beau essayé de lui expliquer que Shawn veut poursuivre ses études, il ne m'écoute pas. Shawn vient seulement d'avoir dix-sept ans et il n'a plus qu'une année à faire, de plus, il est enfin assidu en cours. En tout cas, il y est tous les jours. Je sais que c'est à cause de Shelby mais il fournit quand même des efforts à ce que je sais du directeur du lycée qui est un ami.

Bien entendu, il a coupé court à la conversation précisant qu'il était son père et qu'il le connaissait mieux que quiconque.

Je pense plutôt qu'il veut le modeler à son idée et qu'il ne se rend pas compte que Shawn a hérité de son caractère. En ce qui me concerne, j'avais même songé que Shawn était pire que son père jusqu'à ses derniers jours.

D'après mes connaissances, Shawn et le gang des Scorpions se tiennent à carreaux en ce moment. Mais bon, Miami est bien calme en ce moment aussi.

Serait-ce le calme avant la tempête ?

Shelby

Cela fait déjà deux semaines depuis Paris, cependant la relation entre Shawn et moi est toujours au point mort. Mise à part l'histoire de la Mustang Shelby et qu'il ait changé de place avec Emi, nous ne nous parlons pas plus qu'avant. Je soupire une fois de plus en regardant une dernière fois la vue de ma chambre.

Je me demande si je n'ai pas rêvé ce baiser à Paris pour finir ?

Nous allons peut-être pouvoir en parler tout à l'heure vu qu'on a rendez-vous pour notre devoir en commun. Un fameux devoir qu'on aurait pu faire bien plus tôt, mais on ne trouvait jamais de bons moments.

En ce qui concerne notre bande, nous sommes en vacances pendant quinze jours et nous avons enfin pris la décision de déménager dans notre villa aujourd'hui. On s'est tous mis d'accord pour la même, on n'aurait pas cru ça simple ; étant donné que nous sommes quand même sept à aller y vivre.

Carolina a déjà donné les ordres aux déménageurs comme toujours. Elle et Mori devraient se mettre en couple malgré le côté déluré de Carolina ; elle joue le rôle de la mère à des moments qu'on aurait tendance à les appeler papa et maman.

Nous chargeons les valises qui nous restent dans les voitures des garçons et départ pour la villa. Celle-ci se trouve sur une sorte de colline à la sortie de

Miami, avec vue sur la mer bien entendu. Elle est immense avec de grandes fenêtres, elle se compose de deux étages et d'une piscine, toute bordée d'un jardin.

Ça change de notre loft du dixième étage.

Les pièces à l'intérieure de la villa sont immenses et que dire des chambres avec leur dressing et leur salle de bain personnelle.

- Shelby, tu prends bien celle-là entre Caro et moi ? Me demande Emi qui semble bien plus qu'heureuse qu'à notre arrivée au Loft.

- Oui on laisse les chambres donnant sur l'arrière aux garçons ! Crié-je du rez-de-chaussée.

- Tu as besoin d'un coup de mains ? Me demande Donovan en arrivant près de l'escalier où j'essaye de trouver une solution pour prendre tous mes sacs en un seul trajet.

Je n'ai pas le temps de répondre à Donovan, que celui-ci prend déjà mes sacs. Je le regarde amusée, et je prends mon sac d'école qu'il reste pendant qu'il me sourit en montant à l'étage.

Donovan

Je dépose les valises sur son lit et je me dirige vers la fenêtre pour regarder la vue. Elles ont pris le coté de devant, où elles ont vue sur l'allée qui mène à la villa.

- Merci. Je n'ai plus qu'à ranger ! S'exclame-t-elle en entrant à son tour dans la chambre balançant son sac d'école dans un coin.

- Pas de soucis. On fait un barbecue au soir pour fêter le déménagement ? Demandé-je en revenant au centre de la chambre.

- Va falloir prévoir de manger tôt. Tu n'as pas rendez-vous avec Shawn pour votre devoir en commun ? Lance Emi en entrant dans la chambre à son tour.

Je me fige. C'est quoi cette histoire ? Depuis quand ils ont un devoir ensemble ces deux-là ?

Vu le regard de Shelby lance à Emi, je comprends qu'elle me l'a caché intentionnellement.

- Je vais achever d'aider les gars. Fais-je froidement en sortant de la chambre.

Je serre les dents, je sais que je ne peux pas faire grand-chose maintenant, et je dois d'abord ravaler la boule que j'ai dans la gorge, avant de lui dire ce que je pense de cette idée de devoir.

Je descends dans la salle à manger où Carolina commence déjà à installer les décorations. Elle a interdit aux déménageurs de les mettre. Je me dirige donc dans les escaliers qui donne aux caves et je rejoins les gars dans la pièce qui leur servira de salle de sport.

- Donovan, viens voir ! Me crie Travor qui est dans l'autre pièce.

- Tu en penses quoi pour faire notre studio ? Me demande-t-il écartant les bras pour juger de la place.

Effectivement, la pièce est assez grande. Il suffirait juste d'installer les platines et ça nous ferait un bel endroit pour créer nos morceaux pour le club. Je lui tape dans la main pour marquer mon accord et nous remontons chercher le matériel que nous avons entreposé dans le garage.

- Donovan ton portable sonne ! Me crie Carolina du salon.

J'arrive en retard et ne connaissant pas le numéro, je ne prends pas la peine de recomposer celui-ci. Je repose donc mon portable avant de me retourner pour repartir auprès de Trevor et je bouscule Shelby au passage.

- Désolée je rêvassais…

Je m'apprête à continuer mon chemin en esquissant un sourire un peu forcé vu les évènements de tout à l'heure, mais je remarque qu'elle tient un verre de limonade et que le contact entre nous l'a fait se renverser. J'attrape l'essuie derrière moi pour commencer à lui essuyer le bras.

- Merci je vais le faire. Me sourit-elle en prenant l'essuie de mes mains.

Mon cœur a fait un raté là…

Emi

Nous avons finalement fait un spaghetti sur la terrasse pour fêter le déménagement. La journée a été longue et je n'ai pas encore fini de ranger mes valises, mais avec mon frère qui passe sans cesse voir comment je range ; je n'aurai jamais fini.

Donovan n'a pas l'air détendu depuis qu'on a fini de manger et Shelby est partie prendre une douche avant de rejoindre Shawn à la bibliothèque.

Je n'aurais peut-être pas dû le dire devant lui tout à l'heure, mais quelque part, je trouve qu'il est temps que ce triangle amoureux cesse enfin qu'on puisse passer à autre chose.

J'achève ma cigarette et monte dans ma chambre, bien motivée à ranger quand je vois Donovan entrer dans la chambre de Shelby. Est-ce qu'il va enfin lui avouer ses sentiments ? Même si je sais qu'il va certainement se faire remballer, je trouve que c'est la meilleure des solutions.

Cependant, j'aurais peut-être dû lui parler des changements de Shawn avec elle depuis Paris ?

Mais en y pensant, il ne m'a pas demandé non plus.

Alors qu'ils se débrouillent !

Donovan

Je rentre dans la chambre alors que celle-ci est dans la salle de bain. Elle vient encore de confirmer qu'elle y va et moi, je suis en train de perdre mon sang froid de plus en plus. J'ai pourtant essayé de ravaler ma rancœur depuis tout à l'heure, car je savais que nous n'échapperions pas à cette conversation.

- Arrête de t'inquiéter ! S'écrie-t-elle de la salle de bain, sachant très bien ce que je pense à cet instant.

Bien sûr qu'elle le sait, Shelby me connait mieux que quiconque.

- Que veux-tu que je te dise ?! Ça ne me plaît pas que tu traînes avec lui ! Lancé-je exaspéré en passant la main dans mes cheveux, faisant les cent pas devant la porte de la salle de bain.

- Je t'ai déjà dit que c'était pour un travail de classe ! Me rétorque-t-elle.

- Tu me prends vraiment pour un idiot ?! On parle de Shawn, un des canons de l'école. Le Bad boys des Bad boys ! Je dois te rappeler avec combien de filles il a couché ?! Lancé-je exaspéré en un souffle.

Bordel, on ne fait vraiment que s'engueuler quand on parle de ce mec, et cela me rend plus qu'irrité qu'on en arrive toujours à ce genre de situation tous les deux.

Elle sort de la salle de bain vêtue uniquement d'un peignoir autour d'elle, et je recule d'un pas. Ses cheveux dégoulinent sur le sol tandis qu'elle me toise de ses grands yeux bleus qui semblent réprobateur de mon attitude.

- C'est quoi au juste ton problème ? Me demande-t-elle sérieusement.

- Tu ne m'as pas écouté ! M'écrié-je encore plus exaspéré de voir qu'elle ne comprend rien.

Elle s'avance et s'arrête à dix centimètres de mon visage, elle penche sa tête sur la droite en croisant ses bras sur sa poitrine et continue à me fixer. Je ne sais plus où regarder, surtout qu'elle peut tenir longtemps comme ça et elle sait que je finirai par lâcher le morceau.

- Je ne veux pas c'est tout ! Finis-je par dire en essayant de tenir son regard.

Elle ne réagit pas, elle continue de me fixer sans rien dire. Ses yeux me transpercent de toute part, et mon cœur bat la chamade à cet instant.

À croire qu'elle l'entend car elle pose sa main sur mon torse et me sourit. Ça en est trop, je l'attrape par la taille et pose mes lèvres sur les siennes en un mouvement vif.

Elle ne recule pas, mais ne me laisse pas la conquérir avec la langue.

Ses yeux bleus se ferme et elle se contente de se tenir là sans bouger. Je frémis d'angoisse en la voyant ainsi, et je la lâche me rendant compte de la situation.

Qu'ai-je fait ?!

Shelby se recule de moi pour prendre ses vêtements dans la penderie, avant de repartir dans la salle de bain. Je reste là, stoïque comme un idiot qui a fait une connerie, cherchant quoi dire, quoi faire pour nous sortir de la situation dans laquelle nous sommes. La porte de la salle de bain s'ouvre à nouveau et elle sort de celle-ci en jogging, le visage fermé, évitant mon regard.

- Je vais me coucher, je ne suis pas bien. Fait-elle en passant à côté de moi pour rejoindre son lit.

- Sors, s'il te plaît. Me lance-t-elle.

Non, non ! Il faut qu'on parle de ce qui vient d'arriver.

- Shelby, je...

Elle se retourne dans le lit et se met la couette sur sa tête comme quand elle est perturbée. Je comprends que je ne dois pas insister et je soupire le cœur serré pour sortir de la chambre. Je rejoins ma chambre où je cogite sur ce qui vient de se passer. J'ai beau réfléchir à tout ce qui nous a amené à ce moment ; je ne peux pas nier que mes sentiments pour Shelby ne sont plus fraternels. Je joue avec mon portable, cherchant ce que je peux lui envoyer pour m'excuser, mais je ravale chaque excuse.

Plus tard dans la nuit, alors que je me suis couché mais que je n'arrive pas à penser à autre chose que son visage fermé ; elle m'envoie un texto pour la rejoindre sur la terrasse.

Je la rejoins d'un pas hésitant, passant sans cesse la main dans mes cheveux, ne sachant pas du tout ce qui nous attend de cette conversation. Shelby est assise sur un transat en fumant sa cigarette et passant sa main dans ses longs cheveux bouclés ; elle ne m'a pas entendu descendre.

Je reste là à l'entrée de la terrasse, la regardant perdue dans ses pensées. Mon cœur est totalement tordu dans ma poitrine…

Est-ce la fin de notre amitié ?

- Tu vas rester longtemps à me regarder comme ça ? Lance-t-elle sans se retourner.

Je la rejoins surpris qu'elle sache que je suis là, et m'installe contre la palissade en m'allumant aussi une cigarette.

Je reste le visage baissé, peur de croiser ses grands yeux bleus, la crainte de lire la haine qu'elle a envers moi depuis ce baiser.

Nous restons là un long moment où personne ne parle. On entend juste le bruit des voitures au loin et de la fontaine qui coule. J'ai beau réfléchir, je ne sais toujours pas comment aborder le sujet. Et dire que je suis celui qu'on juge de plus réfléchi entre nous tous ?!

Mais à cet instant, je ne sais toujours pas pourquoi j'ai fait ça ?

Mon frère

Shelby

Je reste assise là en regardant au loin sans un œil dans sa direction. Je crains trop de voir la souffrance dans ses yeux à cause de ma réaction plus tôt dans la chambre.

Mais comment est-ce que j'aurais dû réagir ?! Alors que j'ai eu ce frisson quand nos lèvres se sont touchées, mais que je l'ai quand même rembarré.

Comment faire pour qu'il ne voit pas la confusion dans mon regard quand je lui dirai que notre amitié est la plus importante ? Qu'il est comme mon double, mon jumeau, mon frère… Mon dieu, je ne sais même plus comment je dois le considérer après ce baiser.

Il n'y a pas à dire ; Donovan est super craquant surtout quand il me fixe avec insistance, comme au moment où j'ai vu l'étincelle dans ses yeux bleus et senti les battements de son cœur quand j'ai posé ma main sur son torse. Est-ce pour ça que je l'ai laissé m'embrasser ?

Oui, je l'aime. Il est tout pour moi mais pas comme ça. Je ne veux pas, je veux que notre amitié perdure au-delà du temps. Je veux pouvoir compter sur lui toute ma vie sans ce sentiment de gêne ressenti aujourd'hui.

Il ne me regarde pas, Celui-ci a la tête baissée comme ce chiot quand il avait mangé mon cake d'anniversaire que Donovan m'avait offert. On dirait un animal blessé mais un animal canon blessé.

J'écrase ma cigarette et me lève en avançant vers lui alors qu'il a sa casquette baissée sur ses yeux. Je la relève d'un coup sec en tapant sur la penne de celle-ci, ce qui le surprend et je lui souris pour lui faire comprendre que tout va bien

« Je ne t'en veux pas ». Essayé-je de lui faire savoir dans mon regard.

Je veux lui faire passer le message sans parler mais il détourne pourtant son regard de moi.

Mon dieu ! Non ne fais pas ça, ne m'évite pas !

Je pose ma main sur la sienne et j'attends patiemment qu'il me parle. La patience n'est pas mon atout donc au bout de dix minutes, je commence à me dandiner nerveusement sur place.

Mais il attend quoi pour parler bordel ?! Il sait que j'ai horreur de ça ! Je vais m'énerver ! Je m'apprête à l'envoyer au diable lui et son silence, quand il relève enfin la tête.

- Tu es ma sœur. Me déclare-t-il en me fixant de ses beaux yeux bleus.

- Je ne veux pas te perdre. Je sais que j'ai commis une erreur plus tôt. Continue-t-il en tenant mon regard.

Je suis à deux doigts de me mettre à pleurer, sachant que nous n'avons jamais été aussi perturbé de parler l'un à l'autre.

- Je vais renflouer tout ce trop-plein de sentiments et nous oublierons ce qui s'est passé. Je ne peux pas vivre sans ma sœur et encore moins être mal à l'aise avec toi. Finit-il par me dire.

Mes larmes coulent le long de mon visage, et il prend sa main pour essuyer ma joue tout en me souriant.

- En revanche, il me faudra du temps pour accepter Shawn si c'est avec lui que tu veux être. Me fait-il avec une pointe de colère dans le fond de sa voix.

Je sais qu'il prend vraiment sur lui pour renflouer tout ce qu'il ressent à cet instant.

- Je suis désolée Donovan. Reniflé-je.

- Moi aussi je te considère comme mon frère. Je ne veux pas que ça s'arrête et qu'on emmêle nos sentiments.

Il m'attrape dans ses bras mais je n'ai pas peur, c'est mon frère ; jamais on ne se fera du mal. Nous sommes tous les deux sincères dans nos sentiments, et je sais que nous devions passer par là le plus tôt possible.

- Ne t'inquiète pas, je ne le ferai plus. Ma dit-il en me serrant contre lui.

- Et si l'envie nous arrivait de franchir cette ligne, je prendrai la décision de partir pour notre bien à tous.

- Je ne veux pas que tu me quittes et Shawn n'est pas au courant de mes sentiments. C'est vraiment juste un camarade de classe. Avoué-je en un souffle pour l'apaiser.

Je me serre plus fort contre lui, ses bras m'écrasent mais ça ne fait rien ; c'est ma famille tout va bien.

Shawn

Je suis hors de moi ! Elle m'a envoyé un message pour annuler le rendez-vous à la bibliothèque. J'ai tout fait depuis Paris pour être le plus correct possible et lui prouver qu'elle peut au moins me faire confiance un minimum.

Je rentre dans le bar furieux, j'ai besoin de boire et d'évacuer ma colère. Un mec me bouscule alors que je me dirige vers le bar et je démarre directement sur lui pour le fracasser. Je cogne de rage tellement je suis à bout, je sens des bras essayer de nous séparer mais je ne veux rien savoir. J'explose complètement. Mon poing ne fait que s'écraser encore sur ce mec qui essaie de se protéger comme il peut, mais je suis totalement hors de contrôle.

- Dégagez ! Hurle une voix.

Jordan se trouve derrière moi avec son flingue les tenant à distance, tandis que je continue à cogner ce mec qui n'a fait que de me bousculer jusqu'à ce que je m'épuise émotionnellement.

Je me lève, passant frénétiquement ma main dans mes cheveux, regardant autour de moi. Tous ses gens sont terrorisés, et ils ont raison. Je titube vers le bar et j'attrape un verre pour le boire cul sec avant de me diriger vers la sortie du bar.

Jordan me suit sans parler, et je monte dans la Mustang Shelby pour me barrer. Je n'ai aucunement envie de parler, et encore moins qu'il me dise de laisser tomber Shelby, ce qui lui ferait plus que plaisir. Mais je vais devoir être réaliste, elle semble ne pas ressentir le moindre sentiment pour moi, ni me respecter. Et cela est une chose que je ne tolère pas du tout.

Jordan

Cela faisait un moment que je n'avais pas vu ce regard glacial dans ses yeux. J'en ai eu des frissons de plaisir en le voyant tabasser ce mec à l'instant qui essaie de se relever.

Je le suis sans un mot dehors, et je le regarde partir en trombe. Je range mon flingue et je reprends ma route en me demandant quelle mouche l'a piquée ce soir ?

Ce n'est quand même pas encore cette garce ?

Si c'est le cas, elle semble atteindre Shawn plus que je ne le pensais, et je ne peux pas tolérer cela. Il est temps que cette garce comprenne qu'elle n'est rien et que Shawn n'a pas besoin d'elle dans sa vie.

Shelby

J'ai passé la matinée à essayer de joindre Shawn, mais celui-ci ne m'ayant même pas répondu à mon message hier ; alors les appels... Je m'attendais à quoi ?!

Je descends à la cuisine où Donovan et Trevor boivent leur café sur la terrasse tout en parlant. Je me fais un café en repensant à ce qui s'est passé la veille ; je n'ai pas songé un instant qu'il pouvait éprouver de telles sentiments pour moi. Mais malgré que j'aie réagi sur le moment, je sais que je ne l'aime pas comme j'aime Shawn.

Ce baiser n'est rien comparé à ce que j'ai ressenti quand Shawn m'a embrassée. Je n'ai pas ressenti ce désir et cette électricité intense, ainsi que cette chaleur ardente quand il m'a touchée.

-Tu sais me faire une tasse ? Je vais être en retard. Me demande Carolina en arrivant dans la cuisine.

- Tu bosses à la galerie de ton amie pendant les vacances ? Lui demandé-je en remplissant le Senséo d'eau.

Carolina a une amie qui tient une galerie dans le centre, et étant donné qu'elle fait des études de décoratrice, elle adore y travailler.

- Oui, vu que je ne suis de service au Club que le week-end ; j'ai du temps libre. Confirme-t-elle.

- Je passerai peut-être te rendre visite. Je vais chez le coiffeur pas loin. Fais-je en lui tendant sa tasse.

- Oui juste ! Tu vas enfin te lancer ! Du blond c'est ça ?

J'acquiesce de la tête. Ma mère avait décoloré une partie de ses cheveux et je voulais à tout prix le faire aussi. Et vu qu'à l'orphelinat, ils étaient stricts pour les couleurs et les piercings, je n'ai jamais eu l'occasion.

- J'ai hâte de finir mon année et de faire mes mèches bleues. Bon j'y vais ou je vais être en retard. A tantôt ! S'exclame Carolina en avalant sa tasse, avant de disparaitre comme elle est arrivée.

Je décide de monter me changer dans ma chambre et d'essayer encore une fois de joindre Shawn, sans succès bien entendu.

Donovan

J'ai rendez-vous avec le chef du club en compagnie de Trevor pour parler de nos nouveaux horaires. Je passe devant la chambre de Shelby, celle-ci est assise sur son lit en regardant son portable.

- Salut je peux entrer ? Lui demandé-je en toquant sur sa porte.

- Bien sûr ! Me lance-t-elle en posant sur son portable.

Elle a un souci ?

- Tu as bien rendez-vous au coiffeur dans le centre tout à l'heure ? Lui demandé-je.

- Oui pour ?

- On peut te déposer avec Trevor, on a rendez-vous au club. L'informé-je.

Son portable vibre, elle fonce dessus mais a l'air déçue en le regardant.

- Il ne t'a pas répondu ? En conclué-je comprenant qu'elle attend de ses nouvelles.

Elle me regarde étonnée.

- Shelby, on lit en toi comme dans un livre ouvert. Lui fais-je remarquer en essayant de paraître neutre.

Elle passe sa main dans ses cheveux et se mord la lèvre ; j'ai vu juste.

- Tracasse, il va bien finir par te répondre. La rassuré-je.

- Sinon c'est qu'il n'en vaut pas la peine. Ajouté-je en lui tapant sur sa tête, avant de sortir de la chambre pour ne pas voir une seconde de plus son visage triste pour lui.

- Désolée. Me fait-elle et je me retourne pour voir son sourire complice.

- Tracasse, ça va aller. Fais-je en fermant la porte et lui rendant son sourire.

Ouais, je vais gérer…

Shawn

J'ai laissé mon portable dans la Mustang Shelby, parce que je n'ai aucune envie de lui répondre. Je rejoins Jordan dans un bar où il se trouve bien entendu avec des filles ; le style Barbie de Miami. Je remets mes lunettes de soleil comme il faut en soupirant, et je m'assois près d'une blonde portant un mini short noir moulant ainsi qu'une blouse super décolletée.

- J'ai cru que tu ne viendrais pas ? Me lance Jordan en relevant la tête du cou de la fille à côté de lui, dont celle-ci a sa main bien placée sous la table.

- Je ne raterais pas un moment d'amusement. Rétorqué-je en mettant mon bras autour de la blonde qui se colle directement à moi.

- Alors, allons dans un autre endroit. Me chuchote la fille dans l'oreille et j'acquiesce en souriant.

Elle se lève me prenant main et m'emmène à l'étage où il y a moins de monde et dont la lumière est tamisée.

On n'attend pas d'arriver à la table qu'on se plaque contre un mur et on commence à s'embrasser. Son corps se colle contre le mien, sa main descend déjà et défait ma ceinture. Ma main entre dans son Short sans enlever le bouton. Je la plaque complètement contre le mur, elle passe la main dans mes cheveux et là j'ai un flash de Shelby lors de notre baiser à Paris.

Je me recule en me tenant la tête sous le regard perplexe de la fille.

- Désolé je n'ai pas la tête à ça. Lancé-je en retirant mes lunettes.

- J'ai besoin de prendre l'air. Finis-je par dire alors que je me sens comme si j'étais ivre pendant un instant. Mon souffle est de plus en plus court, et je redescends l'escalier en titubant pour me coller contre le mur de la façade du bar.

C'est quoi ce délire ?! Pourquoi il a fallu que je songe à « ça » pendant ce moment ?!

Je sors mon paquet de cigarette et m'en allume les mains tremblantes, tout en relevant mon visage devant moi. Je me fige pendant une seconde, de l'autre côté de la rue ; une métisse aux cheveux bouclés blonds se promène.

Je déglutis, avant de prendre une bouffée de ma cigarette et je la regarde en pensant à Shelby. Je ne sais pas si c'est la vue de cette nana qui me fait penser à elle, mais je me sens d'un coup plus calme.

- Eh mec ! Ça ne va pas ? Me demande Jordan en me rejoignant.

- La fille a dit que tu n'étais pas bien.

- Je suis crevé. Répondé-je en essayant de rester cool.

- Je vais aller pioncer. Je n'ai pas dormi depuis hier. Lui expliqué-je pour ne pas le vexer.

- Putain fais chier ! J'avais préparé un bon plan avec les filles ! S'exclame-t-il exaspéré.

- On remet ça ! Lui assuré-je en partant déjà pour rejoindre ma caisse.

J'ai besoin de me calmer et de reprendre mes esprits. Enfin, je pense que j'ai surtout intérêt à trouver comment enlever Shelby de ma tête...

La falaise

Shelby

Je crois que je me suis trompée de rue pour la galerie où travaille Carolina. Cela fait dix minutes que je tourne dans le quartier et je suis totalement perdue.

Je reprends mon portable et tape à nouveau l'adresse. Je vois que je ne suis pas loin, mais je dois rebrousser chemin ou passer par la ruelle sur le côté ; ce que je décide de faire en ayant marre de marcher.

J'avance dans la ruelle et aperçois un groupe de garçons au bout de celle-ci qui rigolent en buvant. J'hésite dur le coup, mais je décide de passer en vitesse sur le côté pour éviter tout soucis.

Je passe effectivement sans attirer l'attention sur moi et je souffle soulagée, mais ce fut de courte durée quand l'un d'eux déboule devant moi.

- Mais c'est notre petite copine ?! Me lance-t-il sur un air hautain et amusé.

Je me fige sur place, reconnaissant le gars du parc.

- Waouh on est toute belle aujourd'hui ! Je ne t'avais pas reconnue avec tes cheveux blonds. Me Lance-t-il en tendant la main vers mes cheveux.

- Touche pas ! Craché-je en tapant sa main.

- Toujours aussi tigresse comme je vois. Ce n'est pas grave, on va bien s'amuser et puis tes copains ne sont pas là cette fois-ci. Me fait-il remarquer et je serre les dents.

J'aurais mieux fait de faire le tour pour finir...

Il fait signe aux mecs devant qui je suis passée à l'instant et je sens le traquenard se refermer sur moi. Je mets ma main dans mon sac pour débloquer mon portable pour pousser sur appel.

- Tu fous quoi avec ton sac ?! Me lance un des gars.

Le mec m'arrache mon sac et je ne sais pas du tout si j'ai réussi à appeler mais là, il faut que je me défende du mieux que je peux pour pouvoir sortir de cette ruelle. Je me mets en position de combat sachant que ça ne va pas être évident en talon. Mais si Mori ne s'est pas trompé et que j'ai effectivement évoluée ; je devrais au moins en mettre un ou deux au tapis.

J'envoie une droite au mec devant moi et un autre m'attrape par derrière. J'arrive à l'envoyer au sol en le faisant passer au-dessus de moi, mais un autre me plaque son poing dans la figure me faisant tituber. J'ai la tête qui résonne d'un coup, et je me plaque contre le mur pour pouvoir les empêcher de m'approcher.

- Bon, on a fini de jouer ! Me lance le mec du parc.

- Tu commences à gonfler beaucoup de monde tu sais ?! Me fait-il froidement.

Je ne comprends ce qu'il veut dire par là, mais je n'ai pas le temps de réfléchir que deux de ses amis m'attrapent par les bras. Je me débats comme je peux mais je sais que je n'ai aucune chance.

Shawn

Je monte dans la Mustang Shelby encore un peu sur le coup de ce qui vient de se passer, et j'ouvre la boîte à gants pour prendre mon portable. J'ai certainement des appels de maman et de Shelby.

Je passe ma main dans les cheveux tout en m'appuyant sur le haut du siège en cuir, réfléchissant si je dois l'écouter ou pas. Je cogite un moment les yeux fermés et je me décide à composer le numéro de la messagerie. Je n'entends rien ce qui est étrange et je repasse le message. En écoutant convenablement, j'entends un bruit sourd et plus rien.

- Putain c'est quoi ça ?! Fais-je confus.

Je repasse le message le son à fond et j'entends la voix d'un mec juste avant le bruit sourd.

- Bordel ! M'exclamé-je en composant le numéro de Shelby, le regard porté devant moi.

- Réponds ! Réponds Bordel ! M'énervé-je dans la Mustang Shelby.

Aucune réponse, mais je ne sais pas pourquoi, j'ai l'impression que cet appel est important. Une sorte d'intuition qui me pèse d'un coup et je décide de chercher la localisation du portable de Shelby. Je suis sur le coup surpris ; celle-ci se trouve à deux rues d'ici. Je démarre la Mustang Shelby pour foncer dans la direction que me montre le portable et m'arrête comme un fou à l'entrée de la ruelle.

La scène devant moi me fout une rage insensée et je prends mon flingue dans le vide poche. Je sors de la Mustang Shelby, le sang plus que bouillant dans mes veines.

- Lâchez-la bande d'enfoiré ! Claqué-je.

- C'est quoi le problème ?! Me lâche un des mecs avec un bonnet noir en s'approchant de moi.

- Ne me dites pas que le grand Shawn Black est devenu le défenseur des salopes dans son genre ?! Lance-t-il amusé.

- Qui est-ce que tu traites de salope ?! Claqué-je en avançant vers lui à mon tour. Je pense que de toute ma vie, ma colère n'a jamais été autant à son paroxysme. Je sens mes muscles se tendre comme toujours, mais je suis intérieurement en panique en la regardant.

Je marche d'un pas plus rapide, et je sors mon flingue pour lui mettre sur le front.

- Dis à tes mecs de la lâcher ou je j'explose ta face du con ! Craché-je en enlevant mes lunettes de soleil, pour qu'il voit que mon regard ne plaisante pas.

- C'est bon ! C'est bon ! Fait-il comprenant que je suis plus qu'à cran.

- Lâchez-la les mecs ! Ordonne-t-il à ses hommes.

- Dégage et que je ne vois plus ta sale gueule dans le quartier ! Claqué-je froidement, épelant presque mes mots. Les yeux de cet enfoiré sont en panique, sachant que c'est une chance en or que je lui donne et ils partent sans demander leur reste.

Je m'approche de Shelby qui est restée prostrée contre le mur dans cette ruelle. Elle me regarde effrayée, tout son corps tremble mais aucune larme ne coule de ses magnifiques yeux bleus. Mon cœur souffre de la voir ainsi, ce regard que je connaissais pour l'avoir causé moi-même et que je ne voulais plus voir me torture.

- Shelby. Fais-je en l'approchant doucement.

Mon souffle est limite à la limite du supportable, alors que je ne suis plus qu'à quelques pas d'elle. Son regard se pose sur mon flingue que j'ai toujours en main, me faisant comprendre qu'elle est effrayée par moi maintenant.

- Je ne te ferai rien. Murmuré-je en posant le flingue par terre, essayant ainsi de la rassurer.

J'hésite un instant, la frayeur dans ses yeux ne désemplit pas, mais je veux être certain qu'elle n'a rien.

Elle ne quitte pas mon regard une seconde pendant que je continue de m'approcher d'elle, et je pose ma main sur son bras tout doucement.

Elle continue à scruter mon regard où je lis toujours de la peur, mais je ne sais pas ce qu'elle y voit parce qu'elle s'effondre contre ma poitrine d'un coup.

- Merci. Murmure-t-elle enfin dans un souffle.

Je déglutis et je pose mes bras autour d'elle pour la serrer contre moi. Elle ne pleure pas mais reste cachée contre mon torse, tremblante comme une feuille à cet instant. Ses nerfs sont seulement en train de réagir à ce qui vient de se passer et ma poitrine se tord, en la serrant un peu plus fort. Si jamais je n'avais pas regardé mon portable... Mon dieu, que ce serait-il passé ?! L'idée de l'horreur qu'elle aurait pu vivre me fait me crisper pendant un instant mais son odeur pamplemousse me calme aussitôt.

Nous restons là un moment, enlacés avant de nous rendre dans la Mustang Shelby qui est toujours à l'entrée de la ruelle.

Shelby

Je ne sais pas comment Shawn a fait pour me trouver, mais même s'il m'a fait peur à son arrivée, je suis soulagée qu'il soit là. Je n'avais pas vu ses yeux vert intense et flamboyant de froideur depuis un moment. Mais à cet instant, ils étaient plus que meurtrier et le fait qu'il ait ce flingue m'a terrorisée, même si je sais que celui-ci ne m'était pas destinée.

Mais ce regard vert flamboyant de froideur est devenu celui d'émeraude qui semblait inquiet quand il m'a approché, et j'ai su à cet instant que tout irait bien.

- Voilà ton sac. Tu veux que je te ramène ? Me demande-t-il en entrant dans la Mustang.

Je me mords la lèvre, le visage caché par mes cheveux fraichement décolorés.

- Je peux rester un peu avec toi ? Lui demandé-je comme un murmure.

Je ne veux pas rentrer à la villa maintenant, ils vont encore s'inquiéter si je rentre tant que je ne suis pas calmée. Donovan ne me lâchera pas, et quand il saura ce qui s'est passé ; il va devenir fou d'inquiétude à l'idée de me laisser seule.

Shawn ne dit pas un mot, et il acquiesce avant de démarrer la Mustang Shelby. Nous roulons un long moment, où j'essaie de reprendre mon calme. Mon regard ne se pose pas une fois vers lui, jusqu'à ce qu'on entre dans de la végétation. Merde il m'emmène où là ?!

- Tracasse. Je veux juste te montrer un super endroit. Fait-il comme s'il avait lu dans mes pensées.

Il roule un petit moment et prend sur un petit chemin d'où je vois la mer de loin. Il arrête la Mustang Shelby à quelques mètres du bord de la falaise, et se tourne vers moi.

- Alors ?! Me demande-t-il avec un sourire en coin.

- Waouh, c'est magnifique ! M'exclamé-je en sortant de la Mustang Shelby.

Je me mets devant la Mustang Shelby pendant qu'il sort de son côté.

- La vue est superbe ! M'émerveillé-je en avançant pour voir de plus près.

- Attention ! Crie-t-il en m'attrapant par la taille.

- C'est dangereux. Murmure-t-il dans mon oreille.

Mon cœur s'est arrêté à son geste, mais celui-ci est en train de s'enflammer à cet instant et je pose ma main sur son bras pour qu'il reste ainsi. Je baisse mon regard sur cet avant-bras musclé, et je commence à faire le contour de ses tatouages.

- Tu me chatouilles Me fait-t-il d'une voix tendre et je regarde vers la mer.

- Tu dois avoir l'habitude qu'on te le fasse non ? Rétorqué-je pensive.

Il me retourne face à lui d'un seul mouvement me faisant tressaillir. Son visage est à quelques centimètres du mien et ses yeux émeraudes sont intenses, mais tellement sérieux que je plisse mes yeux cherchant à savoir à quoi il pense.

- Personne ne me fait autant d'effets que toi quand tu le fais. Me lâche-t-il et j'entrouvre les lèvres, étonnée de ce qu'il me dit.

Oh merde, je ne m'attendais pas à ce qu'il le prenne si sérieusement, même si cela me fait vraiment plaisir de l'entendre. Je me mords la lèvre ne sachant plus quoi lui répondre. Je suis totalement envoutée par l'abysse de ses yeux émeraudes à cet instant, et les battements de mon coeur s'accélèrent encore plus que quand il m'a attrapé par la taille.

Merde, je suis vraiment éprise de lui...

Épris l'un de l'autre

Shawn

Cette fille ne sait vraiment pas quel effet elle a sur moi. Même si je voulais lui mentir, je ne saurais pas. Elle a une sorte d'emprise sur moi depuis notre première rencontre, et plus je la vois et plus je ressens cette envie d'être une bonne personne à ses côtés. Elle sourit en se mordant doucement la lèvre et je lui rends son sourire tout en lui touchant une mèche de ses cheveux.

- Blond c'est joli. Fais-je en glissant une boucle autour de mon doigt.

- Merci. Ma mère avait la même coiffure. J'ai toujours voulu le faire. Une sorte d'hommage. M'informe-t-elle avec un soupçon de tristesse dans sa voix qui me donne une folle envie de l'embrasser.

Je déglutis nerveusement, me focalisant dans son regard, alors que tout ce que je veux à cet instant c'est sentir la douceur et la chaleur de ses lèvres.

- Mon portable ! S'exclame-t-elle en allant dans son la poche de son jeans alors que celle-ci sonne.

- Allô Carolina ?

Je sors mon paquet de cigarettes pour me calmer et je recule en passant la main dans mes cheveux. Putain ; j'ai cru pendant une seconde que c'était Donovan. Je marche en tirant une grande bouffée de ma cigarette pour rejoindre le capot de la Mustang Shelby, et je m'appuis contre, la regardant parler au téléphone.

Cette fille est vraiment unique. Elle me fait sentir tellement de choses que je n'aurais jamais cru possible pour moi. Je la regarde attentivement. Je suis certain que si je me laisse aller un peu, je pourrais la conquérir. Mais je passe ma langue sur mes lèvres, me rappelant de son regard tout à l'heure.

Comment vais-je faire pour pouvoir la garder auprès de moi alors qu'elle craint mon monde ?

J'ai vu la terreur dans ses yeux quand je tenais le flingue et pourtant, je n'ai vraiment aucune intention de la laisser partir. J'ai fourni des efforts depuis des semaines pour lui montrer que je ne suis pas qu'un de ces Bad Boys de lycée qu'elle appréhende, et je sais qu'elle le remarque. Mais je ne peux pas nier qui je suis non plus, et si elle ne l'acceptait jamais.

- Tu as l'air dans la lune. Me fait-elle remarquer en revenant vers moi.

Ses yeux bleus magnifiques se fondent dans les miens alors qu'elle avance vraiment sur moi. Arrivée à quelques centimètres, elle lève la main vers mon visage et touche du bout de la paume de ses doigts, ma mèche de cheveux décoiffée.

- Ils sont toujours aussi soyeux. Murmure-t-elle.

C'est de trop pour moi, je sais que je ne peux plus tenir. Je l'attrape par la taille dans un geste ferme et je pose mes lèvres sur ses lèvres pulpeuses. Sa main se déplace doucement vers ma nuque et je pénètre sa bouche à la recherche de sa langue.

Oui, c'est cela que je veux depuis cette nuit à Paris ; je veux cette douceur et cette chaleur.

Nos corps s'enflamment en un instant, je peux sentir le désir la faire frissonner comme moi, et je resserre ma main autour de sa taille encore plus. Notre respiration est saccadée à chaque courte respiration que nous reprenons entre nos baisers.

Je l'attrape d'un geste brusque à califourchon contre moi et la dépose sur le capot de la Mustang Shelby doucement ; et notre baiser devient de plus en plus enflammé. Je quitte ses reins pour passer sous sa blouse et sentir la douceur de sa peau chaude. Un petit gémissement s'enfouit de sa bouche, et je la serre encore plus contre moi.

Je suis totalement en feu à cet instant et je peux sentir qu'elle aussi, à chaque pression de mon bassin contre elle. Sa main se balade dans mon dos me faisant des décharges électriques à chaque passage de la paume de ses doigts.

J'en veux plus !

Je quitte sa bouche pour son cou et commence à passer ma langue jusqu'à son oreille. Elle gémit de plus belle et je reviens vers son visage en posant des baisers, sur celui-ci avant de revenir à ses lèvres. Mon corps entier est en ébullition et je ne parle pas de mon membre qui est plus qu'à l'étroit à l'instant. Ses magnifiques yeux bleus s'entrouvrent un instant, ceux-ci sont tellement remplis de désir quand je quitte ses lèvres pour reprendre notre souffle.

Putain, je vais finir par la désirer plus qu'il ne faut. Je dois me calmer et reprendre mon calme avant de franchir cette limite entre nous qui pourrait la faire fuir.

- On ferait mieux de se calmer. Murmuré-je en mettant ma tête dans son cou, en soupirant.

Elle ne me répond pas et pose à son tour sa tête contre mon épaule. Nous reprenons notre respiration pour calmer nos cœurs, et je hume l'odeur du shampoing de ses cheveux qui n'est pas celui de d'habitude.

- Tu dois avoir l'habitude ? Me dit-elle d'une voix encore un peu Black tante.

Je tousse. C'est quoi ça ?!

- Ben oui. Continue-t-elle.

- C'est un bel endroit pour amener tes conquêtes.

Je relève la tête à la recherche de son regard, et elle se mord les lèvres, gênée de ce qu'elle vient de dire.

- Tu es la seule que j'ai amenée ici ! Fais-je froidement en la toisant du regard.

Elle me sourit pas du tout convaincue, mais elle m'embrasse à nouveau. Ça y est, je ressens à nouveau ce courant électrique me parcourir et je reperds toute mes motivations de me tenir. Je la presse à nouveau contre moi mais elle se décolle de moi d'un coup, et je la regarde surprise. J'ai fait une bêtise ?

- Ton portable sonne. Me fait-elle remarquer et je me décale un peu d'elle pour le prendre dans ma poche avant droite. C'est ma mère et je lance un regard confus à Shelby.

- Vas-y, réponds. Me sourit-elle en enlevant ses mains de mon corps.

Je recule doucement et me retourne en passant ma main dans les cheveux pour répondre au portable.

- Man qu'est-ce qu'il y a ?

- « Shawn rentre s'il te plaît » Me demande-t-elle et je soupire, comprenant qu'elle a encore bu.

- Man, je suis occupé. Lui rétorqué-je en essayant de garder mon calme.

- « Je ne veux pas rester seule ce soir » Pleure-t-elle maintenant et je me retourne vers Shelby.

Celle-ci me regarde, scrutant mon regard elle me murmure « Vas-y ». Je passe ma langue sur mes lèvres, où le gout des siennes s'y trouvent toujours.

- Ok, je suis là bientôt. Lancé-je en un souffle et je raccroche vaincu.

Shelby

- Désolé. Me dit-il en m'aidant à descendre du capot de la Mustang Shelby.

- Pas de soucis, tracasse. Moi aussi je dois rentrer. Lui répondé-je en sachant que c'est la meilleure chose à faire.

Il me regarde un peu dépité, je lui touche la joue doucement avant de poser un baiser furtif sur ses lèvres.

- Go ! Lancé-je en retournant vers ma portière.

Il était temps que sa mère nous interrompe ; je n'aurais pas su le repousser s'il avait été plus loin. Il ne se rend pas compte que je n'ai pas autant d'expériences que lui pour ce genre de choses. En réalité, je n'en ai même aucune.

- Je te dépose au loft ? Me demande-t-il en reprenant la route.

- Non nous avons déménagé. L'informé-je, étonnée qu'il ne soit pas au courant.

Je lui donne l'adresse de la villa en lui précisant de ne pas s'arrêter devant pour que je n'ai pas droit à une tonne de questions. J'ai senti ses doigts qui sont enlacés dans les miens, se crisper un peu ; je sais qu'il a pensé à Donovan à cet instant.

- Voilà mon cœur. Me lance-t-il en se garant un peu avant l'allée de la villa.

J'attrape mon sac et la portière en même temps pour sortir de la voiture.

- T'es sérieuse là ?! S'exclame-t-il de façon outrée.

Je me retourne perdue de ce ton, son regard émeraude est intense mais me lance plein de déception. Il passe la langue sur ses lèvres et sa main dans ses cheveux.

- Putain, tu es terrible quand même. Ronchonne-t-il.

Je le regarde encore plus perdue, et je réfléchis une minute avant de faire enfin tilt. Je me penche vers lui et l'embrasse doucement sur la joue. Il passe sa main délicatement sur celle-ci m'attirant plus contre lui et m'embrasse à pleine bouche. Mon dieu, je sens cette chaleur monter à nouveau en moi, et je me devrais de le repousser. Mais je n'en fais rien… Shawn quitte mes lèvres, les embrassant une dernière fois doucement.

- Bonne nuit. Murmure-t-il ses yeux émeraudes plongés dans les miens. Je frémis à ce regard, et je souris avant de sortir de la voiture, pour prendre une bonne inspiration. Mon dieu, je suis certaine que je suis rouge comme une tomate, tellement j'ai chaud.

Arrivée dans l'allée de la villa, je vois la Mustang Shelby passer devant à tout allure et je souris en allant jusqu'à la villa. Espérons que je n'ai pas rêvé ces moments avec lui, comme celui de Paris…

Shawn

Je rentre à la villa à toute allure comme toujours, mon esprit est toujours sur cette falaise où son corps était contre le mien et que sa douceur s'imprégnait en moi. Mon dieu, j'ai limite souri tout le temps comme un idiot sur le trajet.

Je monte à l'étage où mère s'est encore endormie sur mon lit avec mon album photo. Je lui remets la couverture avant de sortir de la chambre, rageant que si c'était pour ça, j'aurais pu rester un peu plus longtemps avec Shelby.

Je descends dans le salon et m'installe dans le fauteuil réfléchissant à ce qui s'est passé aujourd'hui. J'ai encore la chaleur de ses lèvres et de son corps sur moi. Mais étrangement, je ne savais pas qu'on puisse avoir autant de désir rien qu'en embrassant. Je passe ma langue sur mes lèvres, faisant remonter mon appétit que j'ai eu pour elle sur la falaise.

Je prends mon portable pour lui envoyer un texto, tout en pressant mon membre et lui dire qu'il a intérêt à se calmer ; pas question de me branler maintenant.

Shawn : « Bien rentrée ? »

La question stupide, mais je ne savais pas quoi lui envoyer. Ce n'est pas comme si j'envoyais ce genre de messages tous les jours.

Shelby :« Oui et toi ? Ta mère va bien ? »

Shawn : « Oui elle dort. »

Plus de réponses. Je me lève prends une cigarette et vais me poser sur la terrasse. Je joue avec mon portable ; sérieusement, elle va vraiment me laisser en plan comme ça ?!

Je sursaute quand mon portable sonne et que son nom s'affiche.

- Petit cœur je te manque déjà ? Demandé-je de façon que j'essaye d'être indifférente mais soulagé.

- « On peut dire ça. » Me répond-elle.

- « J'ai du mal à m'endormir. »

Je passe ma langue sur mes lèvres, avant de faire un de ses sourires amusé.

- Tu veux que je vienne te border ? Lui demandé-je sur le ton de mon sourire qui est sur mes lèvres.

Elle reste une seconde sans parler, et je fais craquer mon cou me rendant compte que j'ai peut-être été trop loin là.

- « Je suis sûre que Mori serait heureux de te voir ici. » Me répond-elle et je jurerais qu'elle jubile d'imaginer la situation.

Effectivement, mais je pense surtout que Donovan deviendrait fou si je débarquais. Quoi que ça serait marrant…

- « Tu fais quoi demain ? » Me demande-t-elle alors que là j'imagine la tête de ce blondinet se décomposer devant moi.

- Demain, rien de spécial. Pourquoi petit cœur veut me voir ?

Encore le silence, et je me redresse de la balustrade.

- Ah mais si tu ne veux pas me voir pas de soucis ! Lâché-je pour la faire réagir.

- « Mais non du tout. » Me rétorque-t-elle et je souris.

- « J'ai déjà eu du mal à te laisser partir tout à l'heure. » Avoue-t-elle et j'imagine la façon dont elle vient de se mordre la lèvre.

- Alors on se voit demain ? Demandé-je vu qu'elle ne parle plus à nouveau.

- « D'accord. Envoie-moi l'heure et l'adresse je viendrai. » Me répond-elle.

- Ok, je vais te laisser aller rêver de moi alors. Ricané-je.

- « Ah ! Ah ! Très drôle. » Lance-t-elle et je ris de plus belle en comprenant qu'elle va effectivement le faire.

- Bonne nuit ti cœur. Murmuré-je en reprenant mon sérieux.

- Bonne nuit. Me répond-elle simplement…

Premier rendez-vous

Madeleine

Je me suis encore endormie sur son lit hier soir ; et le pire c'est que je l'ai fait rentrer à la maison, cette fois-ci, il doit vraiment m'en vouloir. Je me lève avec un mal de tête de son lit, mais je descends les escaliers en me tenant la tête, essayant de ne pas tomber. Ça sent bon dans toute la villa, et en franchissant la pièce de séjour, je remarque que le déjeuner est sur la table de la terrasse.

- Bonjour Man. Me lance Shawn en sortant de la cuisine, le sourire aux lèvres.

- Bonjour mon fils, tu as l'air de bonne humeur ? Lui fais-je en m'asseyant à table, humant la bonne odeur de la matinée.

Il sourit, mais pas un de ses sourires forcés comme il le fait depuis ses sept ans, mais un sourire franc et sincère plein de charme. Mon fils me montre une facette de lui que je n'avais pas vu depuis tant d'années, et cela m'émeut le cœur.

- Man, pourquoi tu pleures ? Me demande-t-il et je mets mes mains à mes yeux, étonnée de voir qu'il remarque mes larmes.

- Non rien, ne t'inquiète pas. Ce déjeuner a l'air excellent. M'extasié-je en changeant de conversation.

- J'espère. J'y ai mis tout mon cœur. S'exclame-t-il en se frottant les mains.

- Je pars pour la journée. Christian a dit qu'il viendrait te chercher pour dîner. M'informe-t-il et je le regarde surprise.

Depuis quand il s'occupe de mon emploi du temps ?

- Je vais aller prendre une douche. Prends ton temps pour déjeuner.

Alors là, je ne me fais pas à ce changement d'attitude ! Quelle mouche l'a bien piqué ?!

Emi

Shelby est dans la salle de bain quand son portable sonne, et je jette un coup d'œil sur l'écran où je suis surprise de voir s'écrire : « Shawn ».

Tiens donc cachottière !

Je me remets assise sur son lit en souriant, tandis qu'elle sort de la salle de bain.

- Alors Shawn. Lâché-je en souriant avec un air espiègle sur le visage.

- Tais-toi ! S'exclame Shelby en me sautant dessus la main sur ma bouche.

Je ris de plus belle de la voir si paniquée.

- S'il te plaît ne dis rien à personne. Je voudrais d'abord le dire à Donovan avant de leur en parler. Me supplie-t-elle.

Bien sûr Donovan. Il va faire une crise cardiaque ça c'est certain !

- Quoi de prévu au programme ? Demandé-je alors qu'elle regarde son message.

- Il passe me prendre à une rue d'ici et me dit de prendre un maillot. M'informe-t-elle.

- Sinon vous pouvez vous baigner nu ! Rigolé-je.

Shelby me lance son coussin à la figure et se cache sous sa couette en un mouvement vif.

- Attends ne me dis pas que vous l'avez déjà fait ?! Je sais que Shawn est un adepte mais toi ?! M'exclamé-je interloquée.

Elle retire la couette de son visage doucement et se mord la lèvre.

- Attends tu rigoles ?! M'exclamé-je ahurie.

- Chut ! Mais non... Tu sais bien que c'est le premier mec avec qui je sors. Me fait-elle avec ses grands yeux inquisiteurs comme si je ne le savais pas.

- Effectivement et tu as choisi le Bad Boy de l'école avec une réputation bien certaine. Affirmé-je amusée.

Shelby baisse la tête et remet la couette sur la tête une nouvelle fois.

- Tu devrais peut-être en parler avec lui si tu n'es pas prête ? Lui conseillé-je.

- Il va me larguer à coup sûr... Murmure-t-elle.

- Tu es sure ? Moi je pense qu'il a bien tourné autour de toi un bon moment avant de te sauter dessus ?! Lui lancé-je en sachant que ça sautait tellement aux yeux qu'elle est la seule à ne pas l'avoir remarqué. Elle ne me répond pas ce qui prouve qu'elle est vraiment persuadée qu'elle va se faire larguer si elle ne le fait pas.

- Tu ne vas quand même pas te forcer ? Lui demandé-je interloquée à nouveau.

Elle enlève la couette d'un coup, choquée de ma réponse.

- Tu es folle ?! Jamais de la vie ! S'exclame-t-elle ahurie.

- Je vais juste éviter d'aller trop loin avec lui pour l'instant. Fait-elle en se mordant la lèvre.

Shelby a l'air clair dans sa décision, donc je n'insiste pas mais je lui dis clairement que je veux choisir sa tenue et son maillot pour ce rendez-vous, sinon j'appelle Carolina pour la convaincre. Étrangement, ma menace a l'air de la convaincre.

Shawn

Je suis arrivé en avance au rendez-vous et j'ai le cœur qui palpite, tellement j'ai hâte de la voir. La voilà qui arrive alors que j'allume à peine ma cigarette, après avoir coupé le contact. Elle est encore plus magnifique qu'hier, Shelby porte un jeans blanc moulant avec un petit top bleu, ses cheveux ondulés blonds lui donnent un teint encore plus rayonnant, ce qui me fait sourire. Je sors de la voiture pour aller lui ouvrir la portière.

- Désolée je suis en retard. S'excuse-t-elle en se mordant la lèvre.

- Non pas de soucis j'étais en avance. Fais-je en l'embrassant avant qu'elle ne monte dans la Mustang.

Ce fut un baiser furtif comparé à hier, et j'esquisse un sourire.

- Où on va ? Me demande-t-elle en montant dans la Mustang.

- Santa Monica Beach. Répondé-je en démarrant.

- Sérieux ?! S'exclame-telle.

- Je n'y suis plus allée depuis la mort de mes parents.

Merde, j'ai gaffé là !

- Ne t'inquiète pas. Continue-t-elle en posant sa main une seconde sur la mienne.

- C'est une très bonne idée.

Je la regarde perplexe, mais elle a l'air heureuse effectivement et je continue donc ma route.

Arrivés à Santa Monica, nous faisons un tour sur le marché, mais je commence à me demander si elle va bien. Non pas sur le fait qu'on soit ici, mais entre elle et moi. C'est à peine si j'arrive à lui tenir la main plus de cinq minutes et quand je veux mettre mon bras autour de ses épaules, elle accourt vers un stand comme elle le fait maintenant d'ailleurs.

- Regarde ces bracelets sont magnifiques ?! S'exclame-t-elle en me montrant des petits bracelets.

Je me mets dans son dos pour regarder. Effectivement, ils sont magnifiques mais ce qui est encore plus magnifique ce sont ses cheveux et son odeur de pamplemousse qu'elle dégage. Je pose ma tête dans son cou pour regarder les bracelets qu'elle observe, et là je la sens tressaillir, puis elle se déplace en essayant de mettre de la distance entre nous.

Là y a un problème, ou je deviens fou ?! Je passe la main dans mes cheveux, ne comprenant pas vraiment pas ce qui se passe au juste avec elle aujourd'hui. Je me suis lavé, je pense que mon parfum sent bon, et je semble assez de bonne humeur. Pourtant, j'ai cette impression qu'elle veut mettre de la distance entre nous, et cela commence à me travailler plus que de profiter de notre sortie.

Je suis très heureuse de passer la journée avec lui, il est vraiment adorable, mais si je ne veux pas lui donner l'espoir de coucher avec lui, donc je dois essayer de ne pas trop être collée à lui.

Il vient de se remettre derrière moi et passe sa main sur mon côté pour regarder les bracelets, et je me crispe directement.

- C'est quoi ton signe astrologique ? Lui demandé-je pour me concentrer sur autre chose.

- Poisson et toi ? Me fait-il alors que je sens sa main me serrer plus fort contre lui.

Poisson... Mais attends son anniversaire est déjà passé ?!

- Shelby ? Me hèle-t-il alors que je réfléchis.

- Euh oui ! Moi lion. Lui répondé-je.

- Ça ne m'étonne pas tiens, vu ta crinière de vraie lionne. Lâche-t-il en passant la main dans mes cheveux.

Je frissonne à ce contact, mais je suis surtout déçue, je n'ai pas eu l'occasion de lui souhaiter son anniversaire alors que l'an prochain nous serons certainement séparés...

- Il y a un souci ? Me demande-t-il alors que je gamberge dans mes pensées.

- Je n'ai même pas su te souhaiter un bon anniversaire... Avoué-je déçue.

Il pose ses lèvres doucement dans mon cou, et j'en frissonne alors qu'il me murmure à l'oreille.

- Tu l'as fait. Tu m'as même offert un cadeau. Me murmure-t-il doucement.

- Hein ?! M'exclamé-je surprise.

Mais alors que je me tourne vers lui, il me laisse pour se rendre près du vendeur avec deux bracelets en perle ; un noir et un blanc avant de revenir vers moi.

Il prend doucement mon poignet et me met le blanc avec une perle noire alors qu'il enfile le noir avec une perle blanche.

Je joue souriante avec le bracelet, s'il savait comme je suis heureuse de ce geste. Ce n'est pas grand-chose, mais le geste me fait fondre totalement. Je m'avance vers lui et l'embrasse tendrement, pas un vrai baiser juste nos lèvres collées l'une contre l'autre, mais il n'a pas l'air de demander plus non plus.

- Tu veux manger quoi avant d'aller à la plage ? Me demande-t-il en regardant autour de nous.

La plage, j'ai presque failli oublier. Mon dieu faites qu'il y ait du monde !

Jordan

Je n'ai pas revu Shawn depuis qu'il est parti du bar hier après nous avoir plantés. J'ai eu Noa au téléphone et lui non plus ne l'a pas vu, ni a été en contact avec celui-ci. Je tourne jusque devant la villa de sa mère, et je remarque que sa moto est là mais que la Mustang n'y est pas ; ce qui signifie qu'il est en vadrouille.

Je décide d'aller rejoindre des potes dans un bar du coup n'ayant rien d'autre à faire du coup. Plusieurs mecs de différentes bandes s'y trouvent, donc quelques-uns des Scorpions.

- V'là le toutou de Black ! S'exclame un mec au bonnet, totalement bourré.

- Tu as un problème connard ?! Claqué-je en venant le trouver non sans une once de peur.

Je le pousse pour nous diriger dans les toilettes pour lui dire deux mots, et je l'y laisse tomber une fois arrivé, ainsi que la porte fermée.

- C'est quoi ton problème ?! Tu veux que je te bute ?! Claqué-je alors qu'il est assis par terre. Il porte sa main sur son bonnet et se met à rire nerveusement.

- Deux menaces de mort en vingt-quatre heures. C'est bien ce que je dis t'es son toutou ! Rigole-t-il sans une once de peur dans la voix.

- Putain, de quoi tu parles ?! M'énervé-je en le prenant par le col de son sweat.

Il reprend son sérieux, avant de me dévisager.

- Je fais partie du groupe que tu as engagé pour t'occuper de la fille du parc. Commence-t-il.

Je le lâche directement, le laissant retomber au sol et je recule en prenant une cigarette dans mon paquet.

- Hier, on est tombé sur la métisse dans une ruelle. Explique-t-il et j'acquiesce, espérant entendre quelque chose d'intéressant.

- Mais Shawn est arrivé de je ne sais où...

- T'as dit quoi là ?! Le coupé-je en le reprenant par le col, ma cigarette tenue par mes lèvres nerveusement.

- Il... Il m'a menacé avec son flingue... Il était dans une rage folle... Bégaye-t-il maintenant apeuré.

- Putain ! M'énervé-je en le balançant contre le mur de rage et je sors des toilettes.

Shawn, bordel à quoi tu joues ?!

Alors je ne m'étais pas trompé, elle t'a vraiment retourné le cerveau mec !

Une réputation qui fait mal

Shelby

Shawn se gare sur le sable, en un coup d'œil rapide, je remarque qu'il n'y a quasiment personne sur celle-ci, ce qui me fait m'angoisser encore plus.

Je le suis d'un pas non certain et nous installons les essuies sur la plage, et Shawn qui a pensé à emmener un grand parasol le place. Effectivement il n'y a pas beaucoup d'ombre ici sauf peut-être près des rochers.

Je suis sérieusement entrain de paniquer, Emi m'a choisi un bikini et non un maillot alors que je venais de lui expliquer que je devais éviter d'attiser ses envies et les miennes aussi j'avoue. Je suis certaine qu'elle doit jubiler en ce moment.

Shawn enlève son T-Shirt à quelques pas de moi et j'entrouvre la bouche bée sous la vue de son torse. Mon dieu j'hallucine ! Ce n'est pas possible !

Il a un corps super musclé caché de tatouages qui couvrent la totalité de celui-ci. Il faut dire que depuis le début de l'année, il a vachement pris en masse musculaire. Il avait plutôt la corpulence de Donovan dans mes souvenirs, mais là il ferait presque de l'ombre à Byron. Je déglutis en fermant la bouche, totalement hypnotisée par ce tatouage de femme étrange sur son torse.

- Tu ne te changerais pas au lieu de me mater ?! Me lâche-t-il d'un air autoritaire tout en souriant.

Je me mords la lèvre si fort que je me fais mal, Shawn se marre littéralement devant tout en venant me rejoindre.

- Fais voir.

Mon dieu, je sens directement une décharge là où il pose la paume de son doigt si chaud. Je ferme les yeux pour ne pas montrer mon émoi de ce simple geste, et il dépose tendrement ses lèvres sur les miennes. Je sens chaque membre de mon corps électrisé par ce simple baiser.

- Allez dépêche ! M'ordonne-t-il en me quittant et j'ouvre les yeux.

- Je vais déjà dans l'eau. Me fait-il en me tournant le dos pour partir vers la mer, me laissant juste la vue sur la tête de mort qui se trouve dans son dos.

Je suis complètement sous son charme une fois de plus, et je cache mon visage de gêne. Il va me faire mourir s'il continue d'être aussi charmant.

Shawn

Il vaut mieux que je sois dans l'eau avant de la voir en maillot, afin de calmer mes ardeurs qui montent en moi depuis que nous sommes arrivés. Rien que ce petit baiser me met déjà dans tous mes états, mais je dois me calmer puisqu'elle semble angoissée. J'ai remarqué que depuis ce matin, elle évite le plus possible de rentrer en contact avec moi et je commence à comprendre pourquoi.

J'avoue que ma réputation ne m'aide vraiment pas, mais je ne lui ferai rien qu'elle ne veuille pas faire. Il faut qu'elle comprenne qu'elle n'est pas une de ses salopes que je me suis fait jusqu'ici.

Je plonge la tête dans l'eau et quand je me relève je l'aperçois au bord de l'eau et mon cœur est au bord de l'explosion. Je retire ce que je viens de dire, je vais vraiment devoir rester loin d'elle si je ne veux pas la manger.

Elle porte à mon étonnement, un magnifique bikini bleu rien de vulgaire, mais avec une touche de provocation sur ses hanches qui sont découvertes par des élastiques, cachant juste ce qu'il faut pour être super sexy.

Heureusement pour moi, elle est assez loin pour voir que tout mon corps a réagi à cette vue.

Je la laisse entrer dans l'eau et venir me rejoindre à son rythme, pour ne pas la faire fuir. Il faut dire que mon membre a réagi beaucoup plus vite que je ne le pensais et je n'ose pas imaginer son regard quand elle le découvrira. Heureusement pour moi, je suis en short donc ça ne devrait pas se voir, tant que je reste à bonne distance.

Elle n'est plus qu'à un mètre de moi mais je peux voir d'ici qu'elle est gênée vu sa façon de se mordre la lèvre Mon dieu, elle est trop mignonne ! Je plonge la tête dans l'eau pour essayer de me calmer et quand je remonte, elle se tient juste là devant moi. Son regard bleu est timide à cet instant, ainsi que sa façon de se tenir le bras, mais pour moi c'est la plus belle chose qui soit à cet instant.

Elle tend la main vers moi et remet ma mèche de cheveux en place de l'autre, sans vraiment me regarder dans les yeux. Ce contact me rend déjà fou d'envie de désir.

Shelby

Je n'ose pas le regarder dans les yeux tellement je suis gênée devant son corps qui m'attire plus que furieusement. Je ne sais pas ce qui se passe au juste avec moi, mais tout mon corps a envie de se blottir contre lui. Mais je dois garder la tête froide, je dois continuer à mettre de la distance entre nous pour ne pas attiser son désir. Pourtant, la vue de ses cheveux mouillés qui pendent devant ses yeux me font céder petit à petit.

Son regard émeraude intense est certainement posé sur moi, j'en suis plus que certaine même si je ne le regarde pas ouvertement.

Alors qu'une de mes mains jouent avec ses cheveux, mon autre main est attirée par son tatouage sur le torse. Celui-ci prend tout l'avant de celui-ci et je commence à faire les contours du tatouage en oubliant complètement mes résolutions.

- Ne t'ai-je pas dit que tu me chatouillais quand tu faisais ça ? Me murmure-t-il d'une voix étrange.

Je relève mon regard, il n'est qu'à quelques centimètres de moi et je frissonne au contact de nos regards. Ses yeux intenses sont remplis de douceur et de désir qui me remplissent d'une chaleur insupportable. Je retire ma main immédiatement mais il me l'attrape et la plaque contre son torse au niveau son coeur. Celui-ci bat la chamade, tout comme le mien en ce moment et il pose ses lèvres sur les miens. Ses yeux émeraudes scrutent ma réaction et je me contente de fermer les yeux pour que nous nous embrassons sans se toucher plus. Nos langues cherchant la chaleur de l'autre, mon corps frémit à chaque échange entre nos langues. Je ressens un tas de sensations dans mon corps que je ne sais plus comment les décrire. Certaines parleront de papillons dans le bas du ventre ; moi je parlerais de dragon dans mon cas.

Ce baiser est sensuel, doux et enflammé au fur et à mesure.

- Tu n'imagines pas ce que je ressens en ce moment. Me murmure-t-il les yeux remplis d'une lueur que j'apparenterais à du désir quand nous reprenons enfin notre souffle.

Je me fige. Attends ne me dis pas que…

Il se met à rire, un rire charmant et gêné aussi avant de plonger à nouveau dans l'eau.

Shawn

Je vais vraiment avoir du mal à résister à son charme et son corps si tentant qui m'envoie tellement de chaleur. Je n'ai même pas osé poser mes mains sur celui-ci quand nous nous sommes embrassés, sachant que je ne saurai jamais la lâcher. Elle barbote un peu plus loin près de la plage maintenant et je reviens vers elle. Shelby se fige en me voyant arriver pendant un instant, mais ses yeux bleus me sourient donc je continue mon chemin.

- J'ai cru que tu n'allais pas revenir. Fait-elle alors que je passe à côté d'elle.

Elle me suit sur la plage et s'installe sur l'essuie enlevant le sable qu'elle a sur ses pieds mouillés. J'hésite un moment, en prenant une cigarette. Est-ce que je m'assois ou je reste debout ? Putain, depuis quand je ne sais pas quoi faire moi ?!

- Tu devrais mettre de la crème si tu ne veux pas cramer. Me lance-t-elle, jouant avec ses doigts.

J'avale ma fumée de travers. Elle le fait exprès ? Ce n'est pas possible ! Réalisant ce qu'elle vient de dire, elle se mord la lèvre avant de cacher son visage, alors que je reprends mon souffle d'avoir toussé.

- Désolée, ça ne va pas le faire... Murmure-t-elle.

Surpris, je m'accroupis devant elle en la regardant se cacher plus. Ses cheveux ondulés mouillés tombent sur son visage et je les remonte doucement du bout des doigts, cherchant son visage.

- Shelby, je crois qu'il est temps que tu m'expliques clairement ce qui se passe ? Murmuré-je d'une voix que je veux tranquille.

- Je vois bien que tu évites depuis ce matin d'être trop près de moi.

Je sais très bien ce qu'elle va me dire, je ne suis pas idiot, mais je veux l'entendre de sa bouche.

- Je m'excuse. Je veux vraiment être avec toi mais j'ai peur aussi... Pleurniche-t-elle d'un coup et je retire ma main de ses cheveux.

Je passe la main dans mes cheveux me rendant compte qu'elle a effectivement vraiment peur de moi. Je ne pensais pas que ce serait ça, je pensais qu'elle me dirait qu'elle craignait qu'on aille trop loin. Mais l'entendre dire qu'elle a peur de moi ; je ne voyais pas les choses comme ça.

Elle relève la tête et me regarde inquiète, ses yeux bleus sont au bord des larmes tandis que je me lève et recule.

- Je ne pensais pas que je te faisais peur. Je ne te toucherai plus alors ! Lâché-je d'un ton glacial alors que je voulais juste la rassurer.

Ses yeux bleus sont totalement paniqués et elle se met à pleurer à chaudes larmes, me faisant une douleur dans la poitrine.

- Ce n'est pas ce que je veux dire. Pleure-t-elle.

- Je ne sais pas l'expliquer.

- Si tu veux que je comprenne. Lui fais-je sur un ton froid que je voudrais contenir.

- Il va falloir que tu t'expliques, sinon ça ne sert à rien qu'on continue ! Claqué-je en faisant craquer mon cou, alors que tout mon corps devient plus que tendu. Je suis en train de perdre mon calme.

Elle se lève d'un bond de l'essui, et elle vient se plaquer contre moi. Son corps entier tremble contre le mien, mais malgré la douleur qui me lance dans la poitrine de la voir ainsi, je sais que je ne peux surtout pas la toucher.

- Tu es mon premier…

Je suis quoi ?! Elle a marmonné dans mon torse et je n'ai rien compris.

Shelby relève son visage et recule d'un pas pour plonger ses yeux dans les miens.

- Tu es mon premier petit ami et je sais que tu as déjà vécu toutes les expériences imaginables et c'est ça qui me fait peur. M'avoue-t-elle en un souffle d'une voix terrifiée et si triste à la fois.

- Je ne suis pas prête à sauter le pas si vite.

C'était donc bien ça ! Ma réputation est bien la cause de sa réticence. Je grince des dents, et je fais un pas de recul en passant la main dans mes cheveux. Putain, je fais quoi moi maintenant ?!

La grande-roue

Shelby

J'aurais dû me taire, mais je n'ai pas eu le choix quand j'ai vu son regard quand je lui ai proposé de lui mettre de la crème ; il savait déjà ce que je ressentais.

Il se tient depuis un moment près de la falaise et je suis certaine qu'on va en rester là. Je suffoque en ramenant mon visage sur mes jambes, j'ai mal la poitrine comme jamais. J'aurais dû la fermer au lieu de lui dire cela ; je ne suis qu'une pauvre idiote ! Je me mords la lèvre, sachant que cela ne sert à rien de rester là maintenant.

Je me lève dépitée, après avoir essuyé mes larmes qui n'arrêtent pas de couler et je commence à rassembler mes affaires.

- Tu fais quoi ?

Je me retourne surprise, ses yeux sont intenses, mais il n'y aucun signe de la moindre émotion. Je frémis et essuie une nouvelle fois mes yeux, essayant de refouler ma douleur devant lui. C'est bon, j'ai compris et je me baisse pour prendre mes vêtements quand sa main prend mon bras, et me ramène devant lui.

- Tu as déjà décidé à ma place ?! Me lâche-t-il froidement.

Son regard à cet instant brille de rage, il y a comme une aura de haine qui émane de lui et qui m'écrase d'un coup. Je me fige à nouveau, la panique me submerge totalement devant ses yeux flamboyants de rage qui sont en train de me fixer durement.

- Merde ! Claque-t-il en me lâchant.

- Tu vas me rendre dingue !

Il shoote dans le parasol et l'envoie valser à plusieurs mètres de nous, je n'ose pas bouger ; je suis totalement paralysée devant sa rage.

Il se tient la tête en faisant les cent pas devant moi, et je n'arrive même plus à pleurer tellement je suis stoïque. Les muscles de son corps sont tous contractés et sa mâchoire est crispée, comme je ne pense jamais l'avoir vu faire auparavant.

Il finit par s'arrêter face à moi, et mon premier réflex serait de reculer, mais je reste figée devant son visage baissé.

- Je ne veux pas que tu partes... Murmure-t-il à ma grande surprise.

- S'il te plaît. Insiste-t-il alors que je ne réponds pas et il relève son visage vers moi. Ses yeux émeraudes ne flamboient plus de rage, mais ils sont troublés.

- Je ne peux pas effacer ce que j'ai fait avant Continue-t-il d'une vois lointaine.

- Mais laisse-moi une chance.

Son regard est magnifique à cet instant, tout son corps semble s'être totalement relâché comme s'il avait abandonné toute sa colère. Il y a cette lueur dans le vert de ses yeux qui me fait comprendre qu'il est sincère.

Shawn

J'ai eu beau y réfléchir, mais si je veux pouvoir rester avec elle ; il va falloir que je lui fasse oublier tout ce que je suis, pour qu'elle découvre celui que je peux devenir en sa présence.

Je n'ai aucune envie de la laisser partir et de ne plus voir l'amour dans ses magnifiques yeux quand elle me regarde.

Elle est toujours figée devant moi ; ses yeux bleus me renvoient toujours sa peur. Sur ses joues, elle a toujours les traces de larmes qu'elle a versées et cela me fait mal comme jamais je n'ai eu mal de ma vie.

- Je vais te ramener. Finis-je par dire, voyant qu'elle ne me répond pas et qu'elle n'a aucune réaction.

- Si je reste. Murmure-t-elle d'une voix encore remplit de peur.

- Tu veux bien me serrer contre toi ?

Je la regarde, hébété. Ses yeux bleus sont sincères, ils brillent tout doucement de cette lueur d'amour qu'elle m'envoie quand elle me regarde.

Je n'attends pas une seconde de plus et la prends dans mes bras, la serrant tellement à cet instant que j'ai peur de la briser, mais elle ne se plaint pas et resserre elle aussi son étreinte autour de moi. Sa peau est toujours aussi chaude que tout à l'heure et je ressens à nouveau ce trop-plein de sentiments monter en moi. J'ai vraiment cru qu'elle ne me laisserait aucune chance, et je suis tellement soulagé que je ne veux en aucun cas la lâcher.

Je passe ma main sur ses cheveux, dans son dos, elle frémit et je recule. Elle me regarde surprise, se mordant la lèvre évitant de regarder mon corps.

- Ne me dis pas que... Fait-elle gênée.

Je me mets à rire ; elle est vraiment unique !

Après ces émotions, je vais rechercher le parasol et m'installe sur mon essuie pendant qu'elle remet le sien convenablement à côté de moi.

Je lui dirais bien de reculer mais j'ai peur de la froisser, elle comprendrait que je ne suis qu'une bête de sexe ; ce que je suis effectivement faut pas se le nier.

Elle s'installe sur son essuie en se tournant vers moi et elle tend la main vers mon tatouage sur le bras mais se rétracte. Ça va être compliqué...

- Je ne vais pas te sauter dessus. Essayé-je de la rassurer.

Moi, essayant de rassurer quelqu'un, on aura vraiment tout vu !

- Je sais mais il ne faudrait pas non plus que moi je te saute dessus. Me rétorque-t-elle en souriant.

Non sérieux ?! Mais elle va me faire mourir !

Elle ne tient pas longtemps et commence à dessiner les contours de mes tatouages sur le bras en remontant vers mon épaule, et je frissonne à chaque contact de la paume de ses doigts sur ma peau.

Elle arrive sur mon épaule et se déplace vers mon cou où elle se redresse pour mieux voir, et je dois détourner mon regard pour ne pas fixer sa poitrine.

Pitié, tiens-toi Shawn !

- C'est une fleur de Lotus ? Me demande-t-elle en faisant le contour doucement et je frissonne encore plus.

- Oui, notre gang se reconnaît par ses fleurs et vu que je suis le fils du chef et que son symbole est un Lotus ; c'était logique que j'en fasse un. Lui expliqué-je

Elle m'écoute tout en continuant les contours de mes tatouages et je m'installe sur mon coude pour qu'qu'elle finisse par se blottir contre moi.

Shelby

Le soleil est bas dans l'horizon quand j'ouvre les yeux, je me suis endormie après toutes ces émotions. Nous avons beaucoup parlé de ces tatouages et de leur signification dont celui qu'il porte sur les phalanges « Road Zion ». Il est en rapport à la chanson dont il m'avait envoyé le lien à notre départ de Paris.

J'ai découvert beaucoup de nouvelles choses sur lui et aussi beaucoup de facettes de sa personnalité, mais surtout que lui aussi veut être avec moi. Je me mords doucement la lèvre, et je recommence à faire le contour de son tatouage sur son torse où je me suis endormie.

- Tu es réveillée ?

Je sursaute et relève la tête surprise que lui soit encore réveillé. Sa main qui était dans mon dos bouge doucement vers mes cheveux, et je sens cette chaleur intense me traverser. J'entrouvre les lèvres, sentant à nouveau ce feu en moi me dévorer.

Il pose sa main sur ma joue et pose ses lèvres doucement sur les miennes, et il conquiert ma bouche. Je sens à nouveau cette chaleur intense brûler tout mon corps. Je me redresse un peu pour être face à son visage pendant que nous nous embrassons.

Sa main dans mes cheveux redescend dans mon dos nu et m'amène vers lui. La peau de son corps contre mon corps brûle chaque partie apparente du mien et je sens le désir totalement me faire frémir.

Nous reprenons notre souffle après notre échange de baisers si passionnés, les yeux dans les yeux plein de désir l'un pour l'autre. Il me ramène sur l'essuie et commence à entreprendre de me lécher le cou jusqu'à l'oreille ce qui me fait gémir.

Mon dieu, je ne sais plus quoi faire, une fois que ce son s'échappe de ma bouche et il revient vers mon visage, ses yeux émeraudes scrutant les miens alors que je déglutis, honteuse. Ses lèvres humides et chaudes se posent à nouveau sur les miennes, et nos langues entre à nouveau en contact. Ce baiser est plus passionné que ceux que nous avions échangés jusque maintenant, tandis que ses doigts se baladent sur ma peau et me font frémir à chaque fois.

Je me cambre presque sans m'en rendre compte, voulant plus que ses douces caresses sur mon corps. Je suis totalement sous son charme, et je sais qu'à cet instant, ce n'est plus mon cerveau qui tient les commandes mais des désirs que je ne me connaissais pas.

- Il va falloir se calmer. Murmure-t-il en quittant mes lèvres pour m'embrasser dans le cou.

Il arrête tout geste sur mon corps immédiatement, et me serre tout simplement contre lui la tête enfouie dans mon cou.

Nous restons un bon moment ainsi, à calmer nos ardeurs qui nous enflamment avant de nous décider à rentrer.

Shawn

Elle regarde de ses yeux émerveillés vers la grande roue, pendant que je range les sacs dans le coffre de la Mustang et je souris en la regardant. La journée n'avait pas vraiment bien commencé, mais nous pouvons la finir encore mieux. Je la rejoins et passe mon bras autour de ses épaules, l'attirant contre moi et elle me sourit avant de poser ses lèvres sur les miennes. Putain, je suis accro à ses lèvres pulpeuses !

- Tu veux y aller ? Demandé-je regardant vers la grande roue.

- Il est déjà tard, on a encore de la route. Me répond-elle.

- Tracasse un tour ne nous tuera pas. Lui rétorqué-je, voyant qu'elle en meurt d'envie.

Je ferme la Mustang et lui prends la main pour prendre la direction de la jetée où se trouve la grande roue. Elle a l'air rassurée puisqu'elle me laisse la tenir sans soucis par la taille maintenant, et je souris tel un enfant heureux.

J'ai vraiment craint que tout ceci s'arrête tout à l'heure quand je l'ai vue pleurer. J'ai vraiment cru que ceci serait un rêve qui tournerait en cauchemar. Mais je dois arrêter de penser négativement, et lui laisser le temps de me connaître, tout comme moi je dois apprendre à la comprendre.

Nous arrivons sur la jetée et nous nous rendons dans la file dNoat la grande roue où je prends les tickets auprès du gars de la caisse. Je reviens auprès d'elle et je passe mes mains autour de sa taille. Shelby frissonne et je la serre contre moi pendant que nous attendons notre tour.

- Tu as froid ? Lui demandé-je voyant qu'elle continue à trembler.

- Non pas vraiment… Me répond-elle d'une petite voix et je n'insiste pas.

C'est à notre tour de monter dans la cabine, et je la laisse y entrer la première, avant d'aider l'homme à fermer la porte.

Quand je me retourne, ses yeux bleus brillent mais plus qu'intensément ; elle semble être à deux doigts de pleurer.

Je me rapproche d'elle, et je passe mon bras autour d'elle, Shelby se colle contre moi tout en regardant l'horizon.

Je lui caresse doucement les cheveux sans un mot jusqu'à ce qu'on arrive au sommet et qu'on s'arrête. Son visage est rempli de larmes et je ne sais pas quoi lui dire à cet instant, ne comprenant rien à ce qui lui arrive. Je passe ma langue entre mes lèvres, et je la serre un peu plus fort en essuyant ses joues de ma main libre où coule ses larmes.

Shelby

Je n'arrête pas de pleurer, et malgré sa présence qui me réconforte, je n'arrive pas à m'arrêter. Je vois que Shawn s'inquiète mais je n'arrive vraiment pas à me calmer, et je m'en veux intérieurement. Je rejoins de ma main tremblante, la sienne alors qu'il essuie mes joues de mes larmes qui n'arrêtent pas de ruisseler. Ses yeux émeraudes aux lumières de la roue les rendent vraiment plus intenses, mais je peux voir qu'il s'inquiète de mon attitude une nouvelle fois.

Shawn me pose un baiser sur le front et me place la tête sur son épaule, où il appuie sa tête. Je peux sentir qu'il se tracasse, mais je ne sais pas quoi lui dire ; cet endroit... C'était peut-être une mauvaise idée.

- Je suis désolée. Pleurniché-je en essayant de me calmer.

Il resserre son étreinte autour de moi, et je me concentre sur sa voix au lieu de la douleur qui me ronge.

- Tu parleras quand tu seras prête. Souffle-t-il dans mon oreille d'une voix compatissante.

Je me ressaisis petit à petit, à force de me focaliser sur lui et sa tendresse qu'il m'offre, en restant à mes côtés sans un mot.

- Ça va mieux ? Me demande-t-il d'une voix peu certaine, et je porte mon regard sur la vue que nous offre la grande roue.

- Tu te rappelles que je t'ai dit que je venais souvent ici avec mes parents ? Commencé-je en ravalant mes larmes comme je peux.

- C'est la dernière chose que nous avons faite avant qu'ils ne meurent. Avoué-je les lèvres tremblantes, alors que mon cœur se fissure de l'avoir dit tout haut. Durant des années, la seule personne avec qui je parle de mes parents, n'est autre que Donovan...

Je sens la main de Shawn s'arrêter alors qu'il caresse mes cheveux, et je ravale mes larmes une nouvelle fois. Il doit regretter ce choix d'être avec moi, je ne fais que pleurer.

- Je n'aurais pas dû te proposer...

- Non je suis heureuse d'être là avec toi. Avoué-je le coupant, tout en me retournant vers lui.

Ses yeux émeraudes sont si intenses, alors qu'il scrute mon regard pour savoir si je le pense vraiment, que je finis par lui sourire et ravaler ma peine. Il pose sa main doucement sur ma joue et une fois qu'il a eu la confirmation, il m'embrasse tendrement. Ce baiser est étonnement plein de tendresse et de tristesse. Je ressens la chaleur de son baiser me traverser de partout. Il est vraiment celui que j'aime quoi qu'il arrive.

Il est deux heures du matin quand Shelby ouvre la porte de la villa et pose son sac en dessous de l'escalier, avant de venir dans la cuisine où elle sursaute en voyant que je suis sur la terrasse.

- Tu m'as fait peur ?! S'exclame-t-elle en me rejoignant près du muret, en portant sa main sur sa poitrine.

- Tu as passé une bonne journée ? Lui demandé-je en souriant de la voir se reprendre, comme quand on se faisait attraper dans la chambre des filles à l'orphelinat.

- Une très bonne journée. Acquiesce-t-elle en allumant sa cigarette et regardant les étoiles.

Je la regarde confirmant qu'elle a l'air vraiment heureuse. Ses yeux brillent d'un bleu intense.

- Tu sens la mer. Fais-je alors que le vent souffle un peu dans ses cheveux.

Elle ne nie pas, ne l'avoue pas non plus et rentre dans la villa se chercher un verre de rosé.

- Ben dit donc. Fais-je surpris.

- Depuis quand tu bois ?

- C'est plutôt un toast avec mes parents. Me rétorque-t-elle en esquissant un sourire.

- Tu sais, c'était la boisson préférée de ma mère et aujourd'hui je veux qu'elle soit rassurée de là-haut. J'ai une famille adorable qui m'aime et que j'aime. J'ai... J'ai beaucoup de chance dans ma vie en ce moment et j'en suis heureuse. Je veux qu'ils sachent que grâce à toi, je suis devenue ce que je suis.

Elle me fixe intensément de ses yeux souriants et brillants pendant un moment avant de se détourner vers le ciel, en portant un toast. D'habitude, quand elle parle de ses parents elle pleure.

Notre petite Shelby a vraiment grandi...

Je prépare le café en pensant qu'il reste deux jours de vacances, et ce sera la dernière ligne droite avant la fin de l'année. Mori et Byron ont déjà leur place comme videur au club mais en ce qui concerne Carolina, elle va jongler entre ses études à distance en décorations et le service au bar. En revanche, Trevor et moi, nous n'avons aucune idée de ce qu'on va faire de notre vie. On aime notre travail de DJ, mais nous avons pris gestion en option plus poussée et on aimerait ouvrir notre club.

Pour l'instant ce n'est qu'un projet vu de très loin ; on n'a rien envisagé vraiment.

- Tu as l'air dans la lune ?

- Carolina, tu ne travailles pas à la galerie aujourd'hui ? Lui demandé-je surpris de la voir là.

- Non vu que je suis de service ce soir, c'est repos ! Me répond-elle amusée.

- Bonjour tout le monde ! Dites-moi que mon frère n'est pas là ? Demande Emi en arrivant dans la cuisine.

- Il est parti courir. Pourquoi tu as caché un étalon dans ta chambre ? Ricane Carolina.

- Très drôle ! Si ça continue, je finirai bonne sœur ! S'exclame-t-elle en soupirant.

- Ben, tu auras Shelby pour te tenir compagnie. Fait Carolina en regardant Shelby qui arrive.

- Ben voyons ! Lance Emi en levant les yeux au soleil.

Shelby nous fait la bise et se prend une tasse de café.

- Vous êtes bien motivé ce matin ? Vous parlez de quoi ? Demande-t-elle en s'asseyant près de Carolina.

- On parle de la toge de bonne sœur que vous allez porter dans le futur. Rigole Carolina alors que Emi lui envoie un morceau de croissant dans la figure.

- Waouh, il est super ton bracelet ! S'exclame Carolina.

- Mais ce ne sont pas les nouveaux bracelets de couple ?

Le regard de Shelby se lève vers moi un instant, mais je l'ai bien vu mordre sa lèvre ; c'est quoi cette histoire ?!

Emi plonge limite la tête dans son café, je suis convaincu à cet instant qu'elles me cachent quelque chose et en regardant à nouveau le bracelet je comprends.

Emi

La gaffe ! Carolina a mis les pieds dans le plat ! Là si Shelby n'était pas prête à en parler, elle ne va pas avoir le choix.

Je jette un coup d'œil à Donovan ; oh purée, il est fâché ! Il pose sa tasse et sors de la cuisine, suivi de Shelby sur ses talons.

- J'ai dit une bêtise ? Demande Carolina.

- Tu crois...

- Merde ! Vous auriez dû m'en parler les filles. J'ai l'air d'une idiote.

- Je l'ai su sans le vouloir, elle ne voulait pas en parler avant de savoir comment le dire à Donovan. Tu sais comment il est protecteur avec Shelby. Je me demande s'il n'est pas pire que mon frère...

- Mais en plus quand il saura que c'est Shawn... Soufflé-je.

- Shawn ! Hurle Carolina.

- Chuuuuut !

- Tu es sérieuse ?! Elle et Shawn ?! Le Bad boy du lycée ! Chuchote Carolina en venant près de moi.

Je lui explique ce que je sais et comment je l'ai su. Comme toujours, elle est vraiment aux aguets des moindres détails.

- La cachottière... Sourit Carolina en se redressant.

- J'aurais dû m'en douter qu'elle avait un mec. Elle disparaît souvent des heures, et rentre plus tard de la supérette.

- Oui. Mais maintenant que Donovan le sait ça risque d'être plus compliqué pour elle. Affirmé-je.

Shelby

- Donovan, attends !

Donovan ne m'écoute pas et monte dans sa chambre, où il enfile ses baskets et repasse devant moi sans me regarder.

- Putain, mais écoute-moi ! Crié-je en lui attrapant le bras.

- T'écouter ?! Écouter quoi ?! Que tu vas me mentir ! Que tu vas continuer à me sourire en me mentant comme tu fais depuis des jours, des semaines, des mois même que sais-je ! Hurle-t-il en dégageant son bras d'un coup sec.

- Je ne t'ai pas menti ! Je ne te l'ai juste pas dit ! Admets-je.

- Et ça devrait t'excuser ?! Ne suis-je pas celui qui reste avec toi quand tu pleures ?! Ne suis-je pas celui à qui tu confies tes joies et tes peines depuis que tu es petite ?! Ne suis-je pas celui que tu considères soi-disant comme ton frère ?! Ne suis-je pas celui qui t'aime le plus ?! Hurle-t-il furieux et je me mords la lèvre, accusant ses paroles.

Je ne lui réponds pas. Non, que je ne sache pas quoi répondre mais Donovan pleure. Ses yeux bleus sont en larmes alors qu'il me crie dessus. Je tends la main, tremblante vers lui tellement mon cœur souffre de le voir ainsi.

- Ne me touche pas ! Tu n'as plus le droit. Me claque-t-il en sortant de la chambre.

Ma poitrine se tord, j'ai du mal à respirer d'un coup. Ça fait mal… « Donovan revient je t'en prie. »

Je tombe à genoux, j'ai trop mal la poitrine. Je n'arrive plus à respirer ; j'ai l'impression de suffoquer tandis que ma tête se met à tourner et c'est le noir.

Christian

Je reviens dans mon bureau et j'ai la surprise de voir Shawn installé sur le canapé m'attendant.

- Bonjour que me vaut ta visite ? Fais-je en me servant un Whisky.

- Je voulais t'inviter à souper à la maison ce soir. J'ai quelque chose à vous dire. Me fait Shawn.

- Ta mère a raison, tu as l'air bien joyeux en ce moment. Serait-ce celle à qui je pense ? Demandé-je en m'asseyant face à lui.

- J'avoue. Tu avais raison... Admet-il.

- Notre Shawn a enfin grandi. Lui fais-je en souriant, fier de moi.

- Arrête de te foutre de moi ! Mais j'avoue que je me sens changé. Sourit-il.

Ce garçon ne se rend pas compte qu'il a effectivement changé depuis un moment déjà et que ce n'est que le début.

- Alors je peux compter sur toi pour le souper ? Fait-il en se levant.

- Bien entendu je serai présent. Remets mes amitiés à Shelby.

- Avec plaisir. Me lance-t-il amusé en sortant.

Je n'aurais jamais cru qu'il se rendrait compte si vite qu'il l'aimait.

Shawn

Je sors du Nevada et téléphone à Shelby, mais pas de réponse ; elle est sûrement sous la douche. Je réessayerai après.

Je dois rejoindre les gars au hangar pour parler de notre prochaine livraison de pièces volées.

Arrivé au hangar, les mecs sont déjà là mais pas Jordan.

- Salut tu as vu Jordan ? Demandé-je à Tim en prenant une bière.

- Il a dit qu'il avait un rendez-vous important.

Bizarre, il ne rate jamais les réunions.

Nous abrégeons la réunion du coup, ce qui m'arrange vu que j'ai des courses à faire pour ce soir, mais j'aurais aimé que Shelby soit avec moi pour y aller. Je ressors du hangar et réessaye de téléphoner ; toujours pas de réponses.

- Bizarre qu'est-ce qu'elle fout !

Je monte dans la Mustang et reviens vers le centre-ville quand mon portable sonne.

- Enfin Petit cœur. Répondé-je soulagé.

- « Shawn, c'est Emi. »

- Ah salut ! Y a un souci que tu me sonnes avec son numéro ? Lui demandé-je étonné.

- « Euh, tu sais venir à la villa ? » Me demande-t-elle d'une voix étrange.

- Euh ouais. Shelby va bien ? Lui demandé-je intrigué.

- « Pas vraiment. Tu es là dans combien de temps ? »

- Je suis là dans dix minutes ! M'exclamé-je comprenant que c'est plus important que je ne le pense et je raccroche.

C'est quoi le souci avec Shelby ?!

Je passe la sixième en espérant ne pas me faire arrêter.

Emi

On a retrouvé Shelby évanouie dans la chambre de Donovan, et Carolina a appelé le médecin qui lui a donné un sédatif avant de nous affirmer qu'elle irait mieux après. Malheureusement quand Mori et Byron sont rentrés de leur footing, ils sont allés la voir et l'ont trouvée prostrée dans son lit sous la couette, complètement paniquée.

On a essayé de sonner à Donovan pour qu'il rentre, mais son portable est éteint et c'est le seul qui peut la sortir de ce genre de crise.

Enfant, elle faisait souvent ce genre de chose quand elle pensait à ses parents et restait prostrée sans réaction pendant des heures ; il n'y avait que Donovan qui arrivait à la calmer.

Mori nous a tellement poussé à lui dire ce qui s'était passé qu'on lui a dit la vérité. Il a très mal réagi comme on s'en doutait, mais Byron l'a calmé et on a pu lui expliquer que Donovan ne savait pas que c'était Shawn le mec en question.

Mori ne comprend pas pourquoi Donovan a réagi comme ça s'il ne sait pas pour Shawn. Je n'ai rien dit mais Mori et les autres ne sont pas stupides ; on sait tous que Donovan aime Shelby plus qu'une sœur.

- Shawn est là ! Crie Carolina qui est au rez-de-chaussée.

Byron pose sa main sur l'épaule de mon frère comme pour lui dire de rester tranquille, et personnellement, moi je crains le pire avec lui.

Shawn

Je ne prends pas la peine de garer la Mustang comme il faut, et je fonce vers la porte de la villa.

- Tu as fait vite ! S'exclame Carolina en ouvrant celle-ci avant que je ne sonne.

- Il se passe quoi ?! M'exclamé-je, voyant son visage tiré d'inquiétude.

Carolina me fait un résumé rapide de la situation et m'emmène à l'étage où Byron et Mori attendent devant la porte de la chambre quand on arrive.

- Byron, Mori. Les salué-je, tout en essayant de garder mon calme.

Mori me fait un signe de la tête, avant de se rendre vers l'escalier alors que Byron qui le suit, me fait une tape sur l'épaule.

- Désolée de te faire subir ça... Fait Emi en sortant de la chambre.

- Je vais faire ce que je peux. Lui dis-je.

Emi me laisse passer et referme la porte la porte derrière moi.

Mon cœur se serre à la scène qui se passe à l'instant, dans la chambre plongée dans le noir par les rideaux. Pourtant, je peux distinguer Shelby qui est assise sous la couette en train de se balancer sans un bruit.

Je sens toute la douleur me traverser rien qu'en voyant la scène, comme si c'était moi qui me trouvais dans ce lit. Je m'avance, retire mes chaussures et m'installe derrière elle, les jambes de chaque côté de son corps. Je pose doucement les mains sur la couette pour l'enlever de sa tête, mais elle la maintient fermement.

Je décide donc de poser mes bras autour d'elle et de me balancer calmement avec elle. Nous nous balançons un moment ainsi avant qu'elle ne se fige quelques instants et recommence.

- Shelby... Shelby s'il te plaît laisse-moi te voir. Murmuré-je.

Aucune réaction, elle continue de se balancer sous sa couette. J'ai le cœur de plus en plus lourd, je ne sais pas du tout ce que je dois faire. Je ne suis pas doué pour les émotions et je ne suis surtout pas Donovan.

- Shelby, tu veux que je te ramène Donovan ? Lui fais-je avec de l'amertume dans la voix de devoir aller jusque-là. Mais je sais le lien qui les unie tous les deux.

Elle s'arrête de nouveau de se balancer et ne bouge plus du tout. Je réessaye à nouveau d'enlever la couette, et contre attente ; elle lâche prise. Je penche ma tête pour voir son visage, ses yeux bleus si intenses sont complètement vides. Elle ne pleure pas, mais j'aurais préféré, car la voir sans réaction ni émotion est la pire des douleurs pour moi.

Je me décale et me mets plus sur le côté pour la voir de face. Je retiens mes émotions qui sont en train de me bouffer.

J'ai la rage de ce qu'il lui fait subir.

Shelby

Je voudrais tant me cacher dans ses bras, mais suis consciente que je ne peux pas. J'ai perdu mon meilleur ami, mon frère, j'ai perdu Donovan…

Je ne mérite pas que tu sois là, que tu t'occupes de moi, et surtout que tu me regardes avec ses yeux émeraudes intenses plein de tristesse et de douleurs, alors que je suis la seule fautive. Je fais souffrir tous ceux qui m'entourent. Toi au moins, je ne t'ai pas encore fait souffrir comme lui, mais ton tour arrivera aussi…

- Je lui ai littéralement brisé le cœur… Murmuré-je.

Shawn passe sa main dans ses cheveux ; il se retient d'exploser je commence à le connaître… Je veux tellement qu'il ne souffre pas aussi mais je le vois, c'est déjà trop tard… Sans m'en rendre compte mes doigts attrapent sa mèche comme un réflexe en sa présence.

- Shelby… Murmure-t-il en scrutant mon regard.

- Tu n'avais pas besoin de venir. Fais-je en continuant à jouer avec ses cheveux.

- Je ne vais pas te laisser affronter ça seule. Je suis fautif aussi. Si ce n'était pas moi, il serait là. Me dit-il en me caressant la joue.

- Tu n'as pas à être fautif. Il ne sait pas que c'est toi. Avoué-je.

Ses yeux émeraudes s'écarquillent à la suite de ce que je viens de dire, et je n'ai pas besoin d'en rajouter ; il a compris, son regard vient de s'assombrir.

J'attrape sa main espérant qu'il se calme, ce qu'il ne fait pas et sa mâchoire se crispe ; il va perdre son sang-froid.

Shawn

J'ai bien compris ce qu'elle vient de me dire, et cela me fait entrer dans une rage folle. Donovan est parti sans savoir que c'était moi, ce qui veut dire que je l'ai toujours bien cerné. Ce mec n'a aucun scrupule de lui faire ça, alors qu'elle le considère comme son frère. Je suis en train de perdre mon sang-froid, et je sais que je ne dois pas. Je dois me calmer, je ne veux pas voir son visage apeuré à cause de moi, alors qu'elle est déjà dans un état pitoyable.

Elle prend mon visage dans ses mains tremblantes et pose un baiser sur mes lèvres.

- Merci. Souffle-t-elle.

- Merci pourquoi ? Lui demandé-je confus.

- Merci d'être là...

- Où voulais-tu que j'aille alors que tu es dans cet état. Murmuré-je dans son oreille en la prenant dans mes bras.

- Je vais mieux maintenant. Murmure-t-elle.

Nous restons quelques minutes comme ça, juste entrelacé sur son lit ; Son visage caché dans mon torse.

- Je devrais peut-être aller m'habiller. Tu as prévu un souper avec Christian et ta mère.

Je fais tilte en une seconde. Elle a changé de conversation à la seconde où je me suis mis en rogne. Je descends mon visage à sa hauteur, ses yeux sont inertes, complètement sans vie à cet instant.

- A quoi tu joues là ?! Paniqué-je en la redressant.

Elle ne me répond pas. Son regard bleu est vide à nouveau de toute émotion.

- Shelby, s'il te plaît ne te force pas avec moi...

Elle ne réagit toujours pas. Le regard dans le vide ; on dirait une poupée inanimée.

- Shelby s'il te plaît, regarde-moi ! Crié-je en prenant son visage entre la paume de mes mains pour la forcer à me regarder.

C'est là que ses larmes coulent enfin sur mes mains ; et je reprends mon souffle en voyant qu'elle pleure enfin… Mon cœur est enfin soulagé, elle réagit. Elle lève la main vers moi et touche ma joue timidement, alors que son regard devient étrange.

- Shawn… Tu pleures… Me fait-elle alors qu'elle pleure à chaudes larmes maintenant.

Je passe ma main sous mes yeux incrédules ; effectivement je pleure. Je prends Shelby contre moi sans un mot de plus, ahuri de me voir si émotif.

Donovan

Comment a-t-elle pu me faire ça ?! Qui suis-je donc pour elle ?!

Mes yeux sont remplis de larmes depuis mon départ de la villa. Je l'ai vraiment perdue, on ne pourra plus jamais être comme avant !

Mon portable sonne, c'est encore Emi qui essaye de me joindre, mais je n'ai aucune envie de lui parler. Je balance le portable sur la table du bar ; je veux juste boire et oublier. Oublier tous les sentiments que je porte envers elle.

Je suis au bout du rouleau... Je pensais pouvoir faire abstraction de mes sentiments, mais rien n'y fait, je l'aime plus qu'un ami, plus qu'un frère.

Je vide ma bouteille de bière et en commande une nouvelle quand tout d'un coup, on m'attrape par le pull pour me projeter en arrière. Je lève tant bien que mal la tête sous le choc et j'écarquille les yeux, ahuri ; Shawn se trouve devant moi, le regard flamboyant de rage.

- Désolé, je ne savais pas que c'était ton territoire. Fais-je en essayant de me relever, mais je titube.

Il ne prononce pas un mot, m'empoigne à nouveau par le pull et me balance hors du bar.

- Putain, tu fais chier Black ! Hurlé-je.

- C'est quoi encore ton problème ?!

Il m'empoigne par le col d'une main et me relève dans un simple mouvement sec pour me ramener contre lui. Son visage est rempli de haine, ses yeux sont flamboyants et meurtriers. Sans parler de sa mâchoire qui fait des bruits de craquage qui commencent à me faire trembler.

- Vas-y ! Fais-toi plaisir ! Frappe-moi ! Hurlé-je, sachant que cela le démange.

Il rapproche sa tête plus près de la mienne, et je peux entendre le bruit de ses dents qui grincent.

- J'ai promis à Shelby de te ramener en entier. Ne me tente pas trop quand même. Me crache-t-il au visage, avant de me pousser vers sa voiture.

J'accuse ce qu'il vient de me dire pendant le trajet jusqu'à la villa. Il a voulu dire quoi par « il a promis à Shelby ». Depuis quand il se tracasse de ce qu'elle dit ?

- C'est une blague... Murmuré-je alors qu'il gare la Mustang dans l'allée.

Il sort de la voiture et vient de mon côté pour me faire sortir.

- C'est toi qui nous as rendu ainsi. Lui craché-je à la figure sans élever la voix, mais d'un ton plus qu'accusateur.

La seule réponse qu'il me donne, c'est son poing qui s'écrase sur mon visage.

- Je t'avais prévenu. Grogne-t-il alors que Byron et Trevor viennent me ramasser à ses pieds.

- Byron, dis à Shelby que je l'appellerai plus tard. Fait-il en me regardant furieux, avant de remonter dans sa voiture.

Trevor

Je suis rentré de New York il n'y a pas longtemps, trouvant Shawn dans l'allée au portable. Carolina m'a expliqué ce qui se passe et que Shawn est parti chercher Donovan. J'ai été surpris, mais Mori a l'air d'accord avec ça, donc je ne m'y oppose pas.

Moi qui venais annoncer une bonne nouvelle à la bande, je vais devoir attendre que ça se passe.

Depuis le début de l'année, Donovan est très bizarre avec Shelby depuis que Shawn a commencé à tourner autour. J'ai toujours su qu'il avait plus que de l'affection pour Shelby, et la situation vient de lui éclater en pleine figure.

Byron aide Donovan à dessoûler à l'étage, alors que nous restons en bas sur la terrasse sans un mot.

Que va-t-il advenir de notre petite bande après ce soir ?

Shelby

J'étais sur la terrasse du balcon lorsque Shawn a ramené Donovan, et quand il lui a envoyé son poing dans la figure. J'ai bien entendu été surprise, mais je savais que cela arriverait quand je l'ai laissé aller le chercher. D'ici, j'ai senti toute la haine et la tristesse à la fois, qu'ils avaient tous les deux.

Je n'en veux pas à Shawn pour ce geste, il a dû faire beaucoup d'efforts pour ne pas perdre son sang-froid. Ma tête cachée dans ma capuche en fumant ma cigarette, je veux juste disparaître un moment et oublié.

Comment en est-on arrivé là ? Ai-je vraiment eu tort de ne pas lui dire la vérité tout de suite ? Mais, Donovan s'est énervé avant de savoir qui c'était…

J'aurais dû lui dire au moins que je voyais quelqu'un, mais je sais très bien que ce qui s'est passé dans ma chambre il y a quelques temps, ne peut pas disparaître comme ça. Que ça soit pour lui ou moi.

J'ai beau aimé Donovan de tout mon cœur, nous ne pouvons pas continuer ainsi. Notre relation n'est plus du tout fraternelle.

- Allô ? Répondé-je telle un robot en voyant mon portable vibrer sur la table de la terrasse.

- « Comment te sens-tu ? »

La voix de Shawn est très tendre et à la fois inquiète, ce qui ne m'étonne pas après ce qui s'est passé tout à l'heure. Il n'aurait jamais dû me voir comme ça.

- Je serai prête vers dix-neuf heures trente pour le souper.

Il y a un silence. Je suis certaine qu'il passe la main dans ses cheveux et qu'il va me dire de rester ici ce soir.

- « Je n'insisterai pas. Mais si tu ne te sens pas bien, tu me le dis et je te ramène. » Finit-il par dire à mon grand étonnement.

J'étais déjà prête à l'implorer.

- Pas de soucis. Mais si je suis avec toi tout ira bien.

Toujours pas de réponses, je suis certaine qu'il a sa main dans les cheveux, et qu'il passe sa langue sur ses lèvres.

- « J'espère que tu diras toujours ça... »

Mon cœur vient de fondre ; il a dit ça d'une voix si charmante.

- « À tout à l'heure ti cœur. » Finit-il par dire et il raccroche.

Donovan

J'avais déjà dégrisé après le coup de poing de Shawn, mais la douche m'a remis les idées en place. Je viens de l'entendre au téléphone avec Shawn et je me sens à nouveau abattu. Je pense que ce n'est pas le moment de lui parler.

- Donovan ?

Emi est derrière moi dans le hall, elle me regarde surtout d'un air prudent, pour être certaine que je suis calmé.

- Je suis calmé pas de soucis. Lui fais-je remarquer.

- Tu vas parler avec elle ? Me demande-t-elle doucement.

- Il faudrait déjà qu'elle ait envie de me parler...

Emi baisse la tête, acquiesçant.

- Tu sais, j'étais la seule au courant, elle ne me l'a pas vraiment dit ; j'ai juste vu le texto de Shawn.

Elle s'arrête directement et regarde vers la terrasse. Je me retourne ; Shelby est derrière à deux mètres de moi. Son regard évite le mien et elle passe à côté avant de s'arrêter près de Emi.

- Ne te tracasse pas Emi, la seule fautive c'est moi. Lui murmure-t-elle avant de rentrer dans sa chambre.

Emi me regarde, les yeux remplis de larmes. Il faut que je prenne mon courage à deux mains et aille voir Shelby.

Mon portable vibre dans ma poche alors que je vais vers la chambre de Shelby, et je vérifie qui c'est.

Shelby : « On en parlera demain. »

Je regarde la porte de sa chambre. Je sais qu'elle a besoin de temps pour me faire face et arrêter de s'en vouloir.

....

Un retour imprévu

Madeleine

Shawn est rentré fou de rage à la villa, je ne sais pas ce qui s'est passé mais ça faisait longtemps que je ne l'avais pas vu boire un verre de Whisky en rentrant. Je ne lui ai posé aucune question, il s'est affalé sur un transat fumant sa cigarette avec ses lunettes pour cacher son mal être, mais je le connais ; je connais tous les signes de son corps et ceux-là m'ont fendu le cœur.

J'essaye de sonner à Christian pour lui dire que le souper est annulé, mais je ne réussis pas à le joindre.

- Man ?!

- Oui mon chéri. Lui répondé-je en posant mon portable.

Il apparaît dans le salon ; il a pris une douche et a l'air plus détendu ainsi que plus calme que tout à l'heure.

- Christian est en route, il passe chercher ma commande chez le traiteur. J'ai une course à faire et j'arrive. Me fait-il en se penchant pour me faire la bise sur le front, avant de disparaitre en mettant ses lunettes de soleil.

Quelle mouche le pique pour qu'il change d'humeur ainsi ?!

Shawn

Je me gare dans l'allée de la villa en regardant vers la fenêtre de Shelby. Rien que de penser à ce qui s'est passé aujourd'hui, mon cœur en souffre encore de l'avoir vue dans un état pareil. Je reste dans la Mustang en attendant qu'elle sorte, pas question de tenter le diable et de tomber sur Donovan et de perdre mon sang froid.

Je m'allume une cigarette alors que Shelby sort de la villa et me rejoint. Elle est étonnement rayonnante alors qu'il y quelques heures, elle était littéralement sans vie. Rien que d'y penser, j'en ai à nouveau des frissons. Je sors de la Mustang et lui ouvre la porte.

- Merci. Me fait-elle de son plus beau sourire.

Oui elle sourit, mais je vois l'étincelle dans ses yeux bleus qui ne me met aucun doute ; cette fille joue la comédie !

Je ne fais aucune observation et démarre. Si elle a tenu à faire ce souper quand même, c'est qu'elle a besoin de sortir et se changer les idées.

- Tu sais. Fais-je en lui prenant la main.

- On pouvait faire un truc rien que nous deux.

- Non, tu avais déjà tout prévu. Ça n'aurait pas été correct. Me répond-elle en serrant doucement ma main dans la sienne.

Je ne réponds pas, mais je n'aime pas ce que je vois. Elle fait comme si tout allait bien, alors que je sais qu'elle est ravagée par ce qui s'est passé avec Donovan.

Elle joue avec les doigts de ma main pendant le trajet, son esprit semble être à mille lieux d'ici. Je m'arrête d'un coup sur le bas-côté, et elle me regarde surprise.

- Qu'est-ce qu'il y a ?

- Tu vas vraiment faire ça ? Lui demandé-je en enlevant mes lunettes.

- Mais de quoi tu parles ? Me demande-t-elle surprise.

- Je t'ai dit de ne pas te forcer avec moi. Rétorqué-je d'un ton sec.

-Tu ne me crois pas capable de supporter ça ?! Tu crois que je vais encore perdre mon sang froid ?!

Je voulais le dire sans m'énerver, mais la voir si dépitée me rend fou ; mon fichu caractère a repris le dessus.

- C'est exactement ce que tu fais. Me fait-elle doucement, en me touchant le visage.

- Tu vois là. Ta mâchoire se crispe et ton regard vert émeraude est devenu froid pendant un instant. Me fait-elle remarquer en me touchant le contour des yeux.

Ses doigts sont tremblants, elle a raison je n'assure vraiment pas sur ce coup-là, mais la voir se forcer ainsi me rend tellement fou.

J'embrasse l'intérieur de sa main de façon que je veux tendre, et replonge mes yeux dans ses magnifiques yeux bleus.

- Tu devrais pouvoir me comprendre non ? Je m'inquiète pour toi...

Elle se rapproche de moi et pose doucement ses lèvres sur les miennes.

- Je sais, et c'est ça qui me met mal à l'aise. Je ne veux pas que tu t'inquiètes plus qu'il ne faut... Murmure-t-elle en fixant mon regard.

Je passe ma main dans son cou et je l'embrasse à mon tour. Ce baiser est un peu comme une signature de contrat pour nous deux ; il est rempli de tendresse, mais aussi de la douleur que nous ressentons de voir l'autre souffrir.

- On ferait mieux d'y aller avant que ta mère ne s'inquiète. Murmure-t-elle alors que nous reprenons notre respiration front contre front.

Je viens d'arriver au bar et Jordan est là, encore entouré de filles qui ne pensent qu'à ça.

- Eh Noa ! Ça fait longtemps ?!

- Ouais j'étais malade. Shawn n'est pas là ? Demandé-je en faisant un tour d'horizon du regard.

- Sûrement avec sa métisse ! Crache-t-il tel du venin.

Je peux voir toute la haine dans ses yeux à cet instant. C'est quoi son problème au juste ?

- Tu étais au courant ? Me demande-t-il d'un regard noir.

- Ce n'est pas un secret non plus. Ils se tournent autour depuis un moment... Lâché-je en essayant de clore le débat mais à la façon dont il avale son verre, je comprends que ce n'est pas fini.

- Il ferait mieux de reprendre ses esprits et de se remettre sur la bonne voie...

Je ne comprends pas pourquoi il est contre leur relation, Shawn est heureux pour la première fois de sa vie. Je ne l'ai jamais vu aussi relax que quand il parle d'elle, et surtout, il démarre moins vite au quart de tours.

- Je ne vois pas ce que tu lui reproches, il est toujours lui que je sache. Rétorqué-je mais il me lance un regard glacial cette fois-ci qui ne m'inspire pas.

- Étais-tu au courant qu'il a failli mourir plusieurs fois ces derniers temps ? Tout ça parce qu'il s'est soi-disant attendri ! Si je ne lui avais pas sauvé les miches il serait mort.

Il se redresse sur la banquette et sourit.

- Tout ça sera vite fini. Son père rentre bientôt, il ne laissera pas Shawn se détourner du chemin tracé pour lui.

Madeleine Morgan

- Christian tu es déjà là ?

- Oui, le traiteur était déjà prêt quand je suis arrivé. Me répond-il en faisant poser les plats par ses hommes de mains, avant de les renvoyer.

- Shawn n'est pas encore là ? Me demande-t-il.

- Non. D'ailleurs, il en met du temps. Veux-tu boire quelque chose ?

- Je vais me servir. Ne te dérange pas.

Il se sert lui-même un Whisky, après tout, il connaît la villa autant que moi. Je m'étonne toujours qu'il soit resté à nos côtés, durant toutes ces années. Depuis que Léonard est parti à Los Angeles, il s'est occupé de moi et de Shawn sans attendre quelque chose en retour.

Je lui suis tellement reconnaissante pour tout ce qu'il fait, que je ne sais pas ce que je ferais sans lui ; mais surtout je ne sais pas ce que serait devenu Shawn.

- Tu es certaine que ça ira ? Lui demandé-je en en lui ouvrant la porte de la Mustang.

- Oui, ne te tracasse pas. Je vais bien puisque tu es là. Me rassure-t-elle.

Je scrute ses yeux bleus ; elle semble effectivement penser ce qu'elle vient de dire et je pose mes lèvres sur les siennes pour la conquérir.

- Man, Christian, vous êtes là ? Hélé-je en entrant dans la villa.

- Nous sommes sur la terrasse ! Me crie ma mère.

Toujours main dans la main avec Shelby, nous arrivons sur la terrasse où j'affiche un sourire amusé à l'idée de voir la tête de ma mère.

- Mon dieu Shelby ?! S'exclame ma mère étonnée.

- Mais que fais-tu là ?

Shelby sourit et je montre nos mains enlacées l'une dans l'autre vers ma mère et Christian, affichant un grand sourire fier.

- Ce n'est pas vrai ?! S'exclame ma mère.

- Depuis quand ?! Je veux tout savoir ! S'empresse-t-elle de dire en se levant pour nous embrasser.

- On a tout le temps, prenons d'abord un verre. Intervient Christian pour la calmer.

Christian me fait un clin d'œil, façon de me dire qu'il va gérer ma mère et son euphorie. Il sort une bouteille de champagne et sert quatre verres, nous portant un toast en nous souhaitant beaucoup de bonheur. J'avoue que je me sens bien à cet instant, j'ai l'impression que rien ne peut nous séparer. Ce qui s'est passé aujourd'hui n'est qu'un petit caillou que nous surmonterons avec notre amour. Je m'étonne de parler ainsi, Shelby m'a vraiment changé et je ressens tout l'amour qu'elle m'apporte.

- En tout cas, vous êtes rayonnants ensemble ! Fait ma mère avec une larme à l'œil.

Voir ma mère si heureuse me fait un bien fou, elle qui souffre depuis des années à cause de mon père.

Nous passons à table et Shelby semble vraiment aller bien ; elle sourit et discute de façon naturelle avec eux. Je commence à croire que je me suis inquiété pour rien tout à l'heure. Mais je sais que Donovan et elle n'ont pas encore parlé depuis ce matin. Quelque part, je pense que ça serait mieux s'ils avaient mis les choses à plat, mais je sens que Shelby craint de l'affronter.

- Tu as l'air dans la lune ? Me demande Shelby.

- Non, tout va bien. Répondé-je.

- Je suis vraiment heureux ce soir. Lui assuré en embrassant sa joue tendrement.

- Moi aussi. Me fait-elle en posant sa main sur la mienne.

Dire qu'il y a quelques mois, je ne la visais que comme une cible de mon jeu, et maintenant, j'ai l'impression que je ne saurais vivre sans elle à mes côtés.

Jordan

Noa vient de quitter le bar, il n'apprécie pas que je n'aime pas la relation de Shawn et de cette métisse. Mais quand il comprendra que Shawn n'est plus que l'ombre de lui-même, il me remerciera de tout faire pour qu'il le redevienne. Je pars au comptoir me chercher une bouteille quand mon portable sonne.

« Appel entrant Monsieur Black. »

- Bonsoir Monsieur Black.

- « Bonsoir Jordan, je n'ai pas le temps de passer ce soir. Nous nous verrons demain à dix heures au Nevada ! » Me dit-il de sa voix froide.

- Bien Monsieur. Pas de soucis nous nous verrons demain.

- « À demain Jordan ». Et il raccroche.

Je jubile, le chef est enfin de retour ; je vais enfin retrouver mon Shawn.

Madeleine

Shelby avec ses cheveux blonds est vraiment le portrait de sa mère, surtout quand elle est amoureuse. Elle rayonne de bonheur et le transmet à Shawn, ce qui fait mon bonheur de mère.

- Je vais débarrasser les assiettes. Fait-elle en se levant.

- Je vais t'aider.

Shawn se lève et prends les assiettes des mains de Shelby sous mon regard surpris. Pendant un instant, j'ai cru voir son père dans notre jeunesse. Lui aussi m'aidait toujours à ranger la table au début, puis du jour au lendemain, il est devenu distant et peu de temps après, ma meilleure amie est partie me laissant seule avec Shawn qui n'avait même pas un an. Je remercie le ciel chaque jour de me l'avoir offert, surtout quand son père est parti pour du bon à Los Angeles.

Je les regarde de la terrasse, Shawn est vraiment attentionné avec elle.

- Alors tu vois, il s'est enfin casé. Me fait Christian en allumant sa cigarette.

- Je t'ai toujours dit que ce garçon avait du cœur.

- Oui, tu avais bien raison. Pourtant il ressemble tellement à Léonard que je ne serai jamais sereine.

Le regard de Christian s'assombrit, lui qui est toujours positif.

- Bonsoir.

Je sursaute et regarde vers l'entrée du jardin. Léonard se tient là nous fixant de son regard neutre.

Shelby

Shawn a l'air vraiment heureux ce soir, j'en oublierais presque ce qui s'est passé ce matin avec Donovan. Si c'est vraiment ça l'amour, alors je suis amoureuse de lui sans modération. Lui qui m'a paru si froid à notre première rencontre, mais qui a toujours été là pour moi quoi qu'il arrive ; est devenu le petit ami idéal. Vous me direz, de quoi tu parles c'est ton premier petit ami ?!

Mais il y a des sensations et des signes qui ne trompent pas, tout comme cette décharge électrique à chaque fois qu'il me touche qui me donne des chaleurs sur tout le corps. Comme sa façon de se passer la langue sur les lèvres, en se passant la main dans les cheveux quand il est mal à l'aise.

Je connais un peu toute ces facettes, même quand il va perdre son sang-froid, je peux le prédire par sa mâchoire qui se contracte.

- On a fini ! S'exclame-t-il en revenant de l'arrière-cuisine.

Il se met dans mon dos pendant que j'essuie l'évier et commence à m'embrasser dans le cou. Tout mon corps frémit à cet instant. Ses lèvres sont si chaudes, et ses mains qu'il pose sur ma taille semblent être comme un étau qui me serre contre lui.

- Ta mère et Christian sont à côté. Murmuré-je en mettant ma main dans ses cheveux, pendant qu'il passe tout doucement sa langue dans mon cou et je frémis totalement contre lui.

- Tu viens de le dire. Ils sont à côté. Murmure-t-il en montant sa langue vers mon oreille.

Je me retourne et lui fais face. Je me mords la lèvre, il est hors de question qu'il me mette dans tous mes états alors que sa mère est là.

Ses yeux émeraudes sont remplis de tendresse et de désir à cet instant, et je me mords la lèvre. Il ramène ses lèvres dans mon cou et il repart vers mon oreille qu'il mordille. Je ne sais pas résister, il m'enflamme et il le sait. Je passe ma main dans ses cheveux et une de ses mains se posent dans mon dos nu, m'électrisant complètement. Il revient vers ma bouche et la conquit de sa langue à la recherche de la mienne. J'aime cette chaleur qu'il dégage quand il m'embrasse, ainsi que la façon dont il me serre contre lui. Sa main dans mon dos monte et descend doucement, et me ramène de plus en plus contre lui.

- Je vois que je dérange. Fait une voix et je me fige.

Shawn s'arrête net dans son baiser, et j'ai juste le temps de voir le vert de ses yeux s'enflammer avant qu'il ne se retourne.

Shawn se tient devant moi, alors que je suis totalement gênée essuyant mes lèvres, comme si ça changeait quelque chose à la situation. Une chose est certaine, ce n'est pas la voix de Christian.

-Tu t'es perdu ?! Lâche Shawn froidement et je tressaille.

- C'est aussi ma maison mon fils. Répond la voix.

Shawn

Cet enfoiré a choisi son jour pour revenir à Miami, et je ne sais pas contenir mon énervement, même si je le voulais. Je reste devant Shelby, pour qu'elle ne soit pas encore plus gênée qu'elle ne doit l'être, et je penche la tête sur le côté.

- Tu es passé. Tu peux partir ! Lâché-je d'une voix neutre.

Je ne peux vraiment pas supporter qu'il débarque ainsi sans prévenir.

- Mon chéri, ne sois pas si dur avec ton père. Fait ma mère en arrivant dans la cuisine.

- Il nous a fait la surprise de revenir.

Ma mère est vraiment naïve ; il a certainement un boulot à faire dans le coin, c'est tout !

- Shelby, ma chérie viens nous rejoindre sur la terrasse. Laissons-les parler. Fait ma mère en tendant la main vers Shelby qui est toujours dans mon dos. Shelby passe sur mon côté en me regardant perdue, mais aussi gênée avant de se tourner vers mon père qui se fige devant nous.

- C'est... C'est... Bégaye-t-il.

- Je te présente Shelby. C'est la petite amie de Shawn et c'est aussi la fille se Samantha. Déclare ma mère.

Je n'avais jamais entendu ma mère, ni Shelby dire le nom de sa mère jusque maintenant. Mais en scrutant mon père, il sait de qui elle parle ; c'est vrai qu'ils étaient amis étant jeunes.

- Enchanté. Fait mon père en lui tendant la main, affichant un sourire sur son visage.

Foutu gentleman !

- Enchantée. Répond Shelby en lui tendant sa main à son tour.

- Retournons sur la terrasse si vous avez fini. Fais ma mère euphorique comme à chaque fois qu'il daigne revenir.

Nous retournons sur la terrasse, et je vois dans le regard de Christian que quelque chose le gêne, mais comme toujours pas moyen de savoir quoi avec lui. Je ne me sens pas serein, cet enfoiré ne fait que fixer Shelby comme s'il allait la manger... Un peu comme moi je la regarde, et ça me rend nerveux. Shelby l'a remarqué car elle pose sa main sur mon bras et commence à faire les contours de mes tatouages négligemment en écoutant parler mes parents. Je ne vais pas supporter longtemps sa façon de la regarder, il faut qu'on parte avant que je ne perde mon sang froid.

- Shawn, il est déjà tard. Murmure Shelby.

- Tu sais me ramener ?

Je vais finir par croire qu'elle lit dans mes pensées. Je la regarde et son regard est clair ; elle essaye de me sauver avant que je ne perde mon sang froid.

- Comment ?! Déjà ! S'exclame ma mère.

- Oui, j'ai eu une longue journée. S'excuse Shelby.

- Sincèrement désolée. Sourit-elle de façon gênée, alors que nous nous levons.

Shelby

J'ai senti tout de suite le malaise quand son père est arrivé, Shawn est crispé depuis tout à l'heure et son regard est devenu terne et froid. Je ne sais pas ce qui se passe entre eux mais je ne veux pas supporter de le voir ainsi un instant de plus. Je salue ses parents et Christian et nous rejoignons la Mustang. Shawn démarre en trombe, je sens à sa façon de conduire qu'il est sur les nerfs. Je pose ma main sur sa cuisse essayant de le détendre, mais son regard est fixé devant lui comme s'il voulait rouler n'importe où mais loin d'ici.

- Shawn, je veux rester avec toi cette nuit. Murmuré-je.

Il fut tellement surpris qu'il manque d'emboutir une voiture en arrivant au carrefour.

- Tu te rends compte de ce que tu viens de me dire ?! S'exclame-t-il en me confirmant qu'il n'est pas du tout calme.

Je rougis ; sérieusement, j'ai dit ça sans penser à mal, mais lui il a pensé directement à ça.

- Shelby, sérieusement ! Je sais que tu as passé une dure journée. Moi aussi. Mais je sais que tu n'es pas prête et te forcer ne sera pas une solution. Me dit-il en s'allumant une cigarette comme si cela était une bête conversation tout d'un coup. Son changement d'humeur et de ton est quand même dur à suivre quand il s'y met, et je perds mon calme.

- Très bien ! M'exclamé-je.

- Ramène-moi !

J'enlève ma main de sa cuisse, ce qui le surprend et m'allume une cigarette aussi de rage sur le coup. Même si je ne suis peut-être pas prête ; de quel droit peut-il décider à ma place ce que je veux ou pas ?!

- Très bien ! Claque-t-il froidement et il opère un demi-tour pour revenir vers le centre, avant de s'arrêter devant un hôtel.

- C'est ce que tu voulais non ?! Me lance-t-il en me toisant certain que je renonce.

- Oui ! Affirmé-je en sortant de la Mustang furieuse, avant de claquer la portière.

Léonard Black

Madeleine a l'air joyeuse et je la regarde avec dégout ; on dirait qu'elle se voile la vérité.

- Alors, tu es de retour pour affaire ? Me demande Christian.

- Oui. Répondé-je en allumant ma cigarette

- Enfin, plutôt pour mettre Shawn sur les bonnes voies. Fais-je remarquer.

Christian me toise, je sais qu'il n'est pas d'accord, mais c'est mon fils et je fais ce que je veux.

- Tu crois franchement qu'il te suivra sans broncher ?! Me rétorque Christian.

- C'est mon fils, il fera ce que je dis ! Répondé-je froidement.

- Donc, ses sentiments tu t'en fous ?!

- Quels sentiments ?! Cette fille ne vaut rien pour lui, il l'aura oubliée dans un mois. M'énervé-je.

- Léonard, étant la fille de Samantha tu crois qu'il pourra l'oublier si vite ?

- Fais attention à ce que tu dis ! M'énervé-je vraiment, alors que je grince des dents.

- Tu vois, même dix-sept ans après, quoi que tu dises, tu réagis aussi sauvagement dès qu'on parle d'elle. Me lance Christian d'un ton froid.

Il me connaît peut-être mais mon fils ne vivra pas ce que j'ai vécu. Je ferai tout pour qu'il redevienne l'homme qui ne soucie pas des autres, et qui pourra vivre sans devoir supporter tous ces sentiments qui ruineront sa vie.

Fille de Samantha ou pas, je dois m'en débarrasser pour le bien de Shawn.

....

Shawn

Je gare la Mustang sur le parking et je la rejoins dans le hall, essayant de garder mon calme devant son attitude. Mais j'ai beau regardé partout, je ne la vois nulle part dans le hall.

Au bout d'un moment, je la trouve attendant devant l'ascenseur avec une clé magnétique en main.

- Shelby, allons-nous-en. Tu n'as pas à faire ça. Lui dis-je à l'oreille.

Elle croise ses bras devant elle, droite comme un I, bien décidée et sans me regarder, elle monte dans l'ascenseur. Arrivés au septième étage, elle sort et se dirige vers la chambre sept cent sept sans hésiter avant d'y entrer.

Dès que je ferme la porte, elle me saute littéralement dessus ; Shelby se colle contre moi et commence maladroitement à enlever les boutons de la chemise que je porte. Elle m'embrasse, mais voyant que je ne lui rends pas son baiser, elle se fige.

- Tu ne veux pas de moi ? Me demande-t-elle totalement perdue.

- Non.

- Pas comme ça.

Elle scrute mes yeux, j'essaye de rester calme vu la douleur que je lis dans les siens à cet instant et je passe ma langue sur mes lèvres.

- Je ne suis pas assez bien pour que tu veuilles de moi ?! S'exclame-t-elle limite hystérique.

Ses yeux bleus brillent à cause des larmes qui commencent à déborder, quand elle achève sa phrase, et mon cœur est entrain de souffrir de la voir ainsi.

- Shelby. Fais-je mettant mes mains sur ses épaules pour la calmer, et la rassurer.

- Je ne veux pas que ta première fois se fasse sur un coup de tête, surtout après la journée qu'on a passée. Lui expliqué-je.

Putain, je ne comprends vraiment pas ce qui se passe avec moi quand je suis avec elle ; bien sûr que je pourrais assouvir nos désirs maintenant, mais mon cœur ne peut le permettre.

Elle se libère de mes mains et rejoint le lit, où elle met la couette sur sa tête. Je revois la scène de tout à l'heure et je me fige un instant. Tout mon corps est plus que tendu, tandis que mon pouls s'accélère. D'un coup je m'approche d'elle et lui arrache la couverture. Shelby me regarde, surprise les larmes aux yeux, mais les joues, aussi rouges de gêne.

- Désolée, je voulais juste te faire plaisir. Je sais que je t'ai fait souffrir aujourd'hui. Fait-elle en baissant la tête, totalement anéantie par la situation.

- Ce genre d'attitude ne me fait pas plaisir du tout. Dis-je en m'asseyant près d'elle.

- Je veux profiter de chaque moment avec toi, qui seront aussi les premiers pour moi aussi.

Je lui recule les cheveux qui cachent son cou et je me penche pour l'embrasser tendrement, elle frémit à mon simple contact.

- Ce genre de moment par exemple... Murmuré-je.

Je remonte vers son lobe d'oreille avec ma langue, je la sens frémir encore plus, et je dois admettre que cela me frétille aussi ; elle sent tellement bon l'odeur du pamplemousse.

Shelby

À chaque geste qu'il fait sur ma peau, je frémis totalement de désir et je sens ce courant électrique qui me laisse des sensations chaudes à chaque passage.

- Et profiter de ce regard. Continue-t-il en embrassant doucement mes yeux que je ferme.

Ce mec va me rendre folle.

Je lève ma main doucement et je passe mes doigts dans ses cheveux, alors qu'il revient doucement vers ma bouche qu'il frôle. Il me couche délicatement sur le lit, et redescend le long de mon cou y passant avec sa langue. Mon dieu, je suis totalement en feu à présent.

- Sentir ton corps se tortiller de désir, est vraiment la plus belle chose que je n'ai jamais vu. Murmure-t-il en revenant à ma bouche.

Ce baiser est plus intense que celui d'avant et nos corps sont entrelacés si étroitement, que je peux limite sentir ses battements de cœur. Sa salive me donne une sensation de douceur exquise, et je ne parle pas de la texture de sa langue qui s'enroule parfaitement avec la mienne. Nous nous quittons au bout de longues minutes, où nous haletons tous les deux, les yeux plongés dans le regard de l'autre. Nous reprenons notre baiser et mes mains l'attirent plus fort contre moi, ce fut un geste de trop, puisqu'il se redresse en passant la main dans ses cheveux tout en évitant de me regarder.

- Ça suffit pour aujourd'hui. Déclare-t-il.

- J'ai quand même mes limites. Admet-il en passant sa langue sur ses lèvres.

Je le regarde compatissante, et je me redresse moi aussi pour lui embrasser le front. Je sais qu'il fournit des efforts pour se contenir à cet instant, et je sais à coups sûre qu'il m'aime vraiment.

- J'ai quand même une demande, si tu penses pouvoir. Murmuré-je avant de me mordre la lèvre.

Shawn me regarde, et dans ce seul échange de regard, je sais que je n'ai même pas à demander ; il attrape la couette sans un mot et me prend dans ses bras, me bloquant de son bras musclé contre son torse.

- Merci. Murmuré-je en faisant les contours des tatouages sur son bras.

- Tu n'as pas à me remercier. Je suis heureux d'être avec toi, mon ti cœur. Fait-il en m'embrassant tendrement sur le front.

Je me sens fatiguée d'un coup, je ne sais pas si c'est la tension de la journée, mais je sais qu'à cet instant avec Shawn, je me sens sereine et apaisée.

Donovan

Il est sept heures du matin quand j'ouvre les yeux, un peu perdu. Je me suis endormi dans le fauteuil en regardant la télévision, ou plutôt en attendant le retour de Shelby.

Je me lève et vais me faire un café, allumant une cigarette en vérifiant que je n'ai pas d'appels ou de texto ; rien.

Je pense que ce coup-ci, rien ne sera plus jamais comme avant. Elle n'a jamais découché, et encore moins en me laissant sans nouvelles. Je m'installe sur la terrasse en regardant les photos que nous avons faites sur mon portable, je suis certain que je ne reverrai jamais plus ce sourire, ni cette complicité qui nous liait tant.

Je m'en veux d'avoir réagi ainsi, je n'aurais pas dû perdre mon sang froid à la vue de ce bracelet. Je n'aurais pas dû lui en vouloir de me le cacher, alors qu'elle savait ce que je ressentirais et que ça a dû être une torture pour elle de faire ça.

Shelby a toujours été directe et franche quand elle avait quelque chose à dire, mise à part avec moi si ça pouvait me faire du mal. Et je sais que le fait que ce soit Shawn, n'a pas aidé à m'avouer la dure vérité. Lui et moi, nous nous détestons au plus haut point.

Mon portable vibre, et je suis surpris de l'expéditeur ; Shawn.

« Je ramène Shelby vers onze heures, je t'attends au bar du Nevada à treize heures »

Shawn

Il est dix heures, et Shelby dort toujours à point fermé contre mon torse.

C'est vrai que la journée d'hier a été forte en émotion pour elle et pour moi. Je n'aurais jamais cru être autant inquiet pour quelqu'un, et être aussi respectueux des désirs d'une autre personne. Parce que là, j'avoue que je serre les dents, autant que mon pantalon a été serré de toute la nuit…

Je lui caresse ses longs cheveux posés sur mon épaule, elle m'a totalement changé depuis que je la connais. Jamais je n'aurais imaginé qu'un baiser et de tendres caresses me combleraient autant que de lui faire l'amour. La façon dont elle réagit à chaque baiser, chaque bisou, ou coup de langue que je pose sur son corps sont pour moi des moments merveilleux. Bien entendu, je serais heureux de passer le cap avec elle, mais chaque chose en son temps.

- Bonjour… Marmonne-t-elle en redressant sa tête doucement vers moi et ses cheveux chatouillent mon visage.

- Salut petit cœur. Fais-je en déposant un baiser sur ses lèvres.

Elle passe sa main dans mes cheveux et se redresse pour m'embrasser à son tour, nos langues se rejoignent et je sens la chaleur de son amour m'envahir. Cela fait deux semaines mais je ne m'y fais toujours pas. Pour moi aussi, c'est nouveau tout ce genre d'émotions et je veux en profiter avec elle le plus longtemps possible.

- Heum. Fait-elle en se reculant d'un coup.

Merde une partie de mon corps ne sait pas se comporter, surtout le matin !

Shelby

Il est onze heures quand Shawn me dépose à la villa, je ne le verrai pas avant demain au lycée, et il me reste à affronter Donovan. Shawn m'a conseillé d'être moi-même, que Donovan finirait par comprendre. Je ne sais pas s'il veut me faire comprendre que moi et Donovan, on est trop lié pour s'en vouloir, ou s'il compte lui faire comprendre d'une façon ou d'une autre quoi qu'il arrive.

Mais, je n'ai pas le temps d'épiloguer sur le sujet quand je rentre dans la villa ; Donovan se trouve dans le salon et je jurerais qu'il m'attend.

Je prends une bonne inspiration, et j'avance vers l'escalier sans le regarder, prête à monter à l'étage.

- Shelby...

Je me fige devant l'escalier, je n'ai pas envie de subir ça maintenant mais je n'ai pas le choix ; il est temps que j'assume.

Je me retourne et reviens vers le salon, sans pour autant le regarder dans les yeux. Je ne veux pas y lire que je l'ai déçu et blessé dans ses magnifiques yeux bleus.

- Tu veux bien t'asseoir ?

Je m'assois sans relever la tête de mes genoux, je me mords la lèvre essayant de paraitre calme ; ce que je ne suis absolument pas. Il se lève et vient se mettre accroupi dNoat moi en cherchant mon regard. C'est comme quand on était petits et qu'on ne voulait pas s'affronter, on venait se mettre comme ça pendant des minutes jusqu'à ce que l'autre craque.

Donovan

J'ai l'impression d'être dix ans en arrière, attendant qu'elle me regarde pour qu'elle sache que je suis là, et que je serais toujours là. Mais à ce moment-là, il n'y avait que moi, maintenant, il y a Shawn et c'est un rival de taille. Ses yeux bleus m'évitent comme elle sait si bien le faire, et je n'ai pas vraiment envie de la forcer à me parler si elle ne veut pas. Mais elle en a besoin, je la connais et je sais ce qu'elle a subi hier après mon départ. Je ne veux pas qu'elle se renferme à nouveau.

Elle prend son paquet de cigarettes dans sa poche arrière et de ses mains tremblantes, elle essaie de l'allumer. Je pose ma main sur la sienne qui tient le briquet pour la calmer ; enfin ses yeux me regardent. Je peux lire en elle comme dans un livre, elle s'en veut mais moi je m'en veux d'avoir réagi si violemment. Ses yeux bleus se remplissent de larmes ; on ne prononce pas un mot, se contentant de parler avec notre regard. Je pose la paume de mon doigt sur sa joue, essuyant ses larmes qui coulent et je me rends compte que moi aussi je pleure, quant à son tour, elle pose ses doigts sur mon visage pour essuyer les miennes.

- On a l'air idiots. Déclaré-je en souriant.

Elle craque complètement en larmes et elle descend du fauteuil en me serrant dans ses bras. Ses pleurs me font vraiment souffrir, je me rends compte qu'elle a dû contenir sa souffrance depuis un moment, et qu'elle pleure de soulagement.

- Je suis désolée. Crie-t-elle dans mon torse.

- Moi aussi je suis désolé. Fais-je en lui caressant les cheveux.

- Je t'avais promis d'être toujours là et je ne le suis pas.

- J'aurais dû te dire la vérité. Me dit-elle la voix étranglée par la douleur.

- J'aurais réagi de la même façon, je n'ai aucune excuse à ce que j'ai fait. Fais-je en la serrant fort.

Elle me serre fort à son tour.

- Non j'aurais dû te le dire. Insiste-t-elle.

Je la décolle de moi, ses yeux bleus sont rouges tellement elle craque. Je ne supporte pas de la voir ainsi, mon cœur me fait mal. Je lui avais promis de partir si je ne contenais pas mes sentiments, et hier, j'ai montré que c'était le cas.

- Tu ne peux pas me laisser ! S'écrie-t-elle paniquée comme si elle avait lu dans mes pensées.

J'évite son regard, elle m'attrape le visage à deux mains. Ses yeux bleus sont intenses et bien décidés.

- Si tu pars, je ne veux plus jamais te voir ! Me fait-elle d'une voix froide.
Je sais à cet instant que jamais je ne pourrai laisser ma petite sœur.

Des choses à éclaircir

Christian

Je vois Shawn passer dans le hall vers le bar quand je raccompagne mon rendez-vous, et je décide d'aller le saluer pour surtout savoir comment il se sent avec le retour de son père.

- Alors, comment vas-tu depuis hier ? Demandé-je en m'asseyant au bar.

Il ne me répond pas, il a ses lunettes de soleil et je vois à sa mâchoire qu'il n'est pas d'humeur. Est-ce à cause de son père ?

- Christian, si tu es venu me parler du retour de mon père ce n'est pas le moment. Je ne suis pas vraiment d'humeur. Me lâche-t-il sans me regarder.

Il y a vraiment quelque chose qui ne va pas. Je dois dire que hier j'ai vu son regard noir revenir de temps en temps, mais il ne restait pas longtemps une fois qu'il regardait Shelby.

- Très bien si tu veux parler, tu sais où je me trouve. Lui rétorqué-je en tapant sur son épaule.

Il relève la tête et me regarde dans le miroir du bar.

- Ne t'inquiète pas, je ne ferai rien dans ce bar. C'est pour cela que je suis venu ici. Je veux être certain de ne pas la décevoir.

Maintenant j'en suis certain, la cause est Shelby et ça se confirme quand un grand blond arrive et s'approche de Shawn, qui l'a vu venir dans le miroir et s'est totalement crispé.

J'ai quelques rendez-vous aujourd'hui, mais j'aurais aimé que Shawn soit présent aussi, malheureusement ce gamin a décidé d'éviter tous mes appels. Il est temps que j'ai une discussion avec lui, surtout quand je sais avec qui il est maintenant.

Je bois mon café sur la terrasse en lisant mes mails, surtout celui de Jordan qui me signale que Shawn va finir par se mettre en danger.

Comme Shelby est la fille de Samantha, je n'ai pas besoin de mettre en doute sa parole. Leur ressemblance physique est déjà un souci, alors si elle a le même caractère ; je sais ce qu'il va vivre pour l'avoir vécu.

Il hors de questions que mon fils vive ce que j'ai vécu, je veux qu'il me remplace ici, sans se soucier de ses futilités sur l'amour.

- Oh, tu es encore là ? Me demande Madeleine en arrivant sur la terrasse.

- Oui mais j'allais partir ma chère. Fais-je en refermant mon ordinateur.

- Tu as prévu de voir Shawn je suppose ? Me lance-t-elle.

- C'est convenu, mais ton cher fils ne daigne pas me répondre.

Madeleine me regarde perplexe.

- Tu ne vas pas... Commence-t-elle.

- Shelby est une gentille fille.

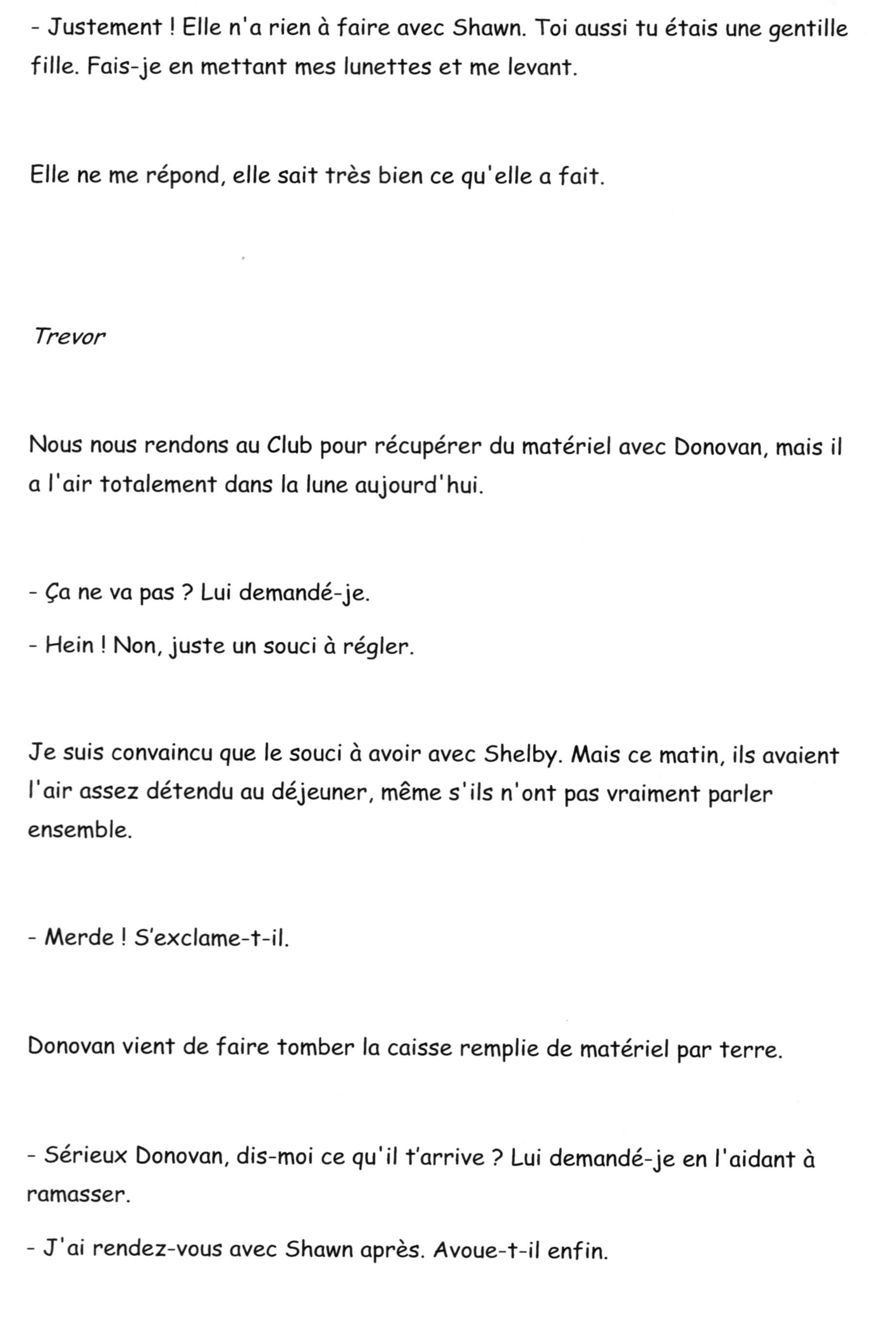

- Justement ! Elle n'a rien à faire avec Shawn. Toi aussi tu étais une gentille fille. Fais-je en mettant mes lunettes et me levant.

Elle ne me répond, elle sait très bien ce qu'elle a fait.

Trevor

Nous nous rendons au Club pour récupérer du matériel avec Donovan, mais il a l'air totalement dans la lune aujourd'hui.

- Ça ne va pas ? Lui demandé-je.

- Hein ! Non, juste un souci à régler.

Je suis convaincu que le souci à avoir avec Shelby. Mais ce matin, ils avaient l'air assez détendu au déjeuner, même s'ils n'ont pas vraiment parler ensemble.

- Merde ! S'exclame-t-il.

Donovan vient de faire tomber la caisse remplie de matériel par terre.

- Sérieux Donovan, dis-moi ce qu'il t'arrive ? Lui demandé-je en l'aidant à ramasser.

- J'ai rendez-vous avec Shawn après. Avoue-t-il enfin.

Je relève la tête. C'est quoi encore cette histoire ?!

- Il m'a envoyé un texto pour me voir.

- Et tu vas y aller ?! M'exclamé-je.

- Tu es malade ?!

Donovan ne me regarde pas, mais je peux voir la peur qu'il ressent dans son regard et son attitude. On parle quand même de Shawn, le mec le plus coriace de Miami, le gars qui le déteste aussi le plus sur terre.

- Je n'ai pas le choix. Me fait-il.

- Il est temps qu'on mette les choses à plat.

- C'est plutôt toi qui vas finir aplati oui ! Lancé-je.

Donovan

J'entre dans le bar du Nevada, Shawn est au comptoir avec un homme en costume, et je déglutis nerveusement. J'hésite un instant, mais en voyant l'homme me regarder, et me sourire avant de s'en aller ; je comprends que Shawn m'a vu aussi.

Je m'avance et m'installe sur le tabouret à côté de lui, alors que le serveur me pose directement un verre de Whisky sans me demander mon avis. En jetant un coup d'œil au verre de Shawn, je remarque qu'il boit la même chose.

Je bois une gorgée du verre, essayant de ralentir ma respiration qui s'emballe. Il ne dit rien et je sens qu'il est complètement tendu. Il y a une aura de rage qui règne autour de moi qui me met mal à l'aise.

- Tu es amoureux de Shelby ? Me lâche-t-il d'un coup sans tourner la tête.

Sa voix est retenue mais le fond est glacial.

- Peut-être... Répondé-je sans réfléchir.

- Même moi je n'en suis pas certain. Lui dis-je en regardant le fond de mon verre, avant de regarder vers celui de Shawn.

Je vois les muscles de sa main se crisper autour de son verre alors qu'il le porte à sa bouche, qui forme un rictus plutôt terrifiant à cet instant.

- Tu lui as dit ? Me demande-t-il en reposant le verre.

Je bois une gorgée de mon verre, et une seule chose me vient à l'esprit ; cette conversation va mal finir.

- Oui...

Shawn fait craquer son cou si fort, que j'ai cru que mon tabouret cédait.

- Avant ou après que tu l’as su pour moi ?

J’écarquille les yeux surpris de la réponse, mais je sais que cela ne sert à rien de lui mentir.

- Avant. Répondé-je sans réfléchir un instant.

Shawn ne dit plus rien et recommande un autre verre pour nous.

- Je vais être clair, on se déteste tous les deux mais on aime tous les deux Shelby. Elle ne devra jamais choisir entre toi ou moi.

J'acquiesce, comprenant qu’il a encaissé mieux que je ne l’ai fait de savoir une telle chose.

Il boit son verre d'une traite et se retourne vers mon tabouret, avant de se lever. Il enlève ses lunettes, ses yeux verts sont froids, et je peux voir toute la rage que j'ai ressenti autour de moi dedans. Je tressaille sur l'instant ; il est vraiment effrayant quand il veut.

- Mais ne t'avise pas de la faire encore pleurer, sinon tu ne seras plus de ce monde. Me dit-il en me faisant un sourire narquois.

Le message est clair.

Il remet ses lunettes, avant de sortir du bar, et je récupère enfin mon souffle.

Putain, il était temps que je sorte ! J'ai failli perdre mon sang froid.

Donc, ce con est bien amoureux de Shelby aussi mais elle ne l'a pas accepté, pourtant ils sont toujours en train de se toucher tout le temps.

J'ai la rage au ventre quand je monte dans la Mustang, et je dois trouver quelque chose pour me calmer. Je rallume mon portable, où j'ai plusieurs appels de l'autre enfoiré, mais surtout deux appels de Shelby.

Je recompose tout de suite son numéro, mais elle ne me répond pas, ce qui fait encore plus monter ma tension. Sérieusement, après ce qui s'est passé hier, ça me glace le sang quand elle ne me répond plus, mais je ne dois pas y penser, elle semblait aller bien ce matin d'après son texto.

Je m'allume une cigarette et démarre pour rejoindre le hangar, où je vais peut-être trouver quelque chose pour me calmer un peu.

C'est quoi ce bordel ?! Bien entendu, la Mercedes noire de mon père se trouve là, et je grince inévitablement des dents.

Je sors de la Mustang et rentre dans le hangar qui est bien calme. Les gars sont assis, occupés à leurs affaires dans le silence et le vieux est au fond avec Jordan. J'avance vers eux et enlève la veste du vieux de mon fauteuil, avant de m'y installer.

- Te voilà enfin ! Me lance-t-il d'un air réprobateur.

Je retire mes lunettes et l'ignore totalement ; je ne suis pas son toutou. Je vois que les gars sont aux aguets de notre conversation et étonnement Jordan ne me regarde pas.

- Je veux que tu viennes avec moi à quelques rendez-vous. M'ordonne-t-il sans lever le son de sa voix, mais l'intonation y est bien.

- J'ai déjà rendez-vous. Répondé-je d'un ton neutre, pas du tout intéressé, et encore moins apeuré de son autorité.

- Tu vas annuler tout de suite et venir avec moi.

- Attends tu me donnes des ordres là ?! Craché-je en me tournant vers lui, histoire de lui rappeler que je m'en fous royalement de lui.

- Très bien. Sourit-il d'un coup.

- Je te laisse aujourd'hui mais demain tu me suivras.

- J'ai cours demain. Lui rétorqué-je.

- Shawn, arrête de jouer ce jeu avec moi. Fait-il froidement en se levant.

- N'oublie pas qui te l'a appris. Dit-il en mettant sa veste, avant de quitter le hangar, et je grogne, assit dans mon fauteuil de ses airs de « M'as-tu vu ?! ».

- Putain Shawn, tu es malade ?! S'exclame Jordan une fois qu'il est parti.

- Je ne suis pas son toutou. Lui fais-je en me levant à mon tour.

- Si tu veux prendre ma place, je te la laisse sans soucis. Dis-je en prenant une bière dans le frigo, et l'affonnant d'une traite.

Cet enfoiré doit toujours me mettre à bout quand il est en ville, il ne peut pas simplement faire comme si je n'existais pas...

Shelby

Je rentre à la villa après être allée faire les magasins avec Emi et Carolina, afin de bien reprendre le lycée demain et de profiter un peu entre filles.

- Mon Dieu ! Crié-je.

- Qu'est-ce qui se passe ?! Surgit Carolina en entrant dans ma chambre.

Je viens de me rappeler qu'on avait un devoir de mathématique à rendre demain avec Shawn, et on l'a complètement oublié. Carolina me regarde, perplexe, attendant que je lui réponde mais je suis déjà en train de téléphoner à Shawn ; c'est lui qui a les feuilles du devoir.

- « Allô petit cœur »

- Shawn on a oublié le devoir ! M'exclamé-je paniquée.

- « Pas vraiment, je suis en route pour la villa pour t'amener le devoir, je l'ai fini »

Je suis ahurie de sa réponse ; lui qui n'en fiche pas une en cours, aurait fait le devoir tout seul.

- « J'imagine, puisque tu ne réponds pas que tu abasourdie. » Me dit-il amusé.

- J'avoue. Admets-je.

- « Je suis là dans dix minutes. Je me garerai devant l'allée, pas besoin d'attiser sa colère. »

Je raccroche. En plus d'avoir fait le devoir, il se préoccupe de ce que Donovan pense maintenant !

Quelle mouche l'a piqué ?!

Shawn

Pendant le trajet, elle relit tout le devoir en me jetant des coups d'œil surpris ; et ça m'amuse de la voir aussi sceptique. C'est clair que je ne fais rien en classe, mais quand je m'applique, je peux être une bête.

- Avoue. Commence-t-elle en plissant son regard sur moi.

- Tu as triché ? Me demande-t-elle.

- Sympa, aucune confiance ! Tu crois peut-être que j'ai un comptable pour les comptes du gang ? Rétorqué-je en souriant.

- Qui sait ? Fait-elle en rangeant les feuilles dans la chemise plastifiée.

- Tu as les moyens de payer n'importe qui pour le faire.

Sérieux, elle ne me croit pas...

- D'accord. Soufflé-je en tournant pour prendre la grande route.

- Pour demain, prépare-moi des exercices pour le cours. Je les ferai sous tes magnifiques yeux. Lui rétorqué-je, puisqu'elle doute autant de moi.

Shelby rougit et me prend la main en souriant, pour marquer notre accord.

- Au fait, on va où ? Me demande-t-elle.

- J'ai cru que tu ne le demanderais jamais. On est presque arrivé. Lui répondé-je en portant sa main dans la mienne à ma bouche pour y poser un baiser. Je lui montre la côte au loin et ses yeux s'illuminent en voyant la jetée de Santa Monica.

- Tu as dit que c'était ton plus beau souvenir de tes parents. Lui expliqué-je en lui embrassant la main.

- Et je voudrais qu'on y vienne dès qu'on en a l'occasion.

Elle se penche vers moi et m'embrasse tendrement sur les lèvres.

- Merci. Murmure-t-elle.

Je suis soulagée de voir qu'elle le prend bien, il faut dire que j'ai quand même hésité un bon moment avant de l'y emmener. Mais malgré les larmes qu'elle y avait versées, elle semblait plus sereine et heureuse en y descendant.

Shelby

Nous nous promenons sur la baie après être allé manger. Cette fois-ci, son bras est autour de mon épaule, et contrairement à la première fois, on ne s'est pas lâché une seule fois.

Je découvre tant de facettes de la personnalité de Shawn que j'en tombe amoureuse encore plus à chaque fois. Moi, qui le voyais comme un gamin qui ne pensait qu'à se battre au début de l'année, un coureur de filles ; je suis surprise depuis de voir à quel point je me suis trompée. Je suis heureuse de connaître toutes ses magnifiques facettes de sa personnalité, qu'il me fait découvrir chaque jour.

- Tu veux aller à la grande roue maintenant ? Me demande-t-il après avoir joué aux carabines pour m'attraper une peluche.

Je n'ai pas besoin de répondre, il a l'air de lire en moi et il remet son bras autour de mes épaules pour se rendre à la grande roue.

J'avoue que mon cœur est déjà en train de me pincer, mais Shawn me serre contre lui dans la file, comme s'il essayait de me faire comprendre qu'il est là, et que je ne suis pas seule.

Ses petites attentions m'attendrissent à chaque fois.

Une fois dans la cabine de la grande roue, je pose ma tête sur son épaule et il m'embrasse dans le cou tout doucement, sûrement pour vérifier que je frémis. J'essaye de garder mon sérieux, mais dès qu'il arrive à mon lobe d'oreille, je ne tiens plus.

- Tu n'as vraiment aucune motivation pour essayer de rester de glace. Me murmure-t-il tendrement dans l'oreille.

- Sérieusement. Qui pourrait résister à ça ? Admets-je.

Il me regarde de son regard émeraude charmant, et je frémis, rien qu'en le scrutant.

- Je ne sais pas, je n'ai pas eu l'occasion d'essayer. Me rétorque-t-il en se reculant un peu de mon visage, tout en passant sa langue sur ses lèvres.

Son regard est tellement illuminé, que je comprends que c'est un défi qu'il me lance et je me mords la lèvre, hésitante. Je finis par me pencher vers son cou, et je commence à l'embrasser tout en baladant la paume de mes doigts sur son bras, sachant qu'il réagit quand je fais ça. Mais il garde son sérieux, en affichant son sourire narquois.

Je décide donc de passer à la vitesse supérieure et passe délicatement le bout de ma langue, mais en démarrant de sous son oreille et descendant dans son cou. Je relève mes yeux vers lui en remontant doucement et je me recule en rigolant.

Ses yeux émeraudes sont plein de désir maintenant, et me montrent surtout que j'ai gagné.

- D'accord, je me rends ! Tu as gagné. S'exclame-t-il en posant sa bouche sur la mienne pour que j'arrête de rire.

Shelby

C'est le premier jour de Lycée après les vacances, et je ne sais pas du tout comment me comporter à l'école vis-à-vis de Shawn.

Rien que de penser à Kristie et Hilary, je sais qu'elles vont me pourrir la vie. Je descends les escaliers, et comme toujours je suis en retard sur les autres.

- Je t'ai préparé ton café. Fait Donovan quand j'arrive dans la cuisine.

- Je suppose qu'il vient te chercher. Me dit-il en me tendant ma tasse.

- Non, je lui ai dit qu'il valait mieux que je continue à y aller avec vous. Rétorqué-je en le remerciant d'un sourire.

Donovan me regarde, étonné, mais ne fait aucune remarque.

Quand nous arrivons au Lycée, la Mustang n'est pas encore là.

- Il a encore oublié de se lever. Me fait Emi en rejoignant le bâtiment.

Je souris mais il m'a quand même dit qu'il serait là avant moi. C'est bizarre. Je lui envoie un message pour voir s'il a oublié de se lever mais aucune réponse ; ce qui signifie bien qu'il dort encore.

Arrivé à la récréation, il n'est toujours pas là et je n'ai aucune nouvelle de lui alors que nous arrivons au préau.

Je vois Donovan regarder derrière moi étonné.

- Shawn n'est pas là ? Me demande-t-il quand j'arrive près de lui.

- Non. Fais-je en allumant ma cigarette.

Je ne sais pas lequel de nous deux, est le plus étonné de ne pas le voir aujourd'hui. Une chose est certaine, je lui tirerai les oreilles dès que je le verrai ; lui et ses promesses...

Madeleine Morgan

Shawn et Léonard ne sont pas rentrés cette nuit, j'ai passé celle-ci à essayer de joindre Shawn mais pas moyen.

Je me serre une tasse de café quand la porte de la villa s'ouvre sur Shawn tout ensanglanté.

- Mon Dieu ! Hurlé-je horrifié en le rejoignant dans le hall.

Il a les yeux vitreux, complètement inerte et c'est à peine s'il tient debout dans le hall.

- Qu'est-ce qui t'es arrivé ?! Réponds-moi ! M'écrié-je en le rejoignant, le pouls battant dans mes veines.

Son regard se tourne vers moi, et je tressaille alors qu'il s'assoit sur l'escalier tandis que la porte d'entrée claque derrière nous.

- Il a juste ce qu'il mérite.

Léonard rentre en enlevant son manteau sans un regard pour Shawn. Je me retourne vers mon fils, son visage est crispé et je vois la haine dans celui-ci me faisant comprendre la situation.

- Ne me dis pas que... Fais-je complètement écœurée.

Accroupie devant mon fils, je me lève et frappe Léonard sur la poitrine en pleurant. Comment peut-il faire ça à son propre fils ?! Son regard est noir et il me laisse le frapper sans bouger, jusqu'à ce que je m'écroule en larmes par terre.

Shawn

Je me lève tant bien que mal et aide ma mère à se relever avant de l'emmener vers les escaliers.

- Ce genre d'attitude te fera te faire tuer ! Me lance-t-il et je grince des dents de haine.

Ma mère tenant la barre de l'escalier, je la lâche pour revenir face à lui.

Putain, que j'aimerais le buter là maintenant !

- C'est facile de faire faire le boulot à tes malabars ! Mais quand auras-tu les couilles de t'en prendre à moi directement ?! Hurlé-je la voix plein de haine pour ce qui se trouve être mon géniteur.

- Quand tu seras digne d'être mon fils et que tu me respecteras. Me rétorque-t-il pas du tout décontenancé en se dirigeant vers le salon.

Je me retourne de lui et je tape mon poing dans le mur de rage. Cela fait mal, mais pas autant que son mépris pour celui qu'il appelle » Son fils ». Je ramène mon regard vers ma mère qui pleure dans les escaliers, et je la rejoins pour la monter dans sa chambre.

Après avoir administré ses calmants, je reste à ses côtés attendant qu'elle se soit endormie, avant de me rendre dans ma chambre où j'enlève mon T-shirt tant bien que mal. Ils ne m'ont pas raté ces enfoirés ; j'ai des bleus et des coupures partout sur le corps. Je fais couler l'eau de la douche et me mets devant le lavabo. J'ai la rage, mes doigts se crispent autour de celui-ci, faisant ressortir mes veines plus qu'elles ne devraient. M'arranger ainsi juste parce que je l'ai remballé au hangar devant mes gars....

- Connard ! Hurlé-je en tapant mon poing dans le miroir qui éclate sous l'impact. Je reste un long moment sous la douche, les plaies me font mal avec l'eau, mais ça ne fait qu'à me motiver plus de le maudire. J'enfile un essuie et me mets sur le lit en prenant mon portable. Je passe la main dans mes cheveux à peine essorés en regardant l'écran ; c'est bien ce que je pensais, Shelby s'inquiète vu le nombre de message que j'ai depuis ce matin.

Mais comment pourrais-je la rejoindre au lycée dans cet état ?

Shelby

Nous n'avons pas cours les deux dernières heures, et je prends donc la décision de me rendre à la villa de Shawn.

Ce n'est pas vraiment mon idée, étrangement, Emi m'a convaincue de m'y rendre.

Arrivée dans l'allée de la villa, je remarque que la Mustang s'y trouve et que celle-ci est garée n'importe comment. Mon Dieu, il y a vraiment eu quelque chose ?!

Je marche d'un pas plus rapide à la porte d'entrée et je sonne. Personne n'a l'air de venir ouvrir, et je me mords la lèvre en glissant mes doigts dans mes cheveux, trépignant sur place.

Je tente une nouvelle fois de sonner quand la porte s'ouvre enfin, et mon regard se porte sur Shawn complètement défiguré.

- Shelby ? Fait-il étonné en relevant un sourcil, alors que je suis sous le choc de son visage tuméfié. Il a l'arcade droite presque ouverte, sa lèvre est fendue à plusieurs endroits et l'odeur d'alcool est plus que forte.

- Qu'est ce... Balbutié-je.

Le regard de Shawn est vitreux et triste à cet instant en quittant le mien, je pose mes doigts doucement sur le bleu qu'il a sur la joue et mes yeux se remplissent de larmes. Shawn sans un mot, m'attire contre lui et me serre fort.

- Je vais m'en remettre, ce n'est que des bleus. Me fait-il doucement.

Il essaye de me rassurer, mais je l'entends au son de sa voix que ça lui fait mal. Il me fait entrer dans la villa, et m'emmène vers la terrasse où il y a une bouteille de whisky bien entamée, un verre et ses cigarettes.

- Tu n'es pas censée être en cours ? Me demande-t-il en prenant une cigarette.

- On avait étude et comme tu ne me répondais pas, je suis venue. Lui expliqué-je en posant mon sac contre la porte coulissante.

- Je suis content que tu sois là. Me fait-il en buvant une gorgée de son verre et j'esquisse un sourire, ennuyée.

Il s'assoit sur la chaise et vu que je suis debout, il tend son bras pour me faire venir sur ses jambes. Je m'avance près de lui et m'installe doucement, ne sachant pas où il a des coups.

Il pose sa tête dans mon cou et commence à m'embrasser, mon corps tressaille à son contact, mais je sens que quelque chose ne va pas. Ses baisers dans mon cou ne sont pas les mêmes que d'habitude...

Sa main droite passe sous mon T-Shirt et me ramène plus fortement contre lui, alors qu'il me mord littéralement le cou.

- Shawn... Fais-je en essayant de retenir sa main qui monte vers ma poitrine.

Il ne répond pas et continue. J'essaye de me bouger de son emprise, mais il est plus fort que moi mais je ne veux pas de ça. Sa main passe sous mon soutien-gorge, rien dans ce geste n'est doux et je ne veux pas le laisser faire comme ça. Ses doigts me pincent le téton et je perds mon calme.

- Shawn ! Hurlé-je.

Shawn a un geste de sursaut, me lâche enfin et je pars à l'opposé de la terrasse terrifiée. C'était quoi ça ?!

Shawn

Je réagis enfin à son cri et je la regarde, étonné ne comprenant pas ce qui se passe. Ses grands yeux bleus plongés dans les miens, sont totalement terrifiés. Elle se tient le T-Shirt et l'oreille toute tremblante… J'ai une impression de déjà-vu…

Non, ne me dites pas que j'ai recommencé ?!

- Shelby. Murmuré-je en me levant de la chaise pour la rejoindre.

Elle recule contre la fenêtre de la véranda et je m'arrête net, comprenant que j'ai vraiment gaffé à l'instant. Je m'attrape les cheveux, le regard devenant complètement effrayé de moi-même, avant de tomber à genou en hurlant. Qu'est-ce que j'ai fait ?!

Je craque complètement devant elle en pleurs.

- Je ne voulais pas… M'écrié-je.

- Crois-moi s'il te plaît. La supplié-je continuant de me tirer les cheveux.

Je suis certain que c'est mort ! Elle va me laisser et je l'aurai mérité.

Plusieurs minutes passent où je reste là complètement abattu à deux mètres d'elle n'osant pas la regarder. Mes mains abandonnent mes cheveux, et je laisse tomber mes bras le long de mon corps, totalement abattu.

« Je pleure alors que c'est moi qui lui ai fait du mal. »

Je ne suis qu'une ordure, et je savais depuis le début que je ne la méritais pas.

Je ne sens pas sa main bouger la mèche qui pend sur mon visage, je suis tellement obnubilé par ce que j'ai failli faire.

- Shawn…

J'ouvre mes yeux que j'avais fermé, et relève enfin mon regard sur elle. Shelby est accroupie devant moi, ses doigts glissant dans mes cheveux. Ses yeux bleus sont en larmes comme les miens, je tressaille devant la douleur que j'y vois, m'apprêtant à accuser le fait qu'elle va me quitter. Mais contre toute attente, elle pose doucement ses lèvres salées contre mon front, et ses bras se referment sur mes épaules.

Nous restons à nouveau un moment ainsi, pleurant tous les deux sans prononcer le moindre mot. Je sais aux battements de son cœur, et à la façon dont elle se serre contre moi, qu'elle m'a déjà pardonné

Elle est vraiment la fille que j'aime, et j'ai failli la perdre en un instant à cause de mes conneries.

Jordan

Je rejoins Monsieur Black au bar du Nevada, et bien que je sois quelqu'un qui ne soit pas impressionnable, je déglutis nerveusement en le voyant ; il est quand même très impressionnant par sa présence.

Shawn est le seul à me faire cet effet à notre âge, et je pense qu'il est bien parti pour être plus impressionnant que son père. Sauf s'il continue sur cette voie…

- Monsieur Black. Le salué-je le plus poliment possible en arrivant à sa table.

- Jordan, assieds-toi. Me fait-il sans relever son regard de son portable.

Il appelle le serveur en levant la main, et celui-ci arrive avec une bouteille de Whisky et il nous sert deux verres avant de repartir.

- Tu sais pourquoi je t'ai demandé de venir ? Me demande-t-il en buvant une gorgée de son verre, relevant enfin son regard vers moi. Putain ! Son regard me fait autant bander que celui de Shawn dans ses bons jours ; un regard teinté du noir de ses lunettes de soleil et d'une aura dévastatrice.

- Ça concerne Shawn, non ? Demandé-je.

- Effectivement. Confirme-t-il et je me retiens de sourire.

- J'ai bien reçu tes derniers mails, et j'ai effectivement vu de mes yeux le problème.

Je sais à coup sûr qu'il parle de Shelby, cette petite pute qui s'immisce dans sa vie comme si elle y avait sa place.

- En ce qui concerne un des problèmes je l'ai réglé cette nuit. M'informe-t-il en portant à nouveau son verre à sa bouche.

- Pour l'autre problème, je pense qu'il ne sait pas ce que c'est de s'immiscer dans notre genre de vie, n'est-ce pas ? Me demande-t-il en relevant un sourcil entendu, alors que je fixe son lotus sur le dos de sa main.

- J'ai déjà essayé mais elle est coriace. Lui dis-je, craignant qu'il me le reproche.

Monsieur Black s'allume une cigarette et enlève ses lunettes. Ses yeux bruns sont froids quand il se redresse vers moi à cet instant, et je tressaille à nouveau.

- Alors il va falloir utiliser la manière forte. Finit-il par dire en esquissant un sourire malsain et je souris.

Je jubile même totalement ; je vais pouvoir lui faire payer le fait qu'elle m'ait pris Shawn.

Du recul pour tous

Shelby

Après les émotions de tout à l'heure, Shawn est resté assez distant envers moi, même si je suis restée à ses côtés sur le transat. Pourtant, je pense lui avoir montré que j'avais bien compris qu'il ne voulait pas me faire peur et qu'il s'est emballé dans la situation.

Je n'ai donc pas posé de questions pour les blessures qu'il a sur le corps, et il n'a de toute façon pas l'air prêt à en parler.

Shawn décide de me ramener à la villa, mais je n'ai aucune envie de rentrer et de le laisser seul. J'ai peur de ce qui pourrait encore lui arriver quand on sera séparé. Je le suis pourtant dans la Mustang, et je soupire, avant de prendre l'initiative pour une fois.

- Dis. Murmuré-je.

- Tu ne veux pas aller à la falaise ?

Il ne me répond pas, et continue de regarder la route ; il a vraiment décidé de me ramener. Je pose ma main sur la sienne, essayant d'attirer son attention.

- Ce n'est peut- être pas le bon jour pour y aller. Me répond-il enfin sans me regarder.

Mon cœur se serre, et je regarde ma main posée sur la sienne avant de l'enlever, ayant l'impression de le déranger plus qu'autre chose. Je ne sais pas quoi faire pour le détendre, j'ai peur à cet instant qu'il fasse une connerie et que cette fois-ci, il revienne encore plus amoché.

Je ne sais pas à quel moment cela s'est passé, mais Shawn a changé de route et nous sommes sur le chemin de la falaise.

- Mais...

- Je pense que ça nous ferait du bien effectivement. Fait-il doucement en reprenant ma main dans la sienne.

Arrivés sur la falaise, je suis toujours aussi émerveillée de la vue qu'on a ici, et je m'avance pour regarder restant à bonne distance du bord de celle-ci. La vue est tellement magnifique, que je suis étonnée de n'avoir jamais connu cet endroit avant lui.

Shawn quant à lui, reste près du capot de la Mustang fumant sa cigarette, la tête baissée. Mais la plus belle vue, c'est lui en ce qui me concerne, car même s'il est tuméfié aujourd'hui ; c'est lui qui fait de cet endroit un lieu magnifique.

Je l'approche tout en me mordant la lèvre, regardant son visage qui est toujours aussi crispé depuis tout à l'heure, et je passe doucement mes doigts dans sa mèche de cheveux.

- Je respecte le fait que tu ne veuilles rien me dire, mais ne me mets pas de côté. Fais-je sachant qu'il est plus que meurtri.

Son regard émeraude se relève sur moi enfin, celui-ci est terne et je ne sais pas du tout ce qu'il ressent et ça m'angoisse affreusement.

- Ce qui m'est arrivé n'est rien comparé à ce que j'ai fait tout à l'heure.

Il remet encore ça sur le tapis ! Alors que je lui ai dit que j'avais surréagi à ses gestes.

- Je t'ai dit...

Il pose son doigt sur mes lèvres, tout en passant sa langue sur ses lèvres.

- Je sais ce que tu as dit, mais je me suis comporté comme un con avec toi et ce qui m'est arrivé n'est pas une excuse. Me coupe-t-il d'une voix morose.

Je pose mes lèvres sur les siennes pour qu'il arrête de dire des bêtises, je ne suis pas non plus un bébé, même si j'avoue avoir mal réagi sur le coup.

- Je ne m'attends pas à ce que tu sois toujours charmant tu sais. Souris-je pour apaiser ce qu'il ressent à ce sujet.

- Je sais que tu fais de sacrés efforts avec moi.

Il acquiesce de la tête, avant de poser ses lèvres sur les miennes de façon plus qu'hésitante tout en scrutant mon regard. Je ferme doucement les yeux pour lui montrer que je suis sereine, et j'entrouvre doucement mes lèvres pour le laisser mon conquérir tendrement.

C'est ainsi qu'il est avec moi, et c'est tout ce que je dois retenir.

Donovan

Ce soir, nous décidons de faire un barbecue avec les autres. Ça fait longtemps que nous n'avons pas été ensemble ; entre le lycée et les horaires de fou qu'on a chacun. Shelby se propose tout de suite pour venir avec moi faire les courses après le lycée. Ce qui m'a étonné ; pas de Shawn en vue aujourd'hui ?!

Maintenant que j'y pense, je ne l'ai pas vu au lycée ces jours-ci non plus...

Nous sortons du supermarché lorsque Shelby complètement dans la lune, bouscule une femme.

- Désolée. S'excuse-t-elle en me rejoignant.

- Ça va ? Lui demandé-je un peu inquiet.

- Oui je rêvassais.

Je n'insiste pas, après tout, je me fais peut-être des films ; Shelby a l'air d'être elle-même...

- On a oublié les crevettes ! S'exclame-elle.

- Emi va nous étrangler. Continue-t-elle en se détournant pour repartir vers le supermarché.

Là, mon regard se porte vers une Volvo noire garée plus loin qui regarde dans sa direction et démarre quand elle est sur le point de traverser.

- Shelby ! Hurlé-je en courant vers elle, voyant qu'elle ne fait pas attention à la voiture.

Mais apparu de nulle part, un homme l'attrape et la ramène sur le trottoir tandis que mon cœur vient littéralement de s'arrêter.

- Shelby, ça va ? Demandé-je paniqué en les rejoignant, et vérifiant son visage.

Elle me regarde un peu choquée, mais je vois surtout qu'elle n'a rien physiquement.

- Ils sont fous ! S'exclame l'homme.

- Merci beaucoup. Fait Shelby à l'homme, qui après s'être assuré qu'elle allait bien, nous laisse retourner vers l'Audi.

- Tu es certaine que ça va ? Lui demandé-je en m'asseyant à mon tour dans la voiture.

- Oui, je n'ai pas fait attention. Tu sais bien que j'ai l'art de m'attirer des ennuis. Rigole-t-elle en mettant sa ceinture.

En ce qui me concerne, je pense que ces mecs en Volvo l'ont fait exprès ; mais je ne lui dirai pas pour ne pas l'inquiéter.

Emi

- Attends, tu as oublié mes crevettes ?! M'exclamé-je ahurie et dégoutée à la fois.

- Désolée. S'excuse Shelby en me serrant la main.

- Après l'incident, je n'y ai plus songé. Mais on peut aller en chercher à la supérette où je travaille, ils en ont des bonnes aussi.

- Tu t'en passeras bien cette fois-ci. Me rétorque Mori froidement.

Pff... Tout le monde sait que j'adore les crevettes au barbecue. Mais vu le regard que mon frère m'a fait en me disant ça, je n'ai pas le choix que d'abandonner.

- Emi, je peux te voir un instant ? Me demande Donovan et je le rejoins près de la piscine, me demandant ce que j'ai encore fait.

- Il y a un souci avec Shawn ? Me demande-t-il.

Ah ben oui ! Cela concerne Shelby, bien sûr...

- Non, je ne crois pas. Shelby m'a dit qu'il était malade, mais elle n'a rien dit de plus. Lui expliqué-je en m'allumant une cigarette.

Donovan a l'air très pensif à cet instant, et je le regarde perplexe. Pourquoi me demande-t-il ça alors qu'il est le plus proche d'elle ? Il n'a pas encore fait le deuil de ses sentiments ?

- Les gars, on va mettre cuire ! Crie Byron en amenant les viandes sur la terrasses et Donovan se contente de le rejoindre, me laissant avec mes questions.

Shawn

J'ai le visage moins marqué par les coups, ce qui signifie que je vais pouvoir me rendre au lycée demain. Depuis lundi, je n'ai pas vu Shelby, mais nous avons beaucoup parlé au téléphone. D'ailleurs, je dois songer à le charger pour ce soir.

Je n'ai pas vu Jordan de la semaine, Noa m'a dit qu'il était très occupé mais à quoi ? On n'a pas grand-chose à faire avec le gang ces derniers temps, sauf les petits boulots.

Je descends au rez-de-chaussée, l'enfoiré n'est pas là c'est déjà ça. Je ne l'ai pas vu depuis lundi matin non plus, mais ma mère n'a pas l'air de s'en tracasser pour une fois.

- Chéri, tu sors ? Me demande-t-elle en apparaissant de la cuisine.

- Non. Fais-je en sortant sur la terrasse pour me mettre sur le transat.

- Tu n'es pas sorti beaucoup de la semaine. Tu ne t'es pas disputé avec Shelby au moins ? Me demande-t-elle avec un soupçon de panique.

- Man, Shelby et moi allons bien. J'avais juste besoin de récupérer. Lui expliqué-je avant de soupirer et de passer la main dans mes cheveux.

- Bien sûr suis-je bête...

Et elle repart dans la cuisine sans insister. Je descends mes lunettes de soleil de mes cheveux, pour les mettre sur mes yeux et je regarde le ciel en soupirant une nouvelle fois.

J'ai pris un peu de recul depuis lundi vis à vis de ce qui s'est passé avec mon père et Shelby. En ce qui concerne mon père, je pense que je vais devoir la jouer plus cool, du moins jusqu'à ce qu'il parte, histoire qu'il me foute la paix.

En ce qui concerne Shelby, je sais qu'elle a mordu sur sa chique en me disant que tout allait bien. Je vais devoir me contenir plus qu'avant quand je la toucherai, pour ne plus jamais voir cet air effrayé sur son magnifique visage.

Mon regard se dirige instinctivement sur l'endroit où elle était, ses yeux bleus paniqués m'ont fendu le cœur. J'ai du mal à réaliser que j'ai été si brusque avec elle. Je dois vraiment faire attention à ne plus le faire, car elle ne me pardonnera pas aussi facilement la prochaine fois et moi non plus...

Shelby

Nous entrons en cours avec Emi et je remarque que Shawn n'est toujours pas là, ce qui m'attriste encore une fois. Emi s'apprête à s'asseoir comme d'habitude à côté de moi, depuis l'absence de Shawn quand des bottines arrivent auprès de notre banc.

- Hop ! Hop ! Hop ! C'est ma place !

Je relève la tête surprise, et j'aperçois le visage souriant de Shawn qui me fait un clin d'œil.

- Voilà le revenant ! S'exclame Emi en allant s'asseoir derrière auprès de Noa.

- Je t'ai manqué ? Me Demande-t-il en me regardant d'un air charmeur.

- Non, pas vraiment. Rétorqué-je en sortant mes affaires de mon sac.

- Tu es sérieuse là ?! Grogne-t-il en portant la paume de sa main durement sur la table.

- Je rigole. Tu sais très bien que tu m'as manqué. Le rassuré-je en souriant.

Kristie et Hilary entrent en classe, je remarque que le visage de Kristie se fige tandis que Shawn remet ma mèche en place.

- Attends, c'est une blague ?! S'exclame Kristie.

Je me rends compte sur le coup, que ses amies ne lui ont rien dit à propos de Shawn et moi.

- Laisse tomber. Lui fait Kelly avec un sourire hautain, en arrivant derrière elle.

-Tu connais Shawn, il change de nana comme de T-Shirt !

Shawn voyant que je les regarde se retourne et je pose ma main sur son bras pour qu'il ne réponde pas ; mais à quoi je pense, c'est peine perdue avec lui.

- Ben au moins avec elle, on a de la conversation ! Lance-t-il d'une voix amusée.

- Alors qu'avec toi, on ne fait que de baiser ! Lâche-t-il d'une voix plus narquoise, et toute la classe se met à rire. Je penche la tête sur mon livre, évitant d'attiser le regard noir des filles sur moi.

Mais ce n'est pas vrai ; je vais les avoir à dos maintenant !

Mais étonnement, elles ne répondent pas et vont se mettre à leur place dans le fond. Emi tape son pied dans la chaise de Shawn.

- T'es con ! Elles vont s'en prendre à Shelby ! Lui fait-elle remarquer, et Shawn revient vers moi avant de se retourner sur Emi.

- Tu crois franchement que quelqu'un s'en prendrait à elle ?! Lance-t-il.

- D'un, elle pratique la boxe Thaï et en plus c'est ma petite copine. Ricane-t-il.

- Faudrait effectivement être suicidaire. Rigole Noa.

Shawn se retourne vers moi qui suis toujours la tête dans mon livre, et je sens son souffle se poser dans mon cou.

- Je n'ai pas raison petit cœur ? Me murmure-t-il, tandis que je frissonne de son souffle.

Je relève mes yeux vers lui prête à l'incendier, mais son regard émeraude posé sur moi m'a encore eu. Il a le don d'utiliser son regard charmant quand il faut, me dis-je alors que le professeur arrive enfin dans la classe.

Donovan

Les cours sont finis et j'attends les autres sur le parking comme toujours, quand je vois Shawn et Shelby descendre du bâtiment où ils ont cours ; mains dans la main. Je sens un poids sur mon cœur, mais il faut vraiment que je m'y fasse.

Shawn redresse la tête, chuchote un truc à Shelby et enlève sa main de la sienne. Je me retourne et monte dans la voiture, évitant d'en rajouter.

Nous prenons le chemin de la villa sans vraiment parler dans la voiture. En entrant dans l'allée, j'ai l'impression de voir la Volvo noire passée derrière nous. Mais bon, il n'y a pas que celle-là dans Miami.

Nous rentrons dans la villa, où Shelby et Emi montent directement à l'étage se changer et je descends dans la pièce où Trevor et moi préparons nos musiques pour le club.

- Donovan ! Tu es là ?

Carolina arrive toute excitée.

- Trevor t'a dit ?!

- Non, de quoi tu parles ? Demandé-je totalement perdu.

- Mais il attend quoi lui, bon sang ?! Et elle repart comme elle est venue.

Je reste là comme un idiot en me demandant sérieusement si elle est folle. Mon portable sonne, affichant encore ce numéro que je ne connais pas et comme toujours je ne réponds pas. Si c'est important, ils me laisseront un message. Je soupire en m'asseyant derrière mon ordinateur, et je mets mon casque sur les oreilles pour écouter nos nouveaux sons.

Le visage de son père

Shelby

Aujourd'hui, je travaille à la supérette, et je vais devoir revenir toute seule, vu que les autres travaillent au club. Je prévois mon gros pull à capuche pour revenir, car comme dirait Mori, je ne dois pas attirer l'attention le soir ; une fille seule c'est tentant.

Mon portable sonne, c'est un message de Shawn :

« Salut petit cœur. Tu veux que je te conduise ce soir ? »

Il est vraiment plein d'attention, ça me touche mais je ne peux pas l'ennuyer alors qu'il a certainement des choses à faire.

« C'est gentil, mais ça ira je prends la Mustang de Carolina merci. »

Shawn :« Pas de soucis. Préviens-moi quand tu as fini. »

Je mets mes baskets et descends manger un morceau avant de partir.

- Tu as pris ta bombe ? Me demande Mori.

- Sérieux les gars ?! Elle se défend mieux que quiconque et puis, elle ne doit plus traverser de parc, puisqu'elle a ma voiture ! S'exclame Carolina en me lançant ses clés.

Effectivement, Mori devient parano ma parole. Cette semaine j'ai passé tous les après cours au gymnase, étant donné qu'on avait décidé de ne pas se voir avec Shawn. Je n'étais pas trop d'accord, mais je pense qu'il devait digérer ce qui s'était passé ce fameux soir et ce qui s'était passé entre nous.

- Elle s'est bien entraînée oui. Mais contre plusieurs, elle sera toujours en danger. Fait remarquer Mori.

Je vais dans mon sac avant que Carolina ne réponde.

- Mori ne t'inquiète pas, elle est là ! Lancé-je pour le rassurer en lui montrant la bombe.

- Et je ferai attention de ne pas me garer loin du parking. Enchéris-je en souriant.

- Tu vois ?! S'exclame Carolina.

- Je t'avais dit qu'elle gérait.

- Tu lui fais encore peur ? Demande Donovan en entrant dans la cuisine.

Mori lâche un truc en chinois et sors de la cuisine le visage fermé.

- Il est un peu surprotecteur. Fais-je en rangeant mes affaires.

- On le serait tous non ?! Fait remarquer Donovan en prenant une bière.

Shawn

Je monte au hangar rejoindre les autres, où nous allons aller récupérer de la marchandise au port. Noa étant mis de côté pour les missions n'est pas là, mais je m'étonne que Jordan ne soit pas encore arrivé une fois de plus.

- Tu es où mec ? Lui fais-je au téléphone.

- J'arrive j'avais un truc à faire ! Me lâche-t-il et il raccroche.

Bizarre... Mais bon, Jordan est libre de faire ce qu'il veut, mais en ce moment je le trouve bien occupé.

Cela fait une heure qu'on attend ce foutu bateau, et je suis avec l'écouteur à l'oreille, écoutant Eminem dont je suis limite devenu accro. Cela me fait penser à Shelby, donc ça me calme. Jordan qui est dans le Humer avec moi est étrangement très silencieux.

- T'as un souci ? T'es bien calme ? Lui demandé-je en allumant une cigarette.

- Non, dure journée...

Je n'insiste pas. Jordan n'a pas une vie facile, il a toujours fait ce qu'il pouvait pour vivre depuis qu'il a été abandonné. Je me suis lié d'affection pour lui quand on s'est rencontré dans cette ruelle. Il était maigre et il venait de se faire tabasser par des plus grands.

J'ai tout fait pour l'aider au mieux, mais il garde une telle rage depuis son enfance que je suis toujours étonné qu'il soit resté avec moi toutes ces années, alors qu'il ne supporte pas qu'on lui donne des ordres.

- Le bateau est enfin arrivé. Me fait remarquer Jordan me sortant de nos souvenirs.

Effectivement, le bateau arrive au port, mais j'ai un drôle de pressentiment et je prends l'oreillette du gang pour communiquer avec les autres.

- Shawn, il y a deux fourgons qui viennent d'arriver et se dirigent vers vous. Me fait un des gars.

Jordan qui a mis son oreillette aussi, sort du Humer et regarde effectivement les fourgons arriver.

- Putain c'est qui ces enculés ?! Lâché-je en sortant à mon tour, le corps se crispant, tout en faisant craquer mon cou.

Jordan

Enfin un peu d'ambiance, ça fait longtemps. Shawn se met devant le premier fourgon qui s'arrête, il a une présence tellement incroyable.

- Vous allez où là les mecs ?! Claque sa voix qui résonnent dans la nuit.

- Dégage gamin ! ces pièces nous appartiennent ! Lui balance le chauffeur du fourgon.

Je jubile, il l'a traité de gamin. Le genre de truc qui met Shawn de très mauvaise humeur. Je me frotterais limite les mains du plaisir qui va suivre. Shawn, quant à lui sourit, tout en mettant son doigt sur son oreillette.

- J'ai besoin de quatre mecs ici d'urgence. Les autres, chargez les pièces et amenez-les au hangar. Ordonne-t-il calmement.

- Tu bouges, gamin ! Crie à nouveau le chauffeur, et Shawn sourit à nouveau, enlevant ses lunettes ; ça va être leur fête !

Je ne sais pas pour le fourgon qui suit, mais le compagnon du chauffeur descend du premier et se barre en courant, étant rattrapé par nos gars qui arrivent. Shawn sort son flingue et il met le chauffeur du fourgon en joue. Celui-ci ne comprend rien à ce qui se passe.

- Viens dire bonjour au gamin ! S'exclame Shawn.

Le chauffeur regarde dans son rétroviseur, les hommes du deuxième fourgon sont déjà tenus par nos gars, qui les amènent près de Shawn et de moi. Voyant qu'il ne descend toujours pas, je me décide d'aller le sortir moi-même.

- Amène-toi enflure ! Claqué-je en le tirant par le bras, le faisant tomber, puis, attrapant sa nuque durement pour l'amener aux pieds de Shawn. Celui-ci range son flingue et s'accroupit devant le mec, un sourire mauvais sur les lèvres.

- Comme ça je suis un gamin ? Demande-t-il avec un sourire narquois, avant de lui asséner un coup de poing si violent que le mec est sonné directement.

- Putain c'est qui ces enculés ?! Grogne-t-il en se relevant.

- Aucune idée, on était censé être les seuls sur cette affaire. Lui répondé-je aussi perdu que lui.

Il va bientôt être minuit, ma collègue achève de remplir le dernier rayon et je vais fermer la caisse, lorsque deux hommes entrent dans la supérette. Ma collègue me fait un regard que j'ai tout de suite compris, et je m'assure que le gros de la caisse est planqué avant qu'il n'arrive près du comptoir. En regardant dans un des miroirs de surveillance, je vois que l'un d'eux sort un flingue. Je n'ai pas le temps de crier qu'il tient déjà ma collègue en otage.

- Donne la caisse et ne pense pas à faire la maline ! M'ordonne l'autre gars qui arrive en face de moi.

J'ai beau sentir la peur monter en moi, je ne chipote pas et je sors ce qu'il reste dans la caisse sans le regarder. Vu que j'ai retiré une bonne partie, il ne reste pas grand-chose.

- Tu te fou de ma gueule ?! Hurle-t-il en passant derrière le comptoir et me poussant contre l'étagère tellement violemment, que ma tête cogne sur l'étagère métallique.

Je sens une douleur intense et du sang coule devant mon œil, me cachant une partie de ma vue. Le mec vérifie que j'ai donné tout ce qu'il y a dans la caisse et se retourne sur moi.

Putain, qu'est-ce qu'il va faire ?! Son regard est noir. Pas aussi glacial que Shawn mais il n'en est pas loin.

- La prochaine fois, elle a intérêt à être pleine ! Me fait-il et recule vers la sortie, accompagné de son copain qui relâche ma collègue devant la porte et ils disparaissent.

Je me lève tant bien que mal et vais la rejoindre. Elle est par terre en larmes tétanisée, et toute tremblante.

- Ça va aller, tout va bien... Fais-je en la prenant dans un de mes bras et faisant le numéro de la police de l'autre, avant que le noir ne me tombe littéralement dessus.

Shawn

Nous sommes revenus au hangar. Si j'ai bien compris, ce sont les mecs d'une petite bande qui sévit depuis quelques temps dans le coin. Une chose est certaine, ils ne sont pas très dégourdis pour venir au port sans être plus nombreux et si peu armé.

Les gars sont contents, ils ont pu se défouler un peu. Connaissant Jordan, il a dû râler ; il n'a pas eu besoin de son arme.

- Bien joué les gars ! Lancé-je en prenant une bière.

Je me mets sur le divan, buvant une bonne gorgée de ma bouteille, avant de regarder mon portable. Il est passé minuit, elle doit être rentrée à cette heure. Je compose son numéro, en allumant une cigarette, mais aucune réponse ; elle doit être en voiture, je réessayerai plus tard.

Donovan

Il est cinq heures, quand nous quittons enfin le club, on est tous vraiment vannés. Arrivés à la villa, Mori et Byron qui sont arrivés les premiers, nous attendent sur le parking et en faisant attention, je vois que la Mustang de Carolina n'est pas rentrée.

- Elle aurait pu prévenir qu'elle allait voir Shawn ?! S'exclame celle-ci en sortant de l'Audi.

- Elle ne t'a pas prévenue ? Demandé-je en sortant de l'Audi à mon tour.

Elle regarde son portable et jette un coup d'œil à Emi qui regarde le sien aussi, mais à leur tête, elles n'ont rien eu. Sur le coup, je regarde le mien aussi, et je me rends compte qu'un numéro inconnu m'a appelé, mais on m'a laissé un message.

« Bonjour, c'est Emma la collègue de Shelby. Nous avons été cambriolés. C'est pour vous prévenir que Shelby est à l'hôpital. Elle n'a rien de grave juste une petite commotion cérébrale... »

Je n'achève pas le reste du message et remonte dans l'Audi, démarrant en trombe jusqu'à l'hôpital.

Arrivé à l'hôpital, les infirmières me laissent aller voir Shelby aux urgences, après leur avoir prouvé qu'on vivait ensemble. Elle m'explique que vu qu'il n'y avait personne de référence, ils n'avaient pas su nous prévenir.

Une chose à rectifier à son réveil.

J'ouvre le rideau, Shelby est allongée endormie avec un bandage ensanglanté autour de sa tête. J'ai le souffle coupé même s'ils m'ont affirmé qu'elle allait bien. Je m'assois à côté d'elle et lui prends la main me rendant compte qu'elle a l'air de faire des cauchemars, son visage est crispé.

- Shelby. Dis-je en lui caressant la joue.

-Tu es en sécurité.

Emi

Donovan est parti sans rien nous dire d'un coup, nous voilà donc tous stressé sur la terrasse, en se demandant ce qui se passe quand le téléphone de Trevor sonne.

- Donovan ?! Tu es où ? S'exclame-t-il en se levant de son siège.

Nous le regardons interrogatifs, attendant qu'il ait fini pour savoir ce qui se passe.

- Alors ?! S'écrie Carolina, une fois qu'il a raccroché.

- Shelby et sa collègue ont été cambriolées. Shelby a une petite commotion mais rien de grave. Il attend qu'elle se réveille. Il nous tiendra informer.

- Et Merde ! S'écrie Mori.

- Je savais qu'il y aurait quelque chose !

- C'est un cambriolage Mori, on n'aurait rien su faire et elle non plus. Rétorque Trevor pour le calmer.

Mori fait valser le transat et rentre dans la villa, suivi de Carolina qui est en pleurs. Je suis sous le choc bien entendu, mais je décide de rester dehors avec Byron et Trevor en attendant de ses nouvelles.

Shelby

J'entrouvre les yeux me demandant où je suis ; mais c'est cette douleur à la tête qui m'interpelle. Je passe ma main et je sens un bandage où j'ai mal. Je tourne doucement celle-ci pour apercevoir sa chevelure blonde posée sur le lit me tenant mon autre main. Je passe doucement ma main libre dans ses cheveux. Ça fait longtemps que je n'avais pas eu l'occasion de le faire, et j'ai ce sentiment réconfortant en le faisant.

- Tu es réveillée. Fait-il en se redressant d'un coup.

- Oui. Répondé-je ma voix encore endormie.

Je tousse un coup et il m'aide à me redresser, avant de me donner le gobelet pour boire un peu.

- Ne bois pas de trop. Ils ont dit que tu devais aller faire un scanner à ton réveil.

J'acquiesce, Donovan n'a pas l'air d'avoir dormi beaucoup, et je me rappelle qu'ils travaillaient tous cette nuit. Un coup d'œil vers l'horloge me confirme qu'il n'a pas du dormir beaucoup en effet.

- Je vais prévenir les autres que tu es réveillée. J'arrive. Me fait-il.

Je le regarde partir en souriant, et je cherche du regard mon portable. Il faut que je prévienne Shawn, avant qu'Byron ne le fasse sinon il va m'en vouloir.

- Bonjour Mademoiselle Jones.

Je lève les yeux. Un homme en costume noir très chic se trouve devant mon lit.

En le regardant attentivement, ses cheveux mi longs noirs, ses yeux bruns... Je l'ai déjà vu ; c'est le père de Shawn !

- Monsieur Black. Répondé-je surprise de le voir ici.

- Je ne la ferai pas longue. Me dit-il en s'approchant du lit.

- Vous avez failli être renversée, et hier vous avez failli mourir pendant un cambriolage. Ça fait beaucoup de coïncidences non ?

Était-ce vraiment une question ou une affirmation ? Je le regarde, essayant de déceler quelque chose, mais son regard est neutre comme Shawn sait si bien le faire.

- Vous devriez réfléchir avant de penser à rester avec Shawn ? C'est son monde et il y aura des gens qui s'en prendront à vous pour l'atteindre. Continue-t-il.

- Pensez-vous pouvoir supporter être la raison pour laquelle il pourrait tout perdre ?

Ses yeux bruns sont à cet instant froid ; aussi glacial que Shawn.

Je n'ai pas l'occasion de répondre qu'il regarde vers l'entrée de la salle des urgences. Ce que je fais aussi et j'aperçois Donovan qui revient.

Quand je me retourne, il n'est plus là.

Il est midi quand je me lève et je regarde mon portable ; aucune nouvelle de Shelby. C'est qu'elle dort encore. Je descends à la cuisine pour me faire un café, ma mère n'est pas là et l'autre enfoiré non plus, ce qui est une bonne chose. Je prends mes cigarettes et je sors fumer sur la terrasse en vérifiant mes mails.

- Tu ne m'as pas entendu ?

Je relève la tête, Christian est à l'entrée de la terrasse.

- J'ai sonné mais tu as l'air bien concentré. Me fait-il en me rejoignant.

- Désolé je lisais mes mails. Que fais-tu ici ? Ma mère n'est pas là et l'autre non plus. L'informé-je.

- C'est toi que je venais voir. Fait-il en s'asseyant sur une chaise de la terrasse.

- J'ai appris ce qui s'était passé avec ton père.

Je passe ma main dans mes cheveux, en soupirant, j'avais décidé de ne plus en parler.

- Laisse tomber, il a voulu montrer qui était le chef ! Rétorqué-je.

Christian s'allume une cigarette en me scrutant.

- Tu supporteras sûrement ce genre de traitement, mais Shelby le supportera-t-elle ?

Je me fige, il raconte quoi là ?!

- Nous connaissons tous ton père. Tu crois franchement que le fait que tu lui manques de respect est la seule chose qui le tracasse. Tu as refusé des rendez-vous pour aller aux cours, tu as failli mourir pendant une mission parce que tu étais dans la lune...

Je ne réponds pas, je sais qu'il a raison.

- Ton père est au courant de tout ça... Continue-t-il. Je t'ai expliqué pour mon ami. Continue-t-il en enlevant ses lunettes pour les frotter.

- Il regrette de ne pas avoir su protéger la femme qu'il aimait, et pourtant il l'a quittée bien avant qu'elle ne meure. Dans notre milieu, on ne peut pas se permettre de s'attacher d'après lui.

- Regarde comment ton père traite ta mère... C'est sa façon de vous protéger quoi qu'on en dise. Mais toi, demande-toi si Shelby résistera à tout ce qui peut t'arriver ?

Je revois le regard apeuré de Shelby quand elle m'a vu défiguré, mais elle a eu plus peur de moi que de ça. Elle supportera je le sais, elle est forte et je ne la laisserai jamais se tracasser pour moi.

- Elle a le courage d'une lionne. Fais-je pour me convaincre.

- Je sais. Acquiesce-t-il en souriant.

- Je vois que tu es bien décidé à tenir tête à ton père sur tous les fronts. Lance-t-il sereinement en écrasant sa cigarette, et se lève d'un air satisfait et s'en va.

Je rêve où il vient encore de me tester ?!

Emi

Donovan et Shelby sont rentrés nous annonçant que celle-ci a juste besoin de se reposer quelques jours. Vu que j'ai pris congé ce soir pour lui tenir compagnie, après s'être tous reposés ils sont partis au Club. Bien sûr, sans oublier de me donner des ordres à faire si elle n'est pas bien. Je regarde un film, pendant qu'elle est partie prendre un bain, je n'ai pas encore eu l'occasion de parler avec elle depuis son retour. Je suis quand même étonnée que Shawn ne lui ait pas sonné, et encore moins qu'il ne soit pas passé.

J'entends un boum venant d'en haut et me précipite en courant pour rejoindre la chambre de Shelby.

Celle-ci est devant sa commode, où elle a fait tomber sa lampe.

- Ça va. J'ai juste eu un malaise, l'eau devait être trop chaude. Me rassure-t-elle en me voyant arrivée en trombe dans la chambre.

- Tu devrais faire attention ! M'exclamé-je en ramassant la lampe.

- Tu ne vas pas commencer comme Donovan et Mori. Me lance-t-elle en allant vers le dressing.

- Et Shawn qu'est-ce qu'il a dit ?

Shelby se fige instantanément.

- Je ne lui ai pas dit. Murmure-t-elle.

- De quoi ?! Tu ne lui as rien dit ! Hurlé-je ahurie.

- Il va devenir dingue !

- Dans les deux cas, il sera dingue et je n'ai pas la force aujourd'hui de supporter ça. Me rétorque-t-elle en prenant ses vêtements.

Elle est sérieuse là ?!

- Il va péter un câble oui ! Affirmé-je.

- Mais si tu ne lui dis pas, ce sera pire ! Moi je lui dis quoi demain en cours ? Lui fais-je remarquer.

- Tu ne lui dis rien. Dis-lui juste que je suis malade. Fait-elle en fermant sa penderie.

- Je lui sonnerai quand j'irai mieux. Fait-elle en retournant dans la salle de bain.

Shawn

Je gare la Mustang en jetant un coup d'œil à l'Audi et la Camaro qui sont bien là. Je suis un peu à cran, puisque je n'ai pas eu de nouvelles de Shelby depuis samedi, et c'est à peine si elle a répondu à mes textos. J'arrive dans la classe de cours, et je vais directement trouver Emi qui se trouve seule à son banc.

- Shelby n'est pas là ?

Emi ne me regarde pas dans les yeux en me répondant qu'elle est malade, et je tape mon sac sur mon banc, avant de prendre mon portable. Ça suffit là !

- Byron, comment va Shelby ?

Emi lève enfin son regard vers moi paniquée, à cet instant, je sais qu'il y a un souci. Je remets le portable dans ma poche et toise Emi.

- Dis-moi ! Claqué-je en crispant mes poings.

- Monsieur Black, le cours a commencé. Me crie le professeur.

- Dis-moi ce qui se passe ou je te traîne jusqu'à la villa ! Lui craché-je d'un ton menaçant.

Emi me regarde de ses petits yeux noirs, écarquillés de peur maintenant.

- Tu… Tu devrais aller la voir… Me répond-elle enfin paniquée.

- Je lui ai dit de t'appeler, mais elle ne voulait pas. Je te le jure.

Je reprends mon sac d'un geste vif, et je sors de la classe en courant.

Qu'est ce qui se passe au juste ? Pourquoi n'est-elle pas en cours et pourquoi ne veut-elle rien me dire ?

Notre fin ?

Shelby

Je suis dans ma chambre quand j'entends une voiture freinée sec dans l'allée, je sors de mon lit, encore endormie pour savoir à la fenêtre qui est déjà rentrée quand je me fige.

Shawn !

Il lève la tête vers moi et enlève ses lunettes. Je peux voir d'ici la fureur dans ses yeux ; il est au courant. Je recule de la fenêtre, et je descends l'escalier pour m'arrêter devant la porte. Je ne suis pas prête à supporter une dispute, mais je n'ai pas le choix vu comme il tambourine déjà à la porte.

- Dépêche-toi d'ouvrir ! Hurle-t-il.

J'ouvre la porte et il rentre furieux en me faisant reculer à chaque pas qu'il fait. Ses yeux sont froids et flamboyants de colère. Je baisse la tête, avant de me détourner et avance vers le salon.

- Tu comptes m'expliquer ce qui se passe ?! S'écrie-t-il et je soupire.

- Tu peux baisser d'un ton, j'ai mal la tête. Fais-je en m'asseyant dans le divan.

Il s'arrête net et me regarde intensément ; ses yeux émeraudes sont redevenus normaux.

- C'est quoi ça ? Demande-t-il en s'accroupissant devant moi, regardant le pansement sur mon front.

- Qu'est-ce qui t'es arrivée ?

Il pose sa main sur mon bras, je sens cette chaleur me parcourir et je me mets à pleurer instinctivement.

Pourquoi je ne l'avais pas prévenu avant ? Alors que tout ce que je voulais, c'était d'être auprès de lui ?

Il s'assoit près de moi et me prends dans ses bras le temps que je me calme sans parler. Les battements de son cœur dans sa poitrine, me prouvent qu'il s'inquiète.

- Si tu es calmée, tu veux bien me dire ce qui s'est passé ?

Je ne le vois pas mais je peux entendre à sa voix qu'il se contient d'exploser. Je me redresse et me recule pour me mettre face à lui ; je sais qu'il va mal le prendre.

- On a été cambriolé à la supérette et... je suis tombée contre une armoire métallique. Murmuré-je en scrutant ses yeux verts.

Je le vois immédiatement se crisper et serrer les poings, ses yeux émeraudes intenses redevinrent flamboyants de colère.

- C'est pour ça que tu ne m'as pas prévenu ? Tu as cru que j'allais perdre mon sang froid. Fait-il d'une voix froide.

- Tu préfères me cacher ce genre de choses. Grince-t-il limite des dents, alors que je commence à tressaillir devant l'aura de colère qu'il dégage maintenant.

- Non... Je comptais te le dire aujourd'hui, j'avais juste besoin de repos avant de...

Il repousse ma main que je viens de poser sur son bras et se lève sans dire un mot.

- Tu es grave quand même toi ! Qui ne péterait pas un plomb en sachant que sa copine s'est faite agressée ?! Claque-t-il d'une voix froide sans me regarder.

- Shawn, je ne voulais pas que tu t'énerves et que tu fasses une bêtise. Rétorqué-je en me levant et lui prenant la main mais il me repousse d'un geste vif.

- Une bêtise ! Genre buter tous les mecs que je croise, jusqu'à ce que je trouve celui qui t'a fait ça ?! Lâche-t-il en se retournant vers moi avec un sourire malsain sur le visage et je baisse mon visage.

- Putain, Shelby ! Tu me prends pour qui pour finir ?! Claque-t-il.

Il pose sa main sur son visage et passe celle-ci dans ses cheveux avant de partir vers la terrasse, où il s'allume une cigarette. Je le suis et essaye de capter son regard, mais il fait tout pour m'éviter. Son visage est totalement fermé et sa mâchoire est vraiment crispée.

Il est vraiment furieux, et je ne peux pas lui en vouloir.

- Tu dois avouer que c'est ce que tu aurais fait. Tu aurais cherché à trouver ce mec pour lui faire payer non ? Lui fais-je remarquer en prenant une cigarette à mon tour dans mon paquet.

Il passe à nouveau sa main dans les cheveux ; il sait que j'ai raison.

- Donc quoi qu'il t'arrive, tu ne me le diras pas. Me fait-il convaincu de ses dires.

- Parce que tu as plus peur de moi, que de celui qui t'a fait ça...

Je le regarde surprise, et à la fois apeurée de sa réflexion ; je n'avais pas pensée ainsi une seule minute.

- Tu te trompes... M'empressé-je de lui dire, totalement paniquée maintenant.

Je ne sais pas à quoi il pense, mais s'il continue sur cette voie, ça va mal finir pour nous deux.

- Je voulais juste reprendre un peu mes esprits avant de te le dire. Essayé-je de tempérer la conversation.

- Je savais que tu t'emporterais d'une façon ou d'une autre, je ne pouvais pas supporter ça dans mon état.

Son regard se lève et me toise, alors qu'un sourire narquois se pose sur ses lèvres. Et celui-ci me fait entrouvrir la bouche, alors que la panique s'immisce dans tous les pores de mon corps.

« Ne fais pas ça ! »

- Ne te tracasse pas, tu n'auras plus à le supporter. Fait-il en souriant.

Je le regarde dans les yeux et je vois que c'est fini ; son regard intense s'est éteint.

Il passe à côté de moi, et je n'arrive pas à sortir un mot pour le retenir. Je suis complètement anéantie intérieurement par ce qui se passe. Shawn part de la villa, alors que je reste là debout dans la terrasse accusant le coup de ce qui vient de se passer. J'entends la porte claquer et la Mustang démarrer sur les chapeaux de roues, mais je ne réagis absolument pas et tel un robot, je remonte dans ma chambre.

Donovan

Nous sommes à la récréation quand Emi nous rejoint, son portable à l'oreille, le regard complètement paniqué.

- Qu'est-ce qu'il se passe ? Tu as l'air paniquée ? Lui demande Carolina.

- Shawn... Il m'a posé des questions... Balbutie-t-elle.

- Attends, il n'était pas au courant ? Demandé-je surpris.

- Non, elle ne voulait pas qu'il le sache tant qu'elle n'avait pas repris des forces. Il allait s'énerver et elle en avait peur je pense ! S'exclame-t-elle paniquée.

Carolina prend son portable et essaye de la joindre, mais en vain.

- On fait quoi ? Demande Emi totalement abattue.

Byron essaye de joindre Shawn, mais il n'a aucune réponse non plus, ce qui n'est peut-être qu'une coïncidence s'ils discutent. En tout cas, j'essaie de m'en convaincre. Byron traverse la cour et va trouver Noa, mais celui-ci n'a pas l'air de savoir quelque chose non plus d'après sa tête.

- Je vais peut-être remonter à la villa. Préviens les profs pour moi. Fais-je à Trevor qui acquiesce, et je comprends que c'est ce que tout le monde voudrait faire.

Arrivé à la villa, j'ai beau cherché partout, mais je ne la trouve pas, sauf son portable qui est sur son lit. Je m'inquiète maintenant, me demandant ce qui s'est passé au juste ?

Je n'ai pas le choix, je dois sonner à Shawn mais lui aussi ne me répond pas. Ce n'est pas comme si je ne m'y attendais pas, après tout il n'a pas répondu à Byron ni à Noa. J'ai beau réfléchir, je ne vois pas du tout où elle pourrait être. Je finis par envoyer un message à Byron pour avoir l'adresse de Shawn ; elle y est peut-être.

Je me gare dans l'allée de la villa qui n'est pas comparable avec la nôtre, vu la superficie de celle-ci et du terrain autour. Je coupe le contact, et je remarque qu'il n'y a que sa moto et une Mercedes. Je décide de descendre quand même, on ne sait jamais que ses parents sauraient où il se trouve.

- J'arrive ! S'écrie-t-on dans la villa, alors que je recule d'un pas de la porte.

Une femme d'une quarantaine d'année, m'ouvre la porte. Je lui explique que je cherche Shawn, mais elle ne sait pas du tout où est celui-ci.

- Vous n'avez pas vu Shelby non plus ? Tenté-je en passant ma main dans mes cheveux, ne sachant plus quoi faire.

La mère de Shawn me regarde surprise.

- Non. Pourquoi ? Il y a un problème avec Shelby ? Me demande-t-elle sur un air inquiet.

- Elle a disparu. Si jamais Shawn rentre, dites-lui de me sonner ! Fais-je en repartant vers ma voiture.

Je suis à court d'idée, et je fais le tour des rues où elle pourrait être mais rien. Faites qu'il ne lui soit rien arrivé.

Madeleine

Mon dieu, ce jeune homme avait l'air vraiment paniqué. Une fois celui-ci parti, j'essaye de joindre Shawn mais il ne me répond pas. Au bout de la quatrième fois, je lui laisse un message ; je commence à m'inquiéter sérieusement aussi maintenant.

Je téléphone à Christian pour voir s'il sait où il pourrait être, il est le plus proche de Shawn après tout.

- Tu veux dire qu'ils ont disparus tous les deux ?

- Je ne sais pas. Shawn est parti au lycée ce matin, mais je n'arrive pas à le joindre. Lui expliqué-je.

- Mais ce garçon qui est venu, cherchait Shelby aussi. Mon dieu, espérons qu'il ne lui est rien arrivé.

- Mady calme-toi, je vais envoyer des hommes chercher Shawn. Je te recontacte dès que je le trouve.

Je tourne dans la villa complètement en panique, ils étaient pourtant bien ensemble et il m'a dit que tout allait bien. Alors qu'est-ce qu'il se passe au juste ?

Shawn

Il est vingt-deux heures quand je rejoins la Mustang sur le parking du bar. J'ai essayé d'oublier notre dispute de tout à l'heure avec de l'alcool, mais elle ne me sort pas de la tête. Je prends mon portable qui se trouve dans la boîte à gants ; je remarque que j'ai plein d'appels et de messages.

Je fais passer les appels, il y a des appels de Byron, Noa, ma mère et de Donovan. Je m'arrête à celui-là et écoute la messagerie.

« Dis-moi que Shelby est avec toi ! Si oui, appelle-moi ! »

C'est quoi ça encore ?! Je n'ai pas le temps de pousser sur arrêt, que celui de ma mère s'enclenche.

« Mon chéri, un garçon blond est venu à la maison pour voir si j'avais vu Shelby. Je m'inquiète, rappelle-moi »

De quoi Shelby ?

Je compose le numéro de Byron, pas besoin de parler à l'autre, tout en passant ma main dans mes cheveux, un peu perdu de ce qui se passe

- Shawn enfin ! S'exclame-t-il soulagé.

- C'est quoi le souci avec Shelby ? Demandé-je en tapotant sur mon volant, regardant des gars passer devant la Mustang.

- Donovan est rentré au matin et elle n'était pas là. On ne la trouve nulle part et elle n'a pas son portable. M'explique-t-il et je raccroche pour démarrer en trombe. C'est une blague ?!

Je réfléchis où elle pourrait être, alors que je traverse les rues de Miami et songe à la falaise où malheureusement elle ne se trouve pas.

Je tape mon pied dans un rocher de rage.

- Où est-elle bon sang ?! Grogné-je en passant la main dans mes cheveux.

Jamais, je n'aurais dû partir comme ça, tout à l'heure. J'aurais dû l'écouter ; elle avait raison, je ne suis qu'un connard qui s'emporte à tout va !

Je suis assis par terre sur la falaise, ma cigarette aux lèvres regardant la mer, tout en réfléchissant où elle pourrait être quand je vois le bracelet à mon poignet.

- Faites qu'elle y soit ! M'exclamé-je.

Shelby

Au départ de Shawn, je suis montée dans ma chambre me remettre dans mon lit, prostrée en écoutant Wolves de Selena Gomez, mais ça ne fait que me faire souffrir plus. Je repense à la façon dont il m'a regardé avant de partir, ça ne quitte pas mon esprit. Tout se mélange dans ma tête, et j'ai de plus en plus mal. Je me lève pour mettre mes chaussures, et je quitte la villa pour prendre l'air. Errante dans les rues, me demandant où je pourrais être un peu apaisée, et je regarde mon bracelet.

Il n'y a qu'un seul endroit où je veux aller à cet instant.

Je ne sais pas combien de tours j'ai fait sur la grande roue. Je suis tellement perdue que je n'ai pas envie d'en descendre. J'ai pourtant toujours aussi mal à la tête, mais ce qui me fait le plus mal c'est mon cœur.

Je n'aurais pas cru qu'on se séparerait pour ça. Je pensais qu'il comprendrait que je n'ai rien dit pour le préserver.

Je ne veux pas qu'il fasse le tour de la ville pour retrouver cet enfoiré et le tue... Il ne comprend pas que ce genre de réaction me terrorise.

Est-ce que je le pense ou est-ce que son père m'a entré ça dans le crâne ? Après tout, j'allais lui sonner à mon réveil de l'hôpital, mais je me suis ravisée après sa venue.

La roue s'arrête à nouveau, le monsieur ne vient plus voir si je descends ; je lui ai donné tellement de tickets, qu'il me laisse dans mes ténèbres.

Cette roue me porte vraiment la poisse en fait ; car après mes parents, c'est Shawn que j'ai perdu…

Je commence à nouveau à pleurer, quand la porte s'ouvre d'un coup me faisant sursauter.

- C'est bien là que tu es ! S'écrie Shawn sur un air complètement affolé en entrant dans la cabine.

J'essuie mes yeux et me retourne vers la vitre de la cabine. Je ne le regarde pas, il est juste venu parce que les autres me cherchent…

La cabine s'arrête à nouveau en haut, pour la, je ne sais combien de fois.

Je regarde l'horizon voulant oublier qu'il est là, pourtant sa présence et son aura sont plus qu'imposante dans la cabine, tout comme son odeur.

Il ne dit rien et au bout de quelques minutes, la cabine redémarre pour redescendre. Une fois de plus, l'homme ne vient pas ouvrir la cabine et nous refaisons un tour.

- Tu as passé la journée ici si j'ai bien compris ce que le mec m'a dit. Fait Shawn d'une voix neutre, même si je sens qu'il se retient.

Je ne réponds pas, je suis vraiment fatiguée et ma tête me fait de plus en plus mal.

- Shelby, s'il te plaît dis quelque chose. Fait-il, mais je n'ai absolument rien à lui dire.

En fait, j'ai énormément de choses à lui dire, mais je n'en ai aucune force… J'ai la tête qui tourne…

- Shelby, je m'excuse. Fait-il et je me mords la lèvre.

- Tu avais raison. J'aurais réagi violemment à ce qui t'es arrivé.

Je ne réponds toujours pas, ni le regarde.

- Je sais que tu crains mon monde, mais je suis né là-dedans. Je peux juste te promettre de ne plus tuer quelqu'un dans la mesure du possible, mais ne me demande pas plus.

Nous redescendons à nouveau, j'ai mal au cœur. Je ne sais pas si c'est à cause de ce qu'il vient de dire, ou si je vais vomir.

- Shelby, parle-moi s'il te plaît. M'implore-t-il.

La cabine s'arrête et je me lève d'un geste vif, voulant sortir tout de suite d'ici. Mais ma tête tourne et je tombe à genoux en vomissant.

J'entends Shawn crier mon nom et me tenir les cheveux, puis ce fut le trou noir…

Shawn

Je porte Shelby jusqu'à la Mustang, une fois qu'elle a fini de vomir et je fonce au premier hôpital sur la route.

Ils l'emmènent directement faire des examens, après que je leur ai expliqué qu'elle avait une petite commotion cérébrale et qu'elle avait passé la journée dans la grande roue. Je quitte les urgences pour sortir fumer une cigarette pendant ce temps, je suis complètement stressé. Je ne sais pas quoi faire…

- Si, je dois lui sonner pour le prévenir.

- « Shawn, tu l'as trouvé ?! » S'exclame-t-il à peine décroché.

Putain, sa voix m'insupporte déjà !

- Oui, nous sommes à l'hôpital de Santa Monica. Elle a eu un malaise dans la grande roue. Fais-je le plus calmement possible.

- « La grand roue ?! Mais elle est en convalescence ?! Elle est folle ?! »

Je ne réponds pas. Sur ce coup, on est d'accord, mais elle n'y serait pas allée si je n'avais pas réagi ainsi au matin.

- « Je viens au plus vite… »

Il fait un arrêt, alors que je crispe ma mâchoire.

- « Enfin, si ça va pour toi ? » Finit-il par demander.

Je ne peux pas dire non. Qui sait si elle a encore envie de me voir ?

- Je t'attends. Acquiescé-je et je raccroche.

Je retourne à l'intérieur, elle n'est toujours pas revenue dans la chambre et je m'assois sur le divan en l'attendant, tenant sa veste fermement dans mes mains.

Je repense à ce qui s'est passé ce matin, j'aurais vraiment dû me contenir au lieu de réagir aussi violemment. Je ne suis vraiment qu'un con !

Au bout de quinze longues minutes à me torturer sur son état, elle revient enfin dans la chambre. Elle est réveillée, mais ses yeux bleus sont inertes, complètement vides. Je frissonne, je ne sais pas quoi faire. Je tourne dans la chambre, alors qu'elle est allongée sur lit, la couverture presqu'au-dessus de sa tête. Je finis par m'approcher du lit et pose ma main sur ses cheveux. Elle se contracte et j'enlève ma main, en déglutissant nerveusement.

- Désolée, j'ai encore fait la gamine. Fait-elle d'une petite voix.

Je repose ma main sur ses cheveux et m'assois sur le lit.

- Pourquoi tu dis ça ? Tu avais raison, j'aurais agi comme tu l'as dit. Avoué-je.

- Je ne voulais pas me disputer avec toi. J'avais besoin de me retrouver avant de t'affronter.

- Tu parles comme si on allait faire un combat... Lui fais-je remarquer en essayant d'en sourire.

- Pour moi, ça l'est en effet.

J'arrête ma main qui caresse ses cheveux. Elle pense vraiment que me dire des choses ainsi est comme un combat. Cela me fait mal de me rendre compte, qu'elle peut me voir comme un monstre. Elle se retourne enfin, et je peux apercevoir son visage complètement fatigué. Mon cœur se serre, je ne sais plus quoi dire ou faire pour la rassurer maintenant.

- Je ne veux pas que tu souffres à cause de moi. Fais-je en la regardant droit dans les yeux.

Shelby

Ses yeux émeraudes sont si beaux et intenses à cet instant, que je sors ma main de la couverture et caresse sa mèche rebelle. J'ai vraiment fait n'importe quoi depuis samedi, jamais je n'aurais dû lui cacher. Je n'ai pas assez confiance en lui pour ne pas lui avoir dit, ou je n'ai pas assez confiance en moi ; je suis totalement perdue. La seule chose que je suis certaine à cet instant, c'est que je l'aime.

Ses yeux émeraudes sont tendres, comparé à ce matin et je ne sais plus quoi faire pour me faire pardonner de mon attitude.

Mais c'est lui qui fait le premier pas en posant ses lèvres doucement sur mon front.

- Je t'aime Shelby et je veux que tu me dises quand quelque chose ne va pas. Murmure-t-il en scrutant mon regard.

- Je sais que mon tempérament est excessif, et je ne veux pas que tu aies peur de te confier à moi ; comme tu te confies à Donovan.

Je ne veux en aucun cas qu'il pense que Donovan est plus important pour moi. Il l'est beaucoup plus, mais j'ai l'impression qu'il ne me croira pas si je lui dis, donc je me tais et ses doigts se posent sur mes joues, me rendant compte que je pleure. Il approche son visage de moi, son regard est si tendre et ses lèvres se posent sur mes lèvres complètement trempées par les larmes. Nos regards se scrutent un moment, juste le temps de voir ses yeux émeraudes se remplir de larmes et il conquit ma bouche de toute sa douceur et sa chaleur.

Je sais à ce moment que je l'ai blessé et je m'en veux à mort. Mes bras l'enlacent, comme si j'allais le perdre si je le lâchais. Je ne sais pas s'il a ressenti la même chose, car lui aussi me serre fort contre lui. Nos lèvres à peine séparées, il s'installe sur le lit posant ma tête sur son torse, embrassant mon front et au bout d'un moment, je finis par m'endormir paisiblement.

▪▪

Donovan

Quand je suis enfin arrivé à l'hôpital, ils étaient enlacés l'un l'autre sur le lit. Mon cœur a été choqué un instant, mais aussi soulagé qu'ils se soient retrouvés. J'attends quelques minutes me mettant en retrait de la porte, avant d'entrer dans la chambre ; Shawn lui caresse les cheveux alors qu'elle s'est endormie sur son torse.

Je sais à cet instant à la voir dormir calmement qu'elle est apaisée. Shawn me fait un signe de la tête et la repose délicatement sur le lit avant de me rejoindre.

- Allons dehors. Me fait-il en passant devant moi, sans un regard.

Arrivé dehors, il s'assoit sur le banc et s'allume une cigarette, il a l'air complètement abattu.

- Désolé, j'aurais dû mieux réagir ce matin. Tout ça c'est ma faute.

- On est à égalité. Lui fais-je.

Il relève son regard interrogatif.

- Il y a quelques temps, je l'ai fait pleurer tu te souviens ? Donc en ce qui me concerne, on est à égalité. Quoi que je ne sache pas ce qui s'est passé aujourd'hui ? Tenté-je.

Le connaissant, il ne va pas me le dire.

- Disons que mon mauvais côté lui fait peur. Avoue-t-il.

On ne peut pas lui reprocher de penser ça.

- Shawn, je vais rentrer. Finis-je par dire en passant la main dans mes cheveux.

- Je sais qu'elle va bien. Je te la confie.

Shawn me regarde surpris, avant de se lever et de me faire face.

- Je sais pourquoi elle t'aime. Admets-je.

- Derrière tes allures de mauvais garçon, il y a un cœur qui bat pour elle. Le rassuré-je.

- Merci, je pense que je t'ai mal jugé aussi. Me fait-il et je souris.

- Je la ramènerai dès qu'elle peut sortir. Finit-il par dire plus froidement, ce qui lui ressemble bien plus.

Je lui tends mon poing et il me tape avec le sien, façon de sceller nos rancunes pour le bien de Shelby.

Shawn

Cela fait une semaine que Shelby n'est pas venue au lycée, à cause de sa commotion, mais nous avons beaucoup parlé tous les deux durant ce temps au téléphone. Nous avons pris la décision de nous dire si quelque chose arrivait, ou nous tracassait, pour ne plus vivre ce genre de choses.

Mais quelque chose me chiffonne quand même, mon père se tient bien depuis quelques temps et ne m'a plus demandé d'aller avec lui où que ce soit. Je gère donc comme avant l'emploi du temps de la bande, surtout que la priorité est de savoir qui est cette bande qui était sur le port l'autre soir. Les infos sur eux sont vagues, ils auraient fait quelques casses chez les petits gangs de Miami, ainsi que dans certains magasins.

Je tilte à cette information. Seraient-ils les mêmes qui ont attaqué la supérette où travaille Shelby ?

Mon portable vibre.

- Salut petit cœur !

- « Salut toi, tu es occupé ? »

- Non pas vraiment… Tu veux une conversation torride ? Lancé-je en rigolant, et d'une voix décontractée, ce qui va encore la faire rougir.

- « Et si à la place d'une conversation, ce serait un face à face torride. » Me lâche-t-elle, et je crache ma gorgée de bière ; je ne l'avais pas vu venir celle-là. En tout cas, ça l'a fait bien rire.

« Blague à part, je dois aller chercher des affaires pour les cours et tous les autres sont occupés. Du coup je me suis dit… »

- Pas besoin d'en dire plus, je passe te chercher dans vingt minutes.

Shelby

On n'a pas eu l'occasion d'être beaucoup ensemble ces temps-ci. Il a été en convalescence après ce qui s'est passé le soir du souper avec Christian et sa mère, ensuite c'est moi qui me suis faite agressée. Vu que je retourne au lycée lundi, et qu'on commence à étudier sérieusement pour les examens, j'aimerais profiter un peu de lui avant.

Je réfléchis devant le dressing à ce que je vais mettre, le connaissant j'ai dix minutes à tout casser pour me changer, donc j'opte pour une tenue rapide ; un mini short noir et un débardeur mauve. J'attache mes cheveux en chignon sauvage en laissant des mèches pendre, histoire que je ne passe pas mon temps à remettre mes cheveux pendant qu'il roule.

Je termine mon maquillage quand j'entends la Mustang arrivée avec Stan d'Eminem à fond, j'esquisse un sourire et me lève. Je regarde par la fenêtre, Shawn est déjà appuyé sur la portière passager, les yeux levés en me regardant, un large sourire sur le visage.

Il est vraiment trop craquant.

- J'arrive ! Crié-je.

Je prends mon sac et descends le rejoindre.

J'ouvre à peine la porte qu'il me prend contre lui et m'embrasse tendrement, son baiser est doux et passionné comme j'aime. Je sens toute la chaleur de celui-ci pénétrer dans mon corps et cette électricité brûlante où ses mains sont tendrement posées.

- Tu m'as manquée. Me fait-il quand on sépare doucement nos lèvres.

- Toi aussi. Répondé-je en scrutant ses yeux émeraudes intenses qui sont remplis d'amour.

- Alors on va où ? Me demande-t-il en m'attrapant la main, remettant ses lunettes et m'amenant vers la Mustang.

Ah zut, j'avais oublié ce détail ! À la base, c'était une excuse pour le voir et je n'ai pas réfléchi à la question en fait…

Il s'arrête en ouvrant la porte et me regarde d'un air interrogateur, puis son sourire narquois apparaît sur ses lèvres ; il a compris.

- Si tu étais en manque de moi à ce point-là. Commence-t-il en posant ses lèvres doucement dans mon cou et je frémis.

- Il fallait juste le dire, pas besoin de trouver des excuses.

Je frissonne maintenant à son toucher de mon cou à ma mâchoire, et il s'en aperçoit bien évidemment, car je peux imaginer ses yeux émeraudes moqueurs à cet instant derrière ses lunettes ; je suis découverte.

- Sur ce, monte, on va faire un tour ! Me lance-t-il en reculant.

Je ne me fais pas prier pour monter dans la Mustang, j'ai besoin de me calmer là. J'avais oublié qu'il me faisait tant d'effets, juste en un regard.

Shawn

Nous arrivons à l'aquarium Cabrillo Marine, Shelby s'est endormie sur le trajet. Il faut dire qu'elle n'est pas encore au top. Je repousse sa mèche qui cache son visage, et la regarde calmement dormir. Elle est vraiment paisible à cet instant, et dire qu'on a failli se perdre il y a quelques temps.

J'en ai parlé avec Noa, et lui aussi me conseille de ralentir les missions dangereuses. Mais en ce moment, tant que mon père est là, je n'ai pas trop le choix. Je dois juste éviter de tuer encore quelqu'un.

- On est arrivé ? Me fait-elle alors que je suis toujours si près de son visage.

Ses yeux bleus sublimes me regardent intensément encore endormis, elle me sourit, avant de porter doucement ses lèvres sur les miennes.

Cette chaleur qu'elle dégage en m'embrassant devient vraiment violente en ce moment, on a de plus en plus de mal de se séparer. Il y a une électricité incontrôlable entre nous, quand nos lèvres entrent en contact, et je ne parle pas de ce qui se passe entre mon entre-jambe récemment. Je commence à avoir du mal de me contenir.

- Tu vas finir par avoir des ennuis... Murmuré-je alors que nous reprenons notre respiration front contre front.

Son regard est tellement magnifique quand elle rougit, mais je me remets à ma place pour sortir de la Mustang.

Elle sort à son tour et s'arrête, ses yeux sont illuminés alors qu'elle regarde vers l'aquarium, tandis que je passe ma langue sur mes lèvres.

- Ne me dis pas que...

- Non, non. Me coupe-t-elle en me prenant la main.

- Je ne suis jamais venue. M'affirme-t-elle, comprenant que j'ai l'art de gaffer, comme avec la grande-roue.

Nous faisons le tour des aquariums marins et nous assistons aux spectacles d'otaries, ce qui amuse beaucoup Shelby ; on dirait une enfant quand elle les applaudit.

- Pour quelqu'un qui n'a jamais eu de vraie petite amie, tu sais comment les combler. Me lâche-t-elle alors que nous traversons le tunnel vitré de l'aquarium.

- Qui t'a dit que je n'avais jamais eu une vraie petite amie ?

Elle s'arrête net en face de la vitre, et je me mets à rire ; elle croit vraiment tout ce que je dis. Je me place contre son dos, et passe doucement mes mains pour l'enlacer, tout en posant mon menton dans son cou.

- Je venais souvent ici avec ma mère quand j'étais petit. Lui expliqué-je.

- J'y ai des bons souvenirs, alors je voulais en avoir avec toi ici aussi.

Shelby pose sa main doucement sur la mienne, avant de me faire face

- Je vois. Comme moi et la jetée de Santa Monica.

- Oui. Acquiescé-je.

- Je me suis dit qu'on pouvait partager les bons moments de notre enfance. Après tout, si on a des enfants on saura déjà où les emmener.

Elle se fige instinctivement et ses yeux s'écarquillent.

- Quoi ? Tu ne veux pas d'enfants ? Demandé-je surpris.

- Si. Enfin, pas maintenant bien sûr. Mais t'entendre parler d'enfants m'a vraiment surprise.

Je passe ma main dans mes cheveux, me rendant compte que c'est vrai que ce genre de phrases ne serait jamais sorti de ma bouche en temps normal, mais c'est elle qui me donne envie de voir plus loin.

- Ben, il faut croire qu'à force de regarder ses beaux yeux ; j'ai envie d'y voir un futur. Lui fais-je honnêtement.

Shelby se mord sa lèvre, gênée, ses yeux bleus sont si intenses à l'instant que je ne m'inquiète pas de savoir s'il y a des gens qui nous regardent. Je l'attire plus fort contre moi, et je pose mes lèvres doucement sur les siennes, je conquiers sa bouche chaleureuse immédiatement, mélangeant ce moment entre nous et le désir qui monte de plus en plus dans mon ventre. Je vais devoir finir par ralentir…

Emi

Purée, le dimanche matin après le service est le plus dur, surtout qu'on va commencer à étudier pour les examens. Je descends dans la cuisine, Shelby est en train de préparer à manger, tout en dansant sur Shape Of You de Ed Sheeran.

- Salut ! Me lance-t-elle en enroulant du jambon avec des asperges.

- Ben dit donc, tu es en forme ! Fais-je, encore un peu endormie, en me servant un café.

Elle se met à se dandiner près de moi et elle repart vers le frigo. Il n'y a pas à dire, elle est en forme.

- Salut ! Fait Donovan en entrant à son tour.

Shelby continue à se dandiner et embrasse Donovan sur la joue avant de retourner à ses aliments. Donovan sourit, avant de me regarder surpris.

- Elle est folle. Chuchoté-je.

On se met à rire, ça fait du bien de la retrouver ainsi et de voir que tout le monde est tout de suite plus gai.

Jordan

Monsieur Black va repartir pour Los Angeles, et il m'a confié un travail qui me fait vraiment plus que sourire.

- Pourquoi tu ris ? Me demande Noa en s'asseyant en face de moi.

- Quoi ?! C'est interdit de sourire ?! Rétorqué-je, sentant son regard inquisiteur.

- Dans ton cas oui. Tu ne souris que quand tu tabasses quelqu'un ou joue avec ton flingue.

Putain, il casse les couilles avec ses réflexions à la con celui-là ! Je me lève et vais me chercher une bière.

- Toujours pas de nouvelles de cette fameuse bande ? Me demande-t-il.

- Depuis quand ça t'intéresse ?! Claqué-je excédé.

- Oh calme ! Tu as pris de la mauvaise came au déjeuner ou quoi ?! Me rétorque Noa.

- Je me casse, tu me pompes. Et n'attends pas Shawn, il est occupé ! Claqué-je en partant du hangar.

Shawn

Mon père m'a donné rendez-vous au Nevada ; j'avais bien décidé de ne pas y aller, mais Christian m'a sonné pour me convaincre de m'y rendre.

Par respect pour lui, je suis venu mais je ne compte pas m'éterniser.

La Mercedes du vieux est déjà sur le parking VIP quand j'arrive, et je rentre dans le Nevada pour apercevoir le vieux qui attend devant l'ascenseur que je rejoins pour monter à l'étage.

Nous entrons dans le bureau de Christian et mon père s'installe à la place de celui-ci. Christian me regarde intensément, sûrement pour que je reste calme.

- Tu te débrouilles bien avec le gang, je n'ai rien à redire. Commence l'enfoiré.

C'est déjà bien, tu te mêleras plus de mes affaires.

- Mais il est temps que tu entres dans les affaires.

Je regarde Christian surpris, mais de quoi il parle ?

- Christian n'est pas le patron du Nevada mais toi. Continue le vieux.

- De quoi tu parles ? Demandé-je surpris.

- Le Nevada est une couverture qui sert aux trafics de fausses monnaies via le casino. M'explique Christian.

- Tout ce qui est hôtel et restaurant n'est qu'une décoration à côté du reste.

- D'accord mais qu'est-ce que tu veux que je fasse ? J'ai encore une année de lycée et je n'y connais rien en gestion moi. Leur fais-je remarquer.

- Tu vas quitter le lycée et ce n'est pas une demande mais un ordre. Tu vas venir à plein temps, apprendre le boulot près de Christian. Me répond mon père et je fronce les sourcils, faisant craquer mon cou.

- Tu me fais rire ? Tu crois que je vais lâcher la bande et devenir un pingouin en costard comme vous ?! M'exclamé-je en me levant.

- Sérieux. Tu me prends pour toi ou quoi ?! Lancé-je au vieux.

- Shawn !

Christian m'arrête, alors que je m'appuie sur le bureau face à cet enfoiré qui me toise calment comme toujours.

- Tu achèves ton année et je veux te voir ici quand je reviens. M'ordonne-t-il.

- La discussion est close.

- C'est clair la discussion est close ! Claqué-je avant de me redresser et de sortir du bureau, en claquant la porte.

Léonard

- Je t'avais dit qu'il le prendrait mal. Me fait Christian en nous servant un Whisky.

- Tu as le numéro de Shelby ? Demandé-je pas du tout intéressé par ce que mon fils veut.

- Tu ne vas pas faire ça ?!

Christian me regarde d'un regard mauvais ; il a beau être comme mon frère, il va falloir qu'il arrête de se prendre pour le père de Shawn.

- Il est heureux Léo ! Tu ne peux pas lui enlever ça ?! Hurle-t-il et je me lève pour lui asséner mon poing dans la figure.

- Je t'ai demandé le numéro de Shelby ?! Claqué-je en le toisant de mon plus mauvais regard, et dans un soupire, il essuie sa lèvre en sang, avant de me donner le numéro de la fille de Samantha.

Donovan

On s'est mis d'accord pour que Shelby vienne travailler au club avec nous, il est hors de questions que ce qui s'est passé la dernière fois se reproduise. Le bémol c'est que c'est moi qui dois lui dire ; ben oui ils sont forts, mais quand il faut dire quelque chose on m'appelle. Soi-disant elle réagit mieux avec moi. Je prends une bonne inspiration en toquant à sa porte, et de l'autre je passe la main dans mes cheveux.

- Entrez !

Shelby est installée à son bureau, étudiant ses leçons en retard.

- Tu aurais deux minutes ?

- Bien sûr, ça me fera une pause. Me répond-elle en s'étirant et elle se lève de son bureau en prenant ses cigarettes.

- On va sur la terrasse ?

Une fois sur la terrasse suspendue, elle s'installe à l'aise sur le transat et je reste debout me demandant comment je vais lui dire ça. Elle me regarde et se met à rire.

- Quoi ? Demandé-je étonné.

- J'ai un truc dans les cheveux ?

- Non. S'esclaffe-t-elle.

- On dirait un condamné à mort qui va à la potence !

- Très drôle. Fais-je en m'asseyant sur le transat en face d'elle.

Elle allume sa cigarette et se tourne vers moi, ses yeux bleus cherchant à sonder mon esprit.

- Tu as fini ! Fais-je gêné.

- Je t'attends. Fait-elle en souriant.

Bon je dois me lancer sinon elle va finir par râler que je l'ai fait sortir pour rien.

- Je...

- Attends ! Me coupe-t-elle.

Son visage devient sérieux.

- Est-ce que je dois m'asseoir pour accuser le coup ?

- Shelby t'est impossible là !

- Je rigole, vas-y. Qu'est-ce que les autres t'ont envoyé me dire de grave ? Me lance-t-elle en regardant à nouveau vers le ciel.

- Comment tu sais ?

- Ça fait dix ans qu'on vit ensemble, je reconnais les signes. Tu n'arrêtes pas de jouer dans tes cheveux et tu as une expression affreuse sur le visage.

- Oui bon, tu as gagné. Répondé-je résigné.

- Alors vas-y raconte.

- On pense que tu devrais arrêter de travailler à la supérette. Fais-je tout en scrutant sa réaction.

Étonnement, elle ne dit rien mais sourit.

- C'est tout ? Me demande-t-elle en se tournant à nouveau vers moi.

- Ben. Fais-je en passant ma main dans les cheveux.

- On t'avait proposé de venir travailler avec nous, mais t'étais pas très chaude...

- Donc, j'arrête de bosser au magasin et je viens faire la serveuse au club avec Emi et Carolina ?! Hum laisse-moi réfléchir...

Je la regarde, étonné, elle n'a pas l'air surprise du tout. Shelby se relève d'un bond et me tape sur la tête.

- Bien sûr que je veux !

Shelby est euphorique à cette idée, alors que nous, on se tracassait tous pensant qu'elle refuserait. Ma petite sœur est unique en son genre...

Shawn

Nous sommes lundi, enfin de retour en cours avec Shelby et cette fois-ci, je suis arrivé avant eux, donc je me grille une cigarette sur le capot de la Mustang avec Noa en l'attendant.

- Tu as vu Jordan hier ? Me demande Noa.

- Non pour ?

- Non rien.

Noa est bizarre. Pourquoi il me demande ça ?

Je n'ai pas l'occasion de demander, voilà l'Audi qui amène mon rayon de soleil. J'ai d'ailleurs l'impression qu'elle embellit de jour en jour, elle est vraiment rayonnante en ce moment. Je descends du capot, mais reste près de la Mustang, évitons d'attiser la colère de Donovan même si on a soi-disant enterré la hache de guerre. On se fait un signe de tête quand il passe avec Trevor et Byron, et mes yeux se posent sur mon rayon de soleil.

- Salut petit cœur. Fais-je en voulant l'embrasser mais elle tend la joue.

- Pas au lycée... Me rétorque-t-elle en prenant ma main.

- Tu es sérieuse là ?! On est sur le parking. Grogné-je en mettant mon bras autour d'elle.

- Je suis sérieuse oui. De plus, tu ne sais pas te tenir. Se met-elle à rire et j'esquisse un sourire narquois.

- Je te fais remarquer que toi non plus. Lui chuchoté-je dans l'oreille.

Elle me toise un instant et j'en profite pour poser mes lèvres sur les siennes. Shelby me regarde, surprise et je lui fais mon sourire le plus charmant. Nous rejoignons le bâtiment où nous avons cours, en souriant et nous taquinant. J'aime vraiment ce genre de moments.

- Elle t'a dit ? Me demande Emi alors que nous nous asseyons en classe.

- De quoi ? Demandé-je en me tournant vers elle, une fois assis.

- Elle va venir travailler au club avec nous. S'exclame-t-elle.

- Ça va être beaucoup plus cool du coup.

Attends, c'est quoi cette histoire encore ?!

Shelby

Shawn ne dit rien et se retourne vers moi, où je vois tout de suite à son regard que ça ne lui plaît pas ; les traits de son visage se sont durcis, tout comme sa mâchoire se crispe contenant son mécontentement. Oh non, on va encore se disputer ?!

Le professeur arrive, et bien que ce n'est pas cela qui l'empêcherait de le faire, il me surprend en se mettant convenablement sur sa chaise, et il prend les feuilles que celui de devant nous nous passe pour suivre le cours sans rien dire. Mais en le regardant furtivement, je vois bien qu'il est entrain de cogiter. L'heure de la récréation sonne, et je m'apprête à aller rejoindre le préau quand Shawn me prend par le poignet et m'emmène sur le côté du bâtiment. Il se pose contre l'arbre s'allumant une cigarette, ayant l'air de vraiment réfléchir.

- Shawn. Fais-je en remettant sa mèche.

- Ça ne va pas ?

Il ne me répond pas, sa mâchoire est totalement crispée sans un regard pour moi.

- Dis-le, si tu as quelque chose à dire. Finis-je par faire en prenant sa cigarette et en tirant dessus.

Son regard se pose enfin sur moi.

- Je ne sais pas comment le dire sans m'énerver, alors ne me blâme pas. Me fait-il d'une voix qu'il voulait neutre mais qui sonne glacial.

- Très bien ! Ne dis rien alors. Rétorqué-je calmement en lui rendant sa cigarette.

- Tu es sérieuse là ?! Depuis quand tu es aussi franche ?! Claque-t-il d'un ton froid.

- Je l'ai toujours été. Répondé-je en le toisant maintenant.

- As-tu oublié ? Lui demandé-je en tenant son regard qui me scrute, Shawn passe la main dans ses cheveux et l'intensité de son regard s'adoucit, alors qu'il sourit.

- Effectivement, j'ai oublié. Me fait-il en passant ses mains sur ma taille, pour m'amener contre lui.

- Je sais de quoi tu t'inquiètes, mais je suis une grande fille. Lui dis-je en posant ma tête contre lui. Il ramène sa main dans mes cheveux et pose ses lèvres doucement sur les miennes, pour acquiescer. Je sens cette électricité traverser mon corps, et la chaleur de son baiser m'enflammer.

Ma main glisse dans sa nuque, et remonte dans la base de ses cheveux, tandis que sa main placée dans mon dos me serre plus fort contre lui. Nos corps se serrent encore plus forts, comme s'ils étaient aimantés. Nous avons complètement oublié qu'on est au lycée, jusqu'à ce que la sonnerie retentisse.

- Comme je disais tu ne sais pas te tenir. Me murmure-il avec ses yeux émeraudes et sa voix charmante qui me rendent hyper gênée. Je baisse mon regard sur son torse, en me mordant la lèvre, reprenant un peu mon souffle qui devient plus qu'haletant après nos baisers.

Léonard

Je prépare mes affaires pour repartir à Los Angeles, mais avant, j'ai un appel assez important à passer.

- Bonjour Mademoiselle Jones, ici Léonard Black, le père de Shawn. J'aimerais vous rencontrer ce soir vers vingt heures au Milton.

- Qu'est-ce-que tu fais ? Me demande Madeleine, alors que je raccroche mon portable.

- Mady, je t'ai déjà dit de ne pas écouter aux portes. Répondé-je en mettant mon portable dans ma poche.

- Tu as rendez-vous avec Shelby. Pourquoi ? Tu ne vas quand même...

Je la toise. Elle sait très bien ce que je vais faire et elle a fait pire que moi. Je me lève et je quitte la pièce sans un regard pour elle.

- Tu es encore là toi ?! Me lance Shawn froidement, comme toujours, alors qu'il descend des escaliers.

- Je prends mon vol ce soir. Lui répondé-je.

- Bon vol ! Me lance-t-il d'un signe de main, avant de claquer la porte pour partir de la villa.

- Tu crois qu'il sera moins froid envers toi, après ce que tu veux faire ? Me demande Madeleine en se servant un verre dans le bar. Je lui prends le verre de Whisky, et je le bois d'une traite.

- Tu crois qu'il serait heureux de savoir ce que toi tu as fait ?! Lui lancé-je avant de quitter moi aussi la villa.

Shelby

Je sors de la douche, et j'enfile l'essui autour de moi, en voyant que mon portable clignote. J'essuie ma main pour le prendre ; je ne connais pas ce numéro, mais on m'a laissé un message.

« Bonjour Mademoiselle Stones, ici Léonard Black le père de Shawn. J'aimerais vous rencontrer ce soir vers vingt heures au Milton. »

- Étrange. Pourquoi veut-il me voir ?

Je regarde l'horloge dans ma chambre, il est déjà dix-neuf heures quinze. J'ai juste le temps de me changer et d'y aller, en espérant que Donovan ou Carolina n'ait pas besoin de leur voiture. Il serait peut-être temps que je pense à en acheter une ?! J'enfile un pantalon beige et une blouse blanche simple, et je prends ma veste en cuir beige, avant de descendre.

- Tu vas voir Shawn ? Me demande Carolina.

- Non, j'ai un truc à faire. Je peux t'emprunter ta voiture ? Lui demandé-je cherchant Donovan du regard.

- Pas de soucis. Les clés sont à l'entrée. Me fait Carolina en sortant sur la terrasse.

Ne voyant pas Donovan dans le coin, je décide de m'y rendre sans lui en parler. De plus, il penserait certainement à m'accompagner le connaissant.

Arrivée au Milton, je me fais escorter par un homme bien musclé en costume noir ; genre garde du corps jusqu'à la table de Monsieur Black.

- Merci Jimmy. Fait Monsieur Black à celui-ci, alors que je frotte mes mains sur mon pantalon discrètement.

- Mademoiselle Jones, veuillez-vous asseoir je vous prie.

Je m'assois en déglutissant. Je suis vraiment stressée pour le coup ; il a les yeux bruns contrairement à Shawn, mais c'est le même regard glacial et neutre qu'il me lançait au début de l'année.

- Voulez-vous boire quelque chose ? Me demande-t-il.

- Un vin rosé. Répondé-je avant de me mordre la lèvre. J'aurais peut-être dû prendre un soft ?!

- Comme votre mère. Dit-il en appelant le serveur de la main.

Je relâche ma lèvre, me demandant ce qu'il me veut au juste, alors que ses yeux bruns me scrutent, et je ne sais plus où me mettre alors que le serveur arrive.

J'ai beau regarder tous les traits de son visage, elle est vraiment la même que sa mère. Des cheveux ondulés avec un reflet de blond qui font ressortir ses magnifiques yeux bleus. Des grands yeux qui me font frissonner sans parler de son corps, qui est aussi superbe que celui de sa mère.

Comment en est-on arrivé là, dix-sept ans après ? Pourquoi dois-je absolument détruire cette fille qui n'a rien demandé ? N'a-t-elle pas assez souffert il y a dix ans ?

- Vous vouliez me parler ? Me demande-t-elle voyant certainement que je suis perdu dans mes pensées. Des pensées, non des cauchemars qui me poussent à faire ce qui suit.

- Effectivement. Fais-je en buvant une gorgée de mon verre.

- Vous savez dans quel milieu nous sommes n'est-ce pas ? Je vous ai déjà signalé qu'il y aurait des gens qui vous attaqueront pour être avec Shawn, n'est-ce pas ?

- Effectivement vous me l'avez bien dit. Acquiesce-t-elle en tenant mon regard.

Je remarque qu'elle ne tressaille pas, son regard bleu ne tremble pas non plus, tandis qu'elle boit une gorgée dans son verre. Je vais devoir aller plus loin...

- Shawn pourrait se faire tuer pour ne pas être concentré, comme ça lui est arrivé il y a quelques temps.

Je fais un arrêt ; un sourire pourrait s'afficher sur mon visage à cet instant, en voyant que ses yeux ont enfin montré un tremblement.

- Si Jordan n'avait pas été là, Shawn serait mort au moment où nous parlons. Continué-je, avant de prendre mon verre pour la laisser accuser le coup. Mais elle semble avoir repris son calme, et je peux la voir prendre une bonne inspiration par sa poitrine qui vient de se lever.

- Monsieur Black. Commence-t-elle.

- Je pense qu'être avec votre fils ; ou comme vous dites « Shawn », ne changera en rien ce problème ? Me fait-elle remarquer sans un signe de peur.

Cette fille est bien la fille de Samantha ; on dirait qu'elle est revenue de la mort pour me faire payer tout ce que je lui ai fait. Mais il faut que je reste concentré, je n'ai pas le temps de jouer avec elle.

- Ma chère, ce que vous ne comprenez pas c'est que Shawn a changé depuis votre rencontre et ce changement pourrait lui être fatal.

Je me redresse sur ma chaise et la toise froidement, ce qu'elle me montre est le coté de Samantha que je ne supporte pas en fait ; ce côté « têtue ».

Shelby

Je ne faiblirai pas, Shawn est capable de gérer n'importe quelle situation, et son père essaye juste de me faire peur comme le ferait Jordan. Je dois vraiment rester impassible, même si je ne pense qu'à partir ; son regard glacial n'est pas aussi effrayant que Shawn, mais si ça continue je vais finir par craquer.

- Alors vous pensez pouvoir assumer que Shawn soit blessé à cause de vous ? Insiste-t-il sur un ton autoritaire.

Je repense au visage de Shawn quand il a été blessé, les ecchymoses n'étaient rien contre la souffrance qui émanait de lui. C'est là que sans m'en rendre compte, je me mets à craquer et que mes larmes coulent.

Monsieur Black esquisse un sourire sur ses lèvres ; j'ai perdu devant lui.

- Je vois que vous comprenez ce que je veux dire maintenant. Fait-il en se remettant convenablement sur sa chaise, un sourire narquois sur ses lèvres qui me rappelle Shawn.

J'essuie mes larmes sur ma joue, honteuse d'avoir craquée, cherchant quoi lui répondre. Mais je sais que mes larmes sont la preuve qu'il a raison.

- Je...

Je m'arrête alors que le regard de Monsieur Black s'assombrit, je n'ai pas le temps de comprendra qu'on m'attrape par le bras et je me retrouve en un mouvement vif, debout derrière le dos de Shawn.

- Tu fais quoi là ?! Hurle-t-il à son père.

- Tu veux vraiment mourir, c'est ça ?! Claque-t-il alors que je peux sentir une aura de haine déborder de tout son corps devant moi.

- Shawn, tu devrais te calmer. Nous ne faisions que discuter. Répond son père, toujours impassible.

- Ne t'approche plus d'elle ! Claque Shawn, avant de faire demi-tour, m'emmenant avec lui.

Sa main qui me tient le poignet me fait mal, mais je le suis sans hésiter. Je peux sentir l'aura de haine qui se dégage autour de lui, et j'en ai mal au cœur de le voir ainsi. Il franchit le hall d'un pas vif, et j'ai du mal de le suivre, jusqu'à ce qu'il s'arrête sur le parking près de sa Mustang. Shawn me lâche le poignet pour taper son poing violemment dans la voiture à côté de nous ; ce qui me fait sursauter avant que mon corps entier se mette à trembler.

- Bordel ! Enfoiré ! Il ne sait pas me foutre la paix ?! Claque-t-il hors-de-lui.

- Il faut maintenant qu'il s'en prenne à toi ! Continue-t-il en mettant sa tête entre ses mains crispées et tremblantes à cause de l'énervement.

Je reste contre la Mustang attendant qu'il se calme ; je me rends compte de l'enfer qu'il vit, sachant comme son père et lui ne s'entendent pas. Les secondes paraissent une éternité, alors que ma main sur ma poitrine qui bat la chamade, j'attends qu'il reprenne un peu de calme. Shawn finit par relâcher son visage, et se tourne doucement vers moi ; son regard émeraude est flamboyant, mais à cet instant ce n'est plus de la haine, mais de la peur qui prend le dessus.

- Pourquoi tu ne m'as rien dit ? Me demande-t-il.

- Je savais que je pouvais le gérer. Répondé-je en essayant de paraître calme ; ce que je ne suis pas du tout.

Shawn scrute mon regard, plissant le sien, et tout en passant sa langue sur ses lèvres, il fait un signe négatif de la tête.

- Personne ne peut gérer mon père. À moins de ne pas avoir de cœur. Me répond-t-il froidement, en s'approchant de moi pour poser ses mains sur mes épaules.

- Ce qui veut dire que tu ne sais pas le gérer. Tenté-je de lui faire comprendre qu'il a un cœur.

Shawn esquisse son sourire narquois.

- Je suis son fils non ?!

- Non, tu n'es pas du tout lui. Fais-je en ramenant ma main doucement sur sa joue.

Je ne vais sûrement pas lui dire que son regard est plus effrayant pour moi, que celui de son père, ça ne prouverait qu'une seule chose ; Shawn est pire que son père et je ne le pense pas. Je pense que je crains plus les colères de Shawn ; parce que je l'aime.

- Mais comment as-tu su que j'étais là ? Lui demandé-je intriguée.

Il passe sa main dans ses cheveux, gêné.

- Je suis passé à la villa pour te faire une surprise, et Emi m'a dit que tu étais partie mais elle ne savait pas où. J'ai juste utilisé la localisation de ton portable pour te trouver. M'avoue-t-il et je réalise que c'est ainsi qu'il m'a retrouvée dans la ruelle ce jour-là.

Je souris, serre mes bras autour de sa taille je pose tendrement mes lèvres sur les siennes.

Je n'ai aucune envie de la lâcher, j'ai l'impression que si je le fais ; je vais la perdre pour toujours. Je crains vraiment qu'il réussisse à me l'enlever, et je n'ai jamais aussi peur de ma vie. Mes lèvres se crispent sur les siennes, et ma langue engloutit complètement la sienne, la serrant encore plus fort contre moi. Je vais finir par la casser si je continue.

- Shawn. Murmure-t-elle en essayant de se décoller de ma bouche.

- Désolé. Fais-je, sachant que je suis en train de lui montrer la panique qui me ronge.

Shelby, pareille à elle-même ramène les paumes de ses doigts sur l'endroit de ma mâchoire qui est crispée, et elle me sourit, de son regard illuminé de désirs et de chaleur.

- Je vais devoir rentrer ; j'ai la voiture de Carolina.

- Je vais te suivre. Acquiescé-je en posant un dernier baiser sur ses lèvres.

- Je serai plus rassurer. Lui fais-je pour être certain qu'on soit d'accord.

Shelby acquiesce, sachant certainement que quoi qu'elle pense, je le ferai. Après l'avoir suivie jusqu'à la villa, je repars directement chez moi au cas où cet enfoiré serait repassé. Malheureusement pour moi, il n'est pas là, et ma mère est encore une fois couchée sur mon lit sentant l'alcool. Je lui mets la couverture, en soupirant et je sors de ma chambre lorsque mon portable sonne.

- Petit cœur ça ne va pas ? Répondé-je inquiet en décrochant.

- « Moi si, mais je voulais être certaine que tu allais bien. » Me répond-elle.

- Oui ne te tracasse pas. Fais-je comprenant qu'elle s'inquiète autant pour moi, que je le fais pour elle.

- De toute façon il repartait pour Los Angeles après. La rassuré-je.

- « D'accord, on se voit demain au lycée ? »

- Bien sûr. Shelby ?

- « Oui ? »

- Je t'aime.

Donovan

Nous revenons du lycée quand mon portable sonne ; c'est le patron du Club, il faudrait que les filles travaillent ce soir ainsi que Shelby. Mise à part le fait que ce soient les examens, elles sont bien entendues partantes.

- Shelby, tu as prévenu Shawn ? Histoire, qu'on n'ait pas de soucis avec lui ? Lui demandé-je en la croisant dans le couloir.

- Oui, tracasse il est au courant. Plus de secrets ! Me fait-elle toute souriante.

- Super, je ne voudrais pas qu'il fasse un scandale.

- Tu as fini oui ! Me rétorque-t-elle en arrivant dans sa chambre.

On ne va pas dire qu'on est redevenu comme avant avec Shelby, mais on est sur la bonne voie. Je descends dans la pièce où on prépare les morceaux et je commence à ranger mes enregistrements.

- Donovan, il faut que je te parle d'un truc. Je voulais le faire y a un moment, mais avec tout ce qui s'est passé je n'ai pas eu le temps. Me fait Trevor en préparant ses propres enregistrements.

- Ouais j'avoue, ça a été un peu le chaos ces derniers temps. Je t'écoute. Lui fais-je en me tournant vers lui.

- Il y a quelques temps je suis passé devant un ancien club où on allait avant. Tu sais le Dragon ? Commence-t-il.

- Ouais c'était terrible là-bas. Mais, ils n'ont pas fermé à la suite d'une bagarre ? Lui fais-je remarquer.

- Si, mais il est à vendre.

- Attends, tu ne penses quand même pas à ce que je pense ?! Lui demandé-je surpris.

Je sais qu'on en avait parlé, mais là ça serait du concret.

- Ben, je me dis que si tout le groupe est d'accord, ça pourrait le faire non ?! Me confirme-t-il et je passe la main dans mes cheveux. Je réfléchis une seconde, il a peut-être raison, mais c'est quand même un grand cap à passer. De plus, Emi et Shelby seront encore au lycée l'an prochain.

- Mais si tu penses qu'il est trop tôt, on oublie. Me fait-il embêté.

- Non, non on peut en parler avec les autres. En tout cas moi je serais partant bien sûr ! M'exclamé-je en souriant, confirmant mon enthousiasme.

Un rêve de gamin qui se réaliserait.

Shelby

Il est quatre heures du matin, et j'ai bien pris mes marques au Club où les autres du personnel de la boîte sont supers. Donovan et Trevor sont vraiment géniaux sur scène, et le souvenir de la dernière fois que je suis venue me revient en mémoire. Comment pourrais-je d'ailleurs oublier ?! Shawn avait débarqué avec Jordan et sa bande. Ça avait été un vrai carnage ici, mais c'est là aussi que j'ai découvert une facette de Shawn que je ne connaissais pas sur cette plage.

- Mademoiselle ! Mademoiselle !

Je me retourne et fais face à Noa appuyé au bar, souriant mais surtout seul.

- Mais qu'est-ce que tu fais là ? Demandé-je surprise.

- Je venais voir si tu t'en sortais. Me fait-il avec un sourire narquois.

- Oui bien sûr ! Tu viens surveiller qu'on ne me drague pas ?! Lancé-je en rigolant.

Je sais très bien que Shawn ne rentrera pas dans le club, vu ce qu'ils ont fait avec sa bande. Noa est le seul qui n'avait pas participé.

- On a fini notre boulot de ce soir ! Me lance Carolina en me rejoignant.

- Oh Noa, tu es tout seul ?

- Oui mais il n'est pas loin ! Répond Noa en me faisant un clin d'œil et me montrant son portable.

Je sors le mien de ma poche et remarque que j'ai un message de Shawn.

« Un petit baiser torride avant de rentrer ? »

- Trop plein d'amour tout ça ! Me lance Carolina en regardant par-dessus mon épaule.

- Tu as fini ! Rougis-je en rangeant mon portable.

- On a fini de toute façon. On attend que les garçons finissent, donc va le voir. On préviendra Donovan. Me fait-elle en servant un verre à Noa. Je ne me fais pas prier, je récupère ma veste dans la réserve et sors du bar.

Je passe par le coté de la piste de danse et rejoins l'entrée, Mori et Byron ne sont pas là, ils doivent être occupés à l'intérieur. Il faut dire que c'est souvent vers cette heure, que ça commence souvent à chauffer dans le club avec l'alcool et les mecs qui ne savent pas se tenir.

Je me retrouve sur le trottoir et me dirige sur le côté où se trouve le parking, tout en sortant mon portable pour lui demander où il est garé, quand un bras m'attrape par derrière. Je ne chipote pas et lance mon coude en arrière, me dégage et prête à envoyer mon poing ; je m'arrête nette.

- Putain ! Tu m'as presque fait mal ?!

Shawn se trouve devant moi, littéralement mort de rire de la situation.

- Tu es con ou quoi ?! M'exclamé-je.

- Tu m'as fait peur !

Il s'approche toujours, amusé de ce qui vient de se passer,

- Je voulais voir si mon petit cœur avait toujours du répondant. Me murmure-t-il dans l'oreille, plaçant ses mains doucement sur mes reins, et m'attirant contre lui. Ce contact suffit à m'enflammer.

- Tu es nul. Lancé-je quand même, toujours énervée de ce qu'il vient de faire.

Il recule son visage et scrute mon regard en souriant, et je me mords la lèvre, avant qu'il ne se remette à rire de toutes ses dents blanches.

- Tu ne sais vraiment pas tenir face à moi. Fait-il, avant de poser ses lèvres sur les miennes, ne me laissant aucune chance de rétorquer. Une fois de plus, la chaleur de ce baiser me fait fondre. Sa main posée sur mes reins, se glisse le long de mon dos pour rejoindre ma nuque, où la paume de ses doigts jouent dans mes cheveux et me lancent des décharges électriques à chaque toucher.

Je rentre mes mains dans sa veste en cuir, voulant le sentir et surtout qu'il me sente ; voulant sentir sa chaleur encore plus. Shawn quitte mes lèvres, et j'halète presque, tandis qu'il descend embrassant ma mâchoire pour rejoindre mon cou. Tout mon corps est plus qu'enflammé, et je sens le désir monter de plus en plus en moi quand le bout de sa langue, commence à remonter le long de mon cou. Je me tortille limite sur place ; ce mec est vraiment trop doué avec sa bouche.

Je me fige à cette réflexion.

Shawn

- Un souci ? Lui demandé-je alors que ses mains ont lâché mon dos, et que je la sens à mille lieux de nous à cet instant. Son regard dans le mien, ses yeux bleus remplis de désir s'éteignent alors qu'elle a l'air perdue dans ses pensées. Je déglutis, me demandant ce qui se passe et je pose un baiser sur ses lèvres pour la faire réagir.

- Désolée. Fait-elle, gênée en se mordant la lèvre, et elle se resserre à nouveau contre moi pour poser la tête contre mon torse.

- Tu es fatiguée ? Tu veux que je te ramène ? Demandé-je en lui caressant les cheveux.

- Un peu oui.

Shelby et moi rejoignons la Mustang, celle-ci n'a pas parlé pendant le trajet, mais elle est restée collée à moi durant tout le trajet ce qui me rassure. Elle doit être vraiment fatiguée ; entre le lycée, les examens et ce boulot dans ce club en plus.

- Tu veux entrer un peu ? Me demande-t-elle.

- Les autres ne seront pas là avant un moment.

J'hésite un moment, l'idée de tomber face à face avec Donovan n'est pas dans mes plans du jour ; mais elle doit connaître leur horaire, donc ça ne devrait poser de problèmes à personne. Nous rentrons dans la villa et comparé à la dernière fois, je prends le temps de regarder un peu autour de moi.

- Ma mère serait jalouse des couleurs, elle adore les couleurs mauves. Lui fais-je alors qu'elle disparait dans la cuisine.

- Carolina et moi adorons le mauve aussi. D'ailleurs les garçons nous ont juste laissées faire ces pièces à notre idée. M'informe-t-elle, alors que je la rejoins, pour voir qu'elle a la tête déjà dans le frigo.

- Tu veux manger quelque chose ? Il reste encore du plat froid.

Je passe ma langue sur mes lèvres, et me place derrière elle pour la tourner face à moi. Je ferme la porte du frigo de ma main libre et je pose mes lèvres contre les siennes tendrement.

- Là tout de suite, c'est plutôt toi que je veux manger. Lui murmuré-je.

Ses magnifiques yeux bleus s'illuminent à nouveau, je pose ma main dans son dos et la ramène plus fort contre de moi. Elle ne prononce pas un mot, tout en plaçant ses mains autour du ma nuque, esquissant un sourire avant de rejoindre mes lèvres.

Ses baisers deviennent vraiment plus intenses et passionnés, ce qui me rend je l'avoue un peu fou, même ses mains sont beaucoup plus franches tout en restant sur mon T-Shirt. Elle le presse juste ce qu'il faut pour que mon désir s'enflamme encore plus pour son corps.

De ma main gauche, je la serre en haut de son dos et de mon bras droit je la soulève pour la poser sur l'îlot de la cuisine, sans que nos lèvres se décollent. Putain, je suis en train de bander comme jamais, et je suis certaine qu'elle en est plus que consciente en quittant sa bouche pour happer de l'air. Je scrute ses yeux bleus plein de désir et je mordille sa lèvre inférieure, alors qu'elle essaie toujours de ralentir sa respiration qui tout comme la mienne est haletante. J'entreprends de la couvrir de baisers dans son cou qu'elle me présente, en bombant la poitrine. Mais à la place de monter vers son oreille, je décide de descendre vers l'ouverture de son Top pour la sentir vibrer, et frissonner de plaisir. Sa main remonte dans mes cheveux les caressant, alors que son corps s'arc boute me laissant champs libres pour que ma bouche commence doucement à embrasser le haut de sa poitrine découverte. Putain, elle est vraiment en train de se laisser aller, mais se rend-elle compte que je risque de ne pas savoir m'arrêter ? Tout mon corps est en total ébullition, et ne désire que le sien maintenant.

Shelby

Je suis totalement à la merci de ses mains et de sa bouche en cet instant ; la chaleur provoquée par ses lèvres sur mon corps nu, me brûle intensément et me remplit de désirs ingérables, me faisant pousser des gémissements dont je suis gênée d'émettre.

Sa main dans mon dos, glisse sous mon top et je sens ce courant électrique parcourir tout celui-ci, avant de rejoindre la chaleur intense de sa bouche posée à la hauteur de ma poitrine.

Mes jambes se serrent autour de sa taille, je veux profiter entièrement de toute sa chaleur. Ses lèvres embrassent chaque partie de ma poitrine dénudée, et les frissons en moi deviennent ingérables ; je veux plus. Je veux le sentir entièrement.

Son visage revient vers le mien, tout en passant sa langue sur ses lèvres qui me paraissent plus qu'appétissantes que jamais. Je peux voir le désir enflammé dans ses yeux émeraudes, qui me scrutent à cet instant, alors que je me mords la lèvre et que son doigt glisse sur ma lèvre.

- Tu es magnifique, tu n'as pas idée. Murmure-t-il en déplaçant sa main sur ma joue et je me mords la lèvre une nouvelle fois ; ça devient vraiment trop chaud là.

Il conquiert ma bouche en un mouvement vif, cette électricité et cette chaleur de désir intense quand on s'embrasse à cet instant est la plus soutenue que tout ce que j'ai ressenti depuis qu'on est ensemble. Sa main, glissée dans mon dos revient, doucement vers l'avant me faisant frissonner encore plus et je pousse un gémissement de plaisir dans notre baiser enflammé.

Mais alors que ses doigts s'approchent de ma poitrine, l'image de ce jour sur la terrasse me revient en pleine figure. Sa main s'arrête, il abandonne ma bouche instinctivement et j'ouvre les yeux pour voir sa tête baissée devant moi.

- Je pense que c'est assez pour aujourd'hui. Fait-il la respiration saccadée.

Je pose ma main sous son menton, il relève son visage vers moi ; ses yeux émeraudes sont toujours aussi charmants et intenses, mais je ne vois plus le désir enflammé qui y était il y a quelques secondes.

- J'ai fait quelque chose de mal ? Demandé-je inquiète, le cœur palpitant encore de toutes ces émotions que nous venons d'avoir.

Mais je suis novice en amour, et les relations sexuelles n'en parlons pas ; quant à lui il est plutôt expert. Shawn passe sa main dans mes cheveux et m'embrasse furtivement, alors que mon cœur semble vouloir s'arrêter de battre, craignant vraiment d'avoir commis une erreur.

- Non, tu n'as rien fait. Finit-il par dire.

- Juste que ce n'est pas vraiment comme ça, que je veux profiter de chaque partie de ton corps. Me fait-il et je me mords la lèvre, cherchant une échappatoire à cette conversation qui confirme que je suis une novice en la matière.

- Et puis je pense que tu n'as pas oublié ce que j'ai fait.

Aie, il l'a remarqué !

- Ce n'est pas du tout ce que je pensais. C'est juste que sur le coup ça m'est revenu en tête. Avoué-je en scrutant son regard, pour être certaine qu'il n'en doute pas.

Shawn soupire, et il pose sa tête doucement contre ma poitrine en me serrant contre lui.

- Tout à l'heure aussi, tu t'es figée un instant quand on s'embrassait sur le parking.

Merde, il ressent vraiment tous mes changements d'attitude. Je me mords la lèvre, sachant que je dois dire quelque chose de plausible maintenant. Je monte mes mains dans son dos, vers son visage que je ramène entre mes doigts face à moi.

- Tu n'imagines quand même pas que j'ai peur de toi ? Demandé-je un peu paniquée.

Son regard émeraude scrute le mien à la recherche de la réponse, et il passe sa langue sur ses lèvres ; dites-moi qu'il me croit ?!

Je sursaute à la vibration de mon portable sur l'îlot derrière moi, et mes mains le lâchent instinctivement.

- Ça doit être les autres qui reviennent. Fait-il d'une voix calme en se reculant de moi.

- Oui. Répondé-je en regardant le message de Carolina pour confirmer.

- Je vais y aller. Me fait-il en m'attrapant pour me faire redescendre de l'îlot, avant de remettre mon Top en place sans un regard franc vers moi. Je déglutis nerveusement, je ne sais toujours pas s'il m'a cru et je le suis jusqu'à la Mustang, avant de l'attraper par la taille, voyant qu'il s'apprête à y monter.

- Je t'aime. Murmuré-je la voix remplit de panique et d'appréhension.

Il se recule un peu, et je relève mon regard vers le sien pour voir son air surpris.

- Quoi ? Demandé-je confuse de son attitude à l'instant.

- C'est la première fois que tu me le dis.

Je réfléchis à sa réponse, et je me rends compte qu'effectivement, je ne lui avais pas encore dit officiellement. Il me regarde en souriant, avant de me serrer contre lui et de poser un tendre baiser sur mes lèvres. Il s'assoit dans la voiture, et je referme la portière, alors qu'il allume une cigarette et me la tend.

- En revanche, si tu pouvais aller dans ta chambre avant qu'ils arrivent. Me fait-il sérieusement d'un coup.

- Pourquoi ?

Il démarre le moteur de la Mustang, et tout en démarrant ; il me lance :

- Tu as les yeux encore flamboyants de désir !

Emi

Shelby est descendue prendre un café et est remontée directement dans sa chambre sans un mot. Carolina se demande si elle s'est encore disputée avec Shawn, mais je n'en ai pas du tout l'impression, elle a l'air plutôt pensive.

- Shelby, je peux te parler ? Fais-je en entrant dans sa chambre.

Elle est assise sur son bureau se tenant ses cheveux qui pendent sur son livre de chimie.

- Oui, de toute façon je ne sais pas me concentrer. Me répond-elle en remettant ses cheveux en arrière, avant de me rejoindre sur le lit.

- Tu as un souci ? Lui demandé-je et j'ai droit à un regard surpris, avant qu'elle ne se morde la lèvre ; j'ai vu juste.

- Raconte, sinon je vais chercher Carolina. Lui lancé-je en me couchant sur le lit.

- Pitié non, elle va encore être euphorique. Me rétorque Shelby en prenant une cigarette dans son paquet et rejoignant la fenêtre.

- Très bien. Je t'écoute alors.

- Hier, j'ai failli craquer avec Shawn. Me dit-elle totalement gênée.

- Sérieux, raconte ! M'exclamé-je en me redressant.

Shelby

Emi est vraiment accro à ce genre de discussions, mais ce n'est peut-être pas la bonne personne avec qui en parler, étant donné qu'elle n'a jamais eu de relations amoureuses. J'expire ma fumée de cigarette et je me lance quand même, de toute façon, elle ne me lâchera pas.

- J'ai de plus en plus de désir pour lui quand il m'embrasse. Commencé-je certainement en rougissant.

- Et le moindre de ses touchers me rend vraiment toute chose. Enfin, tu vois.

- Ouais les papillons dans le ventre, la sueur au creux des reins. J'imagine. Me dit-elle complètement à l'écoute jusqu'à ce que la porte s'ouvre sur Carolina ; le regard interrogateur en nous voyant.

- Vous vous me cachez quelque chose ?! Lâche-t-elle en se tenant les bras croisés à l'entrée de la porte.

- Bon ça va, entre. Après tout, c'est sûrement toi qui t'y connais le mieux. Affirmé-je en retournant m'asseoir sur le lit. Celle-ci ne se fait pas prier, et elle nous rejoint sur le lit où je passe les doigts dans mes cheveux avant de me lancer à nouveau.

- Bon, je disais que j'avais de plus en plus envie de passer à l'étape suivante avec Shawn.

- Et qu'est-ce qui t'en empêche ? Me demande Carolina.

- Après tout il est fou de toi, et toi aussi.

Effectivement j'en suis consciente.

- Tu n'as quand même pas peur de ne pas être à la hauteur ?! S'exclame Carolina.

- Ben faut la comprendre, Shawn est quand même hyper familier à ce genre de choses. Fait remarquer Emi, qui comme toujours vient de mettre le doigt sur le problème qui me ronge de l'intérieur.

-Mais tu veux le faire ou pas ? Me demande Carolina.

Je ne réponds pas et commence à jouer avec la mèche de mes cheveux.

- Bien, alors fonce ! Me lance Carolina.

- Il est où aujourd'hui ?

- Attends, je ne sais pas si je suis prête. Fais-je complètement stressée, et complètement dépassée par les évènements.

- Shelby, tu l'aimes et il t'aime. Alors, tu ne dois pas penser au passé. Tu dois foncer si tu veux vraiment être avec lui. Me fait remarquer Carolina.

- Elle a raison, pourquoi te retenir si tu veux aussi le faire ? Insiste Emi et je réfléchis sérieusement ; à vrai dire rien ne me retient en fait sauf…

- Il est tellement expérimenté.

- Je fais quoi moi ? Demandé-je totalement terrifiée, à l'idée de ne pas du tout être à la hauteur.

- Tracasse, tu n'as qu'à suivre le rythme. Ça viendra naturellement. Me fait Carolina en posant une main compatissante sur mon épaule.

- Téléphone-lui pour voir ce qu'il fait. Et demande-lui, s'il n'y a pas moyen d'étudier avec lui aujourd'hui ? Me fait Emi en me tendant mon portable.

Elles sont bien sûres d'elles et ça me rassure de leur avoir parlé. Mais j'ai tout de même, les mains moites et encore tremblantes en composant le numéro de Shawn.

- Bonjour Petit cœur, tu as bien dormi ?

- « Oui, je voulais savoir si tu avais quelque chose de prévu aujourd'hui. J'aurais voulu étudier chimie avec toi. »

Tiens, ça tombe bien, ma mère est partie toute la journée...

- Je n'ai rien de prévu. Tu veux venir à la villa ? Ma mère n'est pas là. - À moins que tu craignes que je te mange ?! Rigolé-je.

Shelby ne répond pas, et je comprends que je n'aurais peut-être pas du dire ça...

- « Pas de soucis, je n'ai pas peur de toi » Finit-elle par me répondre, et je passe ma langue sur mes lèvres en souriant.

- Très bien. J'enfile une veste et je viens te chercher.

J'étais pourtant certain qu'après hier, elle hésiterait de se retrouver seule avec moi, mais je me suis sûrement trompé.

Quand j'arrive à leur villa, Shelby m'attend à la fenêtre de sa chambre, où je remarque Emi derrière elle, qui lui tend son sac.

- Salut Shawn !

Je sursaute, à la voix de Donovan qui se trouve derrière moi. S'il y a bien quelqu'un que je ne m'attends pas à croiser quand je viens la chercher ; c'est bien lui !

- Salut Donovan. Répondé-je en passant la main dans mes cheveux.

- Elle ne travaille pas ce soir, donc vous pouvez en profiter. Me fait-il simplement, avant de disparaître dans la villa.

Je souris. Me fait-il assez confiance maintenant, pour accepter notre relation ? Je me souviens encore de tout ce qui nous est arrivé depuis le début de cette année, et je m'étonne qu'on en soit arrivé à ne plus nous détester par amour pour Shelby.

- Désolée Emi ne me lâchait pas. S'excuse Shelby en me rejoignant enfin près de la Mustang.

Je dépose un baiser furtif sur ses lèvres et nous montons dans la voiture. Arrivés à la villa, nous nous installons sur la terrasse avec nos cours, et je soupire pour remarquer qu'elle est vraiment venue pour étudier…

Elle attache ses cheveux en chignon sauvage, ce qui me fait découvrir ses magnifiques épaules, et sa nuque si douce que j'aime embrasser. Je déglutis nerveusement tout d'un coup, un détail m'attire.

- Tu as mis un maillot ? Lui demandé-je en voyant les bretelles noires nouées dans son cou nu.

- Oui. Me répondit-elle en mordant sa lèvre, sans me regarder, mettant ses livres sur la table.

- Emi s'est dit qu'on pourrait faire une pause piscine. M'explique-t-elle.

Je la regarde un peu surpris, je l'avoue. Je me souviens qu'il a tout fallu à la plage, pour qu'elle ose se montrer, et surtout elle sait ce que je ressens quand je la vois en maillot.

Pourtant, les minutes passent, et elle a l'air bien concentrée sur son livre de chimie. Je me mets donc appuyer sur mon coude, essayant de me concentrer aussi sur nos cours. Au bout d'une heure à étudier, enfin elle ; moi j'ai passé mon temps à la dévorer des yeux, je me lève pour aller nous chercher à boire et quand je reviens sur la terrasse, elle n'est plus là.

Shelby

J'en ai profité qu'il soit parti pour foncer dans la piscine. Son regard émeraude qui me transperçait quand j'essayais d'étudier, m'a donné des bouffées de chaleurs. J'ai dû me battre pour rester concentrée sur mon livre, dont je n'ai même pas lu une ligne entière.

Je plonge ma tête dans la piscine pour me calmer, et quand je remonte à la surface, Shawn se trouve assis au bord de la piscine me dévorant du regard et je frissonne malgré la température de l'eau.

- Fallait le dire que tu avais chaud. Me lance-t-il avec son sourire charmeur.

Il se fait glisser dans la piscine, et il me rejoint m'obligeant à me redresser. Ses yeux émeraudes sont intenses et charmants, et son regard se pose sur mon corps un instant et d'un coup, il plonge dans la piscine. Je reste là comme une idiote totalement gênée, mais retenant un rire amusé, jusqu'à ce qu'il remonte. Mon dieu, il est tellement sexy. Il remet ses cheveux en arrière, il a l'air totalement gêné par la situation, aussi ce qui finit par me faire rire.

- Tu devrais éviter ce genre de bikini, c'est pour me faire mourir. Me fait-il en s'approchant près de moi, et je frissonne à nouveau.

Il pose sa main sur ma hanche et m'attire vers lui pour m'embrasser. Ses lèvres touchent les miennes et je sens cette chaleur intense m'envahir.

Tout mon corps réagit à son torse nu si près moi, et je veux sentir sa chaleur encore plus.

Je pose mes mains, pourtant encore hésitantes sur ses bras et mes doigts remontent vers son cou doucement, alors que sa main se pose fermement sur mes reins et je me retrouve collée à lui. Cette chaleur est plus qu'intense, et notre baiser s'enflamme encore plus. Ma poitrine s'écrase de plus en plus contre ton torse musclé et tatoué, et je sens mon cœur battre vraiment très vite, alors qu'il quitte mes lèvres. Nous reprenons notre souffle, front contre front, les yeux dans les yeux. Son regard émeraude est plus flamboyant que jamais, et je me rends compte que nos lèvres entrouvertes, puisent le peu d'air qui glisse entre nous. Je suis surprise quand d'un coup, il plonge dans l'eau.

Je reste une nouvelle fois seule attendant qu'il remonte, mais il disparait vers le bord, pour remonter et sortir de l'eau.

- Ça suffit. Lance-t-il en se mettant sur un transat, et je sors à mon tour de l'eau. À cette allure, ça ne sera pas pour aujourd'hui ; il fait trop attention à moi.

Je soupire en avançant sur la terrasse, je suis un peu déçue, mais ce n'est peut-être pas le moment. Je prends l'essui dans mon sac, et je le pose sur un transat, avant de prendre mon livre et je fais mine de le lire pour calmer le feu qui couve toujours en moi. Sérieusement, il parle de moi et de mon bikini, mais se rend-il compte à quel point son corp nu, musclé et sexy une fois mouillé est vraiment aphrodisiaque pour mes yeux à la base innocents ?!

Shawn m'allume une cigarette et me la tend, je prends celle-ci du bout des doigts, sans vraiment le regarder.

- Tu n'es pas fatiguée ? Me demande-t-il une fois que je l'ai prise.

- Après tout, tu t'es levée tôt pour étudier et le travail au club doit être plus fatiguant qu'à la supérette ? Continue-t-il en remettant ses lunettes de soleil.

- Un peu. J'avoue mais ça serait dommage de rater mon examen. Lui répondé-je en revenant sur mon livre.

- Arrête. Tu es une des premières de la classe ! Me lance-t-il avec une voix moqueuse. J'écarquille les yeux, et mon cœur fait un raté à l'intonation de sa voix.

A-t-il compris mes intentions ? Je m'empêche cet instant de mordre ma lèvre et je replonge mon regard dans mon livre.

Deux positifs en contact

Shawn

Shelby est installée sur le transat près de la piscine avec ce petit bikini noir qui lui va si bien. Je pose ma bière sur la petite table à côté d'elle où celle-ci semble dormir paisiblement.

Le service au Club a certainement été dur comme je le pensais.

Je m'accroupis devant elle, et doucement, je remets sa boucle qui tombe sur son visage derrière son oreille. Je reste là à la contempler sans un mot, retenant presque ma respiration, devant sa beauté naturelle.

Mais je ne peux pas m'empêcher de la toucher, et je pose la paume de mes doigts doucement sur sa joue, Shelby frémit instinctivement, avant d'ouvrir ses beaux yeux bleus.

- C'est dingue comme je te fais de l'effet ! Souris-je pris sur le fait.

- Je t'ai à peine frôlée. Continué-je avant de passer ma langue sur mes lèvres, ravalant un peu mon appétit.

- Voilà ce qui arrive quand deux positifs entrent en contact, il y a des étincelles. Me répond-elle en me faisant signe de m'installer près d'elle.

Je ne me fais pas prier et je m'installe contre son corps chaud. Ses doigts sont déjà en train de faire le contour de mes tatouages sur mon torse, cela me fait des frissons à chaque contact de ses doigts sur ma peau. Shelby le sait et me regarde en souriant.

Elle me rend dingue.

Je m'avance vers son visage souriant et pose doucement mes lèvres contrent les siennes, mais le désir de l'autre prend le dessus et nous nous embrassons presque immédiatement à pleine bouche. Tout son corps frémit, et je resserre mon étreinte pour en sentir chaque frémissement de désir qui émane d'elle.

Sa main quitte mon torse pour voyager dans mes cheveux ; elle adore quand je les laisse sauvage et je ne me fais pas prier pour lui faire plaisir.

Nous reprenons un instant notre respiration, mes yeux émeraudes sont plongés dans ses beaux yeux bleus, reflétant de plaisir comme les miens.

Je ressens cette envie de lui faire l'amour, je ne veux plus attendre un instant de plus... Elle me rend fou. Tout mon être la désire depuis tellement longtemps, que je ne peux plus contenir ce désir ardent qui m'enflamme.

Je pose mes lèvres tendrement sur son cou, sors ma langue et la fais glisser jusqu'à son oreille. Un gémissement s'enfuit de sa bouche, et elle me tire doucement les cheveux pour me reculer, mais je resserre mon étreinte en continuant de lécher son lobe d'oreille. Elle gémit de plus belle, et son corps se presse de lui-même contre le mien.

Je quitte son lobe d'oreille pour ramener mon visage vers le sien, voulant voir le désir intense dans ses yeux bleus.

- Je vais vraiment finir par te manger. Murmuré-je doucement, la faisant se mordre la lèvre avec ce que je dirais une pointe d'appétit non dissimulable.

Je confirme son désir de se laisser aller alors qu'elle m'embrasse d'elle-même maintenant ; nos langues tournent à l'unisson alors que nos corps entrent en ébullition. « Je la veux. »

Je me redresse et la soulève dans mon mouvement, sans quitter un instant cette bouche suave. Ses jambes se referment autour de mes reins et d'un pas certain, je l'emmène dans la villa.

Pas un seul instant, nos bouches ne se séparent, sauf peut-être pour happer un souffle d'air, alors que ses bras me serrent comme jamais. Je nous emmène dans ma chambre et l'allonge sur le lit en m'installant pour qu'elle puisse bouger ; j'ai quand même une bonne carrure non négligeable comparée à elle.

Nous reprenons notre respiration un instant, mais nos bouches ne peuvent s'empêcher de désirer l'autre. Je ne réfléchis plus ensuite, comme si ma main ne voulait que cela, je caresse tout son corps nu et chaud. Ses doigts sur mon corps montrent tellement de désir dans leur pression, que je réussis à lui enlever son haut de bikini sans aucune réticence de sa part.

Ses mains m'agrippent les omoplates, alors que je quitte sa bouche pour descendre vers sa superbe poitrine. Son corps entier m'invite à la découvrir davantage. Tout en regardant son visage, où sa bouche entrouverte émet de petit gloussement de désir, je passe ma langue sur son sein pour sentir encore plus cette peau que je désire, et qui m'était interdite jusqu'ici. Putain, cette douceur m'excite encore plus et quand son téton durcit au contact de ma langue, son corps frissonne entièrement, alors que moi, je suis à deux doigts d'exploser dans mon maillot.

- Shawn... Gémit-elle et je reviens vers son visage magnifique empli de désir.

Je scrute celui-ci quelques secondes, alors que mes doigts massent doucement ce sein tellement doux ; ses yeux bleus sont plus magnifiques que jamais.

Ma main descend sur son bas de bikini pendant que je cherche la moindre résistance de son corps, ou de son regard. N'en voyant pas, je commence à l'enlever doucement, et elle m'aide en relevant ses jambes me donnant ainsi son accord.

Shelby m'attire vers son visage pendant que ma main revient à l'intérieur de ses cuisses doucement, et je m'arrête à l'entrée de son intimité.

- Tu es vraiment sûre que tu veux continuer. Murmuré-je en embrassant sa lèvre.

- Sauf si tu ne le veux pas. Me répond-elle, avant de m'embrasser doucement, et je sens sa main faire glisser mon maillot, libérant mon membre.

Sa main douce, et hésitante s'enroule autour de celui-ci et je commence à gémir de plaisir, à la sensation de ses doigts et de la force qu'elle y met. Mes doigts qui se maintenaient à l'entrée, massant doucement ses lèvres qui deviennent humides, je glisse entièrement ceux-ci en elle doucement. Son corps m'invite encore plus, et le mouvement de mes doigts, fait écho en elle au désir qu'elle me fait ressentir.

Je descends le long de son corps passant ma langue sur son téton, avant de le mordiller, tout en caressant son autre sein la faisant se tortiller un peu plus. Ses doigts de sa main libre, attrapent mes cheveux qu'elle tire et je reviens à sa bouche, la sentant se remplir d'une chaleur intense qui me glisse entre les doigts. Je reviens à son visage, embrassant son menton doucement, la laissant reprendre le contrôle de son corps.

- Tu es magnifique. Lui soufflé-je en caressant son visage qu'elle essaie de me cacher, honteuse certainement de ce qui vient de se passer. Mais pour moi, elle est en train de me combler de plaisir et de bonheur de réagir ainsi. Toutes ses petites facettes de son corps qu'elle me laisse découvrir. Le son de sa voix quand elle gémit sous mes doigts, ou ma langue... Je ne suis pourtant pas rassasié, et à voir ses yeux illuminés dans les miens ; je sais qu'elle ne l'est pas non plus.

- Tu es certaine que tu veux aller jusqu'au bout ? Lui demandé-je en plongeant un regard serein dans le sien.

Après tout, cela fait quelques mois que nous sommes ensemble, mais par respect pour elle ; je n'ai jamais osé franchir le pas. Et puis, elle a toujours eu un peu peur de ce que je suis, ce qui a certainement freiné mes ardeurs. Mais là, je ne peux plus les réprimer ; je la désire plus que tout et elle semble être dans le même état d'esprit que moi.

- Je veux être plus proche de toi. Murmure-t-elle en posant ses lèvres sur les miennes.

Je prends un préservatif dans le tiroir et le mets sans lâcher un instant sa bouche enflammée. Je me glisse doucement entre ses cuisses chaudes, et je passe mes doigts le long de son intimité, avant de me frotter contre elle.

J'entre doucement en elle, et je m'arrête pour scruter son visage. Ses yeux bleus à cet instant sont magnifiques, le désir que j'y vois est enflammé comme jamais. Je commence doucement mes vas et viens en elle, fixant sa bouche qui s'entrouvre remplit de désir. Ses mains m'agrippent plus fort, alors que nos bouchent se rejoignent et que j'accélère la cadence, lui donnant des coups de rein plus intense par moment. Ses ongles s'enfoncent dans mes bras, mais je m'en fous ; je suis totalement envouté par le plaisir que nous ressentons tous les deux. Je veux voir encore et encore ses yeux bleus flamboyants de plaisir, tout comme mon cœur est rempli de son amour.

Shelby

Il fait déjà nuit dehors quand je me réveille dans ses bras, et je n'en reviens toujours pas d'avoir fait ça. Bien que tout mon corps soit endolori, je ne regrette absolument pas d'avoir franchi le cap avec lui. Mais surtout, je ne pensais pas qu'on puisse être si émue, et euphorique à la fois, après avoir fait l'amour avec la personne qu'on aime. Car oui, j'aime Shawn comme je n'ai jamais aimé d'ailleurs, et ce que nous venons de faire tous les deux, à mes yeux, est la preuve ultime de notre amour l'un pour l'autre. Chaque gémissement sorti de ma bouche, semblait être l'écho des battements de mon cœur et de ce que je ressens pour lui. Malgré la honte qui aurait dû m'engloutir quand il m'a procuré ce plaisir avec ses doigts, je suis consciente qu'il était plus que satisfait de me voir ainsi. C'est peut-être pour cela, que je me suis tant laissé aller avec lui. Ne retenant plus aucun gémissement de plaisir quand il me regardait de son regard flamboyant de plaisir.

Je me mords la lèvre, le souvenir de son regard dans le mien, et je commence à faire les tracés de ses tatouages sur son bras. Ses lèvres embrassent doucement mon front et je m'arrête gênée, comme si je faisais une bêtise.

- Tu vas bien ? Me demande-t-il de sa voix tendre, et je jurerais qu'il y a un soupçon de gêne dans celle-ci.

Je me tourne un peu pour scruter son visage, où je remarque qu'il est effectivement gêné aussi.

- Ne pense même pas à rire. Me fait-il en cachant mon visage contre son torse.

- Je n'allais pas rire je te le jure. Rétorqué-je.

- Je ne m'attendais pas à ce que tu sois dans le même état que moi. Lui fais-je.

Shawn desserre son bras qui me tient contre lui, et me ramène à son visage, pour que nous échangions un tendre baiser.

- Je ne savais pas que faire l'amour avec quelqu'un qu'on aime était ainsi. Murmure-t-il et j'écarquille les yeux, surprise de l'entendre dire une chose pareille.

- Je suis assez surpris du plaisir que ça m'a procuré.

Je me cache de moi-même contre lui, rougissant certainement de ce qu'il vient de dire. Car si lui, il trouve que ça lui a procuré du plaisir ; que dois-je dire pour moi ? Je devais certainement être au bord de l'extase...

- N'empêche pour une novice, tu as quand même bien tenu le coup. Me fait-il d'un sourire narquois très audible.

- Trois fois de suite ; tu dois être dans les records. Continue-t-il et j'attrape la couette pour la mettre sur ma tête totalement honteuse. Comment peut-il me dire ça ?!

Shawn me rejoint sous la couette et ramène son visage à niveau du mien, où il m'embrasse tendrement et nos corps nus se collent à nouveau l'un à l'autre. Il arrête notre baiser, et redescend la couette de nos têtes d'un geste.

- N'y pense même pas ! Me lance-t-il.

- Je ne comptais pas. Lui répondé-je confuse.

Il se met à rire et passe la main dans ses cheveux, me regardant avec son magnifique regard émeraude. Il est vraiment charmant quand il rit ainsi de bon cœur.

- Blague à part. Tu devrais aller prendre une douche. Fait-il en embrassant mon front.

- Je vais aller voir ce qu'il y a à manger en bas. Dit-il en se sortant du lit.

Je me retourne illico. Oui on a passé le cap, mais le voir nu est vraiment gênant.

- Tiens. Me fait-il en revenant près de moi, et je remarque qu'il a mis un boxer.

- Je pense que la chemise devrait t'aller.

- Waouh ! Tu as des chemises ? M'exclamé-je étonnée.

Il passe sa main dans ses cheveux et évite mon regard avant de partir vers la salle de bain.

- J'ai dit quelque chose de mal ? Demandé-je alors qu'il m'amène un peignoir pour que je puisse sortir du lit.

- Non, non tracasse. Je te laisse prendre ta douche. Me fait-il en m'embrassant furtivement, avant de disparaître de la chambre.

Shawn

Je vais sur la terrasse, où je m'allume une cigarette, pensif. Ce n'est pas le moment de commencer à parler du fait que je quitte le lycée l'an prochain, elle sera certainement triste comme je le suis.

Maintenant que nous avons enfin fait l'amour, je me rends compte une fois de plus que je ne peux vraiment pas vivre sans elle. Il va falloir que je fasse mon possible pour que mon père l'accepte et nous laisse vivre tranquille.

Une fois ma cigarette finie, je repars dans la villa et fais le tour du frigo. Je sors les steaks, les champignons et commence à préparer à souper.

- Waouh, tu prépares même à manger ?! Me fait-elle en entrant dans la cuisine, vêtue de ma chemise banche.

- Trop sexy. Lancé-je en la regardant, le regard plein d'appétit certainement.

Elle sourit et se mord la lèvre avant de s'asseoir sur le tabouret face à moi.

- Tu veux un coup de mains ?

- Non je gère. Lui fais-je.

- En revanche, la cuisson de ton steak ?

- À point. Me répond-elle, quittant son tabouret pour rejoindre la terrasse.

Elle revient avec son portable en main et le pose sur la table ; elle a sûrement envoyé un message à Donovan. Je retourne les steaks et je vais allumer la friteuse. En revenant, mes yeux se posent sur son corps, alors qu'elle est dans l'armoire en train de prendre les assiettes.

- Cependant, je ne sais plus où sont les couverts. Me fait-elle en se retournant face à moi.

Je me retiens sur le coup de la prendre dans mes bras et de l'embrasser. Rien que de la voir ainsi dans la cuisine je n'ai pas envie de la laisser repartir. Je me contente seulement d'ouvrir le tiroir à sa droite, et je retourne vers les steaks.

- Dis donc, ça a l'air délicieux. Me fait-elle en venant à côté de moi.

L'odeur de mon savon est sur elle, mais je peux surtout sentir l'odeur délicieuse qu'elle dégage à cet instant. Tout mon corps frissonne, alors que je ferme les yeux et je pose mes lèvres dans son cou.

- Arrête ! Tu vas faire cramer la viande. Me fait-lance-t-elle en se reculant de moi et je souris en revenant sur la poêle.

- Oui, ça serait dommage ; j'ai faim. Répondé-je en mettant les steaks dans les assiettes.

- Eh bien. Me lance-t-elle.

- Tu as vraiment des talents cachés.

- Je t'avoue que toi aussi. Rétorqué-je d'un air coquin, souriant avec appétit en la regardant, ce qui la fait rougir.

Au reflet des lampes de la terrasse, elle est vraiment magnifique avec ses yeux bleus pétillants de bonheur. Je me sens vraiment heureux et je ferai tout pour qu'on le soit toujours. Je sais à coups surs que c'est la seule qui puisse illuminer ma vie, et je ne la laisserai jamais pour quelques raisons que ce soit. Si nous venions à nous séparer un jour, je pense que j'en mourais sur place… Car je ne vois plus ma vie sans son sourire.

Christian

- Très bien. Continuez vos recherches. Fais-je en raccrochant.

C'est bien ce que je pensais, le nouveau gang qui sévit en ville a un chef qui agit dans l'ombre. Je ne sais pas du tout ce qu'ils veulent, puisqu'ils se trouvent souvent sur le chemin de Shawn, mais reste en retrait face à lui.

Serait-ce une façon de le tester et attendent-ils le bon moment pour s'attaquer officiellement à lui ?

Il y là encore beaucoup de questions en suspend, et je n'aime pas ce genre de choses.

- Tu es occupé ?

- Madeleine ? Que me vaut cette visite si tard ? Demandé-je surpris alors qu'elle entre dans le bureau.

- Je voudrais que tu te renseignes sur les amis de Shelby. M'explique-t-elle en posant son sac dans le fauteuil.

Je la regarde surprise ; elle était pourtant la première à vouloir les mettre ensemble.

- Surtout sur le grand blond qui est venu à la villa l'autre jour. Continue-t-elle en passant la main dans ses cheveux.

- Quelque chose ne va pas ? Lui demandé-je la voyant étrangement paniquée.

Je ne comprends vraiment pas ce qu'elle veut en cherchant dans le passé de ces jeunes, aucun d'eux n'a jamais eu de soucis avec la justice ni avec les gangs.

- Christian, je te demande de m'aider. Tu sais que Léonard surveille tous mes hommes de mains. Mais les tiens ont encore leur indépendance. Me fait-elle remarquer.

- Dis-moi ce qui te tracasse ?! Insisté-je.

- Je ne peux pas. Me répond-elle en me tournant le dos, et reprenant son sac.

- Fais juste ce que je te demande.

Je n'ai pas le temps d'ajouter autre chose, que Madeleine est déjà sortie de mon bureau. Je pose mes lunettes sur mon bureau, et je me tourne vers la vue que j'ai devant moi en me frottant l'arête du nez.

Que se passe-t-il dans cette ville pour que tout le monde semble si à cran ? Et surtout pourquoi tout semble s'enchainer autour des enfants ?

C'est le dernier jour, le lycée est enfin fini pour Trevor, Carolina, Mori, Byron et moi. Nous avons décidé d'organiser un barbecue à la villa pour l'occasion, et d'en profiter pour parler de notre projet avec Trevor. Les filles sont en train de préparer les plats dans la cuisine, la musique d'Évanescence donnant à fond dans la villa.

- Donovan, tu lui as envoyé un texto ? Me demande Mori.

- Non pas encore, je vais aller lui sonner. Fais-je en descendant dans le jardin.

J'ai prévu d'inviter Shawn ce soir sans en parler à Shelby ; je sais que cette attention lui fera plaisir.

- « Que me vaut l'honneur que tu me téléphones ? »

Il prend déjà ses grands airs supérieurs.

- Je voulais t'inviter à notre barbecue de fin d'année. Mais si tu es occupé, je comprendrais. Lancé-je calmement en regardant les rosiers, et il se met à rire.

- « Non, je n'ai rien de spécial de prévu. Mais je suis assez surpris que tu m'invites. Shelby est au courant ? »

- Non, elle ne l'est pas. Pourquoi tu crains qu'elle ne veuille pas te voir ? Rétorqué-je ironiquement.

- « Non. » Fait-il avant de reprendre.

- « Mais toi, supporteras-tu de nous voir ensemble ? On ne sera pas au lycée. » Me fait-il plus sérieusement.

Il marque un point, au lycée ils s'enlacent mais sans plus. Ce simple contact, me fait déjà du mal, mais je dois m'y faire une fois pour toute.

- Tracasse. Je gère tant qu'elle est heureuse. Lui fais-je en prenant une bonne inspiration et regardant vers la terrasse, où je remonte, après avoir raccroché, Byron me fait une tape sur l'épaule comme pour m'encourager, et je lui souris avant de retourner dans la villa. Shelby et Emi sont entrain de danser dans celle-ci comme des folles.

Je les regarde en souriant, après l'année qu'on a passée, je me dis qu'on est chanceux d'être toujours tous aussi liés.

Shelby me rejoint en dansant et me prend dans ses bras simulant un slow, ses bras enlacent mes épaules et elle dépose son visage contre mon omoplate, caressant la base de mes cheveux.

- Tu as l'air heureuse ? Lui murmuré-je.

- Bien sûr, on a tous réussi notre année ! Me répond-elle amusée en relevant son visage face à moi.

Ses yeux bleus sont magnifiques comme toujours, et elle m'embrasse la joue avant de repartir dans la cuisine en dansant.

- Tu as fait une bonne action ! Me lance Trevor en passant à côté de moi.

Je l'espère...

Shelby

Je sors de la douche et reste devant le dressing en réfléchissant à ce que je vais mettre. Les filles ont dit que ce soir c'était barbecue sur notre trente et un, mais connaissant Trevor ça finira dans la piscine.

Je regarde mes robes dans la penderie, une chose est certaine rien qui finisse transparent. J'opte pour une robe noire courte en flanelle, décolletée avec le dos nu et mes chaussures à talons noires.

Je fais mon chignon sauvage avec mes mèches tombantes et me maquille légèrement.

- Waouh ! On a opté pour le même style de robe ! S'exclame Emi en entrant dans la chambre.

Effectivement, elle porte une mini robe noire aussi mais moins décolletée que la mienne ; si on ne veut pas que Mori devienne fou.

Nous descendons rejoindre Byron, Mori et Carolina qui sont déjà sur la terrasse, tous très bien habillés. Carolina porte une mini robe bleu marine qui la rend super sexy. Trevor et Donovan arrivent avec les apéros et les boissons, je vais tout de suite aider Donovan à les servir.

- Dis donc tu es super mignon aujourd'hui. Fais-je à Donovan.

Il a plaqué ses cheveux en arrière et porte une chemise ainsi qu'un pantalon de costume.

- Tu n'es pas mal non plus. Me fait-il en scrutant ma robe.

Je lui tape dans l'épaule gênée et nous nous asseyons sur le transat en rigolant.

- On a sonné à la porte ! Crie Emi en fonçant à l'entrée.

Donovan se lève directement du transat ; son regard a changé d'un coup.

- Salut tout le monde !

- Je ne savais pas quoi apporter, donc j'ai amené du vin. Lance Shawn en entrant sur la terrasse.

Mon visage fait un aller-retour entre Donovan et Shawn, alors que mon cœur vient de faire un raté ; Donovan me sourit et me fait un clin d'œil, qui me font comprendre que c'est lui qui l'a invité. Je ne sais pas trop comment réagir, tellement je suis heureuse. Du coup, je reste sur place, en regardant Donovan qui tape dans la main de Shawn.

Je me sens si soulagée qu'ils aient enterré la hache de guerre.

Shawn

Je vois à son regard qu'elle est vraiment surprise de me voir, mais si elle pouvait éviter de regarder Donovan avec ses magnifiques yeux pétillants ça m'arrangerait. Après avoir fait le tour de la bande, je la rejoins enfin.

- Alors surprise ? Lui demandé-je dans son oreille.

- Tu n'as pas idée. Je ne m'y attendais pas du tout. Me répond-elle en reculant un peu.

- Je dois avouer que c'est clair que tu ne t'y attendais. Lui fais-je remarquer en me mettant face à elle ; et la reluquant de haut en bas avec un sourire d'appétit sur les lèvres.

- Ce genre de tenue, je n'y ai pas droit. Continué-je alors que Shelby se mord sa lèvre gênée.

- Ce n'est pas vraiment une tenue pour le lycée. Me répond-elle en buvant une gorgée de son verre.

Je me penche à nouveau à son oreille, humant son odeur pamplemousse qui me frétille chaque partie du corps.

- Personnellement, je préfère quand tu n'as rien du tout.

Elle se recule et me toise, les joues rougissant bien plus qu'elles ne l'étaient, et elle glisse ses doigts dans ma main.

C'est vrai que depuis ce jour, nous n'avons pas renouvelé cette expérience ; ce qui est décevant. Elle tenait absolument à se focaliser sur les examens, et du coup, elle a étudié ici avec les autres.

Après le barbecue, je vais aider Donovan à ranger la viande de trop dans la cuisine, avec les autres mecs pendant que les filles rangent la table.

- Alors comment ça va avec Shelby ? Me demande Trevor.

Je regarde Donovan qui n'a pas relevé, ou a fait semblant.

- Tout va bien. Lui répondé-je.

- D'ailleurs j'ai besoin d'un conseil. Fais-je à la bande.

Donovan relève la tête enfin, mais j'y ai tellement mis l'intonation qu'il ne pouvait qu'être tenté.

- Vous avez une idée de vacances où elle voudrait aller pour son anniversaire ? Demandé-je sans le regarder lui.

- Alors là, il faut que tu demandes à Donovan. Répond Trevor en regardant celui-ci, qui met un dernier plat dans le frigo. Donovan me regarde tout en réfléchissant ; je serais lui je lâcherais le pire endroit où elle voudrait aller.

- Je dirais Les Maldives non ? Me fait Donovan.

- Ouais super choix ! S'exclame Trevor.

- La plage, les cocktails, Shelby en bikini. Fait Trevor en roucoulant près de moi. Je me demande sérieusement si ce mec est con ou s'il fait exprès ?! Lâcher ce genre de choses devant Donovan n'est pas vraiment très malin.

- Je suis sûre que Shawn profite de Shelby en toutes circonstances. Me lance Donovan, nous rejoignant en me tapant sur l'épaule. Je reste scotché, je m'attendais à ce qu'il fusille Trevor ; mais non, il en rigole.

Trevor

- Bon maintenant que certains d'entre nous en ont fini avec l'école, il est temps de se tourner vers l'avenir ! M'écrié-je debout sur le plongeoir.

- Pourquoi tu vas devenir plongeur professionnel ?! Rigole Carolina.

- Ma chère, tu es concernée par notre projet, alors avant de vouloir me voir faire le grand saut, tu devrais écouter. Fais-je sachant qu'elle va encore trouver une occasion pour me lancer dans l'eau.

Je me retourne vers Mori et Byron.

- Les gars, on va avoir besoin de vos gros bras et vos talents bien entendu pour notre projet.

- Tu peux être plus précis. Lâche Mori qui s'impatiente.

- On dirait que tu nous proposes d'être déménageur là. Rigole Byron.

- Bon ça va, j'y arrive. Arrêtez de me couper. Après concertation avec Donovan, nous allons ouvrir notre propre club. M'exclamé-je euphorique.

- Quoi ?! s'écrièrent Carolina et Emi, ahuries de ce que je viens de dire.

Donovan me rejoint sur le bord de la piscine, comprenant qu'il est temps qu'il m'aide, étant donné que c'est le seul qu'on prend au sérieux entre nous deux.

- Oui, nous avons mis une proposition d'achat sur le Dragon. Intervient Donovan.

- Le Dragon. Il n'est pas en piteux état ? Demande Shelby.

- Si justement. C'est pour ça qu'on aura besoin des talents de décorations de Carolina ainsi que des bras musclés. Continue Donovan.

- Sinon, est-ce que vous êtes partant pour nous rejoindre ? Demande Donovan ; c'est quand même la question primordiale.

Ils se regardent tous en se questionnant du regard.

- Je crois qu'on n'a pas vraiment le choix. Fait Mori souriant.

- Je n'ai rien de prévu non plus. Répond Byron à son tour.

- Moi, je suis partante et toi Shelby ? Fait Emi, avant de se retourner vers Shelby, comme nous tous. Elle regarde Shawn un instant, et il lui sourit.

- Pour moi aussi ! S'exclame-t-elle à son tour.

Toute la bande se retrouve à nouveau dans une nouvelle aventure, et je suis tellement heureux, que je n'attends pas que Carolina vienne me pousser ; je saute de moi-même dans la piscine.

Shelby

Le souper enfin terminé, tout le monde a rejoint sa chambre, me laissant achever de ranger les verres avec Shawn. On n'a pas eu l'occasion de rester un peu seul ces derniers jours, et les vacances arrivant ; je serai souvent de service au club, tout comme lui sera avec son gang. Je reviens prendre les derniers verres lorsqu'il m'attrape par la taille, pour me ramener sur ses jambes tout en m'embrassant fougueusement.

- J'en avais envie depuis que je suis arrivé. Me murmure-t-il en quittant, ma bouche.

- J'avoue que moi aussi. Lui répondé-je alors qu'il pose ses lèvres dans mon cou, et m'y couvre de baisers bien mouillés, ce qui me fait me tortiller sur lui.

- Shawn, arrête. Fais-je mal prise à l'idée que les autres nous voient.

- Tu ne veux pas rentrer avec moi ? Me demande-t-il, et je glisse mes doigts dans ses cheveux, alors que son regard émeraude, brille à la lumière des lampes tamisées.

- Ce n'est pas un bon plan. On a prévu une journée shopping avec les filles, puis ta mère est à la maison. Lui fais-je remarquer.

- Tu as peur qu'elle t'entende crier. Me chuchote Shawn à l'oreille, alors qu'il glisse sa main entre mes jambes, et que sa chaleur m'envahit.

Je mordille ma lèvre doucement, alors que sa langue longe mon lobe d'oreille, avant de le sucer littéralement. Sa main entre mes cuisses arrive au contact de mon string et ma respiration s'accélère, me forçant à serrer les cuisses. Je me mords la lèvre, en le toisant, honteuse qu'il me mette dans un état pareil.

- Je vais y aller alors, j'ai du boulot demain aussi. Me fait-il en m'embrassant sur la joue et me faisant me lever.

- Tu viens de me dire de venir avec toi ?!

- Et tu me dis que tu as du boulot demain ! M'exclamé-je perdue.

Il passe la main dans ses cheveux et évite mon regard.

- Ouais j'avoue_

Il me prend la main sans ajouter un mot, pour se diriger vers l'allée où se trouve garée la Mustang. Toujours nos mains enlacées, il s'allume une cigarette et me la tend avant de s'en prendre une. Il est très étrange depuis peu, il évite tout contact visuel, remettant même ses lunettes de soleil… J'avoue ne pas comprendre ce qui se passe…

Est-ce parce que j'ai refusé de rentrer avec lui ?

- Tu réfléchis trop. Me lâche-t-il en souriant, tout en me tapotant la tête.

Je le regarde étonnée ; il lit vraiment dans mes pensées !

Il m'attire alors contre lui, sans rien ajouter et m'embrasse tendrement avant de monter dans la Mustang, où il écoute encore et toujours Eminem.

- Bonne nuit petit cœur. Me fait-il en souriant, avant de démarrer calmement dans l'allée et de faire vrombir le moteur pour se lancer sur la route.

Madeleine

- Bonjour mon fils, tu commences au Nevada aujourd'hui ?

- Oui, je vais faire le fils parfait.

Je le regarde boire son café, il n'est pas heureux du tout. Il est pourtant élégant, Shawn porte un jeans et une chemise noire, mais malgré tout ; il paraît terne. Ses cheveux sont plaqués en arrière, et je me rends compte qu'il ressemble de plus en plus à son père.

- Je pensais proposer à Shelby de venir à la villa aujourd'hui vu qu'elle est en congé. Commencé-je.

- Afin de fêter la réussite de vos examens.

- Oublie, elle a des trucs de prévu. M'informe-t-il en soupirant.

- Autre chose, ne lui dis pas que je travaille au Nevada.

- Tu ne lui as pas dit ? Fais-je étonnée.

- Lui dire que j'ai accepté de me soumettre à cet enfoiré ! Claque-t-il en tapant son point sur l'îlot de la cuisine.

Je vois vraiment la haine revenir dans son regard quand il parle de son père, s'il savait ce que nous avons fait ; il ne nous pardonnerait jamais.

Ai-je été naïve ?

Donovan

Cela fait un mois qu'on est dans les travaux de notre club, et nous n'avons toujours pas trouvé un nom, mais étant encore loin d'avoir terminé, nous avons le temps. Carolina et les filles sont à fond dans les recherches de décos, et ce n'est que le début ; ce qui nous fait un peu peur.

On a dû abattre des murs et en reconstruire d'autres, je dois dire qu'entre tout ça et notre boulot la nuit au Club, on est un peu crevé mais on est surtout motivé. Après tout, nous travaillons pour notre avenir.

Shelby n'est pas là aujourd'hui, elle a rendez-vous avec la mère de Shawn pour aller faire les boutiques. Dans une semaine, c'est son anniversaire, et je sais que Shawn a prévu un voyage aux Maldives comme je lui avais proposé. Donc exceptionnellement, nous ne fêterons pas ses dix-sept ans avec elle. Ça me fait bizarre, mais je sais qu'elle passera un merveilleux anniversaire, donc je ne me tracasse pas, et j'essaie de prendre cela du mieux que je peux.

- Donovan un homme t'appelle à l'entrée ! Me crie Mori.

Effectivement, un homme en costume m'attend à l'entrée, mais je ne le connais absolument pas.

- Bonjour je suis à la recherche de Madame Jones.

- Shelby ? Demandé-je perplexe.

- Non. Me répond-il en regardant son document.

- Samantha Jones.

La mère de Shelby ?! Pourquoi me le demander à moi ?

- Je suis désolée. Elle est décédée il y a quelques années, mais je peux vous donner le numéro de sa fille, elle pourra peut-être vous aider.

- Sa fille, je vois, il y a dû y avoir une erreur. Me dit-il en regardant autour de nous.

- Je vous remercie de ses renseignements.

L'homme part après avoir pris le numéro de Shelby que je lui fournis.

Je me demande quand même ce que ce gars lui veut ; mais il repart sans me donner le moindre indice.

Shawn

Je suis au Nevada depuis peu, et je vais déjà finir par devenir cinglé dans ce bureau. Heureusement, dans une semaine on sera en vacances avec Shelby, et cela nous fera du bien. Loin de ses foutus papiers, de ses rendez-vous, des gros lards qui ne parlent que de fric, de putes, ou de leurs maitresses. Je ne sais pas comment Chris fait pour supporter tout cela depuis des années. Sérieux, je me serais explosé la tête depuis longtemps.

Pourtant, j'ai l'impression qu'il jubile de la torture que je vis, en me remettant encore plus de ces foutus rendez-vous.

Moi, j'ai besoin d'action ! Je n'ai même pas eu l'occasion d'aller en mission avec les gars, parce que ces soupers durent une éternité.

Si c'est ça le boulot de chef ; je préfère rester en retrait.

- Shawn, n'oublie pas le rendez-vous de dix neuves heures au restaurant. Me rappelle Christian, en souriant.

- Ouais cool ! M'exclamé-je en passant la main dans mes cheveux.

- Encore un gros lard qui va me parler des millions qu'il veut blanchir. Maugréé-je en m'affalant sur le divan.

Christian me regarde, et je remarque qu'il comprend mon point de vue. Mais malgré tout, il a les mains liées tout comme moi.

Il est dix-huit heures quand je descends au bar du Nevada, afin de boire un coup et de me détendre avant ce foutu rendez-vous. Le barman me pose une bouteille de Whisky et un verre dès que je m'installe au bar. Je regarde mon portable, le laissant me servir et je souris remarquant que j'ai un message de mon rayon de soleil.

« Super après-midi avec ta maman, elle a dévalisé les magasins. Et toi, comment vas-tu ? Tu penses qu'on peut se voir ce soir ? »

Pff, j'ai l'impression que ma mère la voit plus que moi en ce moment.

« J'ai encore un rendez-vous dans une heure. J'essaye de finir tôt et je t'appelle. »

Je bois une gorgée dans mon verre en attendant sa réponse.

- Si j'étais elle, je te répondrais tout de suite.

Je me retourne et suis surpris par la fille qui se trouve à côté de moi, celle-ci me dévisage de son regard sans gêne.

- Si tu étais elle, tu ne serais entrain de draguer des inconnus. Lâché-je froidement, en revenant à mon verre.

- Si les inconnus sont aussi sexy que toi, je ne vois pas ce qui me retiendrait. Me rétorque-t-elle en commandant un verre de Whisky au barman.

Putain ! je n'ai pas la tête à supporter ce genre de conne ce soir. Mon portable bipe enfin, et je regarde sa réponse qui doit être comme toujours, très sobre, sans montrer qu'elle est déçue.

« Pas de soucis. Je vais manger avec ta maman. Préviens-moi si tu finis plus tôt. Bon courage. Je t'aime »

Comme je le pensais, réponse courtoise...

« Moi aussi je t'aime, tu me manques petit cœur. » Répondé-je, avant d'affonner le reste de mon verre.

Je me lève et rejoint la table de mon rendez-vous, sans jeter un regard à la brune qui est assise à côté de moi au bar. Je m'assois à peine à la table, que je soupire en voyant qu'elle arrive vers moi. Je la regarde à travers mes lunettes, c'est le genre de filles que je me serais faite sans hésitation avant. Elle porte une robe en cuir rouge qui moule parfaitement ses formes, pas trop vulgaire quand même et qui j'avoue, aurait été un bon encas avant.

Mais attends, elle va où là ?!

- Mon père ne s'était pas trompé, tu es vraiment mon genre. Me fait-elle d'une voix plus que sensuelle, en s'asseyant à côté de moi sur la banquette.

Je la regarde surpris à travers mes lunettes. Elle me fait quoi là ?!

- Je pense que tu t'es trompée de table. J'ai un rendez-vous d'affaire, pas un rendez-vous avec une pute. Lâché-je froidement en enlevant mes lunettes.

La fille me toise, pas du tout apeuré de mon regard noir, et elle se met à rire.

- En plus, tu es un comique !

- Je suis la fille de Monsieur Grissom, et je suis ton rendez-vous d'affaire. Me fait-elle en se servant un verre de vin.

Je fronce les sourcils, en la scrutant ; sa fille ?

Shelby

Je n'ai pas vu Shawn beaucoup ; depuis un mois, il ne m'a pas dit clairement ce qu'il faisait mais je lui fais confiance ; donc je ne pose pas de questions. La mère de Shawn est folle de joie aujourd'hui, j'ai reporté cette journée tellement de fois avec les travaux au club, qu'elle finissait par me faire pitié chaque fois qu'elle me téléphonait.

- Je me disais qu'on pourrait aller manger au Nevada. Comme ça, s'il finit plus tôt, il nous rejoindra là-bas. Me fait-elle en mettant les derniers sacs dans la Mercedes.

- Il vient de me dire qu'il avait encore un rendez-vous, donc ça ne devrait pas poser de problèmes. Acquiescé-je.

Nous entrons dans le restaurant du Nevada, où Madame Black avance vers la salle VIP du fond quand je vois une scène qui me refroidit sur place.

Shawn est assis à une table avec une belle brune qui a l'air plus que proche de lui. Il a enlevé ses lunettes, et même d'ici je peux deviner le regard de la fille devant celui d'émeraude intense que Shawn possède.

Mon cœur fait un raté à cet instant ; c'est ça son genre de rendez-vous ?!

Je reste là dans l'allée en le regardant complètement abasourdie par la scène devant mes yeux. Il a l'air de bien s'amuser, lui qui me fait croire que ses rendez-vous sont soulants. Il semble plutôt bien se foutre de ma gueule, et sans se cacher en plus !

Je me décide tant bien que mal à avancer et rejoindre Madame Black dans la salle VIP ; mais j'ai vraiment un énorme poids sur le cœur.

- Tu es toute pâle Shelby. S'inquiète-t-elle.

- Tu es malade ?

Si elle avait vu ce que je venais de voir, je suis certaine qu'elle aussi serait dans cet état. Mais en fait, elle aussi semble avoir une mauvaise relation avec le père de Shawn ; serait-ce ce qui m'attend ? Serait-ce en fait, ce que le père de Shawn insinuait aussi quand il me demandait si je serais prête à entrer dans ce monde ? Moi, qui pensais qu'il parlait de ses affaires de gang, dont je ne sais rien. Je ne pensais pas qu'il parlait en fait de ce genre de choses. Des rendez-vous d'affaires, avec des femmes à qui il fait son plus beau regard...

Je bois mon verre d'apéro d'une traite, sous le regard ahuri de madame Black.

- Tu es certaine que tu vas bien ?

- Oui, j'avais soif. Répondé-je nonchalamment.

Je repense à cette brune appuyée sur son coude, regardant « mon » Shawn dans ses yeux émeraude si près. Je vois celui-ci passer sa langue sur ses lèvres, amusé de voir dans son regard quel effet, il lui fait. La haine me monte de plus en plus dans les veines.

- Shelby, tu es certaine que tu vas bien ? Insiste madame Black.

Il faut que je sorte d'ici tout de suite, sinon je vais finir par aller les trouver et lui en coller une devant tout le monde.

- Je ne me sens pas bien en fait. Je pense que je vais rentrer. Fais-je en prenant mon sac sur la chaise d'à côté.

- Ça doit être la fatigue, entre les travaux et mon boulot. Essayé-je de m'excuser.

- Bien sûr. Je comprends, je n'aurais pas dû insister pour le souper.

- Ne vous inquiétez pas pour ça. Mais je pense que je vais rentrer. Fais-je en me levant, et je chancèle.

Je n'aurais pas dû boire ce verre d'une traite, avec la fatigue de ces derniers jours et mon niveau d'anxiété ; je me sens déjà saoule.

- Je vais t'appeler un taxi. M'informe madame Black.

Je m'apprête à lui dire que je vais prendre un taxi, qu'elle ne se dérange pas, mais elle appelle déjà les services de taxi avant que j'aie eu l'occasion de m'y opposer. Nous retraversons le restaurant, m'efforçant de ne pas regarder vers leur table, le souffle plus que court, je sors du Nevada sans un mot pour monter dans le taxi.

Madeleine

Je retourne vers le restaurant me demandant ce qui se passe pour qu'elle ait changé d'attitude aussi vite. Je peux comprendre qu'elle soit fatiguée, mais elle semblait pourtant contente à l'idée d'attendre Shawn. En parlant de lui, mon regard se pose sur une table dans le restaurant et j'aperçois mon fils, assit à table rigolant avec une brune.

Mon dieu, ne me dites pas qu'elle les a vu ?! Ma main portée sur ma poitrine, sentant ce qu'elle a pu ressentir si elle les a vu, je me dirige vers la table d'un pas décidé.

- Je vois que tu t'amuses bien ! M'exclamé-je d'une voix plus que froide.

Shawn détourne son regard de la fille qui l'imite, et je peux voir la surprise dans leurs yeux.

- Man. Fait-il en se levant, pourtant calmement et de façon naturelle. - Je te présente la fille de monsieur Grissom.

- Bonjour Madame Black, enchantée de vous rencontrer, j'ai beaucoup entendu parler de vous. Me fait-elle en se levant à son tour, me tendant la main en me souriant. Mais je la toise, je ne lui réponds pas et me retourne vers Shawn qui fronce les sourcils, devant ma froideur.

- Man, elle est venue pour affaire à la place de son père qui a eu un imprévu. Tente-t-il de m'expliquer.

- Ce n'est pas à moi que tu dois expliquer ça ! Craché-je, avant de la regarder d'un air hautain, avant de repartir vers la salle VIP.

Shelby

Madame Black a donné l'adresse de la villa, mais je n'ai pas envie d'y rentrer tout de suite, pourtant je n'ai pas le choix, ni le courage de dire au chauffeur de changer de route. Je revois la scène passée devant moi sans cesse ; son regard souriant la regardant, et j'imagine comment elle doit se sentir en sa présence.

Je n'ai toujours pas pleuré ; je suis tellement choquée que je n'ai même plus envie de me battre contre moi, et de me dire que ce n'est rien.

En fait, je l'ai toujours su. Il était trop charmant pour être réel ; j'aurais dû m'en douter. Il a toujours été considéré comme un coureur de jupons depuis toujours, et j'ai juste oublié ce détail à cause de sa gentillesse.

Ai-je été naïve de croire que tout allait bien entre nous ? Alors que cela fait un mois, qu'on ne fait que se croiser...

Je suis totalement perdue dans mes pensées négatives, et à cela s'ajoute cette femme assise avec lui, souriant ensemble et tellement proche ...

Shawn

Attends, elle veut dire quoi en disant que ce n'est pas à elle_

Je me fige instinctivement, la voyant nous tourner le dos, et je repense au dernier message de Shelby.

- Putain ! M'exclamé-je, poussant Chloey pour passer, et fonçant vers le hall sans me soucier une seconde de la laisser en plan. Je cours vers la Mustang en composant le numéro de Shelby ; mais celle-ci ne me répond pas, me faisant comprendre que je ne me trompe pas.

Je démarre en trombe vers la villa en composant sans cesse son numéro, mais j'abandonne tombant sur la messagerie directement ; elle a coupé son portable. J'arrive enfin à la villa, où je remarque que mise à part les lampes allumées de l'allée ; il n'y a aucune lampe dans la villa.

- Putain t'es où ?! Crié-je en m'attrapant les cheveux, sentant une angoisse que je n'ai jamais connue monter en moi.

Alors que je retourne vers la Mustang, un taxi arrive dans l'allée et Shelby apparaît le regard fermé en sortant de la voiture. Je la rejoins, le cœur palpitant plus que jamais, heureux de la voir enfin. Mais elle passe à côté de moi sans un regard et je me fige, ses yeux bleus sont tellement froids.

- Shelby. Dis-je totalement paniqué en lui prenant le poignet.

Sans un regard pour moi, elle se dégage d'un geste vif, avant de monter les marches du porche, et elle ouvre la porte de la villa en me la reclapant au nez.

Je reste le bras appuyé sur la porte, en réfléchissant à comment je vais arriver à la calmer et à lui expliquer. Je ne comprends pas comment j'ai pu être aussi con, et laisser cette fille rester assise si près de moi. Je m'en veux d'avoir apporté tant de confusions sur la situation dans l'esprit de Shelby. Mais le pire, c'est que je ne sais pas comment arranger ça si elle ne me laisse pas entrer pour lui expliquer.

Mais je sais que si j'insiste à la porte, elle va me rembarrer d'office et se refermer. Pourtant, je ne peux pas la laisser imaginer ce que bon lui semble. Je soupire, en passant la main dans mes cheveux, et je décide de faire le tour de la villa. En jetant un regard vers la terrasse, j'aperçois les lampes allumer ; elle doit s'y trouver.

Je m'arrête pourtant contre toute attente, et j'hésite un moment avant de me décide à monter l'escalier qui y mène.

Shelby s'y trouve comme je le pensais, et elle est installée sur un transat, un verre de rosé à la main regardant les étoiles. Je peux voir d'ici que ses yeux bleus sont ternes, et qu'il n'y a aucune émotion sur son visage. Je n'aime vraiment pas la voir ainsi sachant que c'est de ma faute ; cette fille était trop proche de moi.

Je reste là sur le bord de la terrasse complètement paumé ne sachant pas du tout comment arranger la situation, elle pourrait aussi bien ne pas me croire.

- Tu comptes rester là longtemps ?! Lâche-t-elle froidement.

- Si tu n'as rien à dire, va-t'en ! Claque-t-elle et je tressaille d'une telle froideur de sa part.

Shelby

J'ai remarqué sa présence depuis un moment, mais je n'avais aucune envie de lui parler et à voir son silence ; il n'a pas l'air de vouloir parler non plus. Ce qui me confirme qu'il y a bien quelque chose de louche dans son « rendez-vous d'affaire ».

Je pensais prendre du recul sur ce que j'ai vu, mais le voir hésiter à me parler fait encore plus confirmer mes doutes. J'ai tellement mal à la poitrine, que je ne peux même pas penser à me lever pour rentrer. J'ai l'impression que je vais m'effondrer si je me lève de ce transat.

- Est-ce que seulement tu m'écouteras ? Me demande-t-il.

Je me redresse sur le transat, essayant de me calmer. Je pose mon verre et je m'allume une cigarette, évitant de regarder dans sa direction. Je ne veux pas voir les mensonges dans ses yeux.

- Je t'écoute. Finis-je par dire, la plus froide possible serrant mon poing contre ma cuisse.

J'entends ses pas s'avancer vers moi, et mon souffle se coupe limite en le voyant s'accroupir devant moi. Son regard émeraude est intense et plein de doutes en ce moment. Des doutes ?! C'est moi qui suis remplie de doutes, toi, tu sais exactement ce que tu as fait !

Je détourne mon regard vers mon verre de rosé, et je le bois d'une traite avant de me lever, espérant que je ne m'effondre pas, et je vais me mettre contre le muret de la terrasse. Je ne veux pas sentir son regard, et plus que tout, je ne veux pas voir son visage une minute de plus.

- C'est un malentendu. Commence-t-il et je pousse un soupire.

- C'est la fille de mon client. Il a eu un empêchement et elle est venue à sa place.

Je souris nerveusement en regardant au loin, avant de porter ma cigarette à mes lèvres, atténuant mon envie de lui demander s'il me prend vraiment pour une conne ?!

- Un malentendu. Répété-je.

- Dois-je comprendre que tu dragues tous tes rendez-vous ?

Ma voix s'est étranglée en achevant ma phrase. Je les vois encore à quelques centimètres l'un de l'autre riant, les yeux dans les yeux ; ses yeux intenses dans les sien !

- Shelby, s'il te plaît. Nous ne faisions que parler.

Il pose sa tête sur mon épaule alors que je lui tourne toujours le dos, et je me dégage instantanément pour quitter la terrasse, je me rends dans la cuisine pour me servir un autre verre de rosé. Mes mains commencent à trembler, ce qui confirme qu'il est en train de m'atteindre ; mais j'aimerais bien qu'il me voit rire ainsi, aussi proche d'un autre garçon sans qu'il ne perde son sang-froid.

C'est déjà limite quand je suis avec Donovan ! Mais lui pas de soucis !

Je sens la rage me monter encore plus ; il me prend vraiment pour une conne, ce n'est pas possible autrement.

Je ressors sur la terrasse, il a la tête baissée près du muret où je me tenais, fumant sa cigarette. Ses mains, comme tout son corps sont crispés, et je peux voir sa mâchoire craquer d'ici, et le son de ses dents qui s'entrechoquent, contenant son énervement. Cette vue, en un instant me fend le cœur, et j'inspire profondément pensant que peut-être… Mais ma rage me revient directement, quand il lève ses yeux émeraudes intenses dans les miens.

Il l'a regardée comme il me regarde…

- Tu ne me fais vraiment pas confiance. Murmure-t-il.

Je le regarde toujours quand il murmure cela, et ses yeux émeraudes intenses se remplissent de brouillards. Je n'arrive pas à détourner mon regard, pourtant je sais que je devrais, mais c'est déjà trop tard ; les larmes coulent sur mes joues tout comme les siennes.

Je le regarde s'avancer vers moi, j'essaie de me contenir alors qu'il pose la paume de ses doigts sur ma joue, essuyant mes larmes qui coulent tout comme les siennes.

Ma main instinctivement se pose sur sa joue, exécutant la même chose avec ses larmes, et il n'hésite pas un instant en me prenant dans ses bras. Je n'ai plus aucune rage à cet instant, et je fonds en larmes pour du bon.

Shawn

La voir me tenir tête m'a complètement déboussolé, mon cœur me fait tellement mal que je n'ai pas su retenir mes larmes. Je ne veux pas qu'on se dispute ainsi, alors qu'il n'y a aucune raison ; elle est mon rayon de soleil et je ne serais plus rien sans elle.

Je la serre de toute mes forces contre moi, alors que nous pleurons tous les deux. Jamais je n'aurais cru qu'on en passerait par là et que notre couple serait aussi vite ébranlé. Mon passé ne me lâchera donc jamais. Moi qui pensais qu'on avait dépassé tout ça, mais il est toujours bien présent et je vais devoir redoubler d'efforts pour que ce genre de situation n'arrive plus.

- Je t'aime Shelby. Lui rappelé-je la voix rauque de notre souffrance.

- Je ne veux pas que tu en doutes. Insité-je, et pourtant…

Son visage se décolle de mon torse, ses yeux bleus sont inondés de larmes. Mon dieu, que je n'aime pas la voir ainsi, et surtout de ma faute. Je passe à nouveau mes doigts tremblants sur ses joues et je dépose mes lèvres sur les siennes. Je t'en prie Shelby, laisse-nous une chance. Laisse-moi une chance de te prouver que tu peux me faire confiance.

Elle reste inaccessible un moment, je tressaille intérieurement, et je resserre mon étreinte un peu plus fort. Un soulagement se fait ressentir dans tout mon corps, quand elle me laisse l'accès à la chaleur et la douceur de sa bouche. Ses mains sont tremblantes dans ma nuque, et je peux sentir son hésitation dans notre baiser. Je quitte doucement ses lèvres salées comme les miennes, et plonge mon regard dans ses yeux bleus.

- Je veux que tu me fasses confiance. Je ne veux pas que tu doutes de moi et de mon amour pour toi. Murmuré-je.

Elle ne me répond pas, ce qui me fait plus que mal à la poitrine ; cette douleur est insupportable. Pourtant, je laisse mon regard plongé dans ses grands yeux bleus, mais je n'arrive pas à percevoir autre chose que ses larmes qui coulent.

Je la resserre à nouveau contre moi, et je me remplis d'une panique incontrôlable. Suis-je vraiment entrain de la perdre ?

Donovan

Nous rentrons à la villa où j'aperçois la Mustang de Shawn garée dans l'allée.

- On va déranger les amoureux. Rigole Emi en sortant de la voiture.

Je prends mon temps pour sortir les outils de l'Audi, histoire de ne pas tomber dessus dans une position inadéquate. J'ai accepté, mais j'avoue que j'ai quand même quelques limites. Au bout de dix minutes, je rejoins la villa après avoir déposé les outils dans le garage. Emi et Carolina se trouvent dans la cuisine entrain de chuchoter, alors que Byron est dehors avec Shawn.

- Donovan, tu devrais aller voir Shelby. Me fait Mori en prenant des bières dans le frigo.

Je le regarde surpris. Quel est le problème ?

Je comprends en regardant à nouveau Shawn que quelque chose ne va pas. Il a les yeux brillants et rouges alors que Byron a sa main posée sur son épaule, comme pour le réconforter. Je monte directement l'escalier sans hésiter une minute de plus, il y a quelque chose qui cloche, et cela se confirme en arrivant devant la chambre de Shelby ouverte.

Elle est dans son lit avec la couette jusqu'au-dessus de sa tête, et je me fige ; cela ne me rassure pas du tout.

- Shelby ? Fais-je en m'approchant du lit.

Aucune réponse. Mais que se passe-t-il au juste avec ces deux-là ?

Je m'assois sur le lit et essaye d'enlever la couette, mais comme toujours dans ses cas-là, elle la tient fermement.

- Je pensais que tu avais passé l'âge pour ce genre de choses. Fais-je essayant de la faire réagir, mais en vain.

- Très bien, je vais chercher Shawn pour qu'il m'explique ! Lancé-je en me levant.

- Non ! S'exclame-t-elle en enlevant la couette et je la regarde surpris. Ses grands yeux bleus sont brillants et rouges comme ceux de Shawn. Je dois me contenir pour rester calme, je passe la main dans mes cheveux et je me rassois à côté d'elle sur le lit.

- Il y a un souci ? Demandé-je en remettant sa mèche ondulée en place du bout des doigts.

Elle n'hésite pas une seconde et se blottit dans mes bras en se mettant à pleurer.

- Shelby, dis-moi ce qui se passe ?

- Il… Il était à table collé à une autre femme_

- Attends tu as dit quoi là ?! Fulminé-je en la ramenant face à moi.

Elle renifle et essaye de reprendre un peu son calme, alors que je sens une haine pure monter en moi. Il n'a quand même pas fait une telle chose ?!

- Il avait rendez-vous avec un client qui s'avérait être une femme et quand je les ai vu, j'ai complètement pété un plomb. M'explique-t-elle en hoquetant.

- Mais tu as dit qu'ils étaient collés ? M'assuré-je prêt à descendre aller lui en mettre une.

- Non... Ils étaient assis l'un près de l'autre et j'ai cru_

Je comprends tout de suite ce qu'elle a cru. Avec les antécédents de Shawn, ça n'est pas compliqué de s'imaginer des choses en effet. Je me calme du coup, et lui embrasse le front avant de sortir de la chambre.

- Tu vas où ? Me demande-t-elle de la chambre alors que je suis dans le couloir.

- Tracasse. Je vais arranger les choses !

Emi qui montait la voir me croise dans le hall. Son regard est inquiet, mais je la rassure en souriant pour lui faire comprendre que tout va bien.

Shawn

Byron m'amène une bière, et j'imagine bien que Donovan est sûrement parti la voir. Il va certainement la convaincre de me quitter et il aurait raison ; on ne peut pas me faire confiance quoi que je fasse. J'ai déconné, j'aurais dû prendre mes distances avec cette fille dès qu'elle s'est assise près de moi. Je ne pensais pas à mal en la laissant assise là, elle ne m'attire en aucun point. Elle n'a rien du charme qu'exerce Shelby sur moi depuis le premier jour ; elle ne fait pas illuminer mon cœur comme seule elle, peut le faire.

Donovan apparaît sur la terrasse et d'un regard Byron rentre dans la villa. Je m'allume une cigarette et bois une gorgée de ma bière, alors que Donovan me rejoint contre le muret. Il s'appuie à côté de moi regardant à l'horizon.

- Elle m'a expliqué le problème, mais je pense qu'elle sait que c'est un malentendu. Commence-t-il, et je regarde ma bière attendant le coup de grâce. Celui-ci se retourne vers moi et il prend simplement ma bière.

- Si c'est un malentendu, tu attends quoi pour aller la réconforter ?! M'ordonne-t-il.

Je relève la tête surpris et regarde Donovan qui me sourit.

- Allez go ! Me fait-il en me tapant dans le dos.

Shelby avait raison, il n'est pas du tout comme je pense. J'étais certain qu'il profiterait de la situation pour se débarrasser de moi pour du bon. Mais il n'y a rien dans son regard à l'instant qui soit froid ; il a même l'air d'être heureux de ce qu'il fait en me poussant à la rejoindre.

J'arrive dans la chambre de Shelby, où elle est assise sur son lit jouant avec son bracelet de perles.

- Je peux ? Demandé-je en attendant à l'embrasure de la porte.

Elle relève ses grands yeux bleus vers moi et esquisse un sourire en guise de réponse. Je rentre donc et je ferme la porte, avant de m'approcher du lit, hésitant à m'y asseoir. Je glisse ma main dans mes cheveux, ne sachant pas trop quoi lui dire.

- Je suis désolée. Murmure-t-elle la tête plongée sur son bracelet, et je m'assois près d'elle, avant de passer mon bras autour de ses épaules et de la serrer contre moi.

- Je suis désolé de t'avoir fait imaginer des choses. Dis-je en posant un baiser sur le haut de ses cheveux.

- J'aurais dû être moins amical avec elle.

- Non, j'aurais dû te faire confiance. Rétorque-t-elle.

- Si j'avais vraiment eu confiance en toi, je n'aurais jamais réagi ainsi.

Donc, c'est bien ce que je pensais ; elle ne me fait pas confiance. Je me crispe involontairement, et elle se recule pour scruter mon visage.

- Non, en fait j'ai confiance en toi. Me dit-elle en tenant mon regard.

- Je n'ai juste pas confiance en moi. Avoue-t-elle en le baissant sur ma main qui tient la sienne.

Je comprends même si je suis surpris de sa franchise, je lui relève doucement son visage cherchant son regard.

- Comment peux-tu dire ça ? Lui demandé-je en esquissant un sourire rassurant.

- Tu es extraordinaire, tu es mon rayon de soleil et je ne serais pas ce que je serais sans toi. Tu te rends compte que j'ai changé depuis que je te connais ? Lui fais-je remarquer.

- Tu es la seule dans mon cœur, et la seule qui me connaît vraiment.

Elle essaye d'éviter mon regard, mais j'insiste en posant mon front contre le sien.

- Je t'interdis de penser ainsi ! Fais-je sèchement, sans lever la voix pour autant.

- Tu ne sais pas à quel point je suis heureux de partager ma vie avec toi. Je ne vois pas mon futur sans toi. Je t'aime Shelby. Continué-je d'une voix presque suppliante.

- Moi aussi je t'aime. Murmure-t-elle.

Je l'embrasse sur le front, ému de ce qu'elle me fait dire et faire depuis que je la connais. Je n'ai pas menti à l'instant, je lui ai dit tout ce que j'avais sur le cœur, et comme si elle en était consciente, elle pose enfin son regard dans le mien.

Shelby

Une fois de plus, j'ai réagi impulsivement. Je le sais maintenant quand je le vois me regarder, de son émeraude intense, remplit d'amour, que ce n'est pas du tout ce regard qu'il posait sur elle.

Alors qu'il commence à embrasser mon front pour rejoindre mon nez, frôler mes lèvres, et que sa bouche descend le long de mon cou pour me fait frémir par son toucher ; je me sens à nouveau sereine. Ses yeux intenses reviennent vers mon visage et je pose mes lèvres sur les siennes, notre baiser est à la fois réservé et prudent, pourtant nos yeux débordent à cet instant de ce désir intense.

Sa main dans mon dos m'attire sur ses jambes, pendant que son autre main soulève mes cheveux découvrant ma nuque. Il quitte ma bouche et commence à me couvrir de baiser langoureux dans mon cou. Je sens cette chaleur me parcourir et le désir de son corps m'envahir.

Mes mains attrapent son T-Shirt et il se redresse pour m'embrasser fougueusement, me laissant relever celui-ci et sentir cette peau chaude et musclée que j'aime tant. Une fois son T-Shirt enlevé, nos lèvres fusionnent à nouveau, et il attrape le nœud de ma robe pour l'enlever d'une main. Son autre main commence à faire glisser celle-ci et sa bouche me quitte pour rejoindre mon cou, mon bassin se met à dandiner sur lui, je veux le sentir encore plus.

Je peux sentir la chaleur de son corps s'enflammer, tout comme le mien, il redescend avec sa langue le long de ma poitrine qu'il libère de mon soutien-gorge ; ce qui me fait pousser un gémissement de plaisir.

- Tu es vraiment belle. Murmure-t-il en remontant à ma bouche, et j'essaie de happer ses lèvres, ne voulant pas perdre le moindre moment de plaisir entre nous.

Pourtant, Shawn me repousse limite et m'arrête dans mon élan.

- Je suppose que tu n'as pas de capotes dans ta chambre ? Me demande-t-il sérieusement.

- Oups. Lâché-je comprenant le problème.

Il passe sa main dans ses cheveux et soupire un bon coup, se laissant aller sur le lit en m'attirant contre sa poitrine.

- Je pense que ça sera tout pour aujourd'hui alors... Fait-il en me cachant de son bras musclé, et je me mords la lèvre. Il va falloir que je remédie à ça à l'avenir.

C'est le jour du départ en voyage pour Shelby et Shawn aux Maldives. Étant donné qu'elle n'est pas au courant, Donovan l'a convaincue d'aller faire un tour avec elle pendant que Carolina et moi préparons sa valise.

- Tu crois qu'elle a vraiment besoin de tant de vêtements ? Me demande Carolina.

Je réfléchis un instant en regardant les linges qu'on a sorti sur le lit

.

- En fait, non. Acquiescé-je.

- Connaissant les goûts de Shawn, elle passera son temps en bikini.

- Ou nue ! Rétorque Carolina en riant.

- Je ne voudrais pas casser l'ambiance, mais Shawn arrive dans quinze minutes pour prendre sa valise. Nous faits Trevor en passant devant la chambre.

Carolina et moi regardons la valise vide et la tonne de vêtements sur le lit, avant de nous mettre à courir partout, nous pressant de la remplir.

Donovan

J'ai emmené Shelby faire des achats avec moi, pour qu'elle ne se doute de rien. Ils décollent à dix-huit heures, mais on s'est donné rendez-vous avec Shawn à l'aéroport de Miami à seize heures.

- On va où maintenant ? Me demande-t-elle en m'aidant à mettre les sacs dans l'Audi.

- Je fais un détour et on rentre. Répondé-je.

- Ça fait longtemps qu'on a plus été ensemble comme ça. Me fait-elle remarquer une fois dans l'Audi.

J'avoue que depuis la dernière fois où on a été aux courses ensemble et qu'elle a failli être renversée, on n'a plus été seul souvent.

- J'avoue. Alors tu as une idée de cadeau pour ton anniversaire ?

Elle me regarde surprise.

- Ne me dis pas que tu ne sais pas que dans deux jours, c'est ton anniversaire ? Fais-je en lui tapant sur la tête.

- On est déjà le six ! S'exclame-t-elle d'un coup en regardant son portable.

Je la regarde, elle a une expression déçue sur son visage.

- Quelque chose ne va pas ?

- Non, rien... enfin avec le boulot de Shawn, je pense qu'on ne fera pas mon anniversaire ensemble. Avoue-t-elle déçue.

Je tourne mon visage vers l'opposé et essaye de reprendre mon sérieux, alors qu'elle a l'air complètement convaincue de ce qu'elle dit.

- Euh, Donovan tu vas où là ?

Je tourne vers la route qui nous emmène à l'aéroport, et je commence à sourire.

- Sérieux Donovan, tu vas où là ?! S'excite-t-elle alors que je me gare à l'entrée du hall de l'aéroport.

Shelby

Il me fait quoi là sérieusement ?! Donovan ne me répond pas, il se contente de sortir de l'Audi en souriant.

J'ai beau réfléchir, je ne comprends rien à ce qui se passe jusqu'à ce que je voie Shawn. Celui-ci arrive près de l'Audi, enlevant ses lunettes, un sourire complice avec Donovan sur les lèvres alors que celui-ci m'ouvre la porte.

- Je te souhaite un bon anniversaire en avance. Me fait Donovan en montrant la direction d'où Shawn arrive.

Je reste totalement surprise, ils me font quoi ces deux-là ?! Depuis quand sont-ils si complices ?

- Ben dit donc petit cœur, c'est tout l'effet que je te fais ?! Me lance Shawn, alors que je reste debout devant Donovan regardant Shawn comme dans un rêve.

Il m'approche, et pose ses lèvres dans mon cou, vu la chaleur dégagée à cet instant, je suis certaine de ne pas rêver et je serre mes bras autour de lui oubliant complètement Donovan.

- Hum, je ne vais pas vous déranger plus longtemps. Rigole Donovan.

- Désolée. Fais-je gênée en me reculant de Shawn qui m'attrape la main comme si j'allais me sauver.

Donovan passe la main dans ses cheveux, ses yeux bleus osent à peine me regarder. Je comprends tout de suite qu'il hésite à me prendre dans ses bras pour me dire au revoir. Je regarde Shawn cherchant son accord, celui-ci me lâche la main et il me sourit malgré la petite crispation de sa mâchoire qui apparaît.

« Ils ne changeront jamais en fait » Pensé-je.

J'avance vers Donovan et il m'enlace littéralement dans ses bras.

- Merci Donovan, je sais ce que ça te coûte de me laisser partir avec lui. Murmuré-je.

- Je ne peux pas te garder tout le temps pour moi non plus, et puis tu as dix-sept ans dans deux jours, un grand frère ne peut pas garder sa petite sœur éternellement. Murmure-t-il.

- Profitez bien de ces jours de vacances.

Shawn se met à racler sa gorge, je pense qu'il est temps que je me décolle de lui, ce que Donovan a compris aussi puisqu'il me lâche. On regarde tous les deux Shawn qui s'est allumé une cigarette et qui a remis ses lunettes, pensant qu'on ne verrait pas à quel point il est crispé.

On se regarde tous les deux, avant de se mettre littéralement à rire devant Shawn qui passe frénétiquement sa main dans ses cheveux.

Shawn

Nous montons enfin dans l'avion, Shelby est tellement stressée qu'elle n'a pas arrêtée de parler une minute dans la salle d'embarquement ; stressée un instant par les valises que Carolina et Emi ont préparées, et la minute d'après sur sa peur de l'avion. Un détail que je ne peux pas oublier, après l'avoir vue limite s'évanouir au décollage de l'avion lors de notre voyage à Paris.

Nous nous asseyons à nos sièges, où je ne lui propose même pas connaissant sa peur et je m'installe près du hublot.

- Ouah, ça change du voyage de fin d'année ! S'exclame-t-elle émerveillée en scrutant la première classe.

Je remarque qu'elle a mis sa ceinture avec ses mains toute tremblantes ; elle n'arrive vraiment pas à se détendre.

- Effectivement, de plus d'être des supers fauteuils. Fais-je en inclinant les deux sièges.

- Personne ne peut me voir faire ça. Gloussé-je.

D'une main, j'attire sa tête vers moi et mes lèvres se posent délicatement dans son cou. Son parfum et son shampoing pamplemousse me rendent déjà limite dingue à cet instant.

- Si tu essayes de me détendre pour le décollage, tu as réussi. Me murmure-t-elle.

Je remonte vers son visage et je lui souris narquoisement, ses grands yeux bleus sont remplis de désir à cet instant.

« Houlà ! Ses vacances vont être chaudes » Me dis-je en l'embrassant.

- Donc l'Asie du Sud. Me fait-elle au bout de dix minutes de vol.

Je la regarde surprise ; j'ai tout fait pour qu'elle ne sache rien.

J'ai mis mes mains sur ses yeux quand on est passé près du tableau d'embarquement, ainsi que quand j'ai donné les billets à l'hôtesse.

- Les hôtesses. Fait-elle en souriant, comprenant que je cogite pour savoir où j'ai fauté.

Effectivement, pour le coup c'était simple à deviner.

- Mais l'Asie est vaste. Lui murmuré-je dans le creux de l'oreille.

Après avoir mangé les plats, je lui propose de dormir un peu. Il y a encore dix-huit heures de vol et nous arriverons vers une heure du matin au Maldives. Si je n'avais pas eu ce foutu rendez-vous au dîner, nous serions partis plus tôt ; mais bon je vais pouvoir profiter d'elle pendant une semaine donc ça compensera.

J'installe nos deux fauteuils en position inclinée, alors qu'elle prend la couverture dans le compartiment et nous couvrent. Ses cheveux viennent me chatouiller le visage et je la ramène contre moi. Elle me regarde gênée, mais les lampes sont éteintes et les hôtesses doivent sûrement être occupées ailleurs ; donc cette fois-ci je compte bien profiter de notre baiser.

Mais ma main sur son ventre, lui fait comprendre que je suis impatient d'être enfin arrivé pour profiter de ses moments enfin ensemble. Sans un mot, je sens sa main glisser pour rejoindre mon jeans, et en un rien de temps qu'il ne faut pour le dire, ses doigts s'enrobent autour de mon membre. Je quitte sa bouche chaleureuse, et j'esquisse un sourire, glissant ma main entre ses cuisses pour rejoindre son string.

- Ce n'est pas une bonne idée...

- C'est toi qui as commencé. Lui fais-je remarquer, en décalant le tissu pour sentir la douceur de son intimité. Shelby a les yeux qui s'illuminent encore plus, et tout en souriant, je rejoins sa bouche que je conquis, alors que mes doigts se glissent en elle doucement. Pas trop rapide, pas trop insistant, ne voulant pas la rendre plus tendue qu'elle ne l'est de se faire remarquer si elle gémit trop fort. Nous échangeons un plaisir coquin tous les deux, dont elle gagne à la fin en me faisant devoir courir aux toilettes.

Une promesse de vengeance sur mes lèvres quand je la rejoins, et que l'hôtesse me juge du regard.

- Tu ne manques rien pour attendre. Lui glissé-je en l'amenant contre moi, posant un baiser sur son front.

Jordan

Je n'ai toujours pas trouvé de solutions pour me débarrasser de cette salope. Elle est toujours accompagnée de ses amis à chaque instant et si ce n'est pas eux ; c'est la mère de Shawn.

J'ai beau réfléchir, je suis à court d'idées en ce moment. Mais vu qu'ils sont partis tous les deux en vacances en amoureux, je vais pouvoir cogiter sur quelque chose à son retour.

Elle ne sera pas toujours en sécurité, il y aura bien un moment où je pourrai passer à l'action et enfin récupérer Shawn. En tout cas, je l'espère parce que son père ne tolèrera pas que je n'arrive pas à me débarrasser de cette salope…

Shelby

- Ouah c'est magnifique ! M'exclamé-je alors que nous montons sur le petit bateau qui va nous déposer sur l'île où nous allons. Shawn en profite pour surveiller ses mails sur son portable, avant de ne plus avoir de connexion. Car c'est bien la raison pour laquelle il a choisi une île, il ne veut en aucun cas qu'on nous dérange surtout ses clients.

Rien que d'y penser, je pense à cette fille brune, mais je l'enlève vite de mon esprit ; ce n'est pas le moment de gâcher notre plaisir.

Au bout d'une heure passée à flotter sur les eaux turquoise, Shawn me montre l'horizon.

- Regarde on voit notre bungalow.

- C'est magique ! M'exclamé-je euphorique en posant un baiser sur les lèvres de Shawn. Celui-ci se contente de me prendre contre son torse, alors qu'il aurait pu demander plus, comme s'il savait que je veux voir la vue que nous avons.

Arrivés au bungalow, je commence à faire le tour de l'endroit. Il y a un ponton qui donne directement sur chaque bungalow, ceux-ci sont composés uniquement d'une petite cuisine, d'une salle de bain et d'une énorme chambre magnifique décorée avec goût.

- Alors, le lit est-il assez confortable ? Me demande-t-il alors que je tâte le matelas.

Je le regarde gênée de mon geste alors qu'il pose les valises à côté de l'armoire. Ah oui ces fameuses valises ! Je repense aux bêtises que Carolina et Emi ont dû mettre à l'intérieur, en jubilant comme des folles.

- Tu as l'air perturbée ? Me demande Shawn en me prenant dans ses bras et m'embrassant dans le cou.

- Non, non. Cependant, je ne serais pas contre une bonne douche. Fais-je en reculant de lui.

- Tu veux que je vienne avec toi ? Me fait-il avec son air taquin.

- Tu rigoles ?! Avec toi dans la douche, il n'y aurait plus de place ! Rétorqué-je en rigolant, avant de foncer m'enfermer dans la salle de bain.

- Tu ne perds rien pour attendre ! Me crie-t-il derrière la porte et je me mords la lèvre.

J'attends quelques minutes qu'il ait quitté la pièce, et je reviens vers ma valise pour prendre mes affaires de toilettes. C'est bien ce que je pensais, elles se sont bien amusées.

Il y a dedans toutes sortes de bikinis plus sexy les uns que les autres. Je ne me souviens même pas de les avoir achetés, ainsi que des paréos, mais point de vue vêtements corrects ; elles n'ont mis que deux robes.

Je prends ma trousse de toilette et repars vers la salle de bain en l'ouvrant.

Boum !

- Shelby ? Ça va ? Me demande-t-il inquiet alors que je viens de me prendre la porte de plein fouet.

Je ne le regarde pas, j'ai le regard figé sur ce que contient ma trousse.

- Ben dit donc, on va passer les vacances à le faire ! Me lance-t-il.

Je le regarde ahurie et il jubile encore plus de la situation.

- Tracasse, si on n'en a pas assez, j'en ai prévu pas mal aussi. Me fait-il en m'embrassant sur le front histoire de bien me mettre mal à l'aise et il ressort de la chambre.

Il faudra que je pense à remercier Emi et Carolina, si elle stressait déjà un peu, là elle est totalement paniquée que je lui saute dessus non-stop. J'allume ma cigarette, et je prends un cocktail dans le frigo avant de m'installer sur le salon en osier dehors regardant l'horizon.

Je suis réveillé par l'odeur de son shampoing pamplemousse, en ouvrant les yeux. Shelby est accroupie devant moi, sa main arrivant doucement sur mes cheveux.

- Oups, je t'ai réveillé ?

- Non, comment pourrais-je dormir en ta présence. Rétorqué-je en la dévorant du regard.

J'attrape une mèche de ses cheveux et la ramène près de moi pour la humer.

- Cette odeur de pamplemousse est vraiment aphrodisiaque.

- S'il n'y a que ça pour te faire plaisir, je te donnerai une bouteille ! Me lâche-t-elle limite froidement en se relevant.

Je la rattrape par le bras, la ramène sur moi et commence à l'embrasser dans le cou.

- Il y a ce cou aussi qui me rend affamé. Fais-je en commençant à le lécher doucement.

Elle frémit, son regard bleu se pose enfin face au mien et je l'embrasse à pleine bouche. Je n'avais pas remarqué sur le coup qu'elle portait un paréo très sexy, et je descends ma tête vers sa poitrine.

- Stop obsédé ! Me Lâche-t-elle en me repoussant.

Je la regarde surpris et démuni, elle sourit avant de m'embrasser furtivement et se relève.

- Désolé mais entre nous, tu ne sens pas la rose. Me lâche-t-elle en me piquant mon verre sur la table.

Effectivement, après presque vingt-trois heures de voyages, elle a raison et je me résigne à me lever pour aller à la douche.

- Tu viens me frotter le dos ? Lui demandé-je en l'embrassant dans la nuque.

Elle se retourne me toise et je me mets à rire en partant dans le bungalow. J'aurai au moins essayé.

Donovan

Voilà ils sont sûrement arrivés à bon port.

- Tu penses à Shelby ? Me demande Mori en entrant dans la cuisine.

- Et Shawn. Ajouté-je en buvant ma bière.

Mori s'installe sur le tabouret et me regarde furtivement en souriant du coin de la bouche.

- Tu as quelque chose à dire ?

- Je suis content que tout soit redevenu normal entre Shelby et toi. On a vraiment cru à un moment que ce triangle amoureux allait exploser.

- De quel triangle tu parles ? On est tous comme frères et sœurs ici.

- Tu essayes de persuader qui là ? Parce que je ne suis pas dupe. Tu te mets juste en retrait pour son bonheur. Mais ne me dis pas que tu ne penses plus à Shelby comme une femme ?!

Venant de Mori c'est plus une affirmation qu'une question...

Et là est toute la question. Ai-je vraiment abandonné pour Shelby ou est-ce que j'attends encore que Shawn commette une erreur ?

Mon rayon de soleil

Je me réveille seule dans le lit encore toute endolorie, il va falloir qu'on se modère un peu, sinon je ne saurai pas profiter des journées ici. J'enfile mon peignoir en satin mauve, et je me rends sur la terrasse où Shawn ne se trouve nulle part. Sur la table, se trouve un superbe déjeuner pour une personne avec une magnifique rose rouge et un mot. Je m'installe à table, m'allume une cigarette, avant d'ouvrir le mot.

« Bonjour mon petit cœur, je t'ai laissé dormir. Je pense que j'ai un peu exagéré cette nuit. Je reviens vers neuf heures pour t'emmener en balade. Je t'aime. »

Ah ça tu l'as remarqué aussi qu'on avait exagéré ! Si on veut rattraper ce mois où nous ne sommes pas beaucoup vu, d'ici la fin de la semaine on aura déjà commencé pour le prochain mois où on ne se verra pas. Mise à part ça, il ne m'a pas souhaité mon anniversaire sur le mot. Je suppose qu'il n'y a pas songé sur le coup, vu que ce voyage est mon cadeau d'anniversaire. Mais je ne m'en plains pas, il a déjà fait énormément cet endroit est magnifique. Je grignote le déjeuner et je pars m'habiller en faisant passer l'attente de son retour.

Il a parlé d'aller promener, donc je penche pour mettre un bikini beige et short. J'accroche mes cheveux en un chignon sauvage et me maquille un minimum. De toute façon on ira sûrement dans l'eau aujourd'hui et même si le maquillage est waterproof, je sais que Shawn n'aime pas que je me maquille de trop.

J'entends un bateau moteur revenir, je me lève de la chaise, et je regarde par la fenêtre où j'aperçois Shawn revenir en étant aux commandes d'un petit bateau, s'arrêtant à côté du ponton.

- Depuis quand tu sais conduire un bateau ? Demandé-je en le rejoignant surprise alors qu'il l'amarre au ponton.

- C'est assez simple avec les bons outils pour se guider. Moi c'est une odeur de pamplemousse qui m'a guidé. Me répond-il en m'embrassant dans le cou.

- Tu es prête ? Me demande-t-il en prenant le sac sur le fauteuil où se trouve les essuies.

- Oui, mais on va où ?

- Surprise. Est-ce que ce n'est pas le but de ce voyage ? T'en mettre plein les yeux.

Il me fait son regard intense en mode charmeur, je ne résiste pas et fond complètement dans ses bras pour l'embrasser.

- Allez hop on y va ! s'exclame-t-il en me faisant une tape sur les fesses.

Il est trop charmant pour être vrai, j'ai vraiment du mal à croire que c'est le fameux mec qui me terrorisait au début de l'année.

Shawn

Elle s'est illuminée d'un éclat quand nous avons nagé avec les dauphins et les requins nains dans le lagon. Je ne l'avais jamais vue aussi heureuse, et cela m'a rendu vraiment content de la voir ainsi. Nous profitons pleinement de chaque moment passé ensemble dans les lagons. Son bikini est quand même un peu osé, mais dès qu'un mec se permet de la regarder ; je n'ai qu'à le fixer pour qu'il comprenne. Shelby sourit à chaque fois que je le fais et viens m'embrasser comme pour me féliciter, si bien que je le ferais presque exprès de les toiser.

Le soleil commence à se coucher à l'horizon quand nous revenons vers le bungalow. Shelby a fini par s'endormir sur la banquette en regardant les vagues danser à côté du bateau. J'amarre le bateau et inspecte la terrasse. Parfait, ils ne sont pas encore venus apporter ma commande.

Je m'accroupis devant elle et lui touche une mèche de ses cheveux, le geste est pourtant tendre, mais elle ouvre instinctivement ses yeux bleus endormis.

- Tu me fais toujours de l'effet. Murmure-t-elle encore endormie en me touchant la joue, du bout de la paume de ses doigts, et j'esquisse un sourire chaleureux en retour.

Shelby

- Que veux-tu ? Quand deux positifs entrent en contact, il y a des étincelles. Me répond-il en posant ses lèvres sur les miennes.

Je m'étonne sur le coup, d'habitude il profite de ce moment pour me faire perdre tout contrôle. Mais là il se relève, me tend la main pour m'aider à me lever à mon tour et me soulève jusqu'au ponton. Je le regarde étonnée, et j'avoue un peu déçue.

Mais il évite mon regard où je rêve en plus ?!

Je déglutis un peu nerveusement, me demandant ce qui se passe et je retourne vers le bungalow alors qu'il prend les sacs sur le bateau.

- Dis, ça te dérange si tu prends ton bain en première. Me dit-il en posant les sacs dans la chambre.

Ben moi qui pensais que j'allais encore devoir me battre pour prendre mon bain seule...

« Il y a quelque chose qui cloche » me demandé-je en rentrant dans la salle de bain.

S'est-il passé quelque chose quand je dormais ?

Aurait-il reçu un texto ou un mail alors que nous étions en mer ?

Non, son portable est dans le tiroir de la table de nuit.

J'ai beau réfléchir pendant que l'eau de mon bain coule sur son attitude. Je ne comprends pas ce qui se passe, je rentre dans l'eau du bain, essayant de me convaincre que la journée m'a plus fatiguée que je ne le pensais. Je dois commencer à imaginer des choses...

Shawn

Il était temps qu'elle aille dans la salle de bain, le bateau arrive avec ma commande. L'homme est venu avec de la main d'œuvre et me signale que je n'ai qu'à aller me changer. Celui-ci m'explique qu'il s'occupe de tout installer, mais que je devais la tenir dans le bungalow pendant au moins trente minutes.

« Super facile » pensé-je.

Je retourne dans le bungalow, remets les voiles, pour ne pas voir trop l'extérieur et toque à la salle de bain. Shelby ne me répond pas ; ne me dites pas qu'elle s'est endormie ?

J'entrouvre la porte, et je souris en remarquant que Shelby s'est effectivement endormie dans son bain. Bon, passons au plan B. Si je vais dans la douche, elle n'osera jamais sortir du bain tant que je ne serai pas parti. J'entre dans la salle de bain, me déshabille et commence à faire couler l'eau de la douche, dos à elle.

- Shawn ! Tu fais quoi là ?! Hurle-t-elle.

- Ben je prends une douche non ? Rétorqué-je en faisant mine de me retourner.

- Ne te retourne pas ! Crie-t-elle.

C'est dingue comme je la connais trop bien. Tant que je serai dans la douche, elle ne bougera pas de son bain.

- Tu es certaine que tu ne veux pas me rejoindre ? Lui demandé-je pour être certain qu'elle ne bougera pas de son bain.

- Non, je suis très bien dans mon bain ! Lâche-t-elle essayant de cacher sa gêne.

- Tu sais, je ne comprends pas pourquoi tu fais tout un plat de te laver avec moi ? Je t'ai vue nue plus d'une fois. Ricané-je.

- Ce n'est pas pareille ! S'exclame-t-elle de façon outrée.

- Effectivement, une partie de mon corps n'est pas pareille. Ricané-je.

Je l'entends enfoncer sa tête dans l'eau ; sérieux elle est vraiment pudique en fait ?!

C'est vrai que son regard bleu devient vraiment gêné à ce moment-là, et c'est certainement ça qui la rend tellement irrésistible.

« Bon, faut que j'arrête de penser à ça. » Me lancé-je en remarquant que mon entrejambe pense déjà à des choses qui n'ont pas lieu d'être maintenant.

J'arrête l'eau, enroule mon essuie autour de ma taille et viens poser un baiser sur son front.

- Voilà, tu peux être tranquille je sors. Fais-je en fixant son regard bleu gêné.

Shelby

Il a vraiment tous les tours pour me rendre folle.

Je rince mes cheveux, prends le peignoir et sors de mon bain en étant certaine qu'il est sorti du bungalow. Je sors de la salle de bain et trouve une boîte avec un nœud mauve sur le lit, avec mon prénom dessus.

Je me mords la lèvre, et je l'ouvre pour découvrir une magnifique robe paréo avec des couleurs neutres et des dessins représentant des fleurs. Je regarde vers l'extérieur le cherchant, mais il a mis les voiles donc je n'insiste pas. J'enfile donc la robe, laisse mes cheveux lâchés et n'ayant pas de chaussures appropriées décide de sortir à pieds nus du bungalow.

J'ai à peine ouvert la porte que j'entends les premières notes d'Eminem avec Sing For The Moment ; c'est la fameuse chanson du parc que je lui ai faite écouter pendant le cours de dessin.

Un frisson me parcourt entièrement, alors que mon regard se porte enfin devant moi ; mes yeux s'écarquillent de surprise sur ce qui se passe devant moi, et j'avoue que je suis à deux doigts de pleurer, tellement je suis émue. Il y a des bougies qui illuminent le ponton jusqu'à une table très romantique décorée de mauve ; ma couleur préférée.

A côté de la table, Shawn m'attend souriant et charmeur à la fois.

Il est magnifique. Il porte une magnifique chemise noire ce qui me surprend, sachant qu'il déteste ça, mais je souris en voyant le short militaire ; c'est tout à fait lui.

Il me dévore du regard jusqu'à ce que j'arrive à quelques pas de lui, mais il a l'air nerveux aussi, vu la façon dont il passe sa langue sur ses lèvres.

- C'est quoi tout ça ? Demandé-je émerveillée.

- N'aurais-tu pas dix-sept ans aujourd'hui ? Me demande-t-il et j'acquiesce.

- Oui, mais tu avais déjà fait pas mal rien qu'avec le voyage. Tu me gâtes de trop. Lui rétorqué-je en souriant.

Il a l'air crispé ou je rêve ?! Il frotte ses mains sans cesse et passe sa langue sur ses lèvres depuis le début, mais là je peux percevoir sa mâchoire qui craque subtilement. Shawn passe la main dans ses cheveux, et il expire profondément avant de mettre un genou devant moi.

Mon cœur fait un raté à cet instant ; il n'est quand même pas en train de faire ça ?!

- Shawn…

- S'il te plaît écoute-moi avant. Me coupe-t-il en plongeant ses yeux émeraudes intenses dans mes yeux, qui sont certainement complètement hébétés par la situation. Je me mords la lèvre, mais je dois entrouvrir mes lèvres, sentant la panique m'engloutir à cet instant.

Shawn

Oh purée, je pensais que ça serait plus facile, mais là j'ai une boule dans l'estomac depuis qu'elle est apparue sur le ponton. Pourtant il faut que je me lance.

- J'ai toujours été imbu de ma personne et je ne supportais pas qu'on s'intéresse à moi, peur de souffrir jusqu'à ce que je te rencontre. Commencé-je la gorge sèche, essayant de tenir son merveilleux regard.

- Ta façon de me tenir tête et de m'ignorer en même temps m'a perturbé. Mais, j'ai surtout su à cet instant que tu étais spéciale et que je ne pouvais te laisser partir sans te conquérir. Continué-je, alors que mon pouls est sur le point de battre des records de tension.

Mais c'est elle qui me rend ainsi, et je veux qu'elle sache tout ce que je ressens.

« Pitié ne pleure pas, sinon je ne vais pas savoir finir ce que j'ai à te dire. »

- Tu m'as fait confiance et surtout tu m'as montré que tu n'avais pas peur de moi, ni de ce que j'avais fait avant. Tu m'as toujours pardonné mes pertes de sang-froid. Souris-je.

- Et dieu sait que j'en ai. Ricané-je, essayant de détendre l'atmosphère tendue qui s'immisce entre nous, quand ses magnifiques yeux bleus s'embrument.

« Merde je t'ai demandé de ne pas pleurer. » Je reprends mon souffle, j'ai de plus en plus de mal à déglutir.

- Tu es mon rayon de soleil qui m'a sorti de mes ténèbres, et pour cela, je ne veux aucun cas te laisser partir. Continué-je en tendant ma main pour qu'elle s'approche de moi. Shelby se mord la lèvre, mais se rapproche de moi pour que je puisse y glisser cette bague que je tiens entre mes doigts.

- Alors s'il te plaît, prends cette bague comme une promesse de vivre éternellement à mes côtés. Arrivé-je à dire, tout en la glissant à son annulaire, et malgré la moiteur de ses doigts comme des miens, je suis heureux qu'elle lui aille parfaitement. Je me relève, et je glisse la paume de mes doigts sur son visage, essuyant les larmes que j'espère de joie qui coulent de ses magnifiques yeux bleus.

- Je t'aime Shelby.

- Moi aussi je t'aime Shawn.

Je pose mes lèvres sur les siennes et nos corps prennent feu en un instant. Notre baiser n'a jamais été aussi langoureux et désireux de l'autre qu'à ce moment. Ses bras se cramponnent à ma nuque et je la soulève jusqu'au bungalow, en un souffle.

Elle frémit et gémit alors que ma langue se balade sur son haut de poitrine, je peux sentir tout cet amour que nous portons l'un pour l'autre nous consumer. Je suis certain à cet instant que nous ne pouvons vivre l'un sans l'autre.

Léonard Black

Je lance le verre à travers la pièce en apprenant que Shawn est parti pendant une semaine avec Shelby. Mais qu'a-t-il donc dans la tête ?! Je lui ai donné du boulot à faire, et il ne respecte pas sa parole !

Cet abruti de Christian ne l'a sûrement pas retenu un seul instant. Je vais de voir encore lui donner une bonne correction à mon retour à Miami, et cette fois c'est moi qui la lui donnerai.

Christian

Je n'ai pas su joindre Shawn avant qu'il ne perde le réseau sur l'île. On vient de me prévenir que son père était au courant de son absence et revenait de Miami avant leur retour. Je m'inquiète vraiment ce coup-ci, qu'il s'en prenne directement à Shelby ; il faut que je trouve un moyen de le calmer.

Devrais-je utiliser les documents que je détiens pour le faire chanter ?

Madeleine ne me pardonnera jamais, mais on sait tous les trois ce qu'ils ont fait à ses pauvres enfants.

Mais est-ce vraiment le destin ou le karma qui s'abat ?

Fin du tome 1

Je dédicace ce livre à ma grande fille Alizée,
qui m'a poussé à écrire et faire connaissance
à un tas de fans exceptionnelles. Et dans
celles-ci, je remercie ce groupe de disjonctées
qui se reconnaitront et qui me poussent
toujours à aller plus loin.

Je remercie surtout mon mari et mes deux autres
filles pour leur patience durant mes heures
d'écriture et dìsolement.

Au plaisir de vous retrouver pour la suite de la saga

Printed in France by Amazon
Brétigny-sur-Orge, FR